KB109374

당신에게 무슨 일이 있었나요

브루스 D. 페리Bruce D. Perry, M.D., Ph.D.

시카고 노스웨스턴대학 의학부 정신의학 및 행동과학 교수이며, 아동트라우마아카데미 선임 연구원, 신경순차네트워크 회장이다. 아동 정신 건강 및 신경과학 분야에서 임상의이자 연구자로 활동해 왔으며, 학대·방임·트라우마가 발달 중인 뇌에 미치는 영향에 관한 연구의 세계적인 권위자다. 각 지역 및 정부 기관의 의뢰를 받아 컬럼바인고교 총기 난사 사건, 9.11 테러, 오클라호마시티 폭탄 테러, 동일본대지진 등 여러 사건과 재난으로 트라우마를 겪는 아동과 청소년 들을 상담했다. 역경을 살아 낸 사람에게는 인생의 어느 시점엔가 그 경험으로부터 배우고 성장할 수 있는 때가 온다고 믿는다. 마이아 샬라비츠와 함께《개로 길러진 아이》《사랑받기 위해 태어나다》를 집필했다.

오프라 윈프리Oprah Winfrey

전 세계 140여 개국에서 수천만 명의 사람들이 시청한 역대 최고 토크쇼인 〈오프라 윈프리 쇼〉의 진행자이자 제작자이며,《타임》《포브스》《USA투데이》, CNN 등 미디어로부터 해마다 '가장 영향력 있는 인물'로 선정된 방송인. 어린 시절에 겪은 학대의 기억과 오래도록 싸우며, 트라우마가 한 사람의 인생에 미치는 영향을 이해하고 극복하기 위해 노력했다. 아동 학대를 예방하기 위해 적극적인 활동을 펼쳐 '오프라 법안'이라고 불리는 미국의 전국아동보호법 제정에 기여했으며, 그 과정에서 아동 트라우마 전문가 브루스 D. 페리 박사를 만났다. 뇌가 스트레스와 트라우마에 적응하는 방식을 이해하면 과거에 우리에게 일어난 일이 어떻게 현재의 우리 존재와 우리가 행동하는 방식을 결정하는지 알 수 있으며, 이러한 관점의 렌즈가 바로 우리 인생을 바꾸는 열쇠임을 페리 박사와 함께하며 깨달았다. 두 저자가 30년 넘게 나눠 온 트라우마와 뇌, 회복탄력성과 치유에 관한 대화를 바탕으로 이 책이 탄생했다.

WHAT HAPPENED TO YOU?
: CONVERSATIONS ON TRAUMA, RESILIENCE, AND HEALING

Copyright © 2021 by Bruce D. Perry, M.D., Ph.D. and Oprah Winfrey
Published by arrangement with William Morris Endeavor Entertainment, LLC.
All rights reserved.

Korean Translation Copyright © 2022 by Bookie Publishing House, Inc.
Korean edition is published by arrangement with William Morris Endeavor Entertainment, LLC.
through Imprima Korea Agency.

이 책의 한국어판 저작권은 Imprima Korea Agency를 통해 William Morris Endeavor Entertainment, LLC.
와 독점 계약한 부키(주)에 있습니다. 저작권법에 의해 한국 내에서 보호를 받는 저작물이므로 무단전재와 무단복제를 금합니다.

당신에게 무슨 일이 있었나요

브루스 D. 페리, 오프라 윈프리 지음 | 정지인 옮김

내면의 상처와 트라우마로부터 벗어나는
열 번의 대화

WHAT
HAPPENED
TO YOU?

부·키

옮긴이 정지인

번역하는 사람.《물고기는 존재하지 않는다》《욕구들》《조현병의 모든 것》《염증에 걸린 마음》《불행은 어떻게 질병으로 이어지는가》《우울할 땐 뇌과학》《내 아들은 조현병입니다》《공부의 고전》《혐오사회》《무신론자의 시대》등의 책을 번역했다.

당신에게 무슨 일이 있었나요

2022년 4월 26일 초판 1쇄 발행

지은이 브루스 D. 페리, 오프라 윈프리
옮긴이 정지인
펴낸이 박윤우
편집 김동준, 김송은, 김유진, 성한경, 여임동, 장미숙, 최진우
마케팅 박서연, 신소미, 이건희
디자인 서혜진, 이세연
저작권 김준수, 유은지
경영지원 이지영, 주진호

펴낸곳 부키(주)
출판신고 2012년 9월 27일
주소 서울 서대문구 신촌로3길 15 산성빌딩 5-6층
전화 02-325-0846
팩스 02-3141-4066
이메일 webmaster@bookie.co.kr

ISBN 978-89-6051-917-6 03180

책값은 뒤표지에 있습니다.
잘못된 책은 구입하신 서점에서 바꿔 드립니다.

만든 사람들
편집 김유진 | 디자인 서혜진

나의 가족,
바바라, 그랜트, 제이, 에밀리, 매디, 벤지, 엘리자베스,
캐서린, 로버트, 에밀리를 위하여

마사 맥길리스 페리를 사랑으로 기억하며

— 브루스 D. 페리

내 인생의 딸과 같은 존재들,
자기 날개는 부러졌다고 믿었던 소녀들에게.
너희에게 품은 나의 희망은
그냥 나는 것이 아니라
높이 날아오르는 것이란다.

— 오프라 윈프리

† 일러두기

본문의 모든 각주는 옮긴이 주 또는 편집자 주이다.

저자들의 말

이 책은 트라우마를 겪은 어머니나 아버지, 연인 또는 자녀를 둔 모든 사람을 위한 책입니다. 만약 당신 또는 당신과 가까운 사람이 "남들 비위를 맞추는 사람" "자기 일을 스스로 망치는 사람" "혼란을 일으키는 사람" "말 싸움꾼" "얼을 빼놓고 사는 사람" "직장을 유지하지 못하는 사람" "관계를 잘 맺지 못하는 사람" 같은 말로 묘사된다면, 이 책은 또한 당신을 위한 책입니다. 혹은 그저 자기 자신과 타인을 더 잘 이해하길 원한다면, 그런 당신을 위한 책이기도 합니다.

이 책을 읽다 보면 여러 가지 생각을 하게 되고 여러 감정을 느끼게 될 겁니다. 그 감정들이 힘들고 고통스러울 때도 있을 거예요. 강렬하고 때로는 마음을 불편하게 휘젓는 이야기들을 마주하는 것이 누군가에게는 힘든 도전이 될 수도 있을 겁니다. 뇌에 관한 개념들이 익숙하지 않아서 처음에는 이해하기 어려울 수도 있습니다. 그렇더라도 우리에게, 그리고 당신 자신에게 인내와 신뢰를 가져 줄 것을 부탁드립니다.

책을 읽는 게 너무 힘들 때는 읽기를 멈추세요. 한 시간 또는 한 주 동안 책을 내려놓으세요. 당신이 이제 다시 읽을 수 있겠다고 느낄 때 이 책은 여전히 거기 있을 거예요. 그리고 '당신에게 있었던 일'이 어째서 당신이 생각하고 느끼고 행동하는 방식을 형성한다는 것인지 그 이유를 계속해서 알아볼 준비가 되었다면, 환영합니다. 당신은 지금 막 앞으로 나아갈 길 하나를 발견한 것인지도 모릅니다.

목차

프롤로그

"뚝 그치지 못해." 할머니가 으름장을 놓았습니다. "조용히 입 다물고 있는 게 좋을 거다."

제 얼굴은 바짝 굳어졌습니다. 심장도 달음질을 멈췄죠. 저는 단 한마디도 새어나가지 않도록 아랫입술을 꽉 깨물었습니다.

"내가 이러는 건 다 널 사랑해서야." 할머니는 제 귀에 대고 늘 그렇듯 자기변명을 읊조렸어요.

어렸을 때 저는 자주 '매를 맞았습니다'. 당시는 양육자가 체벌로 아이를 훈육하는 것이 용인되던 시절이었죠. 저희 할머니 해티 메이는 그 관행을 순순히 받아들였고요. 그러나 저는 겨우 세 살밖에 안 됐음에도 제가 당하는 일이 잘못된 일이라는 걸 알았습니다.

기억나는 가장 심한 매질은 어느 일요일 아침에 벌어졌어요. 교회에 가는 일은 우리 삶에서 중요한 역할을 했죠. 예배를 드리러 출발하기 직전, 집 뒤에 있는 우물에 가서 펌프로 물을 길어 올리라는 명령이 저한테 떨어졌어요. 조부모님과 함께 살고 있던 농가에는 실내 배관이 갖춰져 있지 않았거든요. 할머니는 문득 창문을 통해 제가 손가락으로 물을 휘젓고 있는 모습을 보고 화가 치밀었습니다. 저는 여느 아이들처럼 그저 순진하게 몽상에 빠져 있었을 뿐이지만, 마실 물에 손가락을 집어넣었다는 사실은 할머니를 몹시 화나게 했지요. 할머니는 물을 가지고 장난을 쳤느냐고 물었고, 저는 "아니요"라고 대답했어요. 할머니는 저를 엎드려뻗치게 하고 살갗이 부풀 정도로 심하게 매질을 했습니다. 저는 매를 맞고 나서 흰색 나들이 드레스를 간신히 차려입었죠. 피가 배어 나와 빳빳한 천에 핏빛 얼룩이 번졌어요. 그 광경을 보고 또 노발대발한 할머니는 드레스에 피를 묻혔다며 저를 무지막지하게 꾸짖은 다음 주일 학교로 보냈습니다. 이런 게 남부 시골에서 흑인 아이들을 기르는 방식이었어요. 제가 아는 사람 중에 매를 맞지 않은 이는 아무도 없었죠.

저는 지극히 사소한 이유로 맞았습니다. 물을 쏟았다고, 유리를 깼다고, 조용히 가만히 있지 못한다고. 언젠가 어느 흑인 코미디언이 "가장 긴 산책은 내가 맞을 회초리를 가지러 가는 것"이라고 말하는 걸 들었어요. 저는 회초리를 가지러 가야 했을 뿐만 아니라, 회초리로 쓸 만한 게 없을 때는 직접 회초리 할 만한 것을 찾아 와야 했어요. 가늘고 어린 가지가 가장 쓸 만했지만 또 너무 가늘면 두세 가지를 엮어서 더 튼튼한 회초리로 만들어야 했죠. 할머니는 종종 제게 회초리 엮는 일을 억지로 돕게 했어요. 때로는 한 주 동안 매 맞을 거리들을 모아 두기도 했지요. 토요일 밤에 제가 갓 목욕을 마치고 발가벗은 상태가 될 때까지요.

매를 맞다가 거의 서 있지도 못할 지경이 되면 할머니는 제게 얼굴에서 "그 뾰로통함을 싹 지우고" 미소를 지으라고 명령했어요.

매 맞은 일 따위는 없었다는 듯 묻어 버리라고.

이런 일들을 겪고 나니 저는 문제 될 일이 일어나고 있을 때 그 걸 예리하게 알아차리는 감각이 생겼습니다. 할머니의 목소리가 달 라질 때나, 저 때문에 기분이 나빠졌음을 의미하는 '눈빛'을 알아보 게 되었죠. 할머니가 못된 사람이었던 건 아니에요. 할머니는 저를 걱정했고 제가 '착한 아이'가 되기를 바랐던 거라고 믿어요. 그리고 저는 '입을 다무는 것' 또는 침묵이 체벌과 아픔을 빨리 끝낼 수 있는 유일하고 확실한 방법이란 걸 알고 있었어요. 이후 40년 동안 그 조 건화된 순종의 패턴, 깊이 뿌리 내린 트라우마가 제가 살면서 맺은 모든 관계와 상호작용, 제가 내린 결정들을 지배했지요.

매 맞는 일, 그런 다음 억지로 입을 다물고 조용히 하는 일, 심 지어 매를 맞고도 미소까지 지어야 하는 일은 제게 아주 오래가는 여파를 남겼고, 그 결과 저는 삶의 대부분을 남들 비위 맞추기의 달 인으로 살았습니다. 제가 다른 방식으로 양육되었더라면, 경계선을 긋고 자신 있게 '안 돼'라고 말할 줄 알게 되기까지 반평생이나 걸리 지는 않았을 거예요.

성인이 된 후로는 감사하게도 많은 사람과 지속적이고 다정한 관계를 안정적으로 유지할 수 있었습니다. 그러나 생애 초기에 제 삶에서 중요한 사람들에게 당했던 구타, 정서적 파탄, 끊어진 연결 성은 분명 제가 스스로 독립성을 키우는 데 도움이 되었습니다. 〈불 굴Invictus〉이라는 시의 강렬한 시구처럼, "나는 내 운명의 주인이며 내 영혼의 선장"이니까요.

지금도 어린 시절 제가 당했던 것과 같은 취급을 당하면서 자기 인생이 아무 가치도 없다는 믿음을 갖고 자라는 아이들이 수백만 명에 달합니다.

브루스 페리 박사님에게서, 그리고〈오프라 윈프리 쇼〉에 나와 용감하게 자기 이야기를 들려준 수천 명에게서 배운 것은, 저를 보살펴 주었어야 마땅한 사람들로부터 받은 부당한 취급이 제게 끼친 영향은 엄밀히 말해 감정적인 것만이 아니라는 사실입니다. 그 영향에는 생물학적 반응도 있었지요. 어려서 겪은 학대와 트라우마에도 불구하고 제 뇌는 적응하는 방법들을 찾아냈다는 사실을 페리 박사님과 함께하면서 깨달을 수 있었습니다.

바로 여기에, 우리의 경이로운 뇌가 지닌 독특한 적응성에 우리 모두를 위한 희망이 살아 있습니다. 앞으로 페리 박사님이 설명해 주겠지만, 우리 뇌가 스트레스나 생애 초기의 트라우마에 반응하는 방식을 이해하면, 과거에 우리에게 일어났던 일이 어떻게 현재의 우리 존재와 우리가 행동하는 방식과 그 이유를 결정하는지 분명히 알 수 있게 될 겁니다.

이러한 관점의 렌즈를 통해 우리는 자신의 가치에 대한 감각을 새롭게 구축하고, 궁극적으로는 환경과 상황과 인간관계에 대한 우리의 태도를 재조정할 수 있습니다. 다시 말해 이 렌즈가 바로 우리 인생의 형태를 바꿀 수 있는 열쇠입니다.

—오프라 윈프리

1989년의 어느 날 아침, 당시 일하던 시카고대학 발달신경과학 연구실에서 얼마 전에 한 실험 결과를 살펴보고 있을 때 실험 조교가 연구실 안으로 머리를 들이밀었습니다. "선생님, 오프라한테서 전화 왔어요."

"응, 그랬겠지. 메시지나 받아 둬." 저는 밤새 글을 쓴 뒤였고, 실험 결과는 뒤죽박죽인 것 같았습니다. 그런 장난 따위를 받아 줄 기분이 아니었지요.

조교가 히죽대며 말했어요. "아니, 농담 아니에요. 하포Harpo† 직원에게 온 전화예요."

오프라가 제게 전화를 걸 이유는 전혀 없었습니다. 저는 스트레스와 트라우마가 발달에 미치는 영향을 연구하는 젊은 아동 정신의학자였어요. 제 연구에 관해 아는 사람도 얼마 안 됐고, 정신의학자 동료들도 대부분 뇌과학이나 아동기 트라우마에 별 관심이 없었

---

† 오프라 윈프리가 설립한 멀티미디어 제작사.

던 때였지요. 신체 건강과 정신 건강의 주요 요인으로서 트라우마가 하는 역할에 관해서는 전혀 연구되지 않은 시점이었고요. 저는 그냥 친구 녀석 하나가 저를 골리려는 거라고 생각했어요. 어쨌든 전화를 받았습니다.

"윈프리 씨가 2주 뒤 워싱턴에서 전국 아동 학대 분야의 지도적 인물들과 모임을 개최합니다. 선생님도 참석해 주셨으면 좋겠습니다."

설명을 좀 더 들어 보니 유명하고 입지가 탄탄한 많은 개인과 단체들이 참석하는 모임이라는 걸 분명히 알 수 있었습니다. 트라우마가 발달 중인 뇌에 미치는 영향에 관한 제 연구는 정치적으로 더 잘 받아들여지고 지배적인 관점들 사이에서 묻혀 버릴 게 뻔해 보이더군요. 저는 정중하게 거절했습니다.

몇 주 뒤, 전화 한 통이 더 걸려 왔어요. "오프라가 인디애나에 있는 자신의 농장에 하루 동안 당신을 초대하고 싶어 합니다. 당신과 오프라 외에 두 사람이 더 있을 거예요. 우리는 아동 학대 문제를 해결하기 위한 브레인스토밍을 하고자 합니다."

이번에는 저도 유의미하게 기여할 수 있을 거라는 판단이 서서 초대를 받아들였어요.

그날 주도적으로 목소리를 낸 사람은 작가이자 어린이들만을 대리하는 변호사인 앤드루 백스Andrew Vachss였습니다. 그의 적극적인 노력 덕분에, 신원이 밝혀진 아동 학대범들을 추적해야 한다는 필요성이 잘 알려졌지요. 당시에는 아동 학대범들이 다른 주로 이동할 수 있었고, 당국에서 그들의 행방을 파악하거나, 그들이 아동에게 접근하지 말라는 제한을 지키고 있는지 확인할 방법도 없었습니다. 1989년 인디애나에서 이뤄진 우리의 만남은 유죄 판결을 받은 아동 학대범들에 대한 전국적 데이터베이스를 만들기 위한 1991년의 전 국아동보호법National Child Protection Act 초안 마련으로 이어졌습니다. 상원 사법위원회에서 한 증언을 포함해 2년의 옹호 활동 끝에 1993 년 12월 20일에 일명 '오프라 법안Oprah Bill'이 법률로 제정되었지요.

1989년 그날의 만남은 이후 더 많은 대화로 이어졌습니다. 어떤 대화는 〈오프라 윈프리 쇼〉에서 특정 아이들의 사연에 관해 이야기하거나, 초기 아동기와 뇌 발달의 중요성을 널리 알리려는 캠페인 형식으로 진행되었습니다. 그러나 우리 대화의 대부분은 오프라가 2007년 남아프리카공화국에 설립한 '오프라 윈프리 여성리더십 아카데미Oprah Winfrey Leadership Academy for Girls'와 관련해서 이루어졌습니다. 이 아카데미는 높은 잠재력을 지닌 '불우한' 소녀들을 선발, 지원, 교육, 향상시키기 위해 만들어진 훌륭한 교육기관이지요. 미래 지도자가 될 핵심 인재를 양성한다는 분명한 의도를 지녔고요. 이곳에 모인 학생들의 다수는 가난, 상실로 인한 트라우마, 지역사회 폭력 또는 가정 폭력 등 다양한 역경에도 불구하고 회복탄력성과 높은 학업 성취를 보여 왔습니다. 이 책에서 논의할 여러 개념을 우리는 오프라의 학교에서 설립 초기부터 적용하기 시작했고, 그 결과 이 학교는 오늘날 트라우마에 대한 세심한 주의와 발달 과정에 대한 이해를 갖춘 교육 환경의 모범이 되고 있답니다.

2018년에는 탐사 보도 프로그램 〈60분〉에서 오프라와 '트라우마 이해 기반 돌봄trauma-informed care'에 관한 이야기를 나누었습니다.

우리의 대화는 프로그램 마지막 부분에 겨우 2분 분량으로 방송되었을 뿐이지만 수백만 명이 그것을 보고 들었고, 트라우마 관련 분야에서 일하는 전문가 커뮤니티에서는 우리도 놀랄 정도의 흥분이 일었습니다. 하지만 우리에겐 아직 다 못한 말이 아주 많이 남아 있습니다.

사람들이 우리의 대화에 보여 준 열성은 어느 정도는 이 주제의 중요성에 대한 오프라 본인의 열성이 일으킨 메아리라고 생각합니다. 〈CBS 디스 모닝〉에서 오프라는 진행자 게일 킹에게 트라우마가 아이들의 발달 중인 뇌에 미치는 영향에 대해 이목을 집중시킬 수만 있다면 테이블 위에 올라가 춤이라도 추겠다고 말했지요. 〈60분〉에 이은 CBS 뉴스 후속 인터뷰에서는 이 주제를 자기 인생에서 가장 중요한 이야기라고 말했고요.

오프라는 자신의 경력 내내 학대와 방임 그리고 치유에 관해 이야기해 왔습니다. 사람들에게 트라우마 관련 주제들을 알리려는 헌신적인 노력이 오프라 쇼의 특징이 되었죠. 오프라가 온갖 종류의 트라우마에 대한 경험이나 전문 지식이 있는 사람들의 이야기를 듣고, 마음을 열어 그들과 공감하고, 그들을 위로하고, 그들에게 배우는 모습을 수백만 명의 사람들이 지켜봤습니다. 오프라는 트라우마를 안기는 상실, 학대, 성적 학대, 인종차별, 여성 혐오, 가정 폭력, 지역사회 폭력, 젠더 및 성 정체성 의제, 불법 감금을 비롯한 여러 사안에 대해 탐색했고, 이를 통해 우리가 건강과 치유, 외상 후 성장, 회복탄력성을 탐색하도록 도와주었습니다.

25년 동안 〈오프라 윈프리 쇼〉는 발달 과정상의 역경과 도전,

괴로움, 스트레스, 트라우마, 회복탄력성에 대해 심도 있고 사려 깊게 들여다보았지요. 몇 가지만 짚어보자면 1989년에는 해리성 정체장애에 대해, 1997년에는 초기 아동기 경험이 뇌 발달에 갖는 중요성에 대해, 2005년에는 입양아 인권, 2009년에는 심각한 방임의 영향에 대해 알아보았습니다. 이러한 사안들에 대해 시청자들이 다방면으로 광범위하고 체계적인 인식을 갖출 수 있도록 안내하는 길을 닦아 온 것이죠. 마지막 시즌에는 타일러 페리를 비롯한 200명의 남자들이 자신이 당한 성적 학대의 과거사를 밝히는 에피소드도 방송되었지요. 오프라는 역경과 트라우마의 영향을 받은 사람들의 옹호자이자 안내자였고 앞으로도 계속 그럴 겁니다.

오프라와 저는 30년 이상 트라우마와 뇌, 회복탄력성, 치유에 관해 이야기를 나눠 왔는데, 이 책은 여러모로 우리가 나눈 대화를 총정리한 것이라 할 수 있습니다. 우리는 이 책에서 사람들의 실제 사연을 곁들여 대화를 나누면서 그 모든 것의 기반이 되는 과학을 쉽게 설명하려고 합니다. 발달과 뇌와 트라우마는 한 권의 책, 특히 사연들까지 이야기하는 책에서 다 다루기에는 그 내용이 너무 방대합니다. 이 책에서 사용하는 언어와 개념들은 유전학부터 역학과 인류학까지 다양한 분야의 과학자, 임상가, 연구자 수천 명의 작업에서 가져온 것이지요. 이 책은 누구나 읽을 수 있고 또 모두가 읽어야 할 책입니다.

《당신에게 무슨 일이 있었나요》라는 제목에는 현재 우리가 살아가는 방식에 영향을 미치는 과거의 힘에 중점을 두는 관점의 변화가 잘 표현되어 있습니다. 이 말은 원래 '트라우마 안식처 모델

Sanctuary Model'을 만든 샌드라 블룸Sandra Bloom 박사의 선구적인 실무단에서 처음 사용한 것입니다. 블룸 박사는 이를 다음과 같이 설명했습니다.

1991년 즈음 우리('트라우마 안식처' 프로그램의 치료팀)는 입원 병동에서 팀 회의를 열고, 트라우마 문제, 그중에서도 특히 현재 '아동기 역경'—우리에게 치료받던 사람들 대부분이 겪는 문제의 원인이었지요—이라고 알려진 문제를 인식하고 그에 대응하는 방식에 일어난 변화를 어떻게 서술해야 할지 고심하고 있었습니다. 그때 면허가 있는 임상 사회복지사로 늘 간결하고 함축적인 표현을 잘 찾아내는 조 포데라로가 말했어요. "그건 바로 우리가 근본적인 질문을 '당신은 무엇이 잘못되었는가?'에서 '당신에게 무슨 일이 있었나요?'로 바꾼 일이죠."

오프라와 저는 "당신에게 무슨 일이 있었나요?"라는 근본적인 질문을 던지면, 좋은 경험이든 나쁜 경험이든 모든 경험이 우리를 어떻게 형성하는지 우리 각자가 좀 더 잘 알 수 있게 될 거라고 확신합니다. 이 책에서 소개하는 사연들과 과학적 개념들을 통해 모든 독자가 더 나은 삶, 더 충만한 삶을 사는 데 도움이 될 통찰을 각자의 방식으로 얻을 수 있으리라 생각합니다. 그것이 이 책을 세상에 내놓는 지금 우리가 품고 있는 희망입니다.

—브루스 D. 페리

뇌가 세계를
파악하는 법

MAKING SENSE OF THE WORLD

매년 전 세계에서 1억 3000만 명이 넘는 아기들이 태어납니다. 이 아기들은 각자 다른 특유의 사회적·경제적·문화적 환경 속으로 들어서지요. 어떤 아기들은 감사와 기쁨의 환영을 받으며 환희에 찬 부모와 가족의 품속에서 보살핌을 받습니다. 저와 비슷한 또 다른 부류의 아기들은 다른 인생을 꿈꾸었던 젊은 엄마나 가난의 무게에 짓눌린 부부, 학대의 악순환을 영원히 답습하는 분노에 찬 아빠로부터 거부당하는 경험을 합니다.

하지만 사랑을 받든 그러지 못하든, 현재와 과거의 모든 갓난아기(그러니까 바로 여러분과 나)는 대단히 중요한 한 가지 특징을 공유합니다. 우리가 태어난 환경들 사이에 엄청난 차이가 있다 해도, 우리는 누구나 선천적으로 온전성wholeness의 감각을 지닌 채 이 세상에 왔다는 점이에요. 우리는 '내가 이대로 충분한 존재일까?' '나는 가치 있는 존재일까?' '내가 자격이 있나? 사랑받을 만한가?' 같은 의문을 품고 삶을 시작하지는 않지요.

의식이 생긴 최초의 순간에 '나는 중요한 사람인가?'라고 질문하는 아기는 단 한 명도 없습니다. 아기들의 세계는 경이의 장소지요. 그러나 최초의 호흡을 하면서부터 이 작은 인간 존재들은 자기를 둘러싼 환경을 파악하려는 노력을 시작합니다. 그들을 양육하고 보살펴 줄 이는 누굴까요? 무엇이 그들에게 위안을 줄까요? 양육자의 난폭한 감정 폭발 때문이든 혹은 그저 위안을 주는 목소리나 다정한 손길이 없어서든, 이때부터 삶은 아주 많은 아기들에게 타격을 입히기 시작합니다. 생애 초기의 만남들 속에서 한 인간으로서 우리가 하는 경험들은 서로 다른 여러 갈래로 나뉩니다.

제가 기억하기에 저의 유년기에 항상 깔려 있던 감정은 외로움이었어요. 제 어머니와 아버지는 딱 한 번 함께했습니다. 어머니 버니타가 자란 미시시피주 코시어스코의 집에서 그리 멀지 않은 곳에 있는 오래된 떡갈나무 아래에서였다지요. 아버지 버넌은 자신이 어머니의 분홍색 푸들 스커트 밑에 무엇이 있는지 궁금해하지 않았다면 제가 태어나지 않았을 거라고 말하고는 했어요. 그 단 한 번의 만남 후 아홉 달이 지나 제가 이 세상에 도착했죠. 그 순간부터 저는 감지할 수 있었어요. 제가 아무도 원치 않는 존재라는 것을요. 아버지는 어머니가 출생증명서를 보내 아기 옷을 살 돈을 요구할 때까지 저의 존재에 관해서는 알지도 못했습니다.

해티 메이 할머니의 집은 아이들의 모습은 눈에 보이지만 아이들의 소리는 들리지 않는 곳이었어요. 할아버지가 지팡이를 휘저으며 저를 쫓던 기억은 뚜렷이 남아 있지만, 제게 직접 말을 건넨 기억은 전혀 없어요. 할머니가 세상을 떠난 뒤 저는 밀워키로 이주한 어머니와 내슈빌에 살던 아버지 사이를 오가며 지냈어요. 두 사람을 모두 잘 알지 못했기 때문에 부모와 사이에 강하게 뿌리를 내리거나 연결을 만들려고 애썼지만 쉽지는 않았습니다. 어머니는 밀워키 노스쇼어의 폭스 포인트에서 주급 50달러를 받고 가정부로 일했죠. 어린아이 셋을 키우기 위해 자기가 할 수 있는 일을 한 것이었어요. 아이들을 보살필 시간은 별로 없었죠. 저는 항상 그런 어머니를 귀찮게 하거나 걱정시키지 않으려 노력했어요. 어머니는 제게 늘 서먹한 거리감만 안겼고 저라는 어린 여자애의 욕구에 대해선 냉담한 것 같았어요. 어머니의 모든 에너지는 생계를 유지하고 살아남는 일에 들어갔지요. 저는 저 자신이 항상 짐으로, '먹여야 할 또 하나의 입'으로 느껴졌어요. 사랑받는다고 느꼈던 기억은 거의 없고요. 기억할 수 있는 가장 오래된 시간부터 저는 제가 혼자라는 걸 알고 있었어요.

트라우마를 남기는 사건들, 학대와 방임의 수많은 피해자와 이야기를 나눠 보고 알게 된 사실은, 이런 고통스러운 경험을 흡수한 후로 아이가 아파하기 시작한다는 거예요. 자신이 필요한 존재, 인정받는 존재, 가치 있는 존재라고 느끼고 싶은 갈망이 깊이 자리 잡지요. 자라나는 동안 이 아이들은 자신이 무엇에 대한 자격이 있는지 그 기준을 정하지 못합니다. 그리고 이 문제를 해결하지 못하면 흔히 자기 파괴적 행동, 폭력, 성적 문란함, 중독 같은 더 복잡하고 좌절감을 안기는 패턴에 빠지죠.

바로 이 지점에서부터 작업을 시작해야 합니다. 그것은 우리가 자신에게 벌어지고 있는 일을 표현할 말을 배우기도 훨씬 전에 뻗어 내린 뿌리를 캐내는 작업이지요.

겨우 몇 초 동안 일어난 일이든 수년간 지속된 일이든, 강렬하거나 무섭거나 고립을 초래한 감각 경험들은 여러 방식으로 뇌 속 깊은 곳에 갇힌 채 남게 된다는 걸 페리 박사님 덕분에 알게 되었습니다. 우리 뇌가 계속해서 주변 세계를 파악하고 새로운 경험을 끊임없이 흡수하며 발달하는 동안, 모든 순간은 앞서 지나간 모든 순간 위에 쌓여 가지요.

저는 늘 도토리 속에 떡갈나무가 들어 있다는 말이 진실이라고 느꼈습니다. 그리고 페리 박사님과 협업을 하며 또 하나의 진실을 깨달았어요. 그건 바로 우리가 떡갈나무를 이해하고 싶다면 반드시 도토리에게 돌아가야 한다는 것입니다.

—오프라 윈프리

페리 박사　우리가 알고 지낸 초기에 오프라가 했던 말이 기억납니다. "박사님은 모든 걸 뇌의 렌즈로 보는 사람 같아요. 항상 뇌 생각만 하세요?" 이 질문에 짧게 답하자면 '거의 그렇다'라고 할 수 있습니다. 저는 뇌에 관해 아주 많이 생각합니다. 뇌과학자로 교육을 받았고, 대학생 때부터 뇌와 스트레스 반응 시스템에 관해 공부해 왔지요. 또한 뇌과학 교육을 받은 뒤 정신의학 분야에 뛰어든 정신과 의사이기도 합니다. 저는 사람들을 이해하려고 할 때 '뇌를 의식하는' 관점이 도움이 된다는 것을 알게 되었습니다.

　　아동 정신과 의사이다 보니 문제 행동들에 관한 질문을 자주 받습니다. 저 아이는 왜 아기처럼 구는 걸까요? 나이에 걸맞게 행동할 수는 없을까요? 엄마라는 사람이 어떻게 남자 친구가 자기 아이를 때리는 걸 옆에서 보고만 있을 수 있죠? 누가 도대체 무슨 이유로 아이를 학대하는 걸까요? 그 아이는 뭐가 잘못된 거죠? 그 엄마는요? 그 남자 친구는요?

세월이 흐르면서 저는 겉으로 무의미하고 터무니없어 보이는 행동도 그 뒤에 어떤 원인이 있는지 알고 나면 왜 그러는지 이해가 된다는 걸 깨달았습니다. 그리고 뇌는 우리가 생각하고 느끼고 행동하게 해 주는 우리의 일부이므로, 저는 누군가를 이해하려 할 때마다 그 사람의 뇌를 궁금해합니다. 그들은 왜 그런 일을 했을까? 무엇이 그들을 그렇게 행동하도록 만들었을까? 그건 그들의 뇌가 작동하는 방식에 영향을 미치는 어떤 일이 일어났기 때문입니다.

현재의 나, 과거의 뇌

제가 처음으로 뇌과학의 렌즈를 써서 누군가의 행동을 이해할 수 있었던 것은 아직 교육을 받는 중이던 젊은 정신과 의사 시절이었습니다. 마이크 로즈먼이라는 나이 지긋하고 똑똑하며 재미있고 친절한 분을 진료할 때였지요. 마이크는 한국전쟁 참전 용사로 수많은 전투를 목격했어요. 그에게는 전형적인 외상 후 스트레스 장애PTSD(이에 대해서는 뒤에서 더 자세히 이야기할 거예요) 증상이 있었습니다. 불안증과 수면 장애와 우울증을 앓았고, 말 그대로 자신이 전쟁터에 있는 것처럼 느끼는 삽화성 플래시백episodic flashback에도 시달렸습니다. 스스로 증상을 완화하기 위해 알코올에 의존했고, 그러다 보니 폭음 문제로도 힘들어했죠. 물론 그 때문에 직장과 가족 내 갈등을 일으켰고, 결국 이혼과 강제 퇴직으로 이어졌습니다.

우리가 1년 정도 함께한 후로 마이크는 음주 문제는 꽤 잘 관리하고 있었지만 다른 증상들은 여전했습니다.

어느 날 그가 몹시 괴로워하며 전화를 걸어 왔어요. "선생님, 오늘 좀 만나러 가도 될까요? 중요한 일입니다. 그리고 샐리도 같이 가고 싶어 해요." 샐리는 마이크가 만나고 있던 은퇴한 교사였어요. 이전에 만났을 때 마이크는 "이 관계는 망치고 싶지 않아요"라며 힘주어 이야기했었죠. 저는 마이크의 절박함을 감지하고 그러자고 했습니다.

그날 오후 두 사람이 제 진료실로 찾아와 소파에 나란히 앉았어요. 서로 손을 꼭 잡고 있었죠. 샐리가 마이크의 귀에 대고 부드럽게 뭐라고 속삭였어요. 마이크는 창피해하는 모습이었는데, 보아하니 샐리가 그를 안심시키려고 애쓰고 있는 게 분명했어요. 두 사람은 꼭 불안한 십 대 커플처럼 보였어요.

마이크가 입을 열었습니다. "샐리에게 PTSD에 관해 좀 설명해 주세요. 제가 왜 이렇게 엉망진창인지 말입니다." 그의 눈에 눈물이 차올랐어요. "저는 뭐가 잘못된 걸까요? 한국전쟁은 30년도 더 전에 끝났는데." 샐리가 가까이 다가가 마이크를 안아 주었어요.

그때 저 자신이 허둥대는 게 느껴졌고(내가 정말 PTSD를 제대로 설명할 수 있을까, 하는 마음이었죠)그래서 시간을 벌기 위해 이렇게 물었어요. "저도 질문 하나 해도 될까요? 왜 지금이죠, 마이크? 무슨 일이 있었습니까?"

"어젯밤에 우리는 외출을 했어요. 저녁을 맛있게 먹은 다음, 영화를 보려고 시내 쪽으로 걸어가고 있었죠. 그러다가 갑자기 제가 주차된 차들 사이의 길바닥에 납작 엎드려서 두 손을 머리 위로 올렸어요. 완전 겁에 질려서요. 누군가 우리에게 총을 쏘고 있다고 생각했어요. 아주 어리벙벙한 상태였던 것 같아요. 그러다 곧 그게 오토바이 엔진 소리라는 걸 깨달았죠. 그 소리가 꼭 총소리처럼 들렸어요. 정신을 차려 보니 양복 무릎 부분이 찢어졌더군요. 땀범벅이 됐고 심장은 마구 달음질치고 있었어요. 너무 창피했지요. 혼이 다 빠져나간 것 같았고요. 그냥 집에 가서 술에 취하고만 싶었죠."

"저랑 팔짱을 끼고 있던 마이크가 어느 순간 한국의 참호로 돌아가서 비명을 질러 대고 있었어요. 제가 몸을 낮춰 도우려고 했지만 마이크는 저를 밀어내기만 했어요. 그러다 저를 치기까지 했고요." 샐리가 하던 말을 잠시 멈췄어요. "느낌에는 한 10분쯤 지난 것 같았지만 사실은 2, 3분 정도밖에 안 됐을 거예요. 제가 어떻게 해야 마이크를 도울 수 있는지 알려 주세요." 샐리가 고개를 돌려 마이크를 쳐다봤어요. "난 당신을 포기하지 않을 거야."

"제가 뭐가 잘못됐는지 샐리한테 말 좀 해 주세요." 마이크가 애원하듯 말했습니다.

1985년의 일이었어요. 당시 PTSD에 관한 연구는 아직 매우 초보적인 수준이었고, 겨우 스물아홉 살이었던 저는 경험도 부족하고 아직 훈련 중인 정신과 의사일 뿐, 쥐뿔도 아는 게 없었죠. "음, 제가 지금 드릴 수 있는 답이 있는지 모르겠습니다. 하지만 마이크가 당신을 다치게 하려던 게 아니라는 건 분명히 알고 있습니다."

"저도 그건 알아요." 샐리가 저를 바보 보듯 바라봤고, 실제로도 저는 바보였어요. 그런데 임상 실무에 대해서는 아는 게 별로 많지 않았지만 뇌와 기억, 스트레스 반응에 관해서는 분명 제법 알고 있었죠. 저는 길에서 엄폐물을 찾아 몸을 날리는 마이크를 임상의가 아닌 뇌과학자의 관점에서 생각해 보았습니다. 그 오토바이 엔진 소리가 들렸을 때 마이크의 뇌 속에서는 무슨 일이 벌어지고 있었을까? 임상 문제를 뇌라는 렌즈를 통해 살펴보기 시작한 것이죠.

"제 생각에는 오래전 한국에서 마이크의 뇌가 지속적인 위협에 대처하기 위해 했던 적응이 지금 문제를 일으키고 있는 것 같습니다. 마이크의 몸과 뇌가 외부 세계에서 오는 모든 위협과 관련된 신호에 과민해지고 과잉 반응을 하게 된 것이죠. 당시 마이크의 뇌는 살아남기 위해 총격이나 포격 소리와 극단적인 생존 반응을 연결 지었어요. 이 연결은 간단히 말하면 특화된 기억의 한 형식이에요." 나는 말을 멈추고 물었어요. "이해가 되시나요?"

샐리가 고개를 끄덕였어요. "마이크는 늘 안절부절못해요."

"마이크, 저는 당신이 이 진료실에서도 문이 쾅 닫히거나 복도에서 카트가 시끄러운 소리를 내며 지나갈 때마다 움찔하며 깜짝 놀라는 모습을 여러 번 봤습니다. 항상 방안을 훑어보기도 하지요. 움직임이나 소리, 빛이 조금만 바뀌어도 당신의 주의를 끌죠."

"조심하지 않다가 눈에 띄면 죽으니까요. 밤에 경계를 풀어도 죽고, 잠이 들어도 죽어요." 마이크는 눈도 깜빡이지 않고 허공을 응시했습니다. 잠시 침묵이 흐른 뒤 마이크가 한숨을 쉬었어요. "저는 독립기념일도 싫어해요. 새해 첫날도요. 폭죽 소리를 들으면 혼이 빠져나가는 것 같아요. 폭죽이 터질 거라는 걸 미리 알고 있어도 여전히 화들짝 놀랍니다. 심장이 터져서 가슴 밖으로 튀어 나갈 것만 같아요. 정말 싫어요. 그러고 나면 일주일 동안 잠을 못 잡니다."

"그렇죠. 그러니까 원래 적응과 보호를 위해 만들어진 기억이 여전히 그 자리에 남아 있는 거예요. 아직도 사라지지 않은 거지요."

"하지만 이제는 마이크에게 필요 없는 기억이잖아요." 샐리가 말했어요. "그 기억이 마이크의 인생을 비참하게 만들고 있다고요. 마이크가 그 기억을 그냥 지워 버릴 수는 없는 건가요?"

"아주 좋은 질문입니다. 이 문제가 까다로운 건 전쟁과 관련된 기억 중에는 마이크가 의식적으로 통제할 수 없는 뇌 부위에 들어 있는 것도 있기 때문이에요. 제가 한번 설명해 보겠습니다."

스트레스를 받으면 머릿속에서 벌어지는 일

저는 종이 한 장을 꺼내서 역삼각형을 그리고 그 위에 세 개의 선을 그어 삼각형을 네 부분으로 나눴습니다. 이때 처음으로 뇌를 이렇게 표현했는데, 35년이 지난 지금도 뇌와 스트레스와 트라우마에 관해 설명할 때 이 기본 모형을 사용하고 있습니다.

"뇌의 기본 구조를 살펴봅시다. 뇌는 네 개의 층으로 된 케이크 같아요. 제일 위에 있는 피질은 우리 뇌에서 가장 인간다운 기능, 인간 특유의 기능을 담당하지요." 저는 그림 1처럼 뇌의 각 부위가 담당하는 기능들을 표시하기 시작했습니다.

그러면서 이렇게 설명했어요. "제일 위에 있는 시스템들은 말

그림 1

인간 뇌의 계층 구조

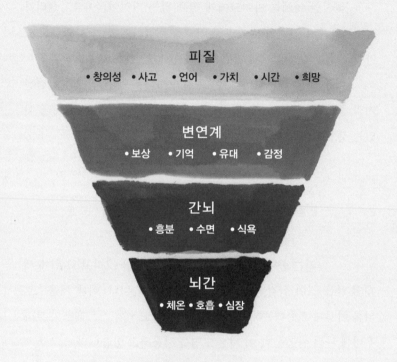

뇌는 서로 연결된 네 개의 영역인 피질, 변연계, 간뇌, 뇌간으로 나눌 수 있습니다. 아래쪽의 상대적으로 단순한 영역인 뇌간에서 시작해 피질까지 위로 올라갈수록 구조와 기능이 더 복잡해지지요. 피질은 말하기와 언어, 추상적 인지, 과거를 돌아보고 미래를 구상할 수 있는 능력 같은 '인간'의 가장 특유한 기능들을 매개합니다.

하기와 언어, 사고, 계획 세우기를 책임지고, 가치관과 신념도 거기 저장되어 있습니다. 마이크 당신에게 아주 중요한 점은 이 피질이 뇌에서 '시간을 알려줄 수 있는' 부분이라는 거예요. 피질이 '접속된 onlilne' 상태여서 작동 중일 때, 우리는 과거에 관해 생각할 수 있고 미래를 예상할 수 있어요. 어떤 것이 과거의 일이며 어떤 것이 현재의 일인지 구분할 수 있고요. 아시겠죠?" 마이크와 샐리가 함께 고개를 끄덕였어요.

"좋아요. 그럼 이제 뇌의 제일 아래쪽에 있는 뇌간을 보세요. 이 부분이 복잡한 조절 기능들, 그러니까 체온, 호흡, 심박수 등을 통제합니다. 그런데 이 아랫부분에는 사고하거나 시간을 구분할 수 있는 신경망이 전혀 없어요. 그래서 이 부분을 파충류의 뇌라고도 부른답니다. 도마뱀이 뭘 할 수 있는지 생각해 보세요. 도마뱀이 계획을 세우거나 생각할 일은 별로 없죠. 그냥 순간순간에 충실히 살고 반응하지요. 반면 우리 인간은 이 제일 위의 피질 덕분에 발명도 하고 창작도 하고 계획도 세우고 시간도 분간할 수 있지요."

저는 두 사람이 제 말을 잘 따라오고 있는지 확인하기 위해 그들을 한 번 쳐다보고 다시 말을 이었습니다.

"시각, 청각, 촉각, 후각 등 우리에게 입력되는 모든 감각은 제일 먼저 뇌의 이 아랫부분으로 갑니다. 감각 입력 중에서 피질로 곧바로 가는 건 하나도 없어요. 모두 처음에는 뇌의 아랫부분과 연결되지요."

두 사람이 고개를 끄덕였어요.

"일단 감각 신호가 뇌간으로 들어가면," 이렇게 말하며 저는 삼각형의 맨 아래쪽을 가리켰습니다. "그곳에서 신호를 처리합니다. 여기서 신호 처리란 새로 입력된 신호를 이전에 저장돼 있던 경험들과 맞춰 보는 거예요. 이번 사건의 경우에는 오토바이 엔진 소리를 총소리, 그러니까 전쟁과 관련된 기억과 맞춰서 연결한 것이죠. 그런데 뇌간은 시간을 구분하지 못하고 오랜 세월이 흘렀다는 것도 알지 못하니까 그냥 스트레스 반응을 작동시켰고, 그래서 당신이 전면적인 위협 반응을 일으키게 된 거예요. 실제로 공격을 당하고 있는 것처럼 느끼고 행동하게 된 거죠. 당신의 뇌간은 '이봐, 흥분하지 마, 한국전쟁은 30년 전 일이야. 저 소리는 그냥 오토바이 엔진 소리라고' 하고 말해 줄 수 없답니다."

마이크와 샐리를 보니 잘 이해한 것 같더군요. "신호가 마침내 피질로 올라가면, 실제로 무슨 일이 벌어지고 있는지를 피질이 판단할 수 있어요. 하지만 몸이 스트레스 반응을 활성화했을 때 제일 먼저 일어나는 일이 뇌의 위쪽 부분에 있는 시스템들을 차단하는 것인데요. 그중에는 '시간을 분간하는' 능력도 포함됩니다. 그러니까 오토바이 엔진 소리에 관한 정보가 결국 피질에 도달하기는 하지만 그러기까지는 시간이 걸리고, 그 정보가 피질에 도착할 때까지 당신은 이미 전쟁터에 돌아간 상태로 혼란에 빠져 있게 되지요. 마음이 진정되려면 하룻밤이 꼬박 걸리죠?"

"잠을 전혀 못 잤습니다." 마이크는 몹시 지친 모습이었지만 안심한 듯 보였어요. "그러니까 제가 미친 건 아니지요?"

"물론 아니에요. 당신의 뇌는 당신이 겪었던 일을 고려할 때 마땅히 그렇게 하리라고 예상되는 바로 그 일을 하고 있는 거예요. 하지만 한때는 적응에 유리했던 그 일이 이제는 적응에 불리해진 것이죠. 한국에서 당신을 살아남게 해 주었던 것이 여기 고향에서는 당신을 못살게 굴고 있는 거예요. 우리는 당신의 스트레스 반응 시스템의 반응성과 과민성을 낮출 방법을 찾아내야 합니다."

물론 마이크의 이야기가 여기서 끝나는 건 아니지만, 그의 이해하기 어려운 행동의 배후에 어떤 원인이 있는지 알게 된 것이 마이크와 샐리에게는 상당한 위안이 되었습니다. 제게 그 일은 뇌과학의 원리들을 임상 실무에 더욱 적극적으로 활용하기 시작한 계기였고요. 마이크의 이야기는 눈에 보이는 장면, 소리, 냄새, 맛, 접촉 같은 모든 감각 입력을 포함한 '환기 신호evocative cue'가 트라우마의 기억을 어떻게 활성화하는지 잘 보여 줍니다. 마이크의 경우, 오토바이 엔진 소리가 전쟁의 복합적인 기억을 환기한 것이었죠. 그리고 이 이야기는 우리가 트라우마에 관해 논의하기 시작했을 때 제가 오프라에게 제일 먼저 들려준 사례 중 하나였습니다.

뇌는 태어날 때부터 각자의 암호책을 만든다

오프라 로즈먼 씨의 사연에서 제가 가장 먼저 주목한 것은 그가 자신을 결함 있는 사람으로 느낀다는 점이었어요. 심지어 그는 "저는 뭐가 잘못된 거죠?"라고 물었죠. 하지만 박사님은 "당신은 무엇이 잘못되었는가?"보다는 "당신에게 무슨 일이 있었는가?"에 초점을 맞추었죠. 이것이 바로

우리가 다른 사람들에게도 전하고자 하는 관점의 이동이
죠. 또한 로즈먼 씨 이야기는 박사님이 말하는 뇌의 '순차
적' 조직이란 것을 제가 제대로 이해하는 데도 도움이 되었
어요.

페리 박사 모든 경험은 뇌의 아래쪽에서 시작해 차례로 위쪽으로
올라가며 처리됩니다. 이 말은 우리 뇌의 제일 위쪽 '똑똑한' 부분으
로 가려면 아래쪽의 그리 똑똑하지 못한 부분을 통과해야만 한다는
뜻이지요. 이런 순차적 처리 때문에, 우리 뇌에서 가장 원시적이고
반응적인 부분이 우리의 감각을 통해 들어오는 정보를 가장 먼저 해
석하고 반응을 실행하게 되는 것이죠. 요점은 이겁니다. 우리 뇌는
우리가 생각하기 전에 먼저 행동하고 느끼도록 조직되어 있다는 것.
이 순서는 우리 뇌가 발달하는 순서이기도 해요. 아래에서 위로 순
차적으로 발달하죠. 발달 중인 아기는 행동하고 느끼는데, 이 발달
기의 행동과 느낌들이 아기가 어떤 식의 사고를 하게 될지를 결정하
는 요소들이에요.

오프라 여러 해 동안 박사님한테 들은 얘긴데, 생애 초기
의 경험이 가장 큰 영향을 미치는 건 그때가 뇌가 가장 빨리
성장하는 시기이기 때문이지요.

페리 박사 "당신에게 무슨 일이 있었나요?"라는 질문은 어떤 사람
을 이해하고자 할 때만 핵심 질문이 아닙니다. 뇌를 이해하고자 할

때의 핵심 질문이기도 하죠. 다시 말해서 한 사람의 개인적 역사, 그러니까 그 사람의 인생에 존재한 사람들과 장소들 모두가 뇌 발달에 영향을 미치는 겁니다. 그 결과, 사람들은 모두 각자의 특유한 뇌를 갖게 되죠. 우리가 살면서 하는 경험들이 우리 뇌의 핵심 시스템들이 조직되고 기능하는 방식을 형성합니다. 그래서 우리는 각자 나름의 방식으로 세상을 바라보고 이해하는 것이죠.

로즈먼 씨 사례는 그가 스물네 살 때 겪은 트라우마 경험에 관한 이야기입니다. 그 경험이 스물네 살인 사람의 뇌를 바꾸어 놓았다면, 트라우마가 갓난아기나 아장아장 걷는 어린아이의 뇌에 어떤 영향을 미칠지 상상해 보세요.

발달 중인 뇌는 자궁에서부터 시작해 삶의 경험들을 저장하기 시작합니다. 태아의 뇌 발달은 엄마의 스트레스를 비롯해 식생활, 활동 패턴, 마약 및 알코올, 니코틴 섭취까지 다양한 요인들에서 영향을 받을 수 있어요. 생후 첫 9개월 동안은 뇌가 폭발적으로 발달합니다. 가장 빠를 때는 1초에 2만 개의 속도로 새 뉴런이 '태어나기도' 하지요. 이에 비해 성인은 상태가 좋은 날이면 700개 정도의 새 뉴런을 만들 수 있습니다. 태어나는 시점에 갓난아기에게는 860억 개의 뉴런이 있는데, 이 뉴런들은 계속 자라고 연결되면서, 아기가 자신의 세상을 파악할 수 있게 해 주는 복잡한 신경망을 형성하지요. 이 모든 과정은 극도로 복잡해서 연구자들도 아직 완전히 이해하지는 못합니다. 하지만 이것과 트라우마가 어떻게 연관되는지, 앞으로 우리가 이야기 나누는 동안 이해에 도움이 될 만한 몇 가지 기본 원칙이 있습니다.

우리의 외부 감각들―시각, 청각, 후각, 미각, 촉각―은 우리 몸 바깥에서 무슨 일이 일어나고 있는지 감시합니다. 이 감시 임무를 위해 눈, 귀, 코, 피부 같은 감각 기관에 의지하지요. 빛이나 소리, 냄새, 접촉이 감각기들을 자극하면, 각각에 특화된 뉴런들이 뇌로 신호를 보냅니다.

우리에게는 또한 우리 몸 안에서 무슨 일이 벌어지고 있는지 알려주는 감각계도 있는데, 이를 내부 수용 감각interoception이라고 해요. 예컨대 갈증, 배고픔, 숨 가쁨 같은 감각을 만들어 내는 것이죠. 외부 세계와 우리 내부에서 오는 모든 감각 입력은 뇌로 지속적인 피드백을 보냄으로써 우리 자신을 건강하고 안전하게 유지하기 위해 적합한 시스템들을 활성화합니다. 예를 들어 갈증이 난다면 물을 찾고, 배가 고프면 음식을 찾죠. 위험을 감지했다면 스트레스 반응 시스템을 작동시키고요.

뇌는 모든 감각 입력을 분류하여 '삼각형 위쪽'에 있는 뇌의 영역들로 보내서 계속 그 입력들을 통합하고 처리합니다. 어떻게 분류되었는지에 따라 다양한 감각 입력을 서로 연결함으로써 어떤 경험이든 점점 더 풍부하고 상세한 버전으로 만들어 내지요. 예를 들어 뇌는 시각 입력 중 일부를 그것과 정확히 똑같은 순간에 들어온 청각(소리), 촉각(접촉), 후각(냄새)을 보냈던 같은 영역들로도 보냅니다. 한 가지 경험을 구성하는 서로 다른 감각들이 이렇게 해서 연결되는 것이죠. 이것이 세계를 파악하는 일의 시작입니다.

우리 뇌가 이런 연결들을 저장해 복잡한 기억들을 만들기 시작하면서 우리의 개인적인 경험의 목록이 만들어지는 거예요. 자라는 동안 우리는 모두 우리 주변에서 무슨 일이 일어나고 있는지 파악하려고 애씁니다. 이 소리는 뭘 의미하는 거지? 누군가 내 등을 문지르는 이 행동은 무슨 뜻일까? 저 사람의 저 표정은 무엇을 의미할까? 저 냄새가 날 때는 어떤 일이 일어나지?

어떤 아이에게는 누군가 자기 눈을 마주 보는 것이 "난 널 좋아해. 너에게 관심이 있어"라는 의미일 겁니다. 하지만 또 다른 아이에게는 "나 지금 막 너한테 고함지를 거야"라는 의미일 수도 있지요. 생애 초기 매 순간, 발달 중인 뇌는 개인적 경험을 분류하고 저장하면서 우리가 세계를 해석하는 데 도움이 될 '암호책'을 만들어 갑니다. 누구나 각자 자기 삶의 경험들을 재료로 고유한 세계관을 만들지요.

잠깐 갓난아기의 감각 세계에 일어나는 극적인 변화가 어떤 것일지 상상해 볼까요. 아기가 탄생하는 순간, 한때 따뜻하고 리드미컬하며 어둡던 세상이 이미지와 소리, 온도 변화, 공기 노출 등 감각의 쇄도로 바뀝니다. 새로운 패턴의 감각 입력들이 갓난아기의 뇌에 폭발적으로 쏟아지죠. 아기에게는 세상에 새로운 것들이 너무도 많기 때문에, 이때 뇌가 가장 신속하고 활동적으로 새로운 연결들을 만듭니다. 생애 첫 몇 해의 경험은 다른 시기의 경험에 비해 뇌가 조직되는 방식을 결정하는 데 압도적으로 큰 힘을 발휘합니다.

말보다 먼저 새겨지는 트라우마의 기억

오프라 제가 박사님의 연구에서 배운 아주 중요한 사실은 어린아이들이 우리가 생각하는 것보다 훨씬 더 많은 걸 흡수한다는 것이었어요. 어릴수록 정서적 풍토에 더욱 민감하다는 점이요. 사람들은 어린아이 앞에서는 욕을 해도 괜찮다고 느끼죠. 어린아이들 앞에서는 난폭한 모습을 보여도 괜찮다고 생각해요. 제 방송에 출연했던 엄마들 중에는 "아이가 나이가 좀 더 들면 저 학대하는 애 아빠를 떠날 거예요" 하고 말하는 이들이 많았어요. 아이가 아직 너무 어려서 이해하지 못할 거라고 생각하지만, 사실은 정확히 그 반대잖아요.

페리 박사 그렇습니다. 완전히 반대지요. 어리면 어릴수록 아이는 세상을 해석하는 일에서 부모와 다른 어른을 포함한 양육자에게 더 많이 의존합니다. 어떤 면에서 아이는 어른들이라는 필터를 통해 세상을 경험한다고 할 수 있죠.

아주 어린 아이는 말에 사용된 단어는 이해하지 못하더라도, 말투 같은 커뮤니케이션의 비언어적 부분은 분명히 감지합니다. 화를 내며 하는 말에 담긴 긴장과 적의를, 우울한 사람의 언어에 담긴 피로와 절망감을 느낄 수 있지요. 생애 첫 몇 해 동안 뇌가 매우 급속히 자라며 세상이 작동하는 방식에 관한 수천, 수만 개의 연상을 만들기 때문에, 이 시기의 경험은 아이에게 더 큰 영향을 미칩니다.

예를 들어 아버지가 아이를 학대하는 경우, 그 아이의 뇌는 남자를 위협, 분노, 공포와 연결합니다. '남자들은 위험하고 위협적이며, 그들은 나와 내가 사랑하는 사람들을 해칠 자들'이라는 세계관이 아이의 뇌 속에 굳건히 자리 잡습니다. 이런 세계관이 뿌리 깊이 새겨져 있는 상태에서 남자 교사나 코치의 가르침을 받는다면 어떤 일이 벌어질지 상상해 보세요. 자기 어머니가 새로 사귄 건강하며 학대하지 않는 남자를 어떻게 보게 될지도요.

> **오프라** 게다가 아직 자기가 보거나 느끼는 것을 판단할 능력도 언어 능력도 발달하지 않은 단계에서는, 그냥 진동에 맞춰 반응하게 되지요. 그런 집안에서는 '이건 좋지 않아'라는 진동이 전달되고요.

페리 박사 방금 진동vibration이라고 표현한 것이 바로 환경의 정서적 분위기지요.

> **오프라** 맞아요. 저는 모든 환경에 고유한 분위기가 있다고 생각해요. 전혀 모르는 사람인 데다 다른 언어를 사용하는 낯선 이의 집에 들어갈 때도, 그 집이 사람들이 사랑받는 곳인지 아닌지를 느낌으로 딱 알 수 있어요. 뭔가 잘못되었다는 걸 육감으로 포착할 때처럼 말이죠. 잘못된 그게 정확히 뭔지는 몰라도 어딘가 어긋난 느낌이 드는 거예요.

페리 박사　마찬가지로 어떤 유치원에 들어가 보면 '와, 여긴 정말 훌륭한 환경이구나' 하고 확신할 수 있어요. 그곳의 풍토랄까, 정서적인 분위기를 느낄 수 있지요. 같은 학교의 다른 교실에 들어가서는 '아니, 여기선 무슨 일이 벌어지고 있는 거지?'라고 자문하게 되기도 하고요. 그건 정말 강력한 느낌이에요. 우리 뇌에는 비언어적 관계 신호에 아주 민감한 부분들이 있어요. 그런데 우리 사회에서는 사람들 사이의 관계가 작동하는 방식과 관련해 이런 측면의 중요성을 충분히 인지하지 못하고 있습니다. 우리는 단어로 된 글과 말을 중시하는 매우 언어적인 사회이지만, 실제 의사소통의 대부분은 비언어적이에요.

오프라　박사님은 태어나서부터 두 살 때까지 생애 초기에, 그러니까 자기가 겪은 사건을 말로 설명할 능력이 발달하기 전에 트라우마를 경험하면, 그 사건을 설명할 수 있는 언어를 알고 있을 때 경험하는 것에 비해 뇌에 더 깊은 영향을 입을 수 있다고 가르쳐 주셨죠. 저는 너무 어릴 때, 벌어진 일을 처리할 수 있는 언어가 생기기도 전에 성적 괴롭힘을 당한 아이들에 대해 생각합니다. 아이가 겪은 일을 말로 표현할 수 있는 경우와 달리, 그 경험은 아이의 뇌에 들어가 콕 박혀 있게 되지요.

페리 박사　지금 오프라가 묘사한 것도 일종의 기억이에요. 제가 로즈먼 씨에게 그려서 보여 줬던 역삼각형으로 돌아가 봅시다.

우리 몸의 모든 생물학적 시스템은 이런저런 방식으로 경험에 반응해 변화합니다. 그러니까 이런 생물학적 변화는 어떤 의미에서 과거 경험의 기록인 셈이고, 기본적으로 기억이라고 할 수 있죠. 뉴런은 경험에 대단히 민감하며, 뇌의 모든 부분에 퍼져 있는 신경망은 기억을 만들 수 있어요. 이름과 전화번호를 기억하고, 열쇠를 둔 장소를 기억하는 것은 피질의 신경망이 하는 기능 중 하나지요. 또한 우리에게는 감정적인 기억도 있습니다. 어떤 경험에 대한 연상 작용으로 특정 노래를 들으면 특정 감정이 일어날 수 있지요. 칠면조 구이나 갓 구운 빵 냄새는 따뜻한 소속감을 일으킬 수도 있고, 잃어버린 과거에 대한 서글픈 감정을 일으킬 수도 있고요. 이런 감정들은 변연계와 다른 뇌 영역들에 걸쳐 있는 신경망에 저장된 연상들에서 나옵니다. 그리고 뇌의 더 아래쪽 신경망에 저장되는 운동-전정 기억motor-vestibular memories이란 것도 있습니다. 자궁 속의 태아 자세로 몸을 웅크리는 것은 바로 태아 때 형성된 운동-전정 기억에서 나오는 행동이지요. 하지만 트라우마 경험은 뇌의 모든 영역에 복잡한 기억의 흔적들을 남겨 놓을 수 있어요.

앞에서 뇌는 순차적으로 발달한다고 말했지요. 아래쪽부터 시작해서 점점 위쪽으로 발달하고, 안쪽부터 바깥쪽으로, 뇌간의 기본적 기능부터 피질의 복잡한 능력들로 차례대로 발달하죠. 모든 뇌영역은 각자 기억을 만들 수 있는 능력이 있어요. 경험에 반응해 변화하고, 각자의 특정한 신경망들 안에서 그 변화를 저장하는 능력이지요.

아주 어린 아이들은 피질의 발달이 아직 완전하지 않습니다.

3세 이하 아이들의 신경망은 선형적 서사 기억, 즉 누가, 무엇을, 언제, 어디서 했는가에 관한 기억을 만들 만큼 충분히 발달하지 않았다는 말이에요. 하지만 그렇게 어릴 때도 뇌의 더 아래쪽 영역에 있는 신경망들은 생애 최초의 경험들을 처리할 수 있고, 그 처리 결과에 따라 변화합니다. 일종의 기억인 연상들이 이 아래쪽 신경망들에서 만들어지며, 이는 어린아이들의 뇌에 트라우마가 저장되는 방식에 엄청난 영향을 줍니다.

아이가 학대를 경험하면 아이의 뇌는 머리칼 색깔과 말투 같은 학대자의 특징들이나 배경에서 흐르던 음악 같은 학대의 상황들을 공포의 감각과 연결시킵니다. 이렇게 만들어진 복잡하고 혼란스러운 연상은 오랫동안 행동에 영향을 미칠 수 있어요. 예를 들어 오랜 세월이 흘러 어느 레스토랑에 갔는데 자기를 내려다보며 주문을 받는 갈색 머리 웨이터를 보고 공황 발작을 일으킬 수도 있는 거예요. 하지만 확고하게 남아 있는 인지적 회상, 다시 말해 선형적 서사 기억은 없기 때문에 그 공황 발작은 이전의 경험과는 무관한 뜬금없는 일로 느껴지고 해석되기 일쑤지요.

어린 나이에 트라우마를 경험하면, 그 영향을 받아 형성된 특정 믿음과 행동이 평생 지속될 수도 있습니다. 가장 심각한 양상 중 하나가 어려서 당한 성적 학대로 친밀한 관계가 망쳐지는 것이죠. 이는 당사자가 구체적인 학대의 상황들을 실제로 기억하지 못하는 경우에도 그렇습니다.

오프라 〈오프라 윈프리 쇼〉에서 성적 학대 문제를 집중적으로 다룬 에피소드가 무려 217회에 달하는데요. 저 자신을 포함해 피해자 대부분에게 깊이 흐르는 공통된 줄기 하나를 발견했어요. 그건 순응하도록 길러진 사람은 모든 형태의 충돌을 불편해한다는 거예요. 싫다고 말할 권리가 자신에게 있다는 걸 한 번도 배우지 못했기 때문이죠. 아니, 사실은 싫다고 말하면 안 된다고 배운 것이죠. 자신의 경계선을 스스로 설정할 자격이 있다는 의식을 계속 도둑맞아 온 겁니다. 이런 가르침에 대한 반응으로 많은 이들이 '싫다'는 자신의 감정은 묻어 버리고 남들을 만족시키려는 사람이 되지요. 저 역시 그 범주에 들어가고요. 오랫동안 저는 제가 사실은 원치 않는다는 걸 뻔히 아는 일에 대해서도 좋다고 말하거나, 제 주장을 내세우는 불편함을 견딜 수 없어서 난처한 대화는 회피했습니다. 제가 아는 트라우마 피해자 중에는 스스로 끊어 내지 못해서 남들이 자기 대신 결단을 내리도록 몰아가며 상황을 망치는 행동만 계속하는 이들이 있어요. 여기서 남들이 대신 결단을 내린다는 건 그 상대방들이 먼저 이들과 관계를 끊거나, 친구 사이를 파탄 내거나, 직장을 잃게 만든다는 뜻이죠. 조금 전에 박사님이 친밀한 관계를 망치는 사람들 이야기를 하시니 이런 일들이 떠오르네요.

모든 새로운 관계는 스트레스를 낳는다

하지만 우리가 지금까지 이야기한 성적 학대나 아동 학대, 전쟁 같은 극단적 경험만이 트라우마를 초래하는 건 아니지요. 트라우마라는 용어는 사실 아주 넓은 범위에서 삶의 경험에 적용할 수 있으니까요.

이혼 가정 아이들을 다룬〈오프라 윈프리 쇼〉에피소드에 처음 출연했던 크리스와 데이지의 이야기가 가장 적절한 예일 것 같습니다. 당시 크리스는 일곱 살이었어요. 누나 데이지는 열한 살이었고요. 이 아이들은 부모의 이혼이라는 트라우마를 견뎌야 했을 뿐 아니라, 몇 년 동안 엄마와 전혀 연락이 닿지 않은 채 지내고 있었죠. 엄마를 마지막으로 보았을 때 크리스는 겨우 네 살이었는데, 가슴이 미어질 정도로 엄마를 그리워하고 있었어요. 자기가 모은 돈으로 엄마한테 줄 반지를 살 수 있게 되면 엄마가 자기한테 돌아올 거라 믿고 있었죠. 크리스의 이야기는 깨달음으로 제 가슴을 활짝 열어젖혔어요.

반면 데이지의 상처는 분노로 표출되었죠. 자기 엄마에 대해 데이지는 "결혼한 다음에는 남자 친구를 사귀면 안 되는 거잖아요"라고 말했어요. 자기를 조건 없이 사랑해 줘야 하고 가장 훌륭한 선생님이 되어 주어야 할 그 사람이 데이지의 인생에서 완전히 사라져 버린 것이죠. 데이지는 그런 상황을 "견딜 수 없다"라는 말로 표현했어요.

그날 방송에서 유대 랍비이자 가족 치료사인 M. 게리 뉴먼은 이혼이 대부분의 아이들에게 실제로 죽음과도 같은 일이라고 말했습니다. 그의 설명에 따르면 아이들은 부모를 각자 개별적인 두 사람이 모인 것이 아니라, 가족이라는 더 큰 단위에 속한 하나의 단위로 본다고 해요. 그러니까 이혼이 가족 전체를 위해 가장 나은 선택일 때도, 아이들은 자기 자신의 일부가 떨어져 나가는 것처럼 느낀다는 것이죠. 그리고 만약 아이가 부모와 신뢰를 쌓기도 전에 부모 중 한쪽을 더 이상 만날 수 없게 되거나, 가족 역학에 새로운 관계가 등장하면, 그 일은 자기 가치를 형성하는 일을 담당하는 뇌 영역에 영향을 미치지요. 자기 감각sense of self† 은 평생을 살면서 우리가 맺는 모든 관계, 우리가 내리는 모든 결정에 스며들어 그 형태를 결정해요. 아이들이 부모의 결정에서 자신들이 존중받지 못했다고 느끼면, 자기 가치에 관해 갖고 있던 믿음도 무너지고요.

크리스와 데이지는 제게 처음으로 부모의 결별이라는 트라우마에 관한 진실을 말해 준 아이들이었어요. 어떤 사람들은 아이가 어릴수록 새로운 관계를 받아들이기가 더 쉽다고 믿지요. 크리스와 데이지의 이야기는 그 생각이 틀렸음을 확인해 주었습니다.

---

† 한 개인이 자신의 정체성, 독특함, 방향성 등 자신을 정의하는 특징들에 관해, 몸에 뿌리내린 감각의 차원에서 갖고 있는 느낌.

박사님의 연구에서도 같은 결과가 나왔다는 걸 알고 있고요. 이런 상황에서 아이의 뇌에 벌어지는 일을 신경학적 관점에서 설명해 주시겠어요?

페리 박사 새로운 관계가 나타나면 두 가지 일이 벌어집니다. 이건 아기들의 경우에도 똑같아요. 아이가 먼저 속으로 이런 의문을 갖기 시작합니다. "이 사람은 누구지? 지금 이게 무슨 일이지?" 다음으로 아이들은 엄마나 아빠의 관심이 자기에게서 그 다른 사람에게로 옮겨 가는 걸 느낍니다. 그러니까 적대적이고 공격적인 일이나 학대가 전혀 일어나지 않을 때조차 새로운 관계가 얼마나 아이들의 안정감을 앗아 가는 일인지 이해할 수 있죠.

오프라 그러니까 비교적 건강한 관계일 때도 그렇다는 말씀이죠?

페리 박사 그렇습니다. 아이의 인생에 들어온 새로운 사람이 정말 상냥하고 친절하고 아이를 존중하는 사람이라 해도, 아이가 그 변화를 이해해서 다시 차분하고 잘 조절된 상태로 돌아갈 때까지는 긴 시간이 필요해요. 나중에 더 자세히 이야기하겠지만, 새로운 모든 것은 우리의 스트레스 반응 시스템을 활성화합니다. 새로운 것에 대해 우리는 기본적으로 "앗, 이게 뭐지?" 하고 반응하는 것이죠. 그 새로운 것이 안전하고 긍정적이라고 판명될 때까지는 잠재적 위협으로 분류하고요. 대부분의 사람에게 미지의 것은 불안감이나 압도감을 주는 주요 원인 중 하나랍니다.

물론 갈등이 있는 관계라면 더욱 심각하죠. 가령 엄마의 새 남자 친구가 어린 남자아이에게 고함을 질렀다고 해 봅시다. 이 경험은 피질에서 "월요일에 엄마의 남자 친구가 집에 와서 나에게 고함을 질렀다"라는 서사 기억(누가, 무엇을, 언제, 왜)으로 처리되고 저장됩니다. 그런데 이 기억은 동시에 뇌의 더 깊숙한 곳에도 저장돼요. 그 남자가 고함을 지르고 있을 때 아이의 스트레스 반응이 활성화되지요. 뇌의 아래쪽 부분에서 관장하는 핵심 조절 시스템들이 아이의 심박 수와 근육 긴장도를 높이고, 아이의 몸에 싸우거나 달아날 준비를 하라는 신호를 보내는 것입니다. 두려움이 사고를 차단하고 감정을 증폭시켜 아이는 겁에 질리게 되죠. 아이의 뇌는 이 경험 전체의 의미를 파악하려고 애쓰는데, 그 과정에서 트라우마 기억도 만들어집니다.

나중에 아이가 이 트라우마 경험을 상기시키는 촉발 신호trigger나 환기 신호에 노출되면 아이의 심장 박동이 증가합니다. 자세도 달라질 거고요. 몸에서 방출되는 호르몬의 종류도 달라지죠. 요점은 우리 몸의 핵심 조절 시스템들이 트라우마 경험으로 인해 변화할 수 있다는 사실이에요. 예측할 수 없는 혹은 너무 극심한 스트레스에 노출된 아이는 스트레스 조절 장애stress dysregulation라고 불리는 상태가 됩니다.

오프라 트라우마를 일으키는 환경에서 살아간다면 아이는 지속적인 스트레스 조절 장애 상태에 있지요.

페리 박사 그렇습니다. 예를 들어 아이가 부모의 반복적인 언어 폭력이나 정서 학대, 신체 학대를 목격하거나, 부모의 새 파트너에게서 직접 학대를 당하면, 아이의 뇌는 학대자가 지닌 모든 속성을 위협과 연결 짓습니다. 이러한 연상은 아이가 자라면서 모든 관계를 경험하고 해석하는 방식에 영향을 미칠 수 있지요.

> **오프라** 그 연상들이 우리가 세상을 인지할 때 사용하는 렌즈가 되고, 그게 바로 박사님이 "개인적 경험의 목록 혹은 암호책"이라고 부르는 것이죠?

페리 박사 맞습니다. 이렇게 생애 초기에 만들어진 연상들은 너무나 강력하게 모든 면에 영향을 미칩니다.

현재를 움직이는 기억과 연상의 단추들

예전에 대략 7세부터 17세까지의 남자아이 100명 정도가 머무는 거주 치료 센터에서 상담 일을 한 적이 있습니다. 그 아이들은 모두 학대나 방임을 겪고 가족에게서 분리된 후 주 정부의 보호를 받고 있었어요. 위탁 양육 가정에서 잘 적응하지 못해서 그 거주 치료 프로그램에 배치된 상태였죠. 아이들은 기숙사 비슷한 시설에서 살았고, 대부분 시설 내에 있는 학교에 다니고 있었어요.

제가 상담하던 아이 중에 열네 살의 샘이라는 아이가 있었는데요. 샘이 일곱 살 때 아동보호 기관 직원이 샘과 네 명의 동생들을 집에서 데리고 나왔답니다. 모두 방임된 상태였고, 그때까지 샘이 동생들을 돌보고 보호하고 있었대요. 아버지가 술에 취하면 분노를 가장 난폭하게 터뜨리는 대상이 샘이었어요. 집에서 나온 후에 샘의 동생들은 각자 다른 위탁 가정으로 보내졌지요. 샘은 걱정에 제정신이 아니었고, 동생들을 찾으려고 계속 위탁 가정에서 달아났답니다. 샘은 열두 군데의 위탁 가정(과 열두 군데의 학교)을 거친 후 열한 살의 나이로 그 거주 시설에 배치된 상태였어요. 우리가 가장 먼저 취한 조치는 샘이 매주 동생들과 통화하고 매달 동생들 집을 방문할 수 있게 연결해 준 것이었어요. 동생들이 안전하고 사랑받고 있다는 걸 알게 되자 샘도 제법 안정을 찾았죠. 그런 다음에야 샘의 치유라는 고된 작업에 본격적으로 착수할 수 있었어요.

이후 3년 동안 샘은 대단한 발전을 이루었어요. 사회적 기술[†]도 개선되었고, 일이 마음대로 안 될 때나 실망스러운 일이 생길 때 자기를 통제할 수 있는 능력도 좋아졌죠. 미래에 대한 희망도 키우고 거기에 더 집중할 수 있게 되었고요. 살면서 겪은 혼란 때문에 학교에서 세 학년이나 뒤처져 있었지만, 제법 따라잡아서 더 높은 학년으로 올라가게 되었어요.

샘의 새 선생님은 활기 넘치고 경험이 많고 호감을 주는 사람이었어요. 그리고 남자였죠. 새 학급에서 첫 한 주를 보내는 동안 샘

[†] 상호작용과 의사소통을 통해 타인들과 관계를 형성하는 데 필요한 역량. 사회적 기술을 학습하는 과정을 사회화라고 한다.

저는 누군가를 이해하려 할 때마다
그 사람의 뇌를 궁금해합니다.
그들은 왜 그런 일을 했을까? 그건 그들의 뇌가
작동하는 방식에 영향을 미치는 어떤 일이
일어났기 때문입니다.

은 세 번이나 크게 감정을 폭발시켰어요. 두 번은 그 선생님을 향한 것이었는데, 너무 공격적이고 난폭해서 샘을 물리적으로 제압해야 할 정도였지요. 그런 물리적 제지는 그 프로그램에서는 가장 극단적인 조치였고, 샘의 행동 역시 평소의 샘에 비춰 보면 아주 이례적인 일이었습니다. 그런데 안타깝게도 그런 일이 계속 벌어졌어요. 직원들은 어리둥절하고 왜 그런지 알 수 없어 무척 답답해했죠. 샘은 침울하고 창피해하는 상태였고요.

샘의 선생님과 함께 각각의 사건들을 검토해 봤는데, 저도 선생님도 샘을 자극하는 명백한 요인을 전혀 발견할 수 없었습니다. 제가 직접 샘의 반응을 관찰했을 때도 그 선생님이 부적절한 행동이나 잠재적 자극이 될 만한 행동을 하는 걸 전혀 볼 수 없었고요. 그런데도 샘은 선생님이 자기에게 말을 걸거나 공부를 도와주려고 할 때마다 몹시 짜증스럽고 불안해 보였어요. 제가 보기엔 선생님과 물리적으로 거리가 가까워지는 것이 유일한 촉발 요인이었어요. 선생님이 가까이 있을수록 샘의 불안도 더 심해졌지요. 시간이 지나면서 선생님은 샘과 모든 상호작용을 회피하기 시작했어요. 눈을 마주치지도 않고, 격려의 말을 건네지도 않고, 미소를 짓지도 않았지요. 물리적으로만이 아니라 감정적으로도 연결을 끊은 거지요. 두 사람이 서로를 좋아하지 않는다는 게 분명해 보였습니다.

어느 날 저와 이 문제에 관해 이야기를 나눌 때 샘이 한 유일한 설명은 "그 선생님은 나를 미워해요. 내가 하는 모든 일이 못마땅한 거죠"라는 것이었어요. 그러다 직원이 샘에게 아빠 면회 시간이 거의 다 됐다고 알리면서 우리의 상담이 중단되었어요. 그 면회는 감독관이 함께해야 했는데, 샘의 담당 사회복지사가 아직 도착하지 않은 터라 제가 샘과 함께 가기로 했습니다.

우리는 회의실로 갔고, 저는 구석에 앉아 샘의 아빠가 나타나기를 기다렸어요. 샘은 회의실 테이블에 앉아 체커 말들을 쌓고 있었고요. 우린 계속 기다렸어요. 샘의 아빠가 또 지각을 했거든요. 마침내 문이 열리고 샘의 아빠가 들어와 샘의 맞은편에 앉았어요. 그들은 어색한 인사를 나누고 체커 게임을 시작했어요. 이후 10분 동안 게임을 하면서 그들이 주고받은 말은 단어 열 개 정도가 고작이었죠. 둘 다 서로를 쳐다보지 않았어요. 둘 사이의 긴장감이 피부로 느껴질 정도였어요.

그들이 체커를 두는 동안 제 마음은 둥둥 떠서 흘러 다녔어요. 어느덧 저는 제 아버지를 생각하고 있더군요. 캐나다의 플린 플론 북쪽에 낚시 여행을 갔을 때의 일이었어요. 새벽 5시에 월아이 떼가 있는 곳으로 낚시를 가자고 곤히 자고 있던 저를 깨우던 아버지, 빨간 체크무늬 플란넬 헌팅 셔츠를 입은 아버지, 그 셔츠에 배어 있던 아버지 냄새, 담배 냄새와 땀 냄새, 올드스파이스† 향이 뒤섞인 아버지 냄새, 그 아늑하고 안전한 느낌을 주던 냄새. 저는 제가 안전하고 사랑받고 있다는 진한 감정에 휩싸였어요.

제가 그 백일몽에서 빠져나오고 난 뒤에도 올드스파이스 향은 회의실 안에 여전히 퍼져 있었어요. 이게 어찌 된 일이지? 저는 테이블로 걸어가 샘과 샘의 아버지 사이로 몸을 수그렸어요. "게임이 어

†   프록터앤드갬블의 남성용 화장품 브랜드.

떻게 돼 가나요?"

아버지가 "애가 이기고 있어요"라고 말하더군요. 그의 숨결에서 술 냄새가 났고, 술 냄새를 감추려고 듬뿍 바른 올드스파이스 향도 났어요. 원래 아이를 면회하러 올 때는 술을 마시면 안 되거든요.

면회가 끝나고 저는 선생님을 만나러 갔습니다. 교실에서 다음 날 수업을 준비하고 있더군요. "좀 이상하게 들릴 수도 있는데요" 하고 제가 말을 꺼냈습니다. "선생님 체취 제거제로 무슨 제품을 쓰시나요?"

"올드스파이스요. 왜요?"

저는 종이 한 장을 꺼내 앞서 말했던 역삼각형 뇌 모형을 그렸고, 우리는 기억과 연상과 촉발 요인에 관해 잠시 이야기를 나누었어요. 그리고 나서 저는 올드스파이스 향이 샘에게 환기 신호인 것 같다고 말했죠. 폭발음이 로즈먼 씨에게 환기 신호였던 것처럼요. 선생님은 향이 없는 체취 제거제로 바꾸겠다고 했지요.

그날 오후 저는 샘과 함께 앉아 이야기를 나누며 그 애가 선생님에 대해 그렇게 화가 나고 불편해하는 이유를 설명했습니다. 샘에게도 역삼각형 뇌 그림을 보여 주면서, 우리 뇌가 세상의 의미를 파악할 때 '동시에 발생하는' 시각과 소리와 냄새를 한데 연결한다는 이야기를 들려주었지요. 샘이 고개를 끄덕이더군요. 자기가 듣기에도 이치에 닿는 이야기였던 겁니다. 샘은 자기가 알고 있는 자신의 또 다른 폭발 단추들에 대해서도 예를 들어 알려 줬어요. 누군가 고함을 지르면 샘은 달아나서 숨고 싶어진다고 했어요. 또 덩치 큰 사람이 덩치 작은 사람을 괴롭히면 그를 공격하고 싶어졌고요. 저는 샘에게 선생님을 만나 둘의 관계를 다시 시작할 수 있을지 알아볼 생각이 있느냐고 물었죠.

샘과 선생님 모두 서로에게 다시 한번 기회를 주기로 했어요. 다음 한 해 동안 그들의 관계는 아주 돈독해졌고, 결국 샘은 반에서 가장 모범적인 학생이 되었답니다.

샘의 이야기는 뇌가 기억을 저장하는 방식에 관해 많은 것을 말해 줍니다. 샘과 저는 둘 다 과거에 우리 뇌가 올드스파이스 향과 연결된 기억을 만든 경험을 했습니다. 그런데 올드스파이스에 얽힌 저의 연상은 긍정적인 감정을 일깨웠지만 샘의 연상은 괴로움과 공포를 일깨웠지요.

우리가 세상을 살아가는 동안 수많은 소리와 냄새와 이미지들이 우리가 이전에 만들었던 기억들과 연결됩니다. 이 기억이란 특정 사건에 대한 전체적인 회상일 수도 있고, 어떤 느낌이나 기시감, 하나의 인상 같은 기억의 조각일 수도 있어요.

누군가를 만나면 우리는 첫인상('저 사람은 진짜 좋은 사람 같아')을 갖게 되는데, 이때 그런 인상의 근거가 될 만한 명백한 정보가 없는 경우가 많지요. 이는 그 사람이 지닌 속성들이 우리가 이전에 친숙하거나 긍정적인 것으로 분류했던 뭔가를 우리에게 일깨우기 때문입니다. 어떤 속성이 과거의 부정적 경험과 연결되면 반대로 나쁜 첫인상('이 작가는 분명 아주 나쁜 놈이야')이 생길 수 있죠.

우리 뇌는 가족, 공동체, 문화로부터 그리고 미디어로부터 들어오는 어마어마한 양의 입력들을 범주별로 분류합니다. 뇌는 그렇게 저장된 것들의 의미를 파악하면서 하나의 세계관을 형성하기 시작하죠. 나중에 우리가 범주화한 적 없는 특성을 가진 사람을 만나면 우리는 기본적으로 경계하고 방어하는 반응을 보이게 됩니다. 그 결과, 예컨대 미디어가 유도하는 이상적 신체 유형이나 인종적·문화적 편견에 근거한 연상들이 우리 뇌를 가득 채우게 되면, 우리는 암묵적인 편견을 (어쩌면 노골적인 편견도) 갖게 되는 것이죠.

일상생활의 많은 현상이 뇌가 연상과 기억을 만듦으로써 세계를 파악하는 과정과 직접 연결되어 있습니다. 이것이 바로, 지금 당신에게 일어나고 있는 일을 이해하려 할 때 "당신에게 무슨 일이 있었나요?"라고 질문하는 것이 중요한 이유입니다.

삶을 지탱하는
균형을 찾아서

SEEKING BALANCE

여러분은 자신의 심장에 대해 얼마나 자주 생각하시나요?

심장이라는 경이로운 기관은 우리가 태어나기도 전부터 우리 몸 전체에 생명의 에너지를 꾸준히 펌프질하고 있었습니다. 하루도 빠짐없이, 하루에 최소 11만 5000회를 박동하지요. 오직 우리의 생명을 유지하려는 단 하나의 목적으로 말이에요. 모든 세포, 조직, 기관에 필수 영양분을 전달하는 복잡한 물리적 과제 외에도, 심장 박동은 우리의 감정적 에너지를 조절하는 일을 담당한답니다. 강하고 고른 심박은 평온한 감각을 안겨 줄 수 있죠. 빠른 스타카토의 심박은 더없이 건강한 사람에게도 공황을 일으킬 수 있고요.

사십 대 후반 어느 즈음에 저는 심장이 갑자기 빠른 속도로 후들후들 떨리는 변화를 감지했습니다. 그러자 곧바로 최악의 시나리오를 상상하기 시작했죠. 어느 날 밤에는 자다가 깨어 보니 심장이 너무 세게 뛰고 있어서 평생 처음으로 곧 죽을 것 같다는 생각까지 했답니다.

무슨 일이 벌어지고 있는 건지 이해하기까지 6개월이 걸렸어요. 〈오프라 윈프리 쇼〉를 녹화하던 스튜디오 밖 탁자 위에 책 한 권이 놓여 있는 걸 발견했는데, 두근거림이 폐경기의 한 증상일 수 있다는 이야기가 실려 있더군요. 한 의사가 그 말이 사실이며 제 몸이 실제로 폐경기 변화를 겪고 있다고 확인해 주었죠. 그 말이 저를 얼마나 안심시켜 주었는지 이루 다 표현할 수가 없네요. 안심이 되기도 하고 경외감이 들기도 했죠. 왜냐하면 제 심장이 제게 직접 보낸 그 메시지는 제가 저 자신의 생체 시스템과 연결되어 있다고 느끼게 해 준 가장 강력한 경험 중 하나였으니까요. 그 메시지는 제가 이미 믿고 있던 사실, 그러니까 제 몸이 항상 제게 뭔가 말하고 있다는 것을 증명하는 일이기도 했어요.

여러분에게도 똑같습니다. 태어날 때부터 심장은 우리의 안녕에 관한 상태 메시지를 끊임없이 보내고 있어요. 심장은 육체적 건강과 감정적 건강에 일어나는 아주 작은 변화에도 매우 긴밀하게 조율되어 있으며, 심장이 경고를 보낼 때는 우리 존재의 모든 부분이 그 영향을 느낍니다.

심장과 관련된 그 에피소드를 겪은 후로 저는 항상 경계를 늦추지 않는 몸속 알람에 대해 깊은 고마움을 느끼고 있어요. 스트레스를 받는 시기에 그런 리듬의 변화는 하나의 선물이지요.

그러나 제가 페리 박사님에게 배운 것처럼, 항상 과도한 경계 상태에 머물러 있는 것은 육체와 감정의 전반적 건강에 파괴적인 영향을 미칠 수 있답니다. 불안증, 우울증, 뇌졸중, 심장병, 당뇨병 같은 질환과 장기적 스트레스 사이에는 실질적인 상관관계가 있습니다.

저는 이십 대 때 처음으로 스트레스 조절이 몹시 어려운 상태에 직면했습니다. 기자로 취직해서 일주일에 100시간씩 일하고 있을 때였죠. 저는 팀 플레이어가 되고 싶었지만, 갈수록 다른 사람들과 점점 더 어긋나고 있다고 느껴졌어요. 앞에서도 설명했듯이, 뿌리 뽑힌 가족, 성적 학대, 지속적인 구타 등 어렸을 때 일어난 트라우마 사건들이 저를 타인을 만족시키는 데 능숙한 사람이 되도록 길들였지요. 그렇게 행동하는 게 저 자신의 에너지를 완전히 고갈시킬 때조차 그런 성향에서 벗어나지 못했어요. 그래서 몸이 보내는 스트레스 신호를 느꼈을 때 그 신호를 무시했고, 대신 가장 쉽게 손에 넣을 수 있는 약, 바로 음식으로 저 자신을 위로했어요. 제 인생이 리듬에서 멀리 벗어날수록, 저는 그 신호들을 침묵시키기 위해 더 많은 위안을 구했답니다.

저는 제가 자신을 배반하고 있다는 걸 알만큼 충분히 자의식이 깨어 있었습니다. 제게는 한정된 에너지밖에 없다는 것, 에너지를 아끼고 재충전해야 한다는 것을 알았죠. 하지만 저 자신의 리듬 안에서 살아가는 방법을 이해하기까지는 수십 년이 걸렸습니다.

이제는 압도감에 버거워지기 시작하면 뒤로 후퇴합니다. 싫다고 말할 줄도 알게 되었고요. 제 에너지를 다 뽑아 가는 사람이 주변에 있을 때는 그 사람의 부정적인 에너지를 막아 내는 보이지 않는 장벽을 칩니다.

또한 저만의 신성한 공간을 만들었고, 일요일은 그저 내가 나로서 존재하도록 허락하는 재생의 시간으로 온전히 떼어 놓습니다. 저의 평온을 침범하는 누군가가 이 시간을 방해하거나 위협하면 저는 쉽게 짜증이 나는 민감한 상태가 되고 곧잘 불안해지며, 결정 내리는 일을 몹시 힘들어하게 돼요. 한마디로 제가 절대 되고 싶지 않은 사람이 되고 말지요. 저 자신의 리듬으로 돌아오는 가장 빠르고 항상 잘 듣는 방법은 자연 속을 걷는 거예요. 그냥 나의 호흡과 일정한 심장 박동, 나무의 고요함 혹은 잎사귀의 섬세함에 초점을 맞추는 것만으로도 만물의 온전함 한가운데로 들어갈 수 있지요.

음악, 웃음, 춤(심지어 혼자만의 파티), 뜨개질, 요리. 무엇이든 자연스럽게 위안을 주는 일을 찾는 것은 당신의 마음과 정신을 조절해 줄 뿐 아니라, 자기 안의 선함과 세상의 선함에 늘 열린 자세를 유지하는 데도 도움이 된답니다.

—오프라 윈프리

불안을 잠재우고 균형을 되찾는 '리듬'과 '조절'

오프라 박사님과 함께 오프라 윈프리 여성리더십아카데미 캠퍼스를 걸으며, 다음 수업을 받을 교실로 이동하는 학생들이 함께 춤추고 노래하며 웃는 모습을 지켜보던 기억이 나네요. 그때는 박사님이 이미 10년 이상 그곳 학생들과 작업을 했던 시점이었는데, 그 모습을 보면서 "저게 아이들의 공부에도 도움이 될 거예요"라고 말씀하셨죠. 이어서 우리는 리듬이 그토록 중요한 이유에 관해 이야기를 나눴고요.

페리 박사 리듬은 몸과 마음의 건강에 필수적입니다. 세상 사람 누구나 자기 기분을 좋게 해 주는 리드미컬한 무언가를 꼽을 수 있을 거예요. 걷기, 수영, 음악, 춤, 해변에서 부서지는 파도 소리 등등.

오프라 아기가 울 때 우리가 아기를 흔들어 주는 이유이기도 하죠. 그건 아기가 스스로 진정할 수 있는 자기만의 리듬을 찾도록 도와주려는 행동이고요.

페리 박사 맞습니다. 동시에 우리 스스로 진정하는 데도 도움이 되고요. 주변 사람들의 감정은 우리에게 전염되지요. 아기가 기분이 나쁠 때는 우리도 기분이 나빠질 수 있죠. 그래서 우리는 아기에게 다가가 아기를 안고 걸어 다닙니다. 먼저 우리 자신을 달래 준다고 느껴지는 리듬에서 시작했다가, 그게 효과가 없으면 아기의 조절에 도움이 될 만한 다른 리듬 패턴으로 서서히 바꿔 가지요. 우리의 노력에 아기가 어떤 반응을 보이는가에 따라 아기를 달랠 때 우리가 사용하는 리듬의 방식이 결정되는 것이죠.

우리는 자라면서 우리 자신을 조절하는 데 도움이 되는 리듬과 활동을 하나하나 찾아갑니다. 어떤 사람에게 그건 걷기이고, 또 다른 이에게는 바느질이나 자전거 타기입니다. 누구나 뭔가 어긋난 느낌이 들거나 불안하거나 좌절감을 느낄 때 각자 선택하게 되는 활동이 있지요. 공통되는 요소는 리듬입니다. 리듬에는 조절하는 힘이 있어요.

오프라 사람들은 마음과 몸, 정신의 전반적 건강 또는 균형이라는 의미로 심신 건강wellness이라는 말을 써요. 하지만 박사님은 조절regulation이라는 단어를 사용하시죠. 박사님이 말하는 조절의 의미를 이해하기 쉽게 설명해 주시겠어요?

페리 박사 조절이란 균형을 이룬 상태를 가리키는 말이기도 합니다. 우리에게는 우리 몸과 외부 세계를 항상 감시해서 우리가 안전하고 균형을 이루고 있는지, 다시 말해 우리에게 충분한 음식과 물과 산소가 있는지 확인하는 시스템이 여럿 있습니다. 우리가 조절된 상태일 때는 이 시스템들이 각자 필요로 하는 것을 갖추고 있는 때죠.

스트레스란 어떤 요구나 어려운 과제 때문에 우리가 균형을 잃어 조절의 '설정값'에서 벗어날 때 일어나는 현상입니다. 균형을 잃으면 조절이 곤란해지고 불쾌함이나 괴로움을 느끼게 되지요. 균형을 되찾으면 기분이 나아지고요. 괴로움이 해소되는 것, 균형을 되찾는 것은 우리 뇌의 보상 신경망을 활성화하지요. 균형을 되찾게 될 때, 예컨대 추위에서 따뜻함으로, 갈증에서 갈증 해소로, 배고픔에서 포만감으로 돌아올 때 우리는 흡족함을 느낍니다.

오프라 조절은 생물학적 개념만은 아니죠. 우리는 삶의 모든 영역에서 안정을 찾고 균형을 잡고 조절하는 데 필요한 것들을 추구하니까요.

페리 박사 그렇죠. 균형은 모든 건강의 핵심입니다. 우리 몸의 시스템들이 균형을 이루고 있고, 우리가 친구들과 가족, 공동체, 자연과 균형을 이루고 있을 때 기분도 가장 좋고 생활도 가장 잘 영위할 수 있지요.

오프라 조금 전 박사님이 한 이야기는 부모들이 깨달아야 할 매우 중요한 점이네요. 건강한 자기 조절self-regulation을 배우는 일은 유아기부터 시작되죠. 아기들은 배가 고프거나 목이 마르거나 피곤할 때, 혹은 기저귀를 갈아야 할 때나 쓰다듬어 주기를 바랄 때 울지요. 자기 스스로 먹을 걸 찾아 먹거나 기저귀를 갈 수 없으니 아기로서는 균형을 되찾을 방법이 우는 것밖에 없으니까요. 자신의 균형을 되찾기 위한 일을 양육자가 해 주게 만드는 방법이지요. 문제는 양육자가 아기의 울음에 반응하지 않을 때 생기죠. 그러면 아기는 균형을 되찾는 것, 즉 조절되는 것이 아니라 오히려 더욱더 괴로워지지요.

페리 박사 맞습니다. 저는 배가 고파지면 직접 샌드위치를 만들어 먹을 수 있어요. 자기 조절이 가능하다는 뜻이죠. 하지만 말씀하셨듯이 아기는 이런 일을 도와줄 어른에게 의존해야만 합니다. 양육하는 어른들이 외적인 조절을 제공하는 겁니다. 어른들이 이렇게 반응해 주는 것은 시간이 지남에 따라 아기의 뇌가 자기 조절 역량을 키워 나가도록 돕지요. 우리가 앞에서 말했듯이 괴로워하는 아기를 조절하는 데 사용되는 가장 효과적인 도구 중 하나가 바로 리듬이고요.

오프라　그건 왜 그런 거죠?

페리 박사　모든 생명에는 리듬이 있습니다. 자연계의 리듬은 우리의 생물학적 시스템에 내장되어 있지요. 이건 이미 자궁에서부터 시작돼요. 엄마의 심장이 뛰면서 리드미컬한 소리와 압력과 진동을 만들어 내고 태아가 이를 감지함으로써 발달 중인 뇌에 끊임없이 리듬이 입력되는 것이죠. 이 경험은 분당 약 60~80회의 심박을 조절 상태와 연관 짓는 강력한 연상, 즉 기억을 형성합니다. 분당 심박 수 bpm 60~80은 성인의 평균 휴식기 심박 수이며, 태아가 감지하는 리듬이기도 하지요. 이는 태아에게 균형 잡힌 상태, 따뜻하고 온전하고 충족되고 안전한 상태와 동일시됩니다. 출생 후에도 그 정도 심박 수의 리듬은 아기를 편안하고 차분하게 만들어 주는 반면, 리듬을 잃거나 너무 높고 자꾸 변하고 예측할 수 없는 감각 입력 패턴은 위협과 결부됩니다.

　우리가 짜증이 난 아기를 흔들어 줄 때 그 리드미컬한 동작이 안전함의 기억을 활성화하죠. 그러면 아기는 더 균형 잡히고 진정된 느낌을 받게 되고요.

　그뿐 아니라 어른이 아기를 흔들어 주고, 젖을 먹이고, 따뜻하게 챙겨 주면서 사랑을 전하면, 이는 리듬과 조절의 기본 연상 관계를 더욱 강화하는 일이 됩니다. 이렇게 사랑이 배어 있는 상호작용에 사람과의 접촉이라는 요소를 더함으로써 조절에 얽힌 복잡한 '기억'을 확장하기 시작하죠. 보살펴 주는 양육자의 냄새, 손길, 미소, 목소리는 조절과 연결되고, 나아가 안전과도 연결되지요. 건강의 뿌리

그림 2
조절 나무

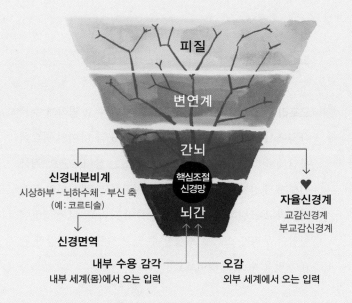

피질

변연계

간뇌

핵심조절
신경망

신경내분비계
시상하부 – 뇌하수체 – 부신 축
(예 : 코르티솔)

자율신경계
교감신경계
부교감신경계

뇌간

신경면역

내부 수용 감각
내부 세계(몸)에서 오는 입력

오감
외부 세계에서 오는 입력

조절 나무Tree of Regulation는 우리 몸이 스트레스에 반응하고 이를 처리하는 데 도움을 주는 몇 가지 신경망으로 이루어져 있습니다. 우리는 스트레스라는 단어를 보통 부정적으로 사용하지만, 스트레스는 단지 우리 몸의 여러 생리 시스템 중 하나 혹은 그 이상의 활동을 요구하는 상태일 뿐입니다. 허기, 갈증, 추위, 운동, 직장에서의 승진, 이 모두가 스트레스 요인이며, 스트레스는 정상적인 발달의 필수적이고도 긍정적인 부분이지요. 학습, 새로운 기술 숙달, 회복탄력성 기르기에서 핵심 요소이기도 하고요. 긍정적 스트레스인지 파괴적 스트레스인지를 결정하는 핵심 요인은 그림 3(76쪽)의 스트레스 패턴입니다.

우리에게는 핵심조절신경망core regulatory networks 또는 핵심조절신경계라고 불리는 것이 있습니다. 이는 뇌의 아래쪽 영역에서 시작해 뇌 전체로 뻗어 가면서, 서로 협력하여 다양한 스트레스 요인들에 맞서 우리를 조절된 상태로 유지해 주지요.

이 조절 나무의 가지들은 서로 힘을 합해 (사고와 감정 등) 뇌 기능과 (심장, 위, 폐, 췌장 등에 작용하는) 신체 기능에 영향을 주거나 이 기능들을 지휘합니다. 모든 것의 평정을 유지하고, 조절하고, 균형을 맞추려고 노력하지요.

는 리듬과 조절이에요. 여기에 주의 깊게 잘 반응하고 보살펴 주는 양육이 더해지면서, 우리 뇌의 조절 나무(그림 2)의 뿌리와 줄기가 조직됩니다.

조절-관계-보상이 아이의 세계관을 형성한다

오프라 그러니까 보살펴 주고 지지해 주고 염려해 주는 환경에서 성장하면서 아이가 울 때 누군가 아이의 필요에 응답해 준다면, 이 아이는 조절되고 있는 상태로군요. 결국 이렇게 애정 어린 관심을 받으며 성장하면, 박사님이 조절 나무라고 표현하는 뇌 속 신경망들이 자라고, 그 신경망에 힘입어 우리가 스스로 조절할 수 있고 사람들과 건강한 관계를 맺을 수 있는 것이고요.

페리 박사 바로 그렇습니다. 이건 너무 중요하니까 더 자세히 살펴봐야겠군요. 우선 지금까지 이야기해 왔듯이 우리에게는 조절에 관여하는 중요한 신경망들이 있습니다. 스트레스 반응 시스템도 여기 포함되죠. 둘째로, 우리에게는 관계를 형성하고 유지하는 일에 관여하는 신경망도 있어요. 마지막으로 '보상'에 관여하는 신경망도 있는데요, 이게 활성화되면 우리가 쾌감을 느끼게 된답니다. 이 세 시스템이 함께 연결되면서 우리 자신의 기반이 되는 기억들을 만들어 가지요. 바로 이 점이 우리가 다른 사람에게 인정이나 다정함의 신호를 받았을 때 조절되고 보상받았다고 느끼는 이유입니다. 한 사람이 지닌 관계 맺는 능력, 조절하고 조절받는 능력, 보상하고 보상받는 능력이 가족과 공동체를 유지해 주는 접착제인 셈이죠.

오프라   조절, 관계, 보상이요.

페리 박사   네. 주의 깊게 잘 반응해 주는 어른이 울고 있는 아기에게 다가갈 때는 두 가지 중요한 일이 일어납니다. 아기는 짜증이 난 후 조절되는 기쁨을 느끼는 동시에, 인간의 상호작용이 지닌 시각적 요소, 냄새, 촉감, 소리, 움직임도 경험해요. 성인 양육자가 제공하는 애정 어린 감각들이 기쁨과 결부되기 시작하죠. 양육자가 아기의 필요에 반응해 주는 수천 번의 순간을 거치는 동안, 아기의 뇌는 보상과 조절을 인간관계와 연결 짓게 됩니다. 그러니까 양육자로서 아기에게 주의 깊고 세심하게 반응해 주는 것은, 말 그대로 조절과 보상과 관계라는 세 부분으로 이뤄진 강력한 연상을 엮어 내는 일입니다. 한마디로 조절 나무의 건강한 뿌리를 만들고 있는 셈이지요.
　나아가 앞에서도 이야기했듯이 이렇게 유대를 다지는 경험들은 아기의 인간관도 형성해요. 양육자가 일관되게 잘 보살펴 주면, 아기는 사람들이란 안전하고 예측 가능하며 배려해 주는 존재들이라는 내면의 관점을 만들게 되죠.

오프라   나를 조절해 주러 오는 사람은 나쁜 사람이 아니다. 내가 뭔가를 필요로 하면 그 필요가 해결될 것이다. 사람들은 안전한 존재, 나를 도와주는 존재다.

페리 박사 그렇죠. 그건 하나의 세계관으로서 참 대단하고 강력한 것이죠. 우리는 다른 사람과의 관계가 흡족함이라는 보상을 주고 조절에 도움이 된다는 것을 배웁니다. 선생님, 코치, 급우 들과 관계를 맺는 쪽으로 더욱 이끌리게 되고요. 그러면 대개 더욱더 긍정적인 인간관계의 상호작용들로 이어지고, 이런 경험은 다시 우리 내면의 경험 목록을 채워 주지요. 뇌는 의미를 만드는 기계라고 할 수 있어요. 항상 세계의 의미를 파악하려고 애쓰고 있죠. 만약 사람들은 선하다는 것이 우리의 세계관이라면, 우리는 사람들에게 좋은 것들을 기대하게 됩니다. 타인과 나누는 상호작용에 그런 기대를 투사하고, 그럼으로써 실제로 그들에게서 선함을 이끌어 내게 되죠. 세계를 보는 우리 내면의 관점이 하나의 자기 충족적 예언이 되는 셈이에요. 우리는 자기가 기대하는 것을 투사하고, 그 투사는 다시 우리가 기대하는 것을 이끌어 내는 데 도움이 된다는 말입니다.

오래전 겨울, 어느 학술대회에 참석하러 가는 길에 시카고 오헤어공항을 경유한 적이 있어요. 눈이 오고 있어서 모든 비행이 지체되었죠. 게이트 주변은 답답해하는 사람들로 가득했는데, 제 옆에 앉아 있던 나이 지긋한 신사 한 명도 그랬어요. 그는 아주 비싼 양복을 입고 롤렉스 시계를 차고 있었는데, 답답한 티를 너무 심하게 내더군요. 게이트 직원이 지연을 알릴 때마다 화를 내며 읽던 신문을 짜증스럽게 탁탁 쳤죠.

저는 피곤해 보이는 젊은 부부가 게이트 주변을 아장거리며 누비고 다니는 어린 딸을 차례로 따라다니는 모습을 바라보고 있었어요. 발이 묶인 승객들이 점점 더 심한 짜증에 지쳐가는 몇 시간 동안, 그 아이는 계속 미소를 지으며 보이는 모든 걸 만지며 탐험하고 다니더군요.

그러다 게이트 직원이 나와서 또 한 번 지연을 알리자, 제 옆자리 남자가 자리에서 벌떡 일어나 그 직원을 향해 거의 뛸 듯이 다가가더니, 상관을 만나게 해 달라고 큰 소리로 요구하더군요. "나는 금메달 등급 승객이요. 이 항공사 이사들과도 아는 사이고. 클리블랜드에서 열리는 아주 중요한 회의에 참석해야 한단 말이요!" 남자가 시끄럽게 분통을 터뜨리는 동안 게이트 주변이 조용해졌어요.

불쌍한 게이트 직원은 그저 창밖에 내리는 폭설을 가리키며 말했죠. "죄송합니다, 선생님. 저희도 최선을 다하고 있지만 날씨를 통제할 수는 없습니다." 남자는 씩씩거리며 다시 자리로 돌아왔죠.

제가 세상을 보는 틀에 따르면, 무례하고 특권 의식이 있으며 사람들을 함부로 대하는 자들은 나쁜 인간입니다. 그런데 그 아이 쪽을 보니 아이는 남자가 말하는 동안 모든 사람이 조용해진 이유를 알아내려는 듯 고개를 갸우뚱거리고 있더군요. 세상을 보는 그 아이의 틀은 '사람은 착하다'는 것이었어요. 그러니 그 남자가 실제로 어떤 사람이든 간에 아이에게는 마찬가지로 착한 사람인 것이었죠.

아이는 곧바로 그 남자에게로 걸어가 그 앞에 섰어요. 그리고는 끈적끈적한 작은 두 손을 그의 무릎에 대고 미소를 짓는 겁니다. 남자는 인상을 쓰더니 아이 얼굴 앞에 신문을 탁 소리가 나게 펼치고 읽더군요. 제 세계관은 확인되었고 더 강고해졌죠. 어린애한테까지 못되게 굴어? 진짜 나쁜 놈이군.

　아이가 잠시 가만히 있더군요. 그러다 이게 무슨 게임이라고 생각했는지—사람들은 착하니까요—미소를 지으며 신문을 아래로 잡아당겼어요. 그러고는 그가 자기의 새 놀이 친구라고 생각하는지 그를 보고 환하게 웃는 게 아니겠어요.

　저는 '아이고, 일 났네' 하고 생각했죠. 하지만 제 생각이 틀렸어요. 아이의 생각은 맞았고요.

　아이는 얼굴 가득 활짝 미소를 지었어요. 그러자 그 역시 졌다는 듯 고개를 흔들며 아이를 보고 미소를 짓더군요. 아이가 '투사한 선함'이 전염된 것이었어요. 아이는 그 남자의 가장 좋은 모습을 이끌어 냈고, 아이의 세계관은 다시 한번 확인받았죠. 이어서 아이와 남자는 아이의 부모가 지켜보는 가운데 30분 동안 함께 놀았답니다. 남자는 심지어 비싼 양복도 개의치 않고 두 손과 두 무릎을 바닥에 대고 말처럼 아이를 등에 태운 채 복잡하고 지저분한 게이트 주변을 돌아다니기까지 했어요.

　아이는 자기가 투사한 것을 이끌어 냈습니다. 이건 아이의 부모와 가족, 양육자 들이 온전히 깨어 있는 상태로 아이와 함께하면서 주의를 기울이고 조절해 주고 반응해 주는 수천 번의 순간을 통해 만들어진 아이 내면의 세계관 덕분이었죠.

부모가 무너지면 아이도 무너진다

오프라   그러면 아기가 보살핌과 긍정적인 반응을 얻지 못할 때는 어떤 일이 일어날까요? 가령 엄마가 아무런 도움도 받지 못한 채 혼자 아이를 키워야 하거나, 우울증에 걸려 있거나, 폭력적인 관계에 묶여 있다면요? 이 엄마가 정말로 아이를 사랑하고 잘 반응해 주고 싶더라도 이런 상황에서 그게 가능할까요?

페리 박사   그게 바로 우리 사회의 핵심 문제 중 하나죠. 우리 사회에는 충분한 지원을 받지 못한 채 아이를 돌보는 부모가 너무 많습니다. 그 결과는 예상할 수 있는 그대로예요. 부모 자신이 지치고 압도되고 조절되지 못하면 아이를 일관되고 예측 가능한 방식으로 조절해 주기가 어려울 수밖에 없습니다. 이는 정말 중요한 두 가지 측면에서 아이에게 영향을 줄 수 있어요.

첫째로는 아이의 스트레스 반응 시스템 발달에 영향을 줍니다 (그림 3 참고). 아기가 배가 고프거나 춥거나 겁을 먹었을 때, 양육자가 본인도 지친 상태여서 아기에게 해 주는 반응이나 조절 노력이 비일관적이라면 아이의 스트레스 반응 시스템 역시 비일관적이고, 장기적으로 예측할 수 없이 활성화됩니다. 그 결과로 이 중요한 시스템들이 민감화되죠.

장기간 지속된 트라우마 사례들을 보면, 조절 나무의 핵심조절 신경망이 현재 우리에게 닥친 도전들에 더 잘 대처할 수 있도록 변

그림 3

스트레스 활성화 패턴

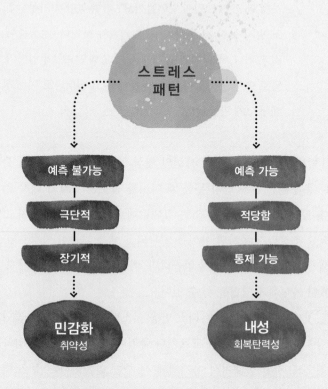

스트레스의 장기적 영향은 스트레스 활성화 패턴에 따라 결정됩니다. 스트레스 반응 시스템이 예측할 수 없거나 극단적이거나 장기적인 방식으로 활성화될 때, 그 시스템은 과잉 활동을 보이고 과하게 반응적인 상태, 다시 말해서 민감화된 상태가 됩니다. 그러면 시간이 지나면서 시스템이 제 기능을 못 할 수도 있어요. 또한 스트레스 반응 시스템은 뇌와 신체의 모든 부분에 뻗어 있으므로 감정적, 사회적, 정신적, 신체적 건강의 위험들이 도미노처럼 발생합니다. 이와 반대로 예측 가능하고 적당한 정도의 통제할 수 있는 스트레스 반응 시스템 활성화는 더욱 강하고 유연한 스트레스 반응 능력, 즉 회복탄력성으로 이어질 수 있습니다. 교육이나 스포츠, 음악 등에서 접하게 되는 발달상 적절한 도전들이 여기에 해당하지요.

화하고 적응합니다. 이 시스템은 우리의 균형을 유지해 주려고 열심히 노력하지만, 그건 아주 어렵고 지치는 일이 될 수 있어요. 이러한 경우에는 어려운 도전이 지나간 후에도 앞서 시스템에 일어난 변화가 계속 유지됩니다. 가정 폭력에 시달리며 살아가는 아이가 모든 위협 신호를 찾아 내려고 집안을 훑는 과다 경계hypervigilance를 보이는 것은 적응을 위해 필요한 행동이지만, 그 아이가 학교에서 선생님에게 주의를 기울이는 데는 방해가 될 수 있지요. 또한 그 결과로 아이에게 주의력 결핍 과잉 행동 장애ADHD라는 꼬리표가 붙을 수 있는데, 이 역시 아이의 적응에 불리한 일이죠.

또 하나 큰 문제는 관계의 연결을 만드는 과정과 관련이 있습니다. 만약 아기가 세계에 대한 자신의 실행 모델을 만들고 있는 동안 양육자가 예측할 수 없는 방식으로 반응하거나, 상황에 따라 거칠게, 답답하게, 냉담하게, 혹은 정신이 딴 데 쏠린 채로 반응한다면, 아이는 앞의 경우와는 다른 종류의 세계관을 만들기 시작해요.

어느 유치원과 함께 학생과 교사의 상호작용을 관찰하는 프로젝트를 진행한 적이 있습니다. 그중 한 반에는 젊고 열성적이며 아이들을 아주 잘 보살펴 주는 선생님이 있었어요. 새 학년이 시작되는 날, 이 선생님은 아이들 한 명 한 명에게 따뜻하게 인사해 주고 환한 미소를 띤 채 아이들을 안아 주었죠. 그날 종일 선생님은 매우 세심하게 아이들과 상호작용했어요.

그런데 우리는 작은 여자아이 하나가 이 선생님의 신체적 애정 표현을 피하고 눈도 절대 마주치지 않는다는 것을 눈치챘죠. 선생님이 안아 주자 아이는 그냥 뻣뻣하게 서 있을 뿐 선생님을 안지 않았어요. 나중에 우리는 이 아이가 자신의 상황을 매우 버거워하며 우울증에 걸린 엄마와 살고 있고, 집안에 다른 어른은 아무도 없다는 사실을 알게 되었죠.

몇 주가 지나면서 이 선생님은 다른 아이들에게는 계속 따뜻하고 쾌활한 태도를 유지했지만, 이 위축되고 슬픈 아이에 대해서는 긍정적으로 다가가는 노력을 점점 덜하게 되었어요. '나는 그리 중요하지 않아, 사람들은 별로 신뢰할 수 없어'라는 게 이 아이의 세계관이리라는 것을 쉽게 상상할 수 있을 겁니다.

학년이 시작되고 한 달쯤 지났을 무렵 모두가 어떤 활동을 하고 있을 때 그 작은 소녀가 손을 들어 도움을 요청했어요. 그 아이가 그런 식으로 손을 내민 것은 그때가 처음이었죠. 아이는 손을 높이 들었어요. 흔들기까지 했지요. 하지만 선생님은 다른 테이블에 있는 아이들에게 완전히 집중하고 있어서 그 아이가 손을 든 것을 알아차리지 못했어요. 다른 아이들과 웃고 미소 짓고 있었지요. 그 작은 소녀는 잠시 그들을 바라보고 있다가 천천히 손을 내렸어요. 그해 남은 기간 내내 아이는 다시는 도움을 요청하지 않았지요.

프로젝트가 끝나고 우리가 앞서 말한 장면을 담은 영상을 보여주자 그 선생님은 울기 시작했어요. 끔찍한 죄책감을 느꼈지요. 선생님은 그 아이를 무시할 의도가 전혀 없었어요. 하지만 우리는 누구나 계속해서 관계를 맺기 위해 어느 정도의 상호적인 사회적 피드백을 필요로 합니다. '나는 중요하지 않아'라는 세계에 대한 그 아이의 실행 모델이 교실에 투사되어 자기 충족적 예언이 되고 말았죠. 우리는 우리가 세계에 투사한 것을 세계로부터 이끌어 냅니다. 하지만 그 투사하는 것의 바탕은 어린 시절에 그 사람에게 일어난 일이지요.

오프라 그러니까 그 어린 소녀는 아마도 삶의 더 이전 시기에 자신의 기본적 필요가 충족되지 않는 일을 겪었던 것이겠지요. 아이의 엄마가 외롭고 지치고 우울증에 걸려 있었으며 압도된 상태였기 때문에, 그래서 박사님 표현대로 "온전히 깨어 있는 상태로 함께하면서 주의를 기울이고 조절해 주고 반응해 줄" 수 없어서 그 아이는 균형을 잃은 것이로군요.

페리 박사 바로 그렇습니다. 그리고 여기서 가장 중요한 측면은 스트레스 활성화 패턴일 겁니다. 부모가 일관되고 예측 가능한 보살핌을 제공하면, 아이의 스트레스 반응 시스템은 유연해집니다. 학대나 방임의 경우처럼 스트레스 반응 시스템이 장기간에 걸쳐 혹은 혼란스러운 방식으로 활성화되면 그 시스템은 민감화되고 제 기능을 할 수 없게 되지요.

우리가 의식하지 못하고 있을 때도 우리는 외부 세계에서 들어오는 정보를 지속적으로 감지하고 처리합니다. 우리 뇌와 몸은 이렇게 입력된 정보를 기반으로 우리가 계속 다른 사람과 연결되어 살아가고 번성하는 데 도움이 되는 방식으로 반응하지요. 우리가 평형 상태에서 밀려나 균형을 잃을 때면 몇 가지 스트레스 반응 시스템들이 활성화되어 우리를 도우려고 나섭니다.

많은 분들이 '싸움 또는 도피fight or flight'라는 용어를 들어 봤을 겁니다. 우리가 두려움을 느낄 때 작동하는 일련의 반응을 일컫는 말이죠. 이때 뇌는 잠재적 위협에 관심을 집중하고, 불필요한 정신적 과정(삶의 의미에 관한 숙고나 다가올 휴가에 대한 공상 등)을 차단합니다. 시간 감각도 현재 순간에만 한정하고요. 여차하면 싸우거나 달아날 준비를 하려고 심박 수가 올라가 근육으로 피를 보내지요. 아드레날린이 온몸으로 쏟아지고요. 이런 반응들이 우리의 몸을 활성화합니다.

나중에 더 자세히 이야기하겠지만, 위협에 대한 반응 방식으로 이런 '각성' 반응만 있는 건 아닙니다. 너무 몸집이 작아서 싸움에서 이기거나 달아날 수 없는 상황을 상상해 보세요. 이 경우에는 뇌와 몸의 나머지 부분들이 부상에 대비합니다. 심박 수가 내려가고, 신체 스스로 만들어 내는 진통제인 오피오이드opioid가 분비됩니다. 외부 세계와 연결을 끊고 심리적으로 자신의 내면세계로 도피하지요. 시간도 느리게 흐르는 것처럼 느껴지고요. 자신이 영화 속에 있는 듯한 느낌이 들거나, 둥둥 떠다니며 자기에게 벌어지는 일을 지켜보고 있는 것처럼 느껴지기도 해요. 이 모든 것은 해리dissociation라고 하는 또 다른 종류의 적응법에 속하는 일들입니다. 해리는 아기들이나 아주 어린 아이들이 매우 흔히 보이는 적응 전략이에요. 싸우거나 달아나는 방법으로는 자기를 보호하지 못하겠지만, '사라지는' 방법으로는 가능할지도 모르니까요. 그렇게 자기 내면세계로 탈출하는 법을 배우는 것이죠. 그게 바로 해리입니다. (안전하고, 자유롭고, 자기가 통제할 수 있는) 내면세계로 후퇴할 수 있는 능력은 시간이 지나면서 점점 증가합니다. 그렇게 민감화된 해리 능력의 핵심 요소 하나가 남들을 만족시키려는 사람이 되는 거예요. 다른 사람들이 원하는 대로 순응하는 것이죠. 그러다 문득 자신이 어떤 일을 하는 것이 갈등을 피하거나, 상호작용의 상대방을 만족시키기 위해서임을 깨닫게 되지요. 또한 자기 조절을 위한 일도 해리하는 방식 쪽으로 이끌린다는 것도요.

트라우마로 스트레스 반응 시스템에 변화가 생긴 사람들에게는 균형을 되찾는 일이 몹시 힘들고 지치게 하는 과제가 될 수 있습니다. 고통과 괴로움을 피하기 위해 극단적이거나 파괴적인 조절 방법들을 찾게 될 수도 있고요.

내면의 폭풍을 잠재우는 방법

오프라 감정적 불균형에서 벗어나려는 고군분투에 관한 대화 중 가장 생생하고 적나라했던 건 영국의 배우이자 코미디언인 러셀 브랜드와 나눈 대화였어요. 당시 그는 11년째 약을 끊고 지낸 상태였죠. 그런데 우리가 만나기 얼마 전에 출간한 에세이에서 그는 여전히 거의 매일 헤로인 생각을 하고 있다고 말했죠. "마약과 술은 나의 문제가 아니다. 현실이 나의 문제이며 마약과 술은 나의 해결책이다."

러셀은 자신이 어렸을 때 주변 사람들에게서 소외된 느낌이었다고 했어요. 독신에다 너무 가난했던 어머니 밑에서 자랐지요. 혼란스럽고 외로웠으며 자신의 감정을 어떻게 처리해야 할지 알 수 없어 속수무책이었다고 하더군요. 그의 삶에는 "어디서 자신이 끝나고 어디서 고통이 시작되는지 구분할 수 없는" 시절들이 있었고, 그는 강박적 탐식, 음란물 중독, 결국에는 파괴적인 마약 중독까지 위험한 습관들을 들이게 되었어요.

러셀은 "나 자신으로 존재하는 상황을 감당할 수 없었다"라고 말했어요. 때로 가장 어두운 순간들에는 압도적인 "내면의 폭풍"에서 일시적으로나마 벗어나게 해 주는 마약에 고마움을 느꼈다고 하더군요.

마약을 끊고 지낸 지 16주년이 된 날, 러셀은 소셜 미디어를 통해 입원과 회복 치료 과정 그리고 지지 단체들과 멘토들에게 공을 돌렸어요. 그리고 "지금 나는 자유롭고, 여러분도 자유로워질 수 있습니다"라고 말했지요.

영적 지도자인 게리 주커브는 언젠가 이렇게 말했어요. "중독되었음을 깨달았거든 부끄러워 말고 기뻐하라. 당신이 이 지구에서 치유해야 할 대상을 발견한 것이니까. 중독을 똑바로 마주하고 치유할 때, 당신은 지구에서 당신이 할 수 있는 가장 심오하고 영적인 일을 하고 있는 것이다."

이런 얘기를 꺼낸 것은, 우리가 이미 여러 해 전부터 알고 있듯이 마약 중독과 트라우마 사이에 상관관계가 있기 때문이에요. 그런데 사망자 수는 계속 증가하고만 있습니다. 페리 박사님, 트라우마 희생자들과 함께한 작업을 통해 박사님은 사람들이 마약을 하는 이유가 보통 우리가 생각하는 이유 때문이 아니라는 걸 알게 됐다고 하셨죠. 마약 중독은 방종과 쾌락 추구의 문제나 전반적인 삶의 도피 방법이라기보다, 조절 장애의 괴로움과 고통을 피하려는 일이라고요. 그런가요?

페리 박사 "당신에게 무슨 일이 있었나요?"라는 질문을 해 보면, 그 사람이 발달기에 트라우마를 경험한 일이 있다는 것을 발견하게 되는 경우가 많습니다. '발달기 역경developmental adversity'을 겪은 사람들은 대부분 만성적 조절 장애 상태예요. 대체로 신경이 곤두서 있고 불안해한다는 말입니다. 때로는 자신이 몸 밖으로 튀어 나갈 것처럼 심하게 놀라기도 하고, 러셀 브랜드가 잘 묘사했듯이 내면의 폭풍을 느끼기도 합니다. 조금 있다 더 자세히 이야기하겠지만, 이는 핵심조절신경망이 민감화되어 있기 때문이에요.

예측 불가능성, 혼란, 지속적 위협이 가득한 가정이나 사회에서 성장한다면 스트레스 반응 시스템이 변화될 가능성이 매우 큽니다. 특히 가정에서 학대와 혼란과 폭력이 벌어지는 경우, 그러니까 보살펴 주고 보호해 줘야 할 장본인인 바로 그 어른들이 고통과 혼란, 공포, 학대의 근원인 경우에 더욱 그렇지요.

앞에서 스트레스 활성화 패턴에 관해 했던 말을 기억해 봅시다. 큰 트라우마 사건을 겪은 건 아니라도, 스트레스를 예측하거나 통제할 수 없는 상태가 지속되는 것만으로도 스트레스 반응 시스템을 민감하게 만들어서, 즉 과도하게 활동하고 반응하게 만들어서 내

가장 강력한 보상은 인간관계에서 얻는
보상이라는 사실이 밝혀졌습니다.
자기를 생각해 주고, 함께 시간을 보내 주고,
지지해 주는 사람들과의 연결이 없다면,
해로운 보상과 조절 방식에서 벗어나는 일은
거의 불가능합니다.

면의 폭풍을 일으키기에 충분하다고 했었지요.

또한 사람들 사이에서 감정이 '전염'된다는 점도 기억해야 합니다. 우리는 다른 사람의 괴로움을 감지할 수 있어요. 취업을 못해 좌절과 분노에 차 있고, 사회에서는 지위나 피부색 때문에 무시당해 무력함과 패배감을 느끼며 집으로 돌아오는 아버지가 있는 가정의 아이를 상상해 봅시다. 이 아버지가 겪는 내면의 폭풍은 곧 가정의 폭풍이 되고, 그의 혼돈은 가정의 혼돈이 되지요. 그는 괴로움을 해소하려고 술이나 마약을 사용할 수도 있을 겁니다. 마약 하는 부모, 술에 취해 있고 삶을 버거워하며 좌절감에 빠진 부모는 자녀에게 공포 분위기를 조성하게 되지요. 그들이 아무리 자신의 괴로움으로부터 아이들을 보호하고 싶어 한다 해도, 아무리 아이들을 사랑한다 해도, 이미 혼란은 생겨난 겁니다. 아이는 그 혼란을 내면화하며 자라죠. 공포라는 인큐베이터 속에서 자라는 셈입니다.

이 아이들이 나이가 들어 자신들 역시 마약이나 술을 접하게 되면, 그동안 한 번도 경험해 보지 못한 평온함을 느낄 수 있다는 사실을 발견할지도 모르죠. 괴로움에서 벗어난다는 쾌감은 아주 강력한 보상이 됩니다. 기억하세요. 괴로움에서 벗어나는 일은 쾌감을 준다는 것을요. 평생 처음으로 긴장을 풀게 되는 거예요. 그 마약이나 술을 다시 사용하고 싶다는 욕구가 매우 강력해지겠죠. 하지만 그런 욕구는 그 사람이 조절에서 얼마나 많이 벗어난 상태인지, 그리고 삶에서 얻는 다른 보상의 근원들이 어떤 성격이며 얼마나 강력한지에 따라 다릅니다.

우리는 매일 다양한 보상의 원천들로 '우리의 보상 들통·reward

그림 4

보상 들통 채우기

뇌의 특정 신경망이 활성화되면 쾌락이나 보상의 감각을 만들어 낼 수 있습니다. 이 보상 회로는 다양한 방식으로 활성화될 수 있는데, 예컨대 고통 해소(자가 투약을 위해 술을 마시거나, 트라우마로 변화된 스트레스 반응 시스템이 일으키는 불안을 조절하기 위해 리듬을 활용하는 등), 긍정적인 상호작용(인간관계), 코카인이나 헤로인 등 다양한 약물 남용으로 직접 보상 시스템을 활성화하는 일(마약), 달고 짜고 기름진 음식, 자신의 가치관이나 신념과 일치하는 행동을 하는 것(신념) 등의 방법이 있지요.

우리는 매일 우리의 '보상 들통'을 채워야 합니다. 그림에서 흰색 점선은 우리가 충분히 조절되고 보상받았다고 느끼는 데 필요한 최소한의 보상 수준을 나타냅니다. 그날그날 얻는 보상들이 그 최소한의 수준 밑으로 떨어질 때 우리는 괴로움을

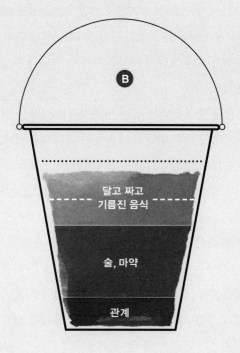

느끼죠. 맨 위의 보라색 점선 위로 올라가면 충족감과 조절감을 느끼고요. 우리는 각자 어느 정도 자신에게 맞는 방식으로 보상 들통을 채웁니다.

우리 중 많은 이들에게는 건강하게 보상받을 기회가 있습니다. A처럼 자기 가치관과 신념에 맞는 일이나 신앙, 자원봉사 등을 통해 사람들 간에 긍정적인 상호작용을 할 기회도 많지요. 그러나 견실한 관계와 연결을 맺지 못한 사람들은 B처럼 해로운 형식의 보상을 과하게 사용하는 일에 더 쉽게 빠질 수 있습니다. 건강한 보상(여러 긍정적인 인간관계의 상호작용, 가치관에 맞는 일, 일상에 건강한 리듬과 섹슈얼리티를 포함시키는 것, 건강한 방식으로 조절 상태를 유지하는 것 등)을 골고루 조합하면, 물질 남용이나 과식 같은 해로운 보상 형식으로 이끌릴 위험을 줄일 수 있습니다.

bucket을 채웁니다'. 보상의 원천이 매일 같은 건 아닙니다(그림 4 참고). 어떤 날은 친구들과 가족들 덕분에 풍성해지고, 또 어떤 날은 지역 급식소에서 자원봉사를 함으로써 '보상 들통'을 채우기도 하지요. 그런가 하면 아무것도 이루지 못해 들통이 텅 비어 있는 날들도 있고요. 많은 사람에게 코로나19 팬데믹 기간에는 들통을 채우기가 더 어려워졌습니다. 사람들은 불안과 우울을 더 많이 느낀다고 밝혔고, 그 공허를 채우기 위해 그다지 건강하지 못한 형태의 보상에 의존하는 이들도 많지요.

보상 회로를 활성화하는 일이 어려워지는 이유는 쾌락이란 것이 원래 시간이 갈수록 희미해지는 속성이 있기 때문이에요. 보상을 받는 느낌은 수명이 짧아요. 감자 칩 하나를 먹는 쾌감이 얼마나 오래 지속되는지 생각해 보세요. 몇 초에 지나지 않죠. 그다음에는 또 다른 걸 원하게 되고요. 담배 한 개비에서 얻는 니코틴도 마찬가지죠. 심지어 사랑하는 사람의 미소가 주는 보상도 그렇습니다. 미소를 보는 그 순간에는 기분이 좋고 나중에 그 미소를 떠올리며 약간의 기쁨을 얻을 수는 있지만, 강렬한 보상의 감각은 희미해지고 말아요. 그러니 우리는 매일 보상 들통을 다시 채워야 한다는 느낌을 받죠.

보상 들통을 채우는 가장 건강한 방법은 인간관계를 통한 보상입니다. 연결감은 우리를 조절하고 보상을 제공하지요. 그런데 물질 남용이 끼어들면 사랑하는 사람들을 밀어낼 수도 있어요. 이를 해결하는 데 사용되는 여러 개입 방법들은 처벌적인 면이 있어서 스트레스를 더 증가시키지요. 그로 인해 물질 남용에 대한 욕구는 더욱 강력해지고요. 단절, 주변화, 악마화, 처벌은 물질 남용 문제를 더욱 악화시키기만 할 뿐입니다. 조절 장애, 자가 투약, 관계의 와해, 보상의 결여는 더 많은 약물 남용을 불러들여요. 그렇게 악순환이 계속되는 것이지요.

그러나 여기에 마약 사용에 관한 흥미로운 점이 있습니다. 아주 잘 조절되어 있고, 기본적 필요가 충족된 사람들, 다른 건강한 보상 방법을 갖고 있는 사람들에게는 마약을 하는 것이 어느 정도 영향을 미치기는 해도, 그렇지 않은 사람들에 비해 다시 계속 마약을 하고 싶은 욕구가 그리 강하지 않다는 거예요. 마약에서 쾌락을 느낄 수는 있지만 반드시 중독되는 것은 아니라는 말입니다.

중독은 복잡한 문제예요. 하지만 저는 마약과 알코올 남용으로 힘들어하는 많은 사람이 사실은 과거의 발달 과정에서 겪은 역경이나 트라우마 때문에 자가 투약을 하려는 것이라고 확신합니다.

> **오프라** 박사님이 그렇게 말씀하시는 걸 들으니 흥미롭네요. 불안 때문에 약을 먹는 사람들이 많다는 건 알지만, 저는 그런 종류의 약을 먹으면 잠만 오거든요. 제 내면의 기본 수준이 이미 아주 평온해져 있기 때문인 것 같아요. 긴장을 풀어 줄 뭔가를 먹으면 곯아떨어져요.

페리 박사 맞습니다. 아마 당신 친구들 중에는 당신이 먹으면 잠들 정도의 용량을 복용하는 사람들도 있을 거예요.

오프라 때로는 두 배의 용량을 쓰기도 해요. 그런 걸 보면 사람들이 다 그냥 잠들지 못하는 이유가 뭘까 하고 생각해 보게 되죠. 하지만 기본적인 스트레스 반응 수준이 이미 높이 올라가 있다면, 그 기본선 아래로 떨어뜨리기 위한 항불안제의 용량도 늘어날 수밖에요. 사람들이 겉으로는 고도의 경계 상태나 불안 상태가 아닌 것처럼 보이더라도, 생리적으로는 잔뜩 긴장하고 있는 거죠.

페리 박사 그렇습니다. 약들이 그 긴장을 완화해 주고요. 하지만 물질 남용에서 벗어날 방법을 찾으려 한다면, 과거에 그 사람들에게 무슨 일이 일어났는지에 초점을 맞추지 않는 한 결코 그 문제를 진정으로 해결할 수 없습니다.

오프라 맞아요. 당신에게 무슨 일이 있었나요? 이것이 언제나 가장 먼저 물어야 할 질문이죠.

페리 박사 그게 바로 교육 시스템, 신체와 정신 보건 시스템, 법 집행 및 청소년 사법과 형사 사법 시스템 그리고 가정 법원까지, 물질 남용과 의존에서 영향을 받거나 이 문제를 다루는 모든 시스템이 발달과 트라우마에 대한 인식을 바탕으로 하는 관점을 가져야 하는 너무나도 중요한 이유입니다.

우리 사회에서는 이 문제가 대두되지 않는 부분을 찾을 수 없죠. 우리는 좋은 의도를 갖고 있고, 해결을 위해 노력하는 좋은 사람들이 있고, 많은 돈을 쏟아 붓고 있지만, 그런데도 효과적인 결과는 나오지 않고 있습니다. 이는 사람들을 만성적인 물질 남용에 취약하게 만드는 기저의 메커니즘을 이해하지 못하고 있기 때문이에요.

오프라 트라우마 피해자들이 종류를 불문하고 중독에 빠질 위험이 더 큰 것은 스트레스의 기본 값이 다르기 때문이라는 걸 이해할 필요가 있는데 말입니다.

페리 박사 그것은 다시 조절 장애와도 연결되지요. 항상 조절하려는 욕구, 위안을 찾으려는 욕구, 보상 들통을 채우려는 욕구가 존재해요. 하지만 뭐니 뭐니 해도 가장 강력한 보상은 인간관계에서 얻는 보상이라는 사실이 밝혀졌습니다. 사람들과의 긍정적인 상호작용은 보상의 뿌듯함과 조절의 안정감을 안겨 주지요. 자기를 생각해 주고, 함께 시간을 보내 주고, 지지해 주는 사람들과의 연결이 없다면, 해로운 보상과 조절 방식에서 벗어나는 일은 거의 불가능합니다. 그런 해로운 형식들로는 알코올과 마약 남용, 달고 짠 음식의 과다 섭취, 포르노, 자해, 장시간 비디오게임에 매달리는 일 등이 있지요. 연결은 중독적 행동에 대한 욕구를 약화시킵니다. 그게 바로 핵심이지요.

우리는 어떻게
사랑받았나

HOW WE WERE LOVED

저는 어둑한 방안에서 한쪽에서만 반대쪽이 보이는 거울을 통해 엄마인 글로리아와 세 살 된 딸 틸리를 지켜보고 있었습니다. 모녀는 함께 아주 잘하고 있었어요. 글로리아는 틸리가 보내는 신호를 잘 따라가고 있었고, 이전에 봤을 때보다 훨씬 더 잘 맞춰 주고 있었지요. 둘 다 전보다 더 서로를 편안해하는 것처럼 보였고요. 지난 2년간 글로리아와 틸리가 함께 방문할 때마다 지켜봐 왔는데, 그동안 긍정적 변화가 정말 많이 생겼습니다.

제 왼쪽에는 틸리의 아동보호 서비스를 담당하는 새 사회복지사가 앉아 있었는데, 지난 2년 사이 다섯 번째로 바뀐 담당자였어요. 오른쪽에는 틸리의 위탁모인 마마 P가 있었고요. 마마 P는 제가 오래 알고 지낸 분이었습니다. 긍정적 에너지를 끝없이 뿜어내는, 사랑이 가득한 분이죠. 마마 P는 수십 명의 아이들에게 위탁모가 되어 주었는데, 아이들 한 명 한 명을 전부 특별하게 여기고 사랑했어요. 제게 트라우마와 치유에 관해 그 누구보다 많은 걸 가르쳐 준 사람이 아마 마마 P일 겁니다.

글로리아는 여섯 살 때 가족에게서 분리되었습니다. 아동보호 시스템 안에서 자라면서 적응하지 못해 몹시 힘들어했고, 이 위탁 가정에서 저 위탁 가정으로, 이 학교에서 저 학교로, 이 지역에서 저 지역으로 계속 옮겨 다녀야만 했지요. 글로리아는 여러 트라우마를 겪은 탓에 사회적, 정서적, 육체적 건강에 복잡한 문제가 있었습니다. 그리고 안타깝게도 치료사, 위탁 양육자, 담당 사회복지사, 판사, 교사 등 모든 사람이 글로리아를 오해했어요. 20년 전에는 트라우마의 영향에 대한 인식이 그리 높지 않았든요.

18세가 되어 '시스템에서 벗어날 나이'에 이르렀을 즈음, 글로리아는 고통에서 벗어나려는 자가 투약 시도로 이미 다양한 마약을 사용하는 상태였죠. 19번째 생일에 글로리아는 임신 8개월에 오갈 데 없는 신세였습니다. 20번째 생일에는 아직 갓난아기인 딸이 있을 뿐아무런 지원도, 가족도, 직업도 없었죠. 결국 아동 보호 시스템이 틸리를 글로리아에게서 떼어 놓았습니다. 다행인 건 틸리가 곧바로 마마 P에게 보내졌다는 점이에요.

이후 2년에 걸쳐 마마 P는 글로리아와 틸리 두 사람을 모두 도왔어요. 틸리를 세심하게 보살피고 양육하면서 안전하고 안정된 가정을 만들어 주었을 뿐 아니라, 글로리아가 마약과 술에 손대지만 않는다면 틸리와 함께 있어 주고 틸리의 인생에 관여하도록 글로리아를 이끌어 들였죠. 마마 P는 글로리아에게도 틸리 못지않게 안전하고 안정된 보살핌이 필요하다는 것을, 글로리아가 몸은 어른이지만 사랑받지 못한 어린아이라는 걸 알아봤던 겁니다. 처음에 글로리아는 마마 P의 노력에 별로 동참하지 않았어요. 하지만 아홉 달 정도 지나자 트라우마 문제에 대해 전문적인 치료를 받으라는 우리의 제안을 받아들이더군요.

그 즈음에는 틸리도 글로리아도 상당히 성장해 있었어요. 글로리아가 스스로 틸리를 보살필 수 있을 때가 가까워지고 있었죠. 하지만 그러려면 아동보호 기관이 법원에 추천서를 제출해야 해요. 우리가 유리 벽 너머에서 글로리아와 틸리를 관찰하고 있던 것은 바로 아동보호 기관에서 준비한 '재결합' 계획의 일환이었던 겁니다.

우리는 아무 말 없이 앉아서 틸리와 글로리아를 지켜봤어요. 10분쯤 놀다가 글로리아가 코트 주머니에 손을 넣어 사탕을 몇 개 꺼냈어요. 저는 사회복지사가 딱딱하게 굳어지는 걸 느낄 수 있었어요. "이 세션에 사탕을 가져오면 안 되죠." 반대쪽에서는 그 말을 들은 마마 P가 흥분해서 몸을 들썩이는 걸 느낄 수 있었고요. 저는 안심시키려고 조용히 마마 P의 손에 제 손을 올렸습니다. 마마 P는 글로리아와 틸리 두 사람을 모두 보호하려는 마음이 강했어요.

틸리는 당뇨병전기였어요. 치료 첫해에 우리는 관계를 꾸려가는 방법을 잘 모르는 글로리아가 사탕을 줘서 틸리를 '기쁘게' 하려 한다는 걸 알아차렸죠. 우리는 그것이 위탁 양육자들이 어린 시절에 글로리아를 다룰 때 사용한 기본 방법이라는 것도 알게 되었어요. 그러니까 어린 글로리아에게는 사탕을 받는 것이 사랑받는 것에 가장 가까운 경험이었던 거예요. 우리 뇌는 우리가 자라날 당시의 세계를 흡수하며 발달합니다. 자기가 사랑받은 방식으로 사랑을 주는 것이죠. 글로리아는 그저 자기가 아는 가장 좋은 방법으로 딸에게 사랑을 표현하고 있었을 뿐이에요.

사회복지사가 말을 이었어요. "글로리아는 아이에게 사탕을 주면 안 된다는 걸 알고 있어요. 이 아이는 당뇨병전기 환자잖아요. 이건 학대 행위라고요."

"아닙니다"라고 제가 말했어요. "저건 무설탕 사탕이에요." 틸리의 새 담당자이자 아마도 다른 아이들을 60명쯤은 더 담당하고 있을 이 사회복지사는 최근의 보고서들을 읽지 않은 게 분명했어요.

"어떻게 아시죠?"

"세션이 시작되기 전에 제가 글로리아한테 준 거니까요." 저는 마마 P가 미소 짓는 걸 보지 않고도 느낄 수 있었습니다.

1년 전, 틸리의 당뇨병전기 상태와 사탕으로 사랑을 표현하려는 글로리아의 충동 사이에 균형을 잡아 줄 방법을 찾기 위해 회의를 하던 중, 우리 임상팀의 한 사람이 글로리아를 혼내야 한다는 의견을 냈어요. 틸리를 만나기 전에 몸을 수색해서 사탕을 숨겨 왔다면 틸리를 못 만나게 하자는 것이었죠. 마마 P는 반대했어요. "그 가여운 아기 엄마는 자기가 할 수 있는 최선을 다하고 있어. 내 딸한테 사탕을 좀 줘야지. 그게 글로리아가 아는 전부라고요. 벌을 주거나 수치심을 안겨서는 좋은 부모로 만들 수 없어요. 아이를 더 사랑해 주는 엄마로 만들고 싶다면 우리가 글로리아에게 사랑을 더 주어야 해요."

그래서 우리는 글로리아를 꾸짖는 대신 그냥 사탕을 무설탕 사탕으로 바꾸게 하고, 영양과 당뇨병에 관해서도 가르쳐 주었답니다. 물론 마마 P는 글로리아와 틸리 모두에게 사랑을 듬뿍 주었고요. 우리는 새 담당 복지사에게 이런 설명을 한 다음, 글로리아와 틸리 모두를 잘 지원해 주면서 재결합을 추진할 수 있는 실행 계획을 함께 세웠습니다. 글로리아는 검정고시를 치르고 커뮤니티 칼리지에 진학해 간호학을 공부했어요. 마마 P는 글로리아와 틸리 가족에게 계속 적극적으로 관심을 가져 주었고요. 우리는 최선을 다하고 있는 엄마의 용기를 꺾기보다는, 글로리아와 틸리에게 계속 사랑을 주고 사랑하는 법을 보여 주었습니다.

우리 뇌의 가장 놀라운 특징 하나는 각자의 세계에 맞춰 적응하고 변화하는 능력입니다. 뉴런과 신경망은 자극을 받으면 실제로 물리적 변화가 일어납니다. 이렇게 변화할 수 있는 성질을 신경가소성neuroplasticity이라고 하지요. 뉴런과 신경망을 자극하는 건 우리가 겪는 구체적인 경험들입니다. 말하자면 뇌는 '사용 의존적' 방식으로 변화하는 것이죠. 예를 들어 피아노 연주에 관여하는 신경망은 아이가 실제로 피아노 연주를 연습함으로써 그 신경망을 활성화할 때 변화가 일어납니다. 이러한 경험 의존적 변화들이 다시 피아노 연주를 더 훌륭하게 만들고요. 이렇듯 반복을 통해 변화가 이뤄지는 신경가소성의 측면은 잘 알려져 있으며, 스포츠·예술·학문에서 연습이 실력 향상으로 이어지는 이유이기도 하죠.

신경가소성의 핵심 원리 하나는 특정성입니다. 뇌의 어떤 부분이든 변화시키려면, 바로 그 특정 부분을 활성화해야 한다는 뜻입니다. 피아노 연주를 배우고 싶다면, 단순히 피아노 연주에 관한 글을 읽거나 다른 사람들이 피아노를 연주하는 유튜브 영상을 보고 듣는 것만으로는 안 되죠. 건반에 손을 얹고 연주를 해야 합니다. 피아노 연주에 관여하는 뇌 부위들을 변화시키려면 그 부위들을 자극해야만 해요. 이 '특정성' 원리는 사랑하는 능력을 포함하여 뇌가 중재하는 모든 기능에 적용됩니다. 한 번도 사랑받아 본 적이 없다면, 사랑하게 해 주는 신경망은 발달하지 않아요. 바로 글로리아의 경우처럼요. 다행스러운 것은 사용하고 연습하면 그 능력들이 생겨날 수 있다는 사실입니다. 사랑받지 못했던 사람도 사랑을 받으면 사랑을 주는 사람이 될 수 있습니다.

—브루스 D. 페리

오프라 제가 인터뷰했던 사람 수를 다 세어 보면(정말 시도해 본 적 있어요), 5만 명이 넘을 거예요. 그런데 내슈빌에서 방송 활동을 시작했을 때부터 〈오프라 윈프리 쇼〉를 거쳐 오늘날까지 거의 40년 가까이 그렇게 사람들과 대화를 나누는 동안 절대 변하지 않은 공통점이 하나 있답니다. 사람은 누구나 자기가 하는 일과 하는 말, 자기라는 존재가 중요한지 알고 싶어 한다는 점이에요.

미국 대통령이든, 그 대단한 비욘세든, 고통스러운 비밀을 털어놓는 어머니든, 용서를 구하는 범죄자든, 저와 마주하고 이야기를 나누던 사람은 인터뷰가 끝나면 "제가 잘한 건가요?" 하고 물으며 반응을 파악하려고 제 표정을 살핀답니다. "저 괜찮았어요?" 사람들은 항상 그렇게 물어요. 상대에게 받아들여지고 자신의 진실을 확인받고자 하는 갈망은 모든 사람이 똑같이 지니고 있죠. 과학을 넘어서 저는 이런 마음이 결국 '당신이 어떻게 사랑받았는가'로 요약된다는 걸 알고 있습니다.

페리 박사 소속되고 사랑받는 것은 인간의 경험에서 핵심이지요. 인간은 사회적인 동물이에요. 우리는 공동체에 속해 있어야 하는, 그러니까 감정적으로, 사회적으로, 물리적으로 다른 사람들과 서로 연결되어 있어야 하는 존재들이지요. 뇌를 포함해 인체의 기본 조직과 기능을 살펴보면 그 상당 부분이 우리가 사회적 상호작용을 만들고 유지하고 관리하는 걸 돕도록 의도되어 있음을 알게 됩니다. 우리는 관계의 존재들입니다.

그런데 의미 있고 건강한 방식으로 연결되는 능력은 생애 최초의 관계들에 의해 만들어집니다. 사랑과 애정 어린 보살핌이 발달의 토대인 셈이지요. 아기 때 그 사람에게 일어난 일은 사랑하고 사랑받는 능력에 심대한 영향을 미칩니다.

어려서 받은 사랑이 회복탄력성을 결정한다

오프라 사랑이라는 단어가 너무 아무렇게나 자주 쓰이는 경향이 있어요. 하지만 핵심은 어떤 식으로 보살핌을 받았는가, 실제 욕구들 하나하나가 어떻게 채워졌는가죠. 우리가 앞에서 조절에 관해 나누었던 대화가 생각나네요. 아기에게는 배가 고프거나 춥거나 한 상태, 그러니까 균형에서 벗어난 상태가 생기게 마련이죠. 아기가 울면서 필요를 표현할 때, 양육자가 와서 아기를 '조절'해 주는 것이고요.

페리 박사 양육자가 다가와 아기의 필요를 해결해 주는 것, 그것이 바로 핵심입니다. 갓난아기에게 사랑은 곧 행동이에요. 바로 어른이 자기에게 주의 깊게 잘 반응해 주고 보살펴 주는 양육이지요. 부모가 자기 아이를 진심으로 사랑한다고 해도, 컴퓨터 앞에 앉아 소셜 미디어에 자기가 아이를 얼마나 사랑하는지 포스팅하고 있을 때 아기는 다른 방에서 배가 고파 잠에서 깨 울고 있다면 그 아기는 사랑을 전혀 경험하지 못하지요. 아기에게는 살과 살이 닿는 따뜻함, 부모의 체취, 양육자의 모습과 소리, 주의 깊게 반응하는 양육 행동이 사랑이에요.

이렇게 사랑으로 반응하는 수천 번의 상호작용이 아기의 발달 중인 뇌를 형성해요. 이 사랑의 순간들이 말 그대로 조직되고 있는 뇌의 토대를 쌓아 갑니다.

아기가 배가 고프거나 갈증이 나거나 추위를 느낄 때 양육자가 그 필요를 채워 주어 다시 균형 상태로 돌려놓으면, 앞에서도 이야기했듯 스트레스 활성화 패턴 중에서도 회복탄력성을 키우는 패턴이 만들어집니다(76쪽 그림 3 참고). 적당한 정도로 스트레스를 받은 아기가 울 때, 보살피는 어른이 그 울음을 듣고 와서 아기를 조절해 준다고 합시다. 아기와 함께하며 주의를 기울이고 반응해 주는 이런 사랑이 담긴 행동은 아기가 예측할 수 있는 행동이 됩니다. '내가 배가 고파서 울면 어른들이 와서 내게 먹을 걸 줘.' 아기는 이렇게 잘 반응해 주는 사람들을 즐거움, 음식을 먹는 일, 따뜻함과 연결 짓기 시작하고, 이렇게 아기의 세계관이 형성됩니다. 오헤어공항 일화에 나왔던 그 어린 소녀 기억하시죠? 사람들은 착하다는 세계관을 갖고 있던 어린아이 말이에요. 그 아이의 세계관은 바로 이런 상호작용들을 통해 쌓인 것입니다. 양육자가 보이는 반응의 질과 패턴에 따라 회복탄력성이 키워지기도 하고, 민감하고 취약한 아이로 자라기도 하지요.

오프라   모든 상호작용에서 누구나 '나를 보고 있나요? 내 말 듣고 있어요?' 하고 궁금해하는 순간이 있지요. 아이들은 자기가 방 안으로 들어갈 때 양육자의 눈빛이 환해지는지 아닌지 태어날 때부터 알아요. 다정함, 장난스러움, 연민, 인내를 감지하고 거기에 반응하죠. 질적으로 좋은 시간이란 게 어떤 느낌인지 아이들은 정확히 알죠. 자기가 사랑받는다는 걸 알아요.

페리 박사   그런 보살핌의 상호작용은 다시 아기가 사랑하는 능력을 키우는 데 도움이 되고요. 세심한 애정이 담긴 행동들은 우리가 사랑을 느끼게 하고, 그에 따라 남들에게도 사랑을 담아 행동하게 하는 신경망을 키웁니다. 사랑을 받으면 사랑할 줄 알게 되는 것이죠. 사랑으로 아기를 보살피는 일은 동시에 보살피는 어른의 뇌도 변화시킵니다. 이런 상호작용들은 아이와 양육자 모두를 조절해 주고 보상해 줍니다.

사랑의 능력은 인류의 성공에서 핵심을 차지합니다. 지구상에서 우리가 살아남은 이유는 효과적으로 집단을 형성하고 유지할 수 있었기 때문이에요. 고립되고 단절된 상태에서 우리는 매우 취약한 존재들이죠. 공동체 안에서는 서로를 보호할 수 있고, 힘을 합해 사냥하고 채집해서 가족, 씨족 구성원들과 나눌 수 있었죠. 관계라는 접착제가 인간이라는 종의 생명을 유지해 왔는데, 그중에서도 관계의 가장 강력한 접착제는 사랑입니다.

> **오프라** 아이가 태어날 때부터 양육자가 아이를 대하는 방식이 그 아이의 삶이 탄탄대로가 될지 고생길이 될지 초석을 깔아 주는 일이로군요. 그러니까 박사님 말씀의 요지는 어떤 방식으로 사랑을 받았는지가 중요한 신경망들, 특히 앞에서 말한 핵심조절신경망이 형성되는 방식에 고스란히 스며든다는 것이네요.

페리 박사 네, 맞습니다. 거기에는 아주 복잡한 내용이 많지만, 그래도 분명한 건 사랑이 담긴 상호작용이 핵심조절신경망을 조직하고 형성한다는 것입니다. 아이가 자라는 동안 바탕이 되어줄 건강의 토대도 여기서 만들어지는 것이고요.

이걸 집 짓는 일에 빗대어 생각해 봅시다. 제일 먼저 토대를 놓고, 골조를 세우고, 그다음에 바닥을 깔고 배선과 배관을 하지요. 이 모든 일이 끝나야 사람이 그 집에 들어가 살 수 있고요. 앞에서도 말했듯이 뇌는 상향식으로 발달합니다. 가장 아래쪽에 있는 신경망, 그러니까 핵심조절신경망에 해당하는 부분들이 자궁 안에 있을 때부터 가장 먼저 발달하기 시작해요. 우리의 발달 과정에서 가장 먼저 나타나는 기능들은 바로 이 신경망이 매개하고 조절하는 기능들입니다. 예를 들어 건강한 신생아는 체온과 기본적인 호흡을 조절할수 있지만 추상적 추론은 할 수 없지요. 이때는 수면조차 아직 온전한 패턴이 형성되어 있지 않으며, 신체 움직임도 통합되어 있지 않지요. 하지만 시간이 지나면서 아기는 설 수 있게 되고, 걸음마를 하다가 말도 하게 되고, 더 자라면 계획도 세우기 시작합니다. 이렇게 뇌의 중간 부분과 관련된 기능들, 이어서 윗부분과 관련된 기능들도 온전히 갖춰지기 시작하죠(32쪽 그림 1 참고).

발달 과정은 초반에 상당히 많은 무게가 쏠려 있습니다. 요컨대 뇌 발달과 조직의 대부분이 생애 첫 몇 년 사이에 일어난다는 말이에요. 그렇다고 초기 아동기 이후에 뇌가 변화하지 않는 건 아니지만, 생애 초반의 경험이 발달에 매우 강력한 영향을 미치는 것만은 분명한 사실입니다.

그림 2(69쪽)의 조절 나무를 다시 살펴봅시다. 핵심조절신경망은 발달 중인 뇌의 모든 부분으로 뻗어 나갈 수 있습니다. 실제로 뇌가 핵심조절신경망에서 받는 신호들은 각각의 뇌 영역들이 어떻게 발달하는가에 중요한 역할을 해요. 핵심조절신경망이 정상적으로 조직되고 조절되면, 이 신경망이 보내는 신호들이 뇌 위쪽의 중요한 영역들(예컨대 변연계와 피질)을 건강하게 발달시키지요. 그러나 만

그림 5

상태-반응 곡선

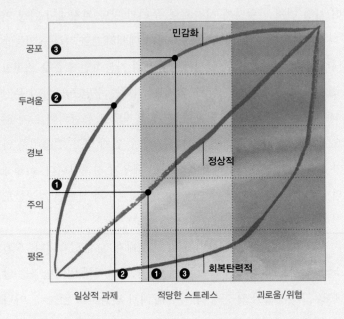

어떤 변화나 스트레스 요인이 발생하면 우리는 균형을 잃습니다. 그러면 우리 내부의 스트레스 반응이 활성화되어 균형을 되찾아 줍니다. 허기나 갈증 같은 신체 욕구가 채워지지 않는 일이나, 외부의 위협이나 복잡함 같은 중요한 스트레스 요인이 없을 때는 평온 상태에 머물러 있습니다. 그러다 어려운 일이나 스트레스가 증가하는 정도에 따라 우리의 내적 상태는 주의에서 공포로까지 변화합니다(116~117쪽 그림 6 참고).

정상적인 스트레스 반응 시스템을 지닌 사람의 경우, 스트레스의 정도와 내적 상태의 변화 사이에는 선형적 관계가 있습니다(가운데 대각선). 예를 들어 적당한 정도의 스트레스에 직면한 사람은 그 정도에 맞게 주의 상태가 활성화됩니다(❶). 만약 과거의 트라우마로 인해 스트레스 반응이 민감화되어 있는 사람이라면(위쪽 곡선), 가장 기본적인 일상의 과제들조차도 두려움의 상태를 유발하지요(❷). 스트레스 반응이 민감화된 사람은 적당한 스트레스에도 공포 반응을 일으킵니다(❸). 이러한 과잉 반응은 그들의 감정과 행동, 신체 건강을 악화시킵니다.

약 무언가가 핵심조절신경망을 교란시키거나 변화시킨다면, 이 신경망에서 영향을 받는 뇌와 신체의 모든 시스템에 부정적인 영향이 가해질 수 있어요.

핵심조절신경망을 변화시키고 광범위한 문제를 초래할 거라 예측할 수 있는 '발달기 역경'에는 세 유형이 있습니다. 첫째는 출생 전 태아기에 일어나는 곤경입니다. 임신 중인 엄마를 통해 마약이나 알코올 또는 (예컨대 가정 폭력을 겪을 때 발생하는 종류의) 극단적 스트레스에 노출되는 일이 여기에 해당하죠. 둘째는 유아와 양육자 사이의 초기 상호작용에 생긴 곤경입니다. 만약 초기 상호작용이 혼란스럽거나 일관성이 없거나 거칠거나 공격적이거나 심지어 양육자가 부재하는 경우라면, 스트레스 반응 시스템이 비정상적으로 발달하게 됩니다. 셋째 유형은 모든 스트레스 민감화 패턴이에요. 이는 다양한 환경의 결과로 생길 수 있는데, 그런 환경들에 대해서는 뒤에서 더 자세히 이야기할 거예요. 기본적인 내용을 추리자면, 예측하거나 통제할 수 없거나, 극단적이거나, 장기적으로 스트레스를 일으킬 수 있는 모든 것은 스트레스 반응의 과잉 활성화와 과도한 반응성을 초래한다는 겁니다(그림 5 참고).

오프라 그러니까 어떤 식으로 사랑을 받았는가는 단순히 "어렸을 때 당신은 애정 어린 대우를 받지 못했고, 따라서 당신은 슬픈 마음일 것이다"라는 말보다 훨씬 더 복잡한 것이로군요. 박사님 말씀은 만약 어떤 사람이 공격적으로 다뤄졌거나, 혼란스럽거나 방치하는 식의 양육을 받았거나,

어렸을 때 양육자가 그 사람을 안아 주지 않았다면, 이런 일들이 그 사람의 뇌에 생물학적으로 영향을 미칠 수 있다는 것이죠.

페리 박사 그렇습니다. 아동기의 경험은 글자 그대로 뇌의 생물학적 상태에 영향을 줍니다.

오프라 그 결과로 남은 생애 동안 그 사람이 기능하는 방식에도 영향을 미치는 거고요.

페리 박사 그럴 수 있죠. 우리가 최초의 발달 단계에서 한 경험들, 특히 신체 접촉을 비롯해 양육자의 체취, 아기를 흔들어 주는 방식, 젖을 먹일 때 흥얼거리던 노래, 아기의 필요를 충족시켜 줄 때 하던 특유의 동작 등 관계에서 받게 되는 감각 신호들, 이 모든 경험이 아기의 '세계관'을 형성하고 조직합니다. 이 '세계관'이란 우리가 앞에서 '암호책'이라고 말했던 바로 그것이고요.

다시 집 짓는 일에 빗대 생각해 봅시다. 태아의 뇌는 아주 빠른 속도로 발달하는데, 이때는 건물의 토대를 놓는 것과 비슷합니다. 태어나고 처음 몇 달 동안은 집의 골조를 세우는 것과 같고요. 생후 첫해에 다른 사람들과 나누는 모든 상호작용은 그 틀에 배선과 배관을 추가하는 일이에요. 이 모든 게 집을 짓는 일에서 정말 중요한 부분들이죠. 아직 완전히 정리되지는 않았지만, 건물의 주요 부분들 대부분이 갖추어진 것입니다. 2세 아이는 아직 완전히 발달하지는 않았지만, 그 아이의 토대가 되는 구조와 시스템 들은 마련되었고, 이를 기반으로 미래의 발달이 이루어집니다.

집의 토대를 잘못 놓고 배선과 배관도 허술하게 했더라도 아름다운 바닥재와 가구로 장식한다면, 그 집을 처음 둘러볼 때는 핵심 결함들이 눈에 띄지 않을 수 있지요. 하지만 이 초기 건축상의 결함들은 나중에 여러 다른 문제를 불러올 겁니다. 어린아이의 경우도 똑같습니다. 초기의 발달 경험은 정말로 우리 기능의 모든 측면에 영향을 미칩니다. 일관되고 예측 가능하며 사랑이 담긴 상호작용의 경우든, 혼란스럽고 위협적이며 예측할 수 없고 사랑이 결여된 경우든 모두 말이죠.

오프라 맞아요! 어떤 식으로 사랑받았는가. 그것이 모든 차이를 만들죠. 제가 사람들과 나눴던 모든 대화에서 느꼈던 것도, 어떤 식으로 사랑받았는지 또는 사랑받지 못했는지에 정확히 비례해 그 사람의 기능에 문제가 생긴다는 것이었어요. 건강히 잘 살아 나가는 데 필요한 것을 얻었는가의 문제죠.

페리 박사 사랑은 주는 사랑이든 받는 사랑이든 온전히 깨어 있는 상태로 상대와 함께하면서 주의를 기울이고 조율해 주고 반응해 주는 능력에 달려 있습니다. 인류의 접착제와도 같은 사랑은 우리 인류의 생존에도, 개개인의 건강과 행복에도 핵심적인 역할을 해 왔지요. 그리고 이 능력의 바탕이 되는 것은 그 사람에게, 특히 어린 시절에, '무슨 일이 있었는가'입니다.

시리얼의 순간들―온전히 연결된다는 것

오프라 이 이야기를 하다 보니 〈오프라 윈프리 쇼〉에서 제가 가장 좋아한 순간들을 꼽아 달라는 요청을 받았던 일이 생각나네요. 그런 순간들은 엄청난 규모의 쇼도, 놀라운 사건이나 유명한 게스트도 아니고, 조용한 대화의 순간들이었어요. 그중 항상 가장 먼저 떠오르는 건 치리오스 소녀예요.

케이트라는 열한 살 소녀와 오빠 잭은 엄마 캐슬린을 잃고 몇 달 지나지 않아 우리 쇼에 출연해 주었어요. 엄마가 세상을 떠나기 전, 엄마의 생애 마지막 몇 달을 가족이 함께 여행하며 보내기로 했었다더군요. 저는 케이트에게 그 여행 중 가장 좋았던 순간이 언제냐고 물었는데, 그때 케이트가 한 대답은 제게 엄청난 깨달음을 줬어요.

"어느 날 제가 수영을 하고 돌아왔을 때, 엄마는 침대에 누워 있었어요. 엄마가 '케이트, 엄마한테 시리얼 한 그릇 가져다줄래?' 하셔서 '그럴게요'라고 했죠. 또 엄마가 돌아가시기 일주일 전에 제가 엄마 아빠 방에 있었을 때인데요. 제가 '엄마, 나중에 아래층에 시리얼 먹으러 내려갈 거면 그때 나도 깨워 줄래요?'라고 했어요. 엄마가 그러겠다고 하셨죠.

그래서 우리는 새벽 2시에 치리오스 시리얼 한 그릇을 나눠 먹었어요." 그 가족은 온갖 곳에 함께 갔었는데, 케이트에게 잊히지 않는 순간은 엄마와 딸이 일상적으로 나눈 친밀한 순간이었던 것이죠.

페리 박사 사랑의 접착력을 보여주는 경이로운 사례로군요. 우리가 가장 강력하고 변치 않는 유대감을 형성하게 되는 건, 바로 그렇게 다른 사람이 우리와 온전히 함께하며 연결된 채 우리에게 관여하고 우리를 받아들여 준다는 것을 느끼는 작은 순간들이지요.

오프라 우리는 케이트가 그 시리얼을 먹었던 때로부터 20년이 지나 다시 케이트를 만나러 갔어요. 케이트는 개인적으로 고통스러운 분투의 시간들을 지나는 동안에도, 인생의 그 작지만 초월적인 순간들에 맺은 연결의 심오한 힘에 대해 여전히 강력한 믿음을 지니고 있었다고 하더군요. 그런 순간들이 바로 박사님이 이야기한 안전하게 보살피고 온전히 함께하는 순간들이겠지요.

페리 박사 저도 이 이야기가 무척 마음에 드네요. 그 특별한 순간들에 관한 정말 중요한 요점을, 그러니까 강력하고 변치 않는 사람 간의 상호작용은 대개 그렇게 아주 짧게 지나간다는 점을 잘 보여 주는 것 같아서요. 누군가와 몇 시간을 함께 보내더라도 온전히 그 순간에 주의를 기울이지 않는다면, 기나긴 몇 시간이 시리얼을 먹는 짧은 순간보다도 더 미약할 수 있죠.

오프라 그런 시리얼의 순간들을 갖지 못한다면, 다시 말해 혼돈과 혼란, 폭력과 와해의 환경에서, 정상성이나 규칙성이 전혀 없는 환경에서 태어난 아이라면, 실패를 향한 길에 놓이게 되는 거예요. 그 아이의 뇌 신경망들이 원래 조직되어야 하는 방식으로 조직되지 않기 때문에요.

페리 박사 맞습니다. 그런 경우는 토대가 취약해지거나 배선이 잘못돼 남은 평생 지속될 위험을 초래할 수 있지요. 그런 취약성이 생기는 큰 이유는 혼란스럽고 예측할 수 없는 양육 때문에 발달 중인 스트레스 반응 시스템이 민감화되기 때문입니다.

오프라 그런 일이 어떻게 일어나는지 설명해 주세요. 그렇게 되면 어떤 결과가 생기나요?

페리 박사 음, 먼저 신경가소성에 대해 좀 더 이야기해 봅시다. 신경가소성이란 기본적으로 뇌가 변할 수 있는 성질이란 걸 기억해 주세요. 신경가소성의 핵심 원리 하나는 활성화 패턴에 따라 신경망이 어떻게 변화할지가 크게 달라진다는 거예요.

예를 들어, 스트레스 반응 시스템이 적당하고 예측하거나 통제할 수 있는 정도로 활성화되면, 스트레스 반응 능력이 더 유연하고 강해져서(76쪽 그림 3 참고) 아주 심한 스트레스 요인을 만났을 때도 회복탄력성을 발휘할 수 있게 됩니다. 스트레스 반응 시스템의 근육 키우기 운동인 셈이죠. 그 시스템을 운동시켜 더 강하게 만드는 것이니까요. 적당한 정도의 어려운 도전들에 부딪혀 성공적으로 이겨 내는 경험이 많아질수록 더 큰 도전들을 감당할 능력도 더 좋아집니다. 이는 스포츠나 공연 예술, 임상 실무, 소방 업무, 교육 등 사람이 하는 거의 모든 일에서 볼 수 있죠. 경험이 수행 능력을 향상시키는 거예요. 그러니까 스트레스는 두려워하거나 회피해야만 하는 대상이 아닙니다. 문제를 일으키는 건 스트레스의 패턴과 강도, 그리고 통제 가능성 여부입니다.

안타까운 점은 예측과 통제를 할 수 없거나, 장기간 지속되거나, 극단적인 스트레스 활성화 패턴을 갖고 있는 사람들이 너무 많다는 거예요.

여러 해 전 저는 어느 병원에서 한 아이를 보러 와 달라는 연락을 받았습니다. 제시라는 열세 살 된 남자아이였는데, 위탁부와 싸우다 머리에 부상을 입은 뒤 뇌사 상태에 빠져 있었지요.

제시는 여러 세대에 걸쳐 성적 학대, 성 착취, 마약 밀매, 아동 매춘 등의 전력이 있는 집안에 태어났어요. 제시가 다섯 살 때 경찰 수사로 부모가 제시에게 매춘을 시키고 있다는 사실이 밝혀졌지요.

당국은 제시를 집에서 데리고 나와 위탁 양육자에게 보냈죠. 제시는 그 제도 안에서 이리저리 돌며 세 군데에서 적응에 실패한 뒤, 특별히 다루기 힘든 아이들을 전문적으로 보살피는 위탁 가정에 보내졌어요. 그 위탁 부모는 다른 아이들도 아홉 명이나 보살피고 있었죠. 그중 많은 아이가 심각한 발달 문제를 겪고 있었어요. 언어 발달이 지체된 아이, 폭발적이고 공격적으로 행동하는 아이, 변을 아무 데나 문질러 묻히는 아이. 모두 '통제가 안 되는' 행동 때문에 그 집으로 보내진 아이들이었어요. 그 위탁 가정은 '다루기 힘든' 아이들에 대한 실적이 좋은 곳이라는 평판이 있었지요.

그런데 알고 보니 이 가족은 공포와 학대로 아이들을 '관리'하고 있었습니다. 사소한 규칙을 '위반'해도 음식을 주지 않았고, 신체 학대에 해당하는 처벌이 일상이었으며, 강제로 운동을 시키는 방법으로 아이들을 탈진시키고, '품행이 나쁜' 아이들은 바깥 닭장에서 자게 했어요. 아이들이 음식을 '훔치지' 못하게 냉장고는 잠가 뒀고요. 그 집안의 친자식인 십 대 아이들에게도 위탁 양육 어린이들에게 가하는 모욕과 신체적 학대에 가담하도록 부추겼어요.

제시는 여러 번 그 지옥에서 탈출하려고 시도했습니다. 그들은 제시의 탈출을 멈추게 하려고 밤에는 신발과 옷을 다 빼앗아 버렸죠. 제시는 달아났지만 항상 다시 붙잡혀 왔어요. 한 번은 겨울이었는데 속옷만 입고 맨발로 시골길을 달려가다가 그 지역 보안관 대리에게 붙잡혔어요. 제시는 그에게 학대에 관해 이야기했지요. 그러자 그는 "너를 너그럽게 받아들여 키워 준" 좋은 사람들에 대해 거짓말하지 말라고 했어요. 그날 밤 제시는 닭장 안에서 자야 했죠. 겨우 집 안으로 들어가게 된 후 비밀 일기장에 그날 일에 대해 이렇게 썼어요. "신은 왜 나를 미워할까?"

스트레스에 대처하는 두 가지 반응―각성과 해리

믿을 수 없을 만큼 고통스러운 이야기지요. 그럼 잠시 제시의 경험은 접어 두고, 이런 종류의 지속적인 트라우마를 겪는 동안 스트레스 반응 시스템이 우리를 어떻게 돕는지 이야기해 봅시다. 싸움 또는 도피 반응에 대해서는 이미 언급했지요. 이 용어는 1915년에 월터 B. 캐넌이라는 선구적인 스트레스 연구자가, 사람이 위협을 인지할 때 나타나는 급성 스트레스 반응과 그에 따르는 생리적 변화들을 묘사하기 위해 만든 것입니다. 앞으로 우리는 이런 반응을 각성 반응이라고 부를 겁니다.

앞에서도 이야기했듯이 각성 반응 상태에서는 뇌가 위협에만 초점을 맞추고 몸과 외부 세계에서 오는 필수적이지 않은 모든 입력은 걸러 냅니다. 싸우거나 달아날 준비를 하느라 심박 수는 증가하고 아드레날린과 스트레스 호르몬인 코르티솔이 분비되고, 당분은 근육에 저장되고, 혈액은 근육으로 몰려가지요. 전반적으로 각성 반응은 외적인 것에 초점을 맞춥니다.

위협을 느낄 때 이런 각성 반응이 활성화되는 것은 거의 누구나 경험해 봤을 거예요. 그 위협이란 것이 치과에 가는 일이든, 가벼운 접촉 사고든, 코앞에 다가온 시험, 열띤 논쟁, 많은 사람 앞에서 말하는 일이든 말이죠. 이럴 땐 손바닥에 땀이 배고 심장이 질주하듯 빨리 뛰는 걸 느낄 수 있어요. 불안하거나 초조해지기도 하지요. 이 모든 게 각성 반응이 활성화되었기 때문입니다.

물론 대부분의 일반적인 사람들의 경우는 몇 초 만에 평온 상

그림 6
상태 의존적 기능

상태	평온	주의
지배적 뇌 영역	피질 (디폴트 모드 신경망)	피질 (변연계)
적응 반응: 각성	숙고 (창조)	무리 짓기 (과다 경계)
적응 반응: 해리	숙고 (몽상)	회피
인지	추상적 (창조적)	구체적 (일상적)
기능적 IQ	120 ~ 100	110 ~ 90

뇌의 모든 기능은 우리가 처한 상태에 따라 달라집니다. 우리의 내적 상태가 변화하면, '통제하는(지배적인)' 뇌 부위도 달라지죠. 예컨대 평온할 때는 '가장 똑똑한' 뇌 부위(피질)를 사용해 숙고하고 창조할 수 있어요. 위협을 느낄 때는 피질의 지배력이 떨어지고 더 반응적인 뇌 부위들이 주도권을 잡기 시작하죠. 평온에서 공포까지 이러한 연속적인 흐름이 이어집니다.

이러한 상태 의존적 변화는 문제 해결 능력, 사고(또는 인지) 유형, 관심 영역 등 뇌가 매개하는 여러 기능에도 변화를 가져옵니다. 일반적으로 위협을 크게 느낄수

경보	두려움	공포
변연계 (간뇌)	간뇌 (뇌간)	뇌간
경직 (저항)	도피 (반항)	싸움
순응	해리 (마비/긴장증)	기절 (실신)
감정적	반응적	반사적
100~80	90~70	80~60

록 기능의 통제권은 위쪽 시스템들(피질)에서 아래쪽 시스템들(간뇌와 뇌간)로 넘어갑니다. 두려움은 여러 피질 시스템들을 차단하지요.

기능이 상태 의존적으로 변화하는 동안 어떤 적응 행동이 나타날지는, 스트레스나 트라우마 사건이 벌어지는 동안 각성과 해리의 두 가지 주요 적응 반응 중 어느 쪽이 지배적인가에 따라 결정됩니다. 디폴트 모드 신경망Default Mode Network, DMN은 주로 피질 영역에 넓게 퍼져 있는 신경망으로, 다른 사람들이나 자기 자신에 관해 생각하거나, 과거를 기억하거나, 미래의 계획을 세울 때 활성화됩니다.

태에서 싸움 상태로 바로 넘어가지는 않아요(그림 5와 그림 6 참고). 잠재적인 위협을 만났을 때 우리가 기본적으로 제일 먼저 보이는 행동은 무리를 짓는 것입니다.

오프라　잠깐만요. 그 무리 짓기에 대해 설명 좀 해 주세요.

페리 박사　우리 인간은 상당히 사회적인 존재들이라는 말 기억하시죠? 우리는 다른 사람들의 감정에 잘 전염됩니다. 끊임없이 관계를 둘러싼 환경을 훑으며 인정과 소속의 신호를 찾지요. 앞에서 말씀하신 "제가 잘한 건가요?"라는 질문도 바로 그런 행동이고요.

그러니까 예상하지 못했거나 혼란스럽거나 잠재적으로 위협적인 신호가 나타날 때 우리는 무슨 일이 벌어지고 있는 건지 알아내기 위해 타인에게 의존합니다. 다른 사람들을, 특히 그들의 표정을 살피면서 그 상황을 어떻게 해석해야 하는지에 관한 감정적 신호들을 찾는 것이죠. 누군가 대단히 무례하거나 부적절한 말을 하는 걸 들었을 때 옆 사람을 보면서 '방금 저 소리 들었어?' 혹은 '정말 저 따위 말을 한 거야?'라는 의미를 담은 눈빛을 보내는 상황을 생각해 보면 되겠네요.

만약 곁에 아무도 없거나, 위협적인 상황이라는 확신이 들었다면, 무리 짓기는 건너뛰고 그 잠재적 위협을 더 그럴듯한 맥락에서 판단하기 위해 주위 환경을 훑습니다.

그다음으로는 경직 반응을 보일 수 있습니다. 어두운 주차장을 생각해 보세요. 이상한 소리가 들려서 멈춰 섭니다. 그리고 잠시 그대로 서 있습니다. 생각도 일시적으로 멈춰 버리죠. 이런 식의 경직 반응은 서로 충돌하는 의견이 오가는 긴장된 상호작용 속에서도 일어날 수 있어요. 자신은 그 논쟁에 참여하고 있지 않다고 느끼고 있을 때 갑자기 누군가 "그래서, 당신 의견은 뭡니까? 우리가 어떻게 해야겠습니까?"라고 물었다고 해 보죠. 그러면 바로 생각을 정리해서 반응하지 못하고 일단 얼어붙은 듯 그냥 멍하니 쳐다보게 되지요. 그럴 때 하는 대답은 그리 '똑똑하게' 느껴지지 않을 거예요. 위협이나 스트레스의 정도를 심하게 느낄수록 우리 뇌의 똑똑한 부분인 피질에 접근하기가 더 어려워진다는 것, 기억하시죠?

더 큰 위협을 느낀다면 결국 싸움 또는 도피 상태에 이르게 됩니다. 각성 반응의 전체 과정을 간단히 이해하려면, 우리가 숲속에서 사슴과 우연히 마주쳤을 때 어떤 일이 일어나는지를 생각해 보면 좋아요. 사슴은 대단히 경계심이 높고 항상 무리 짓기에 의지하지요. 무슨 소리를 듣거나 다른 사슴의 행동이 변화한 걸 알아채면 그 자리에서 경직되어 버려요. 이는 잠재적 위협의 위치를 파악하는 데도 도움이 되고, 시각을 기반으로 하는 포식자들이 그들을 알아보는 걸 더 어렵게 만들기도 합니다. 그래도 위협이 계속되면 사슴들은 달아납니다. 하지만 포식자가 사슴을 궁지에 몰아넣으면 사슴도 싸우기 시작합니다. 무리 짓기, 경직, 도피, 싸움의 순서로 이어지는 것이죠(그림 6 참고).

이제 다시 제시 이야기로 돌아갑시다. 위탁 가정에서 지내는 동안 제시의 지배적인 스트레스 반응은 각성이었어요. 저항하고 달아나는 도피 반응을 보였고, 그러다 결국에는 싸움 반응을 보였죠.

그 집안에서 아이들을 통제하기 쉬운 상태로 만드는 방법 중 하나는 아이들을 완전히 지치게 하는 것이었습니다. 특히 계단을 뛰어서 오르내리게 해 강제로 운동을 시켰죠. 어느 날 제시는 결국 참을 수 없는 지경에 도달했어요. 계단 위에 도착했을 때 더 이상 계속하기를 거부했죠. 위탁부가 불같이 화를 냈지만 제시는 꼼짝도 하지 않았고, 싸움이 벌어졌어요. 그러다 제시가 계단에서 굴러떨어졌지요. 어쩌면 던져진 것인지도 모르고요. 그렇게 머리에 심한 외상을 입고 뇌사 상태로 입원하게 되었습니다.

앞에서도 말했듯이 우리 뇌는 세계의 의미를 파악하기 위해 몇 가지 핵심 전략을 사용합니다. 우선, 동시에 일어나는 감각 입력 패턴들을 서로 연관 지어 경험들로부터 '기억'을 생성해요. 둘째로 이렇게 저장된 기억들을 활용해 새로운 경험을 분류하고 해석하지요. 만약 새로운 입력이 이전 경험과 충분히 유사하다면, 새 경험을 과거 경험과 비슷하거나 똑같은 경험으로 분류합니다.

제시에게는 두 가지 트라우마 기억이 있었습니다. 아주 어린 시절에 당한 학대의 트라우마와 위탁 가정에서 당한 트라우마의 기억이죠. 아주 어려서 학대를 당했을 때는 싸움이나 도피 반응, 다시 말해 저항하거나 울거나 발길질을 하거나 싸우려고 하는 것은 한마디로 적응에 유리하지 않았습니다. 그랬다면 도리어 더 많은 고통과 부상으로 이어졌겠지요. 앞에서 말했듯이 다행히 우리의 뇌에는 의지할 수 있는 또 다른 종류의 반응도 있습니다. 바로 해리 반응이지요.

해리는 우리가 일상생활에서 사용하는 정신의 아주 복잡한 능력입니다. 외부 세계와 단절하고 내면에 초점을 맞추는 일이지요.

몽상을 하는 것, 흘러가는 대로 생각을 내맡기는 것, 이런 것들도 해리의 일종이에요. 각성 반응이 그렇듯이 해리 반응 역시 단계적으로 진행됩니다. 스트레스나 위협이 증가함에 따라 사람을 보호 모드 속으로 점점 더 깊이 데려가지요.

각성 반응의 생리는 우리를 싸움이나 도피에 가장 유리하게 만드는 것인 반면, 해리의 생리는 휴식하고 재충전하고 부상에서 살아남고 고통을 견디도록 돕는 것입니다. 각성은 심박 수를 높이지만 해리는 심박 수를 줄이죠. 각성은 혈액을 근육으로 보내지만 해리는 혈액이 몸통에 남아 있게 하는데, 이는 부상이 생길 경우에 혈액 손실을 최소화하기 위해서예요. 각성은 아드레날린을 분비하고, 해리는 우리 몸이 자체적으로 생산하는 진통제인 엔케팔린과 엔도르핀을 분비합니다. 네 살의 제시에게는 학대의 순간에 적응하기 위해 사용할 수 있었던 방법이 해리, 그러니까 감정적으로 자신의 내면세계로 달아나는 능력뿐이었어요.

뇌사에 빠진 제시의 상태를 평가하는 과정에서 저는 제시의 생부와 위탁부의 세탁하지 않은 옷을 손에 넣을 수 있었습니다. 제시는 두 남자의 체취에 노출되자 의식이 없는데도 불구하고 눈에 띄게 구별되는 생리 반응을 보였어요. 위탁부의 옷을 코 밑에 가져가자 제시는 몸부림을 치며 신음했고 분당 90회이던 심박 수가 162회까지 올라갔어요. 이 심한 각성 반응은 위탁부에게 당한 학대에서 생긴 트라우마 기억들 때문이라고 생각합니다. (첫 번째 대화에서 이야기한 로즈먼 씨의 경우와 마찬가지로 이런 기억들은 뇌의 아래쪽 영역에 저장되어 있지요.) 생부의 옷을 코 밑에 가져갔을 때도 제시는 반응을

한 번도 사랑받아 본 적이 없다면,
사랑하게 해 주는 신경망은 발달하지 않아요.
다행스러운 것은 사용하고 연습하면
그 능력들이 생겨날 수 있다는 사실입니다.
사랑받지 못했던 사람도 사랑을 받으면
사랑을 주는 사람이 될 수 있습니다.

보였는데, 이번에는 움직임이 훨씬 적었고 심박 수는 처음에 증가하다가 이내 60 이하로 떨어졌어요. 이는 해리 반응에 해당하는 것으로, 생부의 손에 당한 학대의 기억이 활성화되면서 일어난 반응이었죠. 피질이 관여할 수 없을 때조차, 그러니까 잠들어 있거나 뇌사 상태일 때조차 환기 신호들이 복잡한 행동 반응, 감정 반응, 생리 반응을 촉발하는 것은 뇌의 아래쪽에 있는 시스템들에 저장된 기억 때문입니다.

여기서 우리가 알게 되는 요점은 특정 트라우마와 연관된 반응은 어떤 종류의 경험이든 그 경험을 할 당시 지배적이었던 스트레스 반응에 달려 있다는 것입니다. 한 사람이 여러 가지 환기 신호에 따라 서로 아주 다른 행동 반응을 보일 수도 있습니다. 트라우마와 연관된 어떤 신호들은 도피와 차단을 일으킬 수 있지만, 또 다른 신호들은 분노와 행동을 활성화할 수도 있지요. 같은 트라우마 경험이 남기는 복잡한 지문도 사람마다 다릅니다. 트라우마의 타이밍, 성격, 패턴, 강도는 모두 그 경험이 한 사람에게 어떤 식으로 충격을 남기게 될지에 영향을 미치지요.

제시의 이야기는 이대로 끝이 아닙니다. 제시는 뇌사에서 벗어났지만 안타깝게도 잔류 영향에 시달렸어요. 결국 양로원으로 보내져 그곳에서 수송 보조 일을 하며 생활하게 되었지요. 이후 제시의 회복 과정은 연결이 가져오는 치유력에 관해 우리에게 많은 걸 가르쳐 줄 수 있습니다. 나중에 치유와 회복에 관해 다룰 때 다시 제시 이야기를 할 겁니다. 지금은 제시의 사례가 뇌의 놀라운 유연성과 희망의 힘을 보여 준다는 정도만 말씀드릴게요.

오프라 그거야말로 이 책을 읽는 독자들이 가장 듣고 싶은 이야기일 거라는 생각이 드네요. 무슨 일이 일어났든, 앞으로 나아가도록 이끌어 줄 밝은 빛이 기다리고 있다는 희망이요. 박사님이 들려 주는 이야기들은 사람들이 트라우마 속에 자기 혼자 남겨진 게 아니란 걸 깨닫는 데 도움이 될 거예요.

끝나지 않는 두려움에 갇힌 사람들

그런 점을 염두에 두고, 잠시 트라우마와 두려움에 관해 이야기해 볼까요? 제가 알기로는 어려서 학대를 당한 사람들 중에는 더 이상 위협이 존재하지 않는데도 끊임없는 두려움 속에 사는 사람들이 아주 많거든요. 두려움 속에서 성장할 때 뇌에 어떤 일이 벌어지는지 설명해 주시겠어요?

페리 박사 네. 제시 같은 아이들을 이해할 때 핵심이 되는 부분이 바로 그 점, 항상 두려운 상태에 있다는 겁니다. 사람은 안전하다고 느낄 때와 두렵다고 느낄 때 생각하는 것도, 배우는 것도, 느끼고 행동하는 것도 모두 다르죠.

뇌의 모든 기능은 '상태 의존적'입니다. 어떤 순간이든 신체 시스템 전반의 상태와 무엇에 주의를 기울이고 있느냐에 따라 우리가 그 순간 처한 상태가 결정된다는 뜻이죠. 그리고 그 상태는 순식간에 변할 수도 있어요. 상태를 나누는 가장 큰 두 범주는 잠든 상태와 깨어 있는 상태입니다. 잠든 상태에도 렘REM 수면, 즉 급속 안구 운동 수면을 비롯해 여러 단계가 있어요. 깨어 있는 상태도 마찬가지로 다양한 각성 단계가 있고요. 이 단계들을 그림 6(116~117쪽)에서 자세히 살펴봅시다. 여기에는 많은 정보가 담겨 있는데, 그중 일부는 더 뒤에 가서 다룰 거예요. 그럼 차근차근 설명해 보겠습니다.

왼쪽의 '평온' 칸부터 시작해 보죠. 이 상태에 있을 때 우리는 침착하고 긴장이 풀려 있고 마음이 가는 대로 내버려 둡니다. 이때는 뇌의 가장 똑똑한 부분인 피질을 사용할 수 있지요. 다음 칸의 '주의' 단계는 우리가 외부 세계의 특정 측면에 초점을 맞추고 있는 상태로, 예를 들어 대화를 나누고 있는 상황이 여기에 속합니다. 잘 조절되고 균형이 잡혀 있을 때는 하루 중 대부분을 적극적인 주의와 평온 상태에 머물러 있을 수 있어요.

때로 우리가 도전을 받거나 놀라거나 위협을 느낄 때는 '경보' 상태로 옮겨 갑니다. 경보 상태가 되면 뇌의 아래쪽 시스템들이 기능을 장악하기 때문에 사고가 더 감정적인 방향으로 흘러가기 시작합니다. 대화는 말싸움으로 격화되고, 주장의 논리는 감정적 공격이나 인신공격으로 떨어지죠. 더 미숙하게 행동하고, 후회하게 될 말이나 행동도 자주 합니다.

만약 진짜 위협에 직면하면 '두려움' 상태로 나아가게 됩니다. 이 상태에서는 뇌의 더 아래쪽 영역이 기능을 장악합니다. 문제 해결 능력은 저하되고, 위협이 벌어지는 그 순간에만 초점을 맞춥니다. 이런 변화는 물론 그 순간에는 적응에 유리한 것이죠. 문제는 사람들이 이 상태에 갇혀 빠져나오지 못할 때 생겨요. 이것이 바로 극단적이고 장기적인 스트레스 패턴이 초래하는 결과예요. 제시를 생각해 보세요. 항상 아무것도 예측하거나 통제할 수 없었고 때로는 극단적인 고통과 위협과 두려움을 느꼈지요. 제시의 스트레스 반응 시스템은 그런 상황에 적응한 결과 아주 민감해졌습니다. 제시는 영원한 두려움의 상태에 붙잡혀 있었던 셈이에요.

앞에서도 이야기했듯, 혼란스럽고 폭력적이고 트라우마가 만연한 환경에서 사는 아이에게 그 순간 적응에 유리했던 것들이 학교를 비롯한 다른 환경에 처하면 적응에 불리한 것이 됩니다. 주의 상태의 과다 경계는 ADHD로 오인되고, 경보와 두려움 상태에서 나오는 저항과 반항에는 적대적 반항 장애라는 꼬리표가 붙지요. 도피 행동을 보이다 학교에서 정학당하고, 싸움 행동을 보이다 폭력으로 기소됩니다. 트라우마와 연관된 행동에 대한 만연한 오해가 우리의 교육 시스템과 정신 보건 시스템, 청소년 사법 시스템에 심각한 영향을 끼치고 있습니다.

오프라　그게 바로 트라우마에 관한 제대로 된 정보를 갖춘 시스템들이 필요한 이유이지요. 또한 "너는 뭐가 잘못된 거니?"라는 질문에서 "너에게 무슨 일이 있었던 거니?"라는 질문으로 바꿔야 하는 이유이기도 하고요.

트라우마라
부르는 것들

THE SPECTRUM OF TRAUMA

"그녀는 비구름처럼 회색빛 옷을 입고 다녔다."

무거운 진실을 담은 이 몇 개의 단어가 저를 단박에 신시아 본드Cynthia Bond의 베스트셀러 소설 《루비Ruby》로 끌어당겼습니다. 신시아는 위험에 처한 노숙자 청소년들을 돕는 일을 했던 여러 해의 경험과 성적 학대 생존자인 자신의 경험을 바탕으로, 비극적으로 태어나 끔찍한 공포와 악령 같은 기억들과 싸울 수밖에 없었던 용감한 여자의 너무나도 고통스러운 이야기를 써 냈습니다.

북클럽 작가와의 대화에서 저와 이야기를 나눈 후, 신시아는 《오프라 매거진》에 자신이 분투해 온 정신 건강 문제를 자세히 털어놓은 에세이를 실었습니다. 신시아는 무척 오랫동안 무엇이 잘못된 것인지 알지 못했다고 말했어요. 아는 것이라고는 자기가 세상을 "고통의 프리즘"을 통해 본다는 사실뿐이었다고요.

신시아는 이렇게 썼습니다. "여러 해 동안 나는 잠을 거의 못 잤고, 밤마다 기억들이 돌아올까 봐 경계를 바짝 세우고 지냈다. 어떤 날 아침에는 무거운 것이 침대 위에서 나를 짓누르고 있는 느낌이었다. 깊은 수치심이 내려앉았다. 나는 왜 '기운을 내고' '극복하지' 못하는 걸까? 다른 사람들은 이별 후에 다시 힘을 내 일어서고, 실직이나 압류, 그

보디 더 니쁜 일에서도 회복하는데, 나는 아무래도 나 자신을 고칠 수가 없었다. 내 인격이 뭔가 잘못되었다는 느낌이 들기 시작했다."

신시아는 자기가 "그 아픔"이라고 부르는 것이 사라져 버리기를 기도했어요. 수많은 사람들이, 특히 수많은 여자들이 그렇듯 강인함의 가면을 쓰고 견뎌 내는 법을, 강하게 버텨 내는 법을 배웠죠. 그러나 너무도 어두운 순간들에는 스스로 목숨을 끊는 일을 진지하게 고려했답니다.

결국 신시아는 우울증과 PTSD 진단을 받았어요. 진단을 받고 난 뒤, 신시아의 인생에 함께하던 사람들 모두가 신시아에게 힘이 되어 주지는 않았어요. "내 말을 수상하게 여기기 시작했다. 나의 결정들, 내 경력, 부모로서 나의 능력 모두가 의문에 붙여졌다. 어떤 사람들은 나를 결코 이전과 같은 눈으로 보지 않았다." 그러나 시간이 지나면서 신시아는 자기가 필요로 하던 지원을 받게 되었어요. "나는…… 감정들을 느끼면서도 그 감정들로 인해 무력해지지 않는 법을 배웠다. 나는 아무 잘못도 하지 않았다는 것을, 내가 부끄러워할 이유는 하나도 없다는 것을 배웠다."

신시아의 이야기를 통해 저는 과거의 트라우마를 다룬다는 것이 얼마나 버거운 일일 수 있는지를 다시 한번 깨달았습니다. 자기 삶에 닥친 트라우마에 관해 생각하기 시작할 때 사람들은 보통 생애 초기의 경험들과 성인기의 의사 결정 패턴 사이의 관계를 잘 인지하지 못합니다. 자기 행동을 '그건 그냥 다들 그렇게 하는 것'이라는 식으로 합리화하지요. 아니면 불편한 뭔가를 마주할 때마다 재빨리 넘어가 버리려는 마음에서 그것을 가볍게 취급하고, (건강한 방식이든 해로운 방식이든) 무마하거나 그냥 묻어 버릴 방법을 찾아내지요. 트라우마와는 화해하기가 참 어렵습니다.

트라우마의 본질은 감정적 충격이 끊임없이 이어지며 영향을 미치는 것입니다. 그런 트라우마를 제대로 들여다보지 않고 방치하면 신체와 감정에, 그리고 사회적인 측면에 장기적인 결과를 초래합니다. 저는 성인이 된 후로 그러한 트라우마의 결과들, 해결되지 않은 트라우마가 가져온 파괴에 관한 이야기들을 듣고 흡수했어요.

제가 보기에 '당신에게 무슨 일이 있었는지'를 살펴볼 때 쓰는 렌즈는 사실상 두 가지가 있습니다. 우선 생애 초기의 트라우마가 뇌에 미치는 영향에 관한 과학적 설명이 하나 있지요. 그리고 그러한 트라우마의 결과이자 그 트라우마를 반영하는 것으로서 우리 각자가 살아가는 내내 일상적으로 행하는 수많은 행위가 있습니다. 이런 행위들은 표면적으로는 잘못된 결정, 나쁜 습관, 자기 방해, 자기 파괴처럼 보여서 다른 사람들로부터 비판을 듣게 하지요.

이것이 바로 제가 '당신에게 무슨 일이 있었나요?'라는 방향으로 접근해야 한다고 이토록 강력하게 확신하는 이유입니다. '너는 뭐가 잘못된 거니?'라는 부적절한 방향의 비판을 피하게 해주기 때문이죠.

모든 종류의 중독, 불안증, 우울증, 분노, 한 직장을 계속 다니지 못하는 것, 해로운 연애의 반복. 저는 이 모든 고통이 똑같다고 확신해요. 거의 모든 파괴적 행동을 관통하는 절망은 뿌리 깊이 박혀 있는, 자신이 가치 없는 존재라는 감정입니다. 자기가 행복할 자격이 있다고 생각하는 것과 행복을 누릴 가치가 있는 존재임을 아는 것 사이에는 차이가 있어요. 우리가 축복을 스스로 차단하는 일이 그토록 잦은 이유는, 가슴 가장 깊은 곳에서 자신이 충분한 존재라고 느끼지 못하기 때문이에요. 만약 당신이 집 안 가득 좋은 물건들을 채우고 인생이라는 그림을 아름다운 액자에 끼워 넣었다고 해도, 자신이 겪은 트라우마를 깊이 묻어 두기만 한다면, 당신의 상처 입은 부분이 당신이 공들여 쌓은 모든 것에 영향을 미치게 됩니다.

이 장에서는 트라우마 경험의 존재를 암시하는 신호들을 알아차리는 법에 대해 함께 알아볼 거예요. 제가 바라는 것은, 페리 박사 같은 전문가들이 개발한 도구들을 사용해 독자들이 현재의 자신을 만드는 데 기여했던 순간들을 짚어 낼 수 있게 되는 것입니다.

자신의 과거를 돌아보는 동안, 과거에 어떤 일이 있었든 지금 여기 당신이 살아 존재한다는 사실만으로도 당신은 가치 있는 존재라는 것을 꼭 기억하세요. 희망은 분명 존재한다는 것도요. 신시아가 썼듯이 "몸과 마음이 모두 건강해지는 일은 가능합니다. 그 일은 한 번에 한 순간씩, 한 걸음씩 이루어집니다."

—오프라 윈프리

어떤 경험이 트라우마가 되는가

오프라 박사님과 트라우마에 관해 이야기해 온 세월이 벌써 30년이 넘었습니다. 언젠가 박사님은 18세 이하 아이들 중 거의 40퍼센트가 어떤 종류든 트라우마를 갖고 있다는 말씀을 하셨죠. 정말 충격적인 숫자예요.

페리 박사 안타깝게도 그 수치는 틀린 것으로 드러났습니다. 제가 그 말을 한 후로 그 비율이 더 심각하다는 것이 분명해졌거든요. 최근 어린이 건강에 관해 전국적으로 실시한 연구에서 미국 어린이 중 거의 50퍼센트가 심각한 트라우마 경험을 최소한 하나씩은 갖고 있음이 밝혀졌어요. 그보다 더 최근인 2019년에 질병통제예방센터가 실시한 연구에서는 미국 성인 중에서 부정적 아동기 경험adverse childhood experience, ACE을 최소한 하나라도 갖고 있다고 답한 사람이 60퍼센트였고, 세 가지 이상이라고 답한 이들은 거의 4분의 1에 달했습니다. 질병통제예방센터의 연구자들이 이를 하향 추정된 수치라고 확신하고 있다는 점을 고려하면 정신이 더 바짝 들지요.

> **오프라** 박사님이 사용하는 트라우마라는 단어의 의미가 무엇인지 차근차근 이야기해 보면 좋겠어요. 흔히 듣는 단어지만 아직 트라우마의 진정한 정의를 명확히 이해하지 못하는 사람들이 많거든요. 부정적 아동기 경험이 트라우마와 같은 것인가요?

페리 박사 이 분야를 연구하는 모든 사람에게 정말로 중요하고도 어려운 문제를 바로 짚어 내셨군요. 말씀하셨듯이 트라우마라는 말은 요즘 아주 일상적으로 사용되고 있습니다. 대다수의 사람들은 트라우마를 몹시 나쁜 사건이나 경험으로, 대개 '달라붙어서' 잊히지 않고 지속적인 영향을 미치는 일을 의미한다고 생각합니다.

전쟁에서 죽음과 살상을 목격하면 사람이 달라질 수 있다는 건 늘 알려져 있던 사실이었습니다. 옛날부터 인간의 행동을 예리하게 관찰하는 사람들은 전쟁 후에 감정과 행동에 생긴 심각한 문제들을 묘사해 왔죠. 기원전 8세기에 호메로스는 《일리아스》에서 아이아스가 트라우마로 인해 감정적으로 몰락하는 과정을 묘사했지요. 그로부터 4세기 뒤 그리스의 역사가 헤로도토스는 마라톤 전투 이후 전사들이 보인 신경증적 실명과 감정적 피로 등 트라우마와 유사한 증상들에 관해 이야기했고요. 남북전쟁 이후에는 트라우마와 관련된 정신 건강 문제를 '과민 심장irritable heart'이라고 칭했고, 1차 세계대전 이후에는 '포탄 충격shell shock'이라고 했지요.

문학과 영화에도 '트라우마' 이야기들이 가득합니다. 예컨대 슈퍼 히어로의 기원에 관한 이야기들에도 대부분 트라우마를 일으키는 상실이 포함되어 있고요. 신시아 본드의 소설《루비》가 오프라 북 클럽에서 다룬 책 중에 트라우마를 핵심 서사 요소로 갖는 유일한 소설은 아닐 거예요. 아니, 북클럽에 선정된 책 중 80퍼센트는 트라우마가 포함된 이야기일 거라고 확신합니다. 예를 들어《에덴의 동쪽》도 세대 간에 이어진 트라우마를 다룬 명작이죠.

하지만 학계에서는 트라우마를 정의하는 것이 줄곧 어려운 일이었고, 따라서 트라우마를 전체적으로 온전히 이해하는 것도 어려웠지요. 그 정의가 어려운 이유 중 하나는 '나쁜 사건'이라는 것이 주관적이기 때문입니다.

예를 들어 볼게요. 어느 초등학교에서 불이 났다고 해 봅시다. 베테랑 소방수는 곧바로 불이 타오르는 곳으로 가서 불을 끕니다. 그에게는 늘 하는 업무일 뿐이죠. 이와 대조적으로 자기 교실에 불이 붙는 장면을 목격한 1학년 학생은 몇 분간 강렬한 두려움과 혼란과 막막함을 느꼈을 겁니다. 이는 잠재적으로 트라우마가 될 만한 사건을 이해할 때 핵심적인 사안을 잘 보여 줍니다. 각 개인이 그 사건을 어떻게 경험하는가? 그 사람의 내면에서는 어떤 일이 벌어지고 있는가? 스트레스 반응이 극단적이거나 장기적으로 활성화되었는가?

오프라 다시 말해서 같은 사건에 대해서도 사람마다 내적인 경험이 다르므로 장기적인 영향도 다르다는 것이로군요.

페리 박사 정확합니다. 장기간 이어지는 영향은 무엇이든 단 하나가 아니라 여러 요인과 얽혀 있는데요. 이를테면 그 사람의 스트레스 반응의 형태(예컨대 각성인가 해리인가 둘의 조합인가)라는 요인도 있고, 스트레스 반응의 강도와 패턴이라는 요인도 있지요.

자기 교실에 불이 난 걸 본 1학년생은 공포로 반응했지만, 건물의 다른 곳에 있던 5학년생은 그만큼 큰 위협을 느끼지 않았다고 상상해 봅시다. 이 학생에게 불은 거의 흥미진진한 것이었습니다. 직접적인 위협에서 멀리 떨어져 있어서 불이 난 내내 안전하다고 느낀 것이죠.

이렇게 우리는 같은 사건을 서로 다르게 경험한 세 사람을 살펴보았습니다. 각자가 다르게 경험했기 때문에 스트레스 반응도 제각각 달랐죠. 수년간 업무 경험이 쌓인 소방수는 스트레스 반응이 적당한 정도로 활성화되었고, 그에게 화재 사건은 예상할 수 있고 통제할 수 있는 일로 느껴졌을 겁니다. 그에게는 회복탄력성을 더 키우는 경험이지 트라우마가 아니었지요.

5학년생에게는 스트레스 반응이 일시적으로 활성화되었습니다. 일주일 정도 지나면 이 활성화의 급격한 영향은 사라지고 평소의 '균형 잡힌' 기본 상태로 돌아가며 트라우마는 남지 않습니다. 하지만 1학년생의 스트레스 반응은 고도로 활성화되어서, 스트레스 반응 시스템이 민감화될 겁니다(76쪽 그림 3과 106쪽 그림 5 참고).

오프라   그러면 화재가 트라우마였다고 말할 수 있는 건가요?

페리 박사   네, 1학년생에겐 그렇죠. 하지만 5학년생에게는 아니에요. 5학년생에게는 '급성 스트레스 반응'이 일어났고, 몇 주 안에 평소의 기본 상태로 돌아갑니다. 그리고 소방수에게는 말했듯이 회복탄력성을 키우는 경험이었고요.

이것이 '트라우마가 되는 스트레스'를 연구할 때 어려운 점입니다. 더 표준적인 정의를 내리지 못한다면 트라우마의 영향을 연구하기가 무척 어렵겠죠.

이런 어려움에 대처하기 위해 물질남용 및 정신보건 서비스 관리국은 학자들과 임상의들을 소집했습니다. 이들은 트라우마를 E3으로 정의하는 방법을 생각해 냈는데요. 이는 방금 우리가 이야기한 내용, 즉 트라우마에는 핵심적인 세 측면이 있다는 점을 명확히 정리한 것이에요. 그 세 측면에 해당하는 3개의 E는 바로 사건event, 경험experience, 영향effects입니다. 임상 실무에서도 연구에서도 서로 연관된 이 세 요소의 복합성을 잘 고려해야 하지요.

그리 단순하거나 흡족한 정의가 아니란 것은 저도 압니다. 트라우마를 정의할 때의 딜레마가 완전히 해결된 것도 아니고, 용어 사용을 계속 혼란스럽게 만드는 면도 있죠.

예를 들어, 이렇게 이야기를 나누고 있는 지금 우리는 세계적 팬데믹의 한가운데 있는데, 어떤 사람은 고등학교나 대학의 졸업반 학생들이 자신의 졸업식 행사에 참가하지 못하는 것이 트라우마라는 글을 썼지요. 학교에서 마스크를 쓰는 것이 아이들에게 트라우마가 될 거라는 말도 하고요. 팬데믹이 모든 사람에게 트라우마라고도 합니다.

저를 포함한 또 다른 사람들은, 이런 일들이 불편하고 어렵고 심지어 비극적일 수는 있지만 꼭 트라우마라고 할 수는 없다고, 모든 사람에게 트라우마인 건 분명히 아니라고 말하고 있고요. 팬데믹은 여러 면에서 함께 겪고 있는 사건이지만, 개인마다 서로 다른 고유한 경험입니다. 병에 걸리거나 직장을 잃거나 집 없는 신세가 되거나 가족이나 친구의 죽음을 경험하는 사람들이 많습니다. 저를 포함한 어떤 사람들의 특권이 드러날 것이고, 또 어떤 사람들의 취약성이 노출될 것입니다. 우리의 공공 시스템에 담긴 불평등과 결함이 확대되어 보일 것이고요. 가장 적게 가진 사람들이 트라우마를 겪을 가능성이 가장 큽니다. 하지만 많은 사람에게 팬데믹의 경험은 스트레스가 심한 일이기는 해도 트라우마는 아닐 겁니다.

제게는 트라우마를 이해하는 일이 언제나 스트레스 반응 시스템의 사건 특정적 변화를 연구하는 일과 연관되어 있었습니다. 그 사건들이란 부모의 신체적 학대처럼 누가 봐도 분명히 보이는 큰 사건일 수도 있어요. 하지만 저는 부모가 모욕이나 수치심을 주는 등의 정서적 학대, 소수 집단의 어린이가 다수의 공동체 안에서 주변화되는 것(자라면서 '외집단' 경험을 하는 것은 스트레스 반응 시스템을 민감화할 수 있어요)처럼 덜 두드러지고 조용히 진행되는 일에서도 트라우마가 생길 수 있다고 생각합니다. 이런 일들은 뇌와 몸의 나머지 부분들에 장기적으로 트라우마의 영향을 가할 수 있습니다.

트라우마가 한 사람의 건강에 구체적으로 어떤 영향을 미칠지는 다양한 요인들이 더해져서 결정됩니다. 이를테면 유전적 취약성, 트라우마가 일어날 때의 발달 단계, 그 이전에 겪은 트라우마의 이력, 가족의 트라우마 역사, 그리고 건강한 관계, 가족, 공동체의 완충 능력 등이 있지요. 하지만 어떤 사람에게 일어났던 일이 그 사람의 모든 정신적, 육체적, 사회적 건강과 어떤 관계가 있는지 이해하는 데 핵심은 스트레스 패턴이 조절, 즉 균형에 어떻게 영향을 미치는지 이해하는 거예요.

아동기의 역경이 모든 아동 정신 질환의 45퍼센트, 성인 정신 질환의 30퍼센트에서 주요 역할을 하는 것으로 추정되어 왔습니다. 이 추정치는 아동기 트라우마 또는 부정적 아동기 경험 이후에 우울증, 불안증, 조현병, 기타 정신증적 장애의 위험성이 증가했음을 보여 주는 다른 연구 결과들과도 일치합니다.

부정적 아동기 경험에 관한 오해와 진실

오프라   보통 ACE라고 하는 부정적 아동기 경험에 대해 좀 더 이야기해 보죠. ACE가 정확히 무엇이며, 트라우마가 건강에 미치는 영향을 이해하는 데 ACE 연구가 어떻게 도움이 되는지 차근차근 설명해 주세요.

페리 박사   최초의 부정적 아동기 경험 연구는 1998년에 발표되었습니다. 논문의 저자들은 생애 첫 18년 동안 일어난 10가지 '역경'에 관한 단순한 설문지를 만들었지요(그림 7 참고). 이 연구에서 1만 7000명의 성인이 설문지를 작성하여 각자 0~10점까지 ACE 지수를 받았어요. 그런 다음 연구자들이 그들의 신체적, 정신적, 사회적 건강을 검토했지요.

최초의 ACE 역학 연구는 ACE 지수와 성인기의 9가지 주요 사망 원인 사이에서 상관관계를 발견했어요. 이게 무슨 뜻이냐면, 아동기에 겪은 부정적 경험이 많을수록 건강에 문제가 생길 위험도 더 커진다는 말이에요. 동일한 데이터를 사용한 뒤이은 연구들도 성인의 ACE 지수와 자살, 정신 건강 문제, 물질 사용과 의존 등 다른 여러 문제가 생길 위험성 사이에서 비슷한 상관관계를 증명했습니다.

ACE 연구들은 우리가 살아오는 동안 이루어진 역학 연구 중 가장 중요한 축에 속합니다. 여러 차례의 반복 연구로 확인도 되었고요. 처음에는 의료계도 일반 대중도 이 연구를 거의 무시했습니다. 그러다 지난 10년 사이 아주 잘 알려지게 되었지요. 하지만 널리 오해받은 연구이기도 합니다.

오프라 어떤 식의 오해인가요?

페리 박사 원래는 연구의 설계 때문에 다소 반발이 있었어요. 그 설문이 주로 백인 중산층을 대상으로 한 것이었기 때문에 다른 인구 집단들에 대한 적용 가능성에 의문이 제기되었죠. 또 다른 문제는 ACE 설문지에 오직 10가지 역경만 포함되고 잠재적으로 트라우마

그림 7

부정적 아동기 경험 설문

당신이 18번째 생일을 맞이하기 전에,

1. 부모나 집안의 다른 어른이 자주 또는 매우 자주 당신을 향해 욕설을 하거나, 모욕하거나, 조롱하거나, 굴욕감을 주었나요? 또는 당신이 몸을 다칠 것 같다는 두려움을 느끼도록 행동했나요?

아니오____ 예라면 1점 기입____

2. 부모나 집안의 다른 어른이 자주 또는 매우 자주 당신을 밀치거나 움켜잡거나 손찌검을 하거나 당신에게 무언가를 던졌나요? 또는 맞은 자국이 생기거나 다칠 정도로 세게 때린 적이 있나요?

아니오____ 예라면 1점 기입____

3. 어른이나 당신보다 5살 이상 나이가 많은 사람이 한 번이라도 당신에게 손을 대거나 어루만지거나 또는 당신에게 성적인 방식으로 자신의 몸을 만지게 강요한 적이 있었나요? 또는 당신과 구강, 항문 또는 질 성교를 시도했거나 실제로 한 적이 있나요?

아니오____ 예라면 1점 기입____

4. 당신은 가족 중 아무도 당신을 사랑하지 않거나, 당신을 중요하거나 특별한 사람으로 생각하지 않는다고, 또는 가족들이 서로를 위하지 않거나, 가깝게 느끼지 않거나, 서로 지지해 주지 않는다고 자주 또는 매우 자주 느꼈나요?

아니오____ 예라면 1점 기입____

5. 당신은 먹을 것이 충분하지 않거나, 더러운 옷을 입어야 한다거나, 당신을 보호해 줄 사람이 아무도 없다고, 또는 당신의 부모가 술이나 마약에 너무 취해 있어서 당신을 보살피지 못한다거나, 필요할 때 당신을 병원에 데려가지 못한다고 자주 또는 매우 자주 느꼈나요?

아니오____ 예라면 1점 기입____

6. 당신의 부모는 별거한 적이 있거나 이혼했나요?

아니오____ 예라면 1점 기입____

7. 누가 당신의 어머니 또는 양어머니를 자주 또는 매우 자주 밀치거나 움켜잡거나 손찌검을 하거나 그분에게 무언가를 집어던졌나요? 때로 또는 자주 또는 매우 자주 발길질을 하거나 물거나 주먹이나 단단한 것으로 때렸나요? 혹은 적어도 몇 분 이상 계속 때리거나 총이나 칼로 위협한 적이 있나요?

아니오____ 예라면 1점 기입____

8. 당신은 술 문제를 일으키거나 알코올 중독인 사람 또는 마약을 하는 사람과 함께 살았나요?

아니오____ 예라면 1점 기입____

9. 가족 구성원 중에서 우울증이나 정신 질환에 걸렸거나 자살을 시도한 사람이 있었나요?

아니오____ 예라면 1점 기입____

10. 가족 구성원 중에서 감옥에 간 사람이 있었나요?

아니오____ 예라면 1점 기입____

'예'라고 답한 수를 더하세요: _____
이것이 당신의 ACE 지수입니다.

가 될 수 있는 다른 수많은 경험이 빠졌다는 점이었죠.

하지만 이 연구에 대해 사람들이 가장 많이 하는 오해는 상관 관계와 인과 관계를 혼동하는 것입니다. 단지 ACE 지수가 높다는 것만으로 심장병에 걸릴 거라는 뜻은 아니거든요. 심장병에 대한 위험성이 증가한다는 말일 뿐이지요.

오프라   어떤 식으로 오해됐는지 알겠네요.

페리 박사   키가 큰 사람이 모두 훌륭한 농구 선수는 아니고, 훌륭한 농구 선수가 모두 키가 큰 것도 아니죠. 하지만 전반적으로 볼 때 키가 195센티미터인 운동선수 무리가 165센티미터인 운동선수 무리보다 대학 농구 경기에서 더 나은 기량을 보일 가능성이 크죠. 마찬가지로 ACE 지수가 5라는 것은 ACE 지수가 1인 사람보다 건강상의 어려움을 겪을 가능성이 더 크다는 것을 의미할 뿐입니다.

이 예로 더 생각해 봅시다. 만약 어느 대학 캠퍼스에 가서 키가 195센티미터인 학생을 모두 찾는다면, 그중 몇 명만이 대학 농구팀 소속일 겁니다. 그중에는 운동을 그리 잘하지 못하는 사람도 많을 테고요. ACE 지수의 경우도 마찬가지예요. ACE 지수가 5인 사람 중에도 건강하고 생산적이며 긍정적이고 힘들지 않게 사는 이들이 많습니다. 그리고 ACE 지수가 1인 사람도 큰 문제들을 안고 살 수 있고요.

다시 말하지만 ACE 연구는 어마어마하게 중요한 연구입니다. 하지만 ACE 지수 자체는 개개인에 대해서도 임상 도구로서도 실질적인 예측력이 그리 크지 않습니다. '당신에게 무슨 일이 있었나요' 라는 질문을 아주 피상적으로 살펴본 것에 지나지 않아요. 한 사람의 개인적 여정을 진정으로 이해하는 데 필요한 깊이 있고 장기적인 탐색이 아니라는 말입니다. 오프라 당신이 게스트들과 인터뷰를 할 때 10개의 질문이 담긴 질문지를 건네서 하나의 숫자만 뽑아낸다면 그 인터뷰가 얼마나 피상적이고 기괴할지 생각해 보세요. ACE 지수는 그 사람들의 이야기를 들려주지 않습니다. 그 숫자가 사람들의 이야기가 될 수는 없어요.

ACE 지수는 스트레스와 곤경의 타이밍과 패턴, 강도도 말해 주지 못하고, 완충 요인이나 치유 요인이 존재했는지도 말해 주지 못합니다. 그 지수에는 건강과 위험을 예측하는 데 필요한 가장 중요한 변수들이 빠져 있어요.

역경의 위험도는 연결성과 타이밍에 달려 있다

우리의 연구 중에서 두 가지 예만 들어 보겠습니다. 여러 해에 걸쳐 우리는 25개국 7만 명 환자들의 발달 데이터를 수집했어요. 여기에는 유아, 어린이, 청소년, 성인이 모두 포함됩니다. 우리는 트라우마와 역경의 자세한 역사뿐 아니라 '관계의 건강'의 역사까지도 모두 수집했어요. 여기서 관계의 건강이란 본질적으로 연결성을 말합니다. 즉 가족, 공동체, 문화와 맺은 연결의 성격, 질, 양이죠.

우리가 발견한 중요한 사실은 관계의 건강, 즉 가족과 공동체,

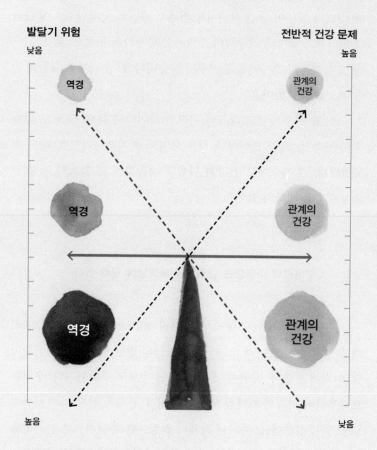

그림 8

발달기 경험의 영향
—역경과 연결성 사이의 균형

발달기에 연결성이 높고 역경 수준이 낮으면(보라색 점선), 발달기 위험의 균형은 정신적, 사회적, 육체적 건강의 위험성이 낮은 방향으로 기울어집니다. 반대로 역경 수준이 높고 연결성이 낮으면(검은색 점선) 발달기 위험이 증가하고 전반적 건강에 상당한 문제가 생길 확률이 높아집니다.

문화와의 연결성이 거쳐 온 역사가 역경의 역사보다 한 사람의 정신 건강을 더 잘 예측한다는 점이었어요(그림 8 참고). 이는 긍정적 인간 관계가 건강에 미치는 힘을 검토한 다른 연구 결과와도 일치합니다. 연결성은 역경에 맞서 균형을 잡아 주는 힘을 지니고 있어요.

둘째로 중요한 발견은 역경의 타이밍이 전반적인 위험성을 판 가름하는 데 큰 차이를 만든다는 점입니다. 단순하게 말하면, 2세 때 경험한 트라우마는 17세에 경험한 같은 트라우마보다 건강에 더 큰 영향을 미친다는 말이에요. 안타깝게도 ACE 연구로는 이런 차이가 잘 구별되지 않습니다. 생애 첫 18년 동안 10가지 역경 중 몇 가지를 경험했는지만 물으니까요.

발달상 위험의 타이밍을 좀 더 깊이 들여다보면 아주 중요한 점을 관찰할 수 있습니다. 우리가 여기서 알게 된 기본적 내용은, 생애 첫 두 달 동안의 경험이 다른 시기의 경험보다 장기적인 건강과 발달에 엄청나게 높은 비율로 더 중요하다는 거예요. 이는 생애 초기에 뇌가 놀랍도록 빠른 속도로 발달한다는 점, 그리고 너무도 중요한 핵심조절신경망(69쪽 그림 2 참고)이 조직된다는 점과 관련이 있지요.

어떤 아이가 생애 첫 두 달 사이에 높은 강도의 역경을 경험하면서 충격을 완화해 줄 관계는 최소한만 누렸고 그 후 12년 동안은 더 건강한 환경으로 옮겨져 지냈다고 해 보죠. 이 아이는 첫 두 달 동안 역경을 별로 겪지 않고 건강한 관계의 연결을 경험한 뒤 이후 12년 동안 높은 강도의 역경을 겪으며 보낸 아이에 비해 결과가 더 나쁘다는 것입니다.

생각해 보세요. 겨우 두 달 동안 나쁜 경험을 한 아이가 12년 동안 나쁜 경험을 한 아이보다 더 나쁜 결과를 감당하게 되는데, 이게 모두 그 경험을 한 타이밍 때문이라는 거예요.

참 기운이 빠지는 이야기지요. 하지만 우리는 나쁜 결과들을 피할 수 없는 건 아니라고 믿습니다. 사실은 이것이 우리가 발달에 관한 올바른 정보를 바탕으로 트라우마를 제대로 인식하는 시스템을 만들어야 하는 이유를 보여 주는 완벽한 예라고 생각합니다.

우리가 앞에서 주의를 기울이고 잘 반응해 주는 양육이 아기의 스트레스 반응 시스템 조직을 위해 중요하다고 했던 말을 다시 떠올려 봅시다. 생애 첫 두 달의 경험에 비일관적이거나 예측할 수 없는 스트레스가 포함되었다면, 이러한 스트레스 활성화 패턴이 민감화된 스트레스 반응을 초래한다는 것을 기억하실 거예요(76쪽 그림 3과 106쪽 그림 5 참고). 그런 반응이 다시 트라우마와 관련된 여러 문제를 연쇄적으로 일으키지요. 그리고 이런 아이들이 더 이상 고위험 환경에 처해 있지 않을 때도, 양육자와 소아과 의사, 정신 보건 담당자, 교육자들은 아이에게 생긴 여러 문제에 직면하게 됩니다. 이때 이 사람들이 아이에게 무슨 일이 벌어지고 있는 건지 제대로 이해하지 못한다면, 그들이 속한 시스템이 '너는 뭐가 잘못된 거니?'라는 질문에 초점을 맞춘다면(안타깝게도 이것이 전형적으로 그들이 취하는 방향입니다), 아이들은 나아질 수 없고 계속해서 어려움을 겪게 될 겁니다. 아이들의 감정적 반응과 행동 문제들을 발달의 렌즈나 트라우마의 렌즈로 검토하지 않을 것이고, 그 결과는 효과 없는 개입으로만 이어질 수 있어요.

그 아이들이 속한 가정, 학교, 신체 및 정신 보건 시스템이 '너는 뭐가 잘못된 거니?'라는 질문을 '너에게 무슨 일이 있었던 거니?'라는 질문으로 바꾼다면, 그 아이들이 더 행복하고 건강하게 살 수 있을 거라고 확신합니다.

또 우리는 아동기 초기의 힘과 잠재력에 대해서도 인지하고 있습니다. 아기를 키우는 엄마 아빠가 단 몇 달만이라도 일관되고 예측 가능한 지원을 받을 수 있다면 그 도움이 어떤 영향을 미칠지 생각해 보세요. 아이에게는 회복탄력성이 높은 스트레스 반응 시스템을 발달시킬 수 있는, 긍정적인 삶의 출발점을 만들어 줄 수 있지요. 이렇게 스트레스 반응 시스템이 잘 조절되면 뇌의 위쪽 부분들이 건강하게 발달하는 데도 도움이 되고요.

오프라 그렇게 생각하니 예방이 얼마나 중요한지 분명해지는군요. 출산 후 첫 몇 달 동안 젊은 부모들을 지원할 수 있다면, 아이들에게는 회복탄력성을 키우는 메가 비타민을 주는 셈이겠네요.

페리 박사 네. 그리고 제가 특히 더 굉장하다고 느끼는 것은 짧지만 긍정적인 보살핌의 상호작용이 지닌 힘입니다. 우리가 연구한 아이들 중에는 생애 첫 두 달 동안만 주의를 기울이고 잘 반응해 주는 양육을 받았고, 이후에는 세상이 무너진 것 같은 경험을 한 아이들이 있었습니다. 그 두 달 후 수년간 혼란과 위협과 불안정, 트라우마의 세월을 겪은 아이들이었죠. 그런데도 이 아이들은 처음에 트라우마와 방임을 경험했다가 이후 수년간 주의 깊고 잘 뒷받침해 주는 양육을 받은 아이들보다 훨씬 나은 결과를 보였어요. 타이밍이 그렇게나 중요한 것입니다. 초기 개입 프로그램들은, 심지어 긍정적 상호작용의 '용량'이 아주 적더라도 결코 그 가치를 과소평가할 수 없습니다.

치유의 적정 용량은 얼마인가

오프라 타이밍이 결정적이네요. 하지만 초기에 필요한 양육을 받지 못하면 어떤 일이 일어날까요? 나중에 보충할 수 있을까요? 트라우마에서 치유되는 일은 가능한가요?

페리 박사 물론입니다. 그게 바로 좋은 소식이지요. 이에 대해서는 뒤에서 더 자세히 살펴볼 겁니다. 일단 지금은 시간과 타이밍이 아주 중요하다는 점만 강조하고 넘어가겠습니다. 관계의 연결과 조절에 관여하는 신경망은 순간들에 대한 반응성이 매우 높습니다. 이 말은 치유에 도움이 되는 상호작용의 유의미한 용량은 '일주일에 한 번, 45분' 같은 식이 아니라는 뜻이에요. 우리는 몹시 강렬한 트라우마를 다룰 때는 '인내할 수 있는' 용량이 겨우 몇 초에 지나지 않는다는 걸 알게 되었습니다.

오프라 정말요?

페리 박사　파괴적 트라우마를 남기고 자기 삶을 난파시킨 현장을 다시 떠올릴 때의 격한 감정은 단 몇 초 정도밖에 견딜 수 없습니다. 그 몇 초가 지나면 뇌가 곧바로 그 고통에서 자신을 보호하기 위한 작업을 시작합니다. 예전에 제가 함께 치유 작업을 했던 3세 남자아이에게서 그런 행동을 보았어요.

이 아이가 엄마와 앉아 있을 때 강도가 집에 침입했고, 아이는 엄마가 살해당하는 장면을 목격했습니다. 우리는 사건 직후 아이와 아이 아빠의 치료 작업을 시작했어요. 그러다 6주 정도 지났을 때 아이 아빠가 전화를 걸어 왔어요. "아들이 자살을 하려고 해요. 방금 스스로 죽으려고 했습니다."

그런데 세 살짜리가 자살을 시도한다는 건 매우 드문 일이거든요. 저는 아이 아빠에게 무슨 일이 일어났는지 물었어요. "엄마를 그리워하는 일에 대해 저와 이야기를 하다가 갑자기 차들이 다니는 곳으로 달려갔어요." 저는 정확히 무슨 일이 있었는지 설명해 달라고 했습니다. 식료품점에 갔는데 계산을 하는 동안 아이는 카트에 앉아 있었다더군요. 그러다 아이가 계산원을 쳐다보더니 "우리 엄마 죽었어요. 살해당했어요" 하고 말하더래요.

계산원은 "오, 아가, 정말 안 됐구나" 하고 말했고요. 그렇게 마무리되었죠. 그런데 아빠는 아이가 더 이야기하고 싶은 욕구가 있을 거라는 걱정스러운 마음이 들었답니다. 그는 이렇게 생각했어요. '우리는 터놓고 말해야 해. 그 트라우마를 직접 대면해야만 해.' 그래서 주차장으로 걸어가는 동안 아들에게 "너 엄마 생각하고 있니?" 하고 물었대요.

아이가 대답을 안 하더래요. 그런데 아빠는 계속 말했어요. "있지, 아빠도 엄마가 그리워. 엄마가 보고 싶으면 말해도 괜찮아."

아빠는 부드러운 말투로 엄마와 보낸 사랑이 가득했던 시간들을 아이에게 상기시켰어요. 하지만 그 감정적인 순간들을 '되살리는' 일은 아이가 감당할 수 있는 수준을 넘어섰어요. 아이에겐 너무 압도적인 일이었죠. 아빠가 이야기를 하는 동안 이 작은 소년은 몸을 굴리기 시작했고, 그러다 신음 소리를 내고, 이어서 귀를 막고, 격하게 몸을 앞뒤로 흔들었어요. 이 모든 건 아이가 자신을 조절하려고 하는 행동입니다.

아빠는 말로 아이를 위로하려고 했어요. "엄마 얘기해도 괜찮아." 하지만 아이는 카트에서 뛰어내려 말하고 있는 아빠를 두고 주차장 안을 빙빙 달리기 시작했어요.

이때 아이가 보인 행동에는 각성 반응이 활성화될 때 예측할 수 있는 순서가 그대로 반영되어 있습니다. 각성 시스템이 활성화되면 뇌의 맨 윗부분이 차단되고(116~117쪽 그림 6 참고), 아래쪽의 더 원시적인 뇌 부위가 주도권을 잡습니다. 이 가여운 아이의 뇌에서 생각을 담당하는 부분은 차단된 상태였죠. 아이는 자살을 계획했던 게 아니에요. 아니 그 무엇도 계획한 게 아니죠. 아이는 단순히 '달아나려고' 했던 겁니다. 아빠가 계속 질문을 던져 떠올리게 만들고 있던, 엄마가 살해당하던 고통스러운 이미지로부터요.

아빠는 선의로 한 일이었지만 그건 치유의 순간이 되기에는 알맞은 용량이 아니었어요. 자, 이제 시간의 문제로 돌아가 봅시다. 그 아이가 계산원을 쳐다봤을 때, 자기 엄마와 나이가 비슷하고 머리카락 색이 같은 사람이 보였어요. 이는 하나의 환기 신호죠. 아이는 한 순간 엄마에 대한 기억, 살해의 기억으로 돌아갔어요. 계산원을 쳐다보면서 짤막하게 한마디 했죠. 5초, 그게 최대 한도였어요. 그리고 위로의 말을 들었죠. 그걸로 충분했던 겁니다. 그 파괴의 잔해에서 건져 올린 작은 조각 하나, 이것이 아이가 감당할 수 있었던 치유를 위한 회상의 용량이었어요. 민감화된 시스템은 감당할 수 있을 만큼 짧은 회상들을 통해 천천히 고통스럽게 '재설정'되기 때문이죠. 이상적인 것은, 인생을 함께하는 애정과 감수성 있는 사람들로 이루어진 치유의 그물망이 이러한 짧은 치유의 순간을 수천 번에 걸쳐 제공해 주는 것입니다.

우리가 인생에서 생기는 어려움들을 어떻게 다루는지 생각해 봅시다. 감당하기 너무 힘든 일이 있을 때 우리는 그 고통이나 상실이나 두려움에 대해 45분 동안 쉬지 않고 말하고 싶지는 않잖아요. 정말로 친한 친구와 그 일의 어떤 측면에 관해 한 2, 3분 정도 이야기하고 싶은 정도죠. 그 말을 하는 게 너무 고통스러워지면 그 주제에서 뒤로 물러나 다른 데로 생각을 돌리고 싶어해요. 어쩌면 나중에 시간이 흐른 뒤에 더 이야기하고 싶어질 수는 있겠지만요. 이런 게 바로 정말로 치유를 가능하게 하는 치료의 용량이에요. 완전히 깨어 있는, 강력하지만 짧은 순간들이요.

오프라 박사님의 이야기를 들으니 게일 킹과의 관계가 정말 고맙게 느껴지네요. 게일과 저는 둘 다 볼티모어의 뉴스 방송국에서 일하던 1976년에 처음 만난 이후로 내내 인생을 함께 걸어온 친구예요. 지금은 다른 지역, 다른 시간대에서 둘 다 아주 바쁜 삶을 살고 있지만, 우리는 매일 서로 이야기를 나눈답니다. 저는 줄곧 게일의 치료사였고, 게일은 저의 치료사였죠. 저는 전문 치료사를 찾아간 적은 한 번도 없어요. 하지만 우리에게 벌어지는 모든 일을 헤쳐 나가면서 제 마음속에 있는 것과 게일의 마음속에 있는 것을 주고받으며 나눠 온 이 관계를 통해 우리는 실제 서로를 치료하고 있었다는 생각이 드네요.

페리 박사 물러섰다가 다시 돌아가죠.

오프라 맞아요. 뭔가 다른 일로 웃고 있다가 그게 또 새로운 화제를 불러오죠. 그러다가 다시 힘든 경험으로 이야기가 돌아가기도 하고 아니기도 하고요. 친한 친구와 이야기를 나눌 때 항상 벌어지는 일이죠.

페리 박사 그렇습니다. 그게 치유이지요. 치유 경험의 본질이요.

오프라 결국에는 기분이 좋아져요. 쌓여 있던 걸 풀어 놓았기 때문이죠. 그 아이가 계산원에게 자기 말을 '들려주고' 위로를 받았던 것처럼, 그렇게 우리는 다시 힘을 얻는 거죠.

페리 박사 그렇죠! 당신은 당신에게 보살핌이 되는 긍정적인 인간적 상호작용을 나눠 왔던 겁니다. 그건 뿌듯함을 느끼게 해 주고 조절해 주며 결속시켜 주죠.

오프라 지금 막 어떤 깨달음을 얻었어요! 그러니까 우리가 정말로 찾고 있는 건, "이봐, 난 미친 게 아니야. 내가 이렇게 생각하거나 느끼는 건 나에게 일어난 어떤 일 때문이고, 나는 거기에 합리적으로 반응하고 있는 거야"라는 생각을 뒷받침해 줄 사람이로군요. 그리고 그 사람은 우리의 생각이 옳다는 걸 입증해 주고요.

페리 박사 바로 그겁니다. 그들은 우리를 '보는 것'만으로도 우리를 조절해 주죠. 앞서 말한 그 어린 소년은 세월이 흐르는 동안 아빠와 조부모, 이웃, 친구, 선생님 들과 수천 번의 작고 긍정적인 상호작용들을 나누어 왔고, 그들은 그 아이에게 보상과 조절과 치유가 되는 경험들을 제공함으로써 아이를 도왔죠. 현재 그는 건강하고 긍정적인 젊은이가 되었어요. 어머니를 잃은 일은 여전히 슬픔과 그리움을 불러오지만, 그래도 지나갑니다. 기본적으로 그는 개방적이고 호기심이 많고 친절해요. 조절 장애에 빠지지도 않았고 슬프거나 감정적으로 훼손되지도 않았답니다. 공식적인 심리 치료는 1년 정도만 했어요. 그가 트라우마로 파괴된 세 살 때의 자아로부터 다시 건강한 내면세계를 구축하는 데 실질적인 도움이 된 것은 20년 동안 매일 일어난 치유의 순간들이었습니다.

외상 후 스트레스 장애를 판별하는 네 가지 증상

오프라 그 소년에게는 PTSD가 있었나요? 우리는 첫 번째 대화에서 이야기한 로즈먼 씨처럼 참전 용사들의 PTSD에 관해서 주로 듣지만, 트라우마는 어느 연령대에서나 PTSD를 일으킬 수 있다고 알고 있는데요. 맞나요?

페리 박사 네. 나이가 얼마든 트라우마는 우리가 외상 후 스트레스 장애라고 부르는 일련의 증상들을 초래할 수 있습니다. 아까 그 아이에게도 PTSD가 있었고요. 트라우마에 사건, 경험, 영향의 세 측면이 있다는 말 기억하시죠? PTSD는 그중 영향에 해당해요. 트라우마 사건 이후에 그 여파로 생길 수 있는 특정 증후군, 그러니까 여러 증상의 모음입니다. 의사들이 정신 건강 문제를 분류할 때 사용하는《정신 질환의 진단 및 통계 편람DSM》에 등재된 정신적 장애 중 하나예요.

트라우마 사건 이후에 네 가지 종류의 주요 증상이 있으면 PTSD 진단을 받게 되는데요. 말씀하셨듯이 한국전 참전 용사였고 오토바이 엔진 소리에 증상이 촉발되었던 마이크 로즈먼 씨도 PTSD가 있었지요.

첫째 부류의 증상은 '침투적' 증상입니다. 여기에는 트라우마 사건의 떠올리고 싶지 않은 이미지들과 생각들이 반복적으로 나타나는 것, 그에 관한 꿈이나 악몽이 포함되지요. 이 증상들을 해석하는 한 방식은 세계의 의미를 파악하려는 뇌의 노력이라고 보는 것이에요. 트라우마 사건이 발생하면 그 사건이 너무나 위협적이고, 일 상적 경험에서 멀리 벗어나 있기 때문에 세계를 대하는 우리의 실행 모델에 맞지 않는 경우가 많습니다. 우리의 마음은 항상 우리가 생 애 초기에 만들었던 세계관을 유지하려는 쪽으로 작동한다고 앞에 서도 이야기했지요. 사람은 선해. 부모는 우리를 보호해 주는 존재야. 학교는 안전해. 마음은 우리가 믿는 대로 보기를 원하고, 그래서 그 믿음과 세계관을 지지해 주는 것들을 고수하며 그렇지 않은 것들은 무시하지요. 그런데 트라우마는 바로 이런 내면 풍경을 망가뜨립니 다. 세계관이 산산이 조각나 버리는 것이죠. 사람들은 믿을 수 없어. 난 아버지가 무서워. 아버지는 나를 아프게 해. 학교는 내 친구들이 총을 맞은 곳이야.

트라우마를 겪은 사람은 난파선 같은 상태가 됩니다. 자기 내 면세계를 다시 세우는 일이 그에게 과제로 남겨지죠. 그 재건, 치유 과정 중에는 과거의 세계관이라는 부서진 선체를 다시 찾아가 보 는 일이 포함됩니다. 난파의 잔해들을 훑으며 아직 남아 있는 것, 자 신의 부서진 조각들을 찾는 일이죠. 꿈, 불현듯 머릿속으로 침투하 는 트라우마의 이미지들, 그 상황을 머릿속에서 재연하는 일은 모두 새로운 현실의 의미를 파악하려고 발버둥 치는 우리 마음의 노력이 에요. 그 난파의 현장을 다시 떠올리면서 우리는 한 조각 한 조각 부 서진 파편들을 발견하고, 이제는 달라진 풍경 속의 새롭고 더 안전 한 장소로 그 조각들을 옮깁니다. 새로운 세계관을 구축하는 것이 죠. 이 일에는 시간이 걸립니다. 난파의 현장을 여러 번 다시 떠올려 야 하고요. 이 과정에는 무의식적으로도 의식적으로도 반복적 '재연'

과거에 어떤 일이 있었든 지금 여기 당신이
살아 존재한다는 사실만으로도 당신은
가치 있는 존재라는 것을 꼭 기억하세요.
희망은 분명 존재한다는 것도요. 신시아가 썼듯이
"몸과 마음이 모두 건강해지는 일은 가능합니다.
그 일은 한 번에 한 순간씩, 한 걸음씩
이루어집니다."

행동이나 글쓰기, 그림 그리기, 조각하기, 연극 등이 필요합니다. 거듭 되풀이하여 그 지진 현장을 떠올리고 난파의 잔해를 꼼꼼히 살피고, 무언가를 집어 들어 새롭고 안전한 피난처로 옮겨 둡니다. 그것이 치유 과정의 일부예요. 지금 저는 아주 복잡한 과정을 단순화해서 이야기하고 있는데요. 뒤에서 치유에 관한 주제를 다룰 때 더 자세히 이야기할 겁니다.

둘째 부류의 증상은 '회피'입니다. 이 증상은 트라우마 사건을 떠올리게 하는 사람이나 장소, 기타 여러 가지에 다시 노출된 후 심하게 고통스러워하는 사람에게 생기는 증상이라고 여겨집니다. 로즈먼 씨가 독립기념일을 싫어한다고 말했던 것 기억하시죠? 그는 불꽃놀이가 환기 신호라는 걸 의식적으로 인지하고 있었기 때문에 불꽃놀이가 벌어지는 축하 행사를 회피했어요. 어떤 면에서 회피 행동은 트라우마를 겪을 당시 통제할 수 없다고 느껴졌던 것에 대해 다시 통제력을 찾으려는 노력이기도 합니다. 회피가 위협에 대한 해리 반응의 일환이라는 말도 기억나실 거예요(116~117쪽 그림 6 참고). 피할 수 없는 괴로운 상황에 처했을 때는 회피 행동이 자신을 보호하는 행동이 될 수도 있지요.

과거의 트라우마 신호와 직접 연관이 없는 회피 행동도 생겨날 수 있는데요. 이는 학대나 트라우마가 초기 양육 관계 속에서 발생한 경우에 주로 해당합니다. 만약 아이가 친밀한 관계 안에서(예컨대 부모에 의해) 학대를 당했다면, 이 아이는 친밀함, 그러니까 정서적·육체적 가까움을 위협으로 느끼게 되겠지요. 이런 사람들은 관계의 연결을 맺는 데 오래 걸리는 경우가 많고, 누군가와 가까워졌을 때는 불안하거나 혼란스럽거나 압도되는 느낌을 받습니다. 인간관계에서 생기는 친밀성을 회피하게 되지요. 만약 친밀함을 피할 수 없다면 그 관계를 훼손하거나 망치는 행동을 하게 됩니다. 이는 발달기 트라우마의 영향 중 가장 흔하면서도 가장 제대로 인지되지 못한 양상 중 하나예요.

오프라 그러니까 PTSD가 있는 사람에게 증상이 촉발되는 것은 그 순간 트라우마 '기억'이 활성화되기 때문이네요. 그리고 사람마다 반응이 다른 이유는 애초에 트라우마 사건이 그 사람에게 영향을 미친 방식에 따라 PTSD 반응도 다르기 때문이고요.

페리 박사 앞에서 연상 관계를 만드는 것에 관해 나눴던 이야기 기억하시죠? 트라우마 경험은 트라우마와 연관된 일련의 '기억들'을 만들고, 이 기억들은 트라우마 사건 당시에 일어났던 스트레스 반응의 유형과 '연결'된다고 했었지요. 뇌사에 빠졌던 소년 제시가 서로 다른 두 환기 신호에 뚜렷이 구별되는 반응을 보였던 것도 기억하실 거예요. 마이크 로즈먼 씨에게는 오토바이 엔진 소리라는 환기 신호가 각성 반응을 활성화시켰지요. 이는 로즈먼 씨가 과거 전투 중에 활성화했던 반응이 각성 반응이기 때문입니다. 총소리 또는 오토바이 엔진 소리가 심박 수를 증가시키고 본능적으로 몸을 숙여 은폐물을 찾도록 만들었지요.

그러나 또 다른 환자에게는 총소리와 유사하게 들리는 소리가 전혀 다른 반응을 일으킬 수도 있어요. 언젠가 소말리아에서 온 비사라는 환자를 치료한 적이 있어요. 잔인한 부족 간 전쟁을 겪었던 젊은 난민 여성이었지요. 비사는 남동생이 강압에 못 이겨 자기 부모를 총으로 쏘는 장면을 속수무책으로 지켜봐야만 했었답니다. 이후에도 아주 많은 트라우마 경험이 이어졌고, 그러다 결국 캐나다까지 올 수 있었죠. 로즈먼 씨처럼 비사에게도 총소리가 환기 신호가 되었어요. 그러나 로즈먼 씨에게는 총소리가 각성 반응을 일으켰던 반면, 비사에게는 해리적 차단을 일으켰어요. 비사의 트라우마는 피할 수도 견딜 수도 없는 고통의 순간들로 이루어진 것이었죠. 비사는 자기 자신 안으로 달아나는 것으로 반응했어요(116~117쪽 그림 6 참고). 총소리를 들으면 비사는 심박 수가 떨어졌어요. 극단적인 경우에는 실신까지 했고요. 예상하지 못한 큰 소음을 들었을 때 총소리와의 연상 때문에 비사는 쓰러졌고, 실제로 의식까지 잃었어요.

사진 기자인 제 동료 한 사람은 르완다 내전의 희생자들을 수용하기 위해 만든 초기 난민 캠프 중 한 곳에 있었습니다. 거기서는 사람들이 좀비처럼 표정도 없고 소리도 없이 서성거린다고 해요. 제 동료가 사람들이 헬멧을 쓰고 있는 이유가 뭐냐고 묻는 바로 그 순간, 캠프 주변 정글에서 총소리가 들려왔고 몇 사람이 바로 그 자리에서 실신했다고 합니다. 쓰러질 때 머리를 다치지 않으려고 헬멧을 쓰고 있었던 거예요.

오프라 그러니까 그건 박사님이 지나치게 활성화된 과잉 반응성 해리라고 말씀하신 것의 결과로군요?

페리 박사　바로 그렇습니다. 이렇게 다시 PTSD 증상 이야기로 돌아오는군요. 지금까지 침투적 증상과 회피라는 두 부류의 증상에 관해 이야기했는데, 이제 셋째 부류인 기분과 사고의 변화를 이야기할 차례가 되었네요. 여기에는 우울증 증상, 그러니까 슬픔, 전반적 쾌감 상실, 죄책감, 부정적인 것에 대한 과한 집중, 그리고 기본적으로 정서적·육체적 탈진이 포함됩니다.

　마지막으로 넷째 부류의 증상은 각성과 반응성에 일어나는 변화입니다. 스트레스 반응 신경망이 민감화되어 나타나는 과잉 활성이나 과잉 반응과 관련된 증상들이지요. 여기에는 불안증, 과다 경계, 놀람 반응 증가, 높고 변동이 심한 심박 수, 수면 문제가 포함됩니다.

　이상 네 가지 범주에 속하는 증상이 있는 경우에 대해 DSM에서 부여하는 명칭이 PTSD입니다. 하지만 PTSD는 트라우마가 우리의 정신 및 육체 건강에 영향을 미치는 유일한 방식이 아니라는 걸 꼭 기억해야 합니다. 우리가 이 장의 앞부분에서 이야기했던 트라우마가 미치는 부정적 영향들도 누군가의 인생에 PTSD 못지않게 심각한 결과를 가져올 수 있어요. 실제로 트라우마의 장기적 영향 중 대다수는 PTSD로 드러나지 않습니다.

　　오프라　박사님 말씀을 듣고 있으니 우울증, 불안증, PTSD, 이 셋이 트라우마의 장기적인 정신적·감정적 영향과 관련해 가장 큰 세 가지라는 생각이 머릿속을 맴도네요. 트라우마를 경험한 아이들이 5000만 명이나 된다는 사실을 생각해 보면, 이는 곧 셀 수 없이 많은 어른들이 그 상처를 일상생활에서, 직장에서, 인간관계에서 계속 짊어지고 살아가면서, 그 상처를 다시 자기 자녀들에게 물려준다는 뜻이네요. 그리고 그 어른들은 자신에게 무슨 일이 일어났었는지 깨닫지 못했을 수도 있고요.

페리 박사 무슨 일이 일어났었는지 그들만 모르는 것이 아니라, 그들의 반려자, 의사, 직장 동료들도 모르지요. 바로 그렇기 때문에 아주 많은 오해가 생기고요. 게다가 때로는 그 오해들이 비극적 결말을 낳기도 합니다.

지금까지 우리는 양육자의 행동이 아이에게 어떤 영향을 미치는지를 주로 이야기했는데, 그 양육자들 역시 자신의 양육자들로부터 영향을 받은 아이들이었다는 사실을 기억해야 합니다. 트라우마의 영향은 세대를 건너고 공동체를 넘어 멀리 넓게 퍼져 나갑니다. 그래서 항상 '당신에게 무슨 일이 있었나요?'라는 우리의 핵심 질문으로 연민을 품고 다시 돌아오는 것이 중요합니다.

흩어진 점들을
연결하다

CONNECTING THE DOTS

어른이 된 후로 꽤 오랫동안, 밤에 혼자 있는 건 제게 극도의 스트레스를 안기는 일이었습니다. 시카고에서 경비와 도어맨이 있는 건물의 57층에 살던 때도 저는 안전하다는 느낌을 가질 수 없었어요. 그 건물에서 산 지 몇 년째 되던 어느 밤에는 두려움이 너무나 격렬해져서 그대로 있다가는 뭔가 나쁜 일이 일어날 테니 거기서 나가야만 한다는 확신이 들었습니다. 실제로 침대에서 일어나 그 집에서 나가 옆에 있는 호텔에 투숙했죠. 호텔에 있으니 훨씬 안전하게 느껴졌어요. 제가 거기 있다는 건 아무도 모를 테니까요. 저 자신도 이해할 수 없던 이런 두려움은 점점 더 심해지기만 했지요. 무슨 일이 벌어지고 있는 건지 알아내야 한다고 생각은 했지만, 어디서부터 시작해야 할지 알 수가 없었어요.

바로 그 시기에 시카고는 미국에서 일어났던 학교 총격 사건들 중 비교적 초창기의 한 사건을 겪고 그 충격으로 휘청거리고 있었습니다. 1988년 5월 20일, 로리 댄은 위네트카 노스쇼어 교외 지역의 한 초등학교 2학년 교실로 걸어 들어가 총을 쐈습니다. 여섯 명의 어린이가 총에 맞았고 8세인 닉 코윈이 사망했지요.

이 총격 이후 분노와 고통에 빠진 부모들은 교문을 잠그고 사슬로 채우고 보안 요원들을 배치할 것을 요구했지요. 어느 날 저는 그 학교의 교장이 그러한 조치를 거부하는 이유를 설명한 기사를 읽었습니다. 그는 교문에 사슬을 채운다면 아이들에게 자신들이 안전하지 않다는 메시지를 보내게 될 거라고 말했더군요.

그 기사를 읽다가 느닷없이 울음이 터졌어요.

비극이 지나간 후 그 파괴의 잔해들을 추스르고 있는 아이들과 가족들 때문만이 아니라, 아이들 앞에 바리케이드를 치지 않겠다는 교장 선생님의 말이 제가 수년간 한 번도 떠올리지 않았고 오랫동안 잊고 있던 어떤 사건의 기억을 불러일으켰기 때문이에요.

미시시피에서 자라던 시절 저는 항상 할머니와 함께 잤어요. 치매가 있던 할아버지는 옆방에서 잤고요. 어느 밤 문득 잠에서 깼는데, 할아버지가 침대 위에 서 있는 모습이 보였어요. 눈을 다 뜨기도 전에 저는 할머니의 두려움을 느낄 수 있었죠. "얼리스트, 침대로 돌아가요. 얼리스트, 침대로 돌아가라니까." 할아버지는 말을 듣지 않았어요.

할아버지는 할머니의 목을 조르려고 했어요. 할머니 목을 자신의 두 손으로 붙잡으려고 할머니와 힘 싸움을 하고 있었죠. 마침내 간신히 할아버지를 밀쳐 낸 할머니는 문간으로 달려가서 같은 골목에 살고 있던, 우리가 사촌 헨리라고 부르던 이웃을 불렀어요.

"헨리! 헨리! 헨리!"

헨리는 앞을 보지 못했지만, 그럼에도 한밤중에 아무 망설임 없이 달려와 할머니가 할아버지를 다시 자기 침실로 돌려보내는 걸 도와주었죠. 그 후로 할머니는 우리가 자는 침실 방문 손잡이 아래에 의자 하나를 끼워 놓았고, 깡통 몇 개를 찾아 침대 주변에 늘어놓았어요. 이튿날 아침에는 그 깡통들을 줄로 한데 묶어 문에 매달았고요. 그때부터 제가 할머니와 함께 살았던 내내 그 깡통들은 밤마다 문에 걸려 있었고 문손잡이 밑에는 의자가 받혀져 있었어요. 저는 깡통들이 움직이지 않는지 확인하려고 귀를 쫑긋한 채로 잠들려고 노력했었지요.

교문에 쇠사슬을 걸지 않겠다고 한 교장 선생님의 기사를 읽었을 때 저는 깨달음을 하나 얻었습니다. 할머니 방문에 걸린 깡통들은 그 교장 선생님이 어린 학생들에게 보내지 않으려고 애쓰던 바로 그 메시지를 제게 보내고 있었던 거예요. 쇠사슬을 채우면 아이들을 보호할 수 있었을지는 모르지만, 교장 선생님은 그러면 아이들에게 끊임없이 그 트라우마 사건을 상기시키고 자신들이 안전하지 않다는 확신을 심어 주게 되므로 결국 훨씬 더 큰 해를 입히는 일이라고 생각했던 겁니다.

저는 마침내 흩어져 있던 점들을 연결해 제가 밤에 혼자 집에 있는 걸 두려워했던 이유를 완전히 이해할 수 있게 되었어요. 우리가 잠들어 있어서 가장 취약한 상태였을 때 할머니가 공격을 당했던 일이 제게 트라우마를 남겼던 것이죠. 그 일이 깊은 감정적 흉터를 만든 게 분명했어요. 어른이 되어서도 잠들려고 할 때면 제 마음은 공격에 대비해 끊임없이 각성 상태에 있도록 조건화되었던 겁니다.

이런 여러 사실들을 연결하여 마침내 수면 문제의 원인과 결과 모두를 이해하게 된 것이 제게는 생각을 완전히 바꿔 놓은 계기가 되었어요. 저는 여전히 그 오래전 할머니의 침실에서 만들어진 깊은 스트레스 지점들에 반응하는 자신을 느끼지만, 지금 제게는 그 상황을 이해하고, 거기서 한발 물러나 제가 느끼고 있는 것을 관찰하고, 그 두려움을 헤쳐 나갈 방법을 선택할 수 있는 도구가 있습니다.

　　여러분이 어떤 일에 대한 자신의 반응 패턴을 생각할 때, 즉각적으로 일어나는 감정과 본능적 반응 사이에 작은 여백의 순간을 끼워 넣음으로써 스스로 현재에 깨어 있을 수 있고 결국에는 통제력을 되찾을 수 있게 된다는 것을 기억하면 좋겠습니다.

—오프라 윈프리

오프라　고도로 예민한 두려움의 감각이 유전될 수도 있나요?

페리 박사　흠, 그 질문을 좀 더 확장해 볼게요.

오프라　아, 이러실 줄 알았어요. 그냥 '예'나 '아니오'로 답해 주지 않으실 거죠? 이 질문을 더 복잡하게 만들려는 거죠?

페리 박사　예, 그럴 거예요. 왜냐하면 당신의 질문은 "우리에게 무슨 일이 있었나요?"라는 문제를 건드린 것인데, 이는 '우리가 어떤 존재가 되는가'에 복잡한 방식으로 영향을 미치기 때문이에요. 우리는 이전 세대로부터 여러 가지를 흡수하고 그걸 다시 다음 세대로 전달합니다. 유전자, 가족, 공동체, 사회, 문화, 이 모든 것이 거기 포함되지요. 그러니까 두려움이 유전되느냐는 당신의 질문은 트라우마, 특히 '역사적 트라우마'를 이해하는 데 핵심적인 질문입니다.

세대를 넘어 대물림되는 트라우마

여기서는 개에 대한 두려움을 예로 들어 볼게요. 개에 대한 두려움은 어렸을 때 개에게 물렸다든가 하는 개인적 경험에 근거한 것일 수 있어요. 개에게 물린 아이의 뇌는 개와 위협 사이에 연상 관계를 만듭니다. 로즈먼 씨가 전투 경험에 대해 만든 연상 관계와 비슷하게요. 그런데 실제로 개와 얽힌 경험이 전혀 없는데도 개를 심하게 두려워하는 사람들도 있죠. 그 두려움은 어디서 온 걸까요? 저는 이 두려움이 세대 간 전달(172쪽 그림 9 참고)을 통해 온 것일 수 있다고 말씀드리고 싶네요.

예컨대 사람을 사냥하고 추적하고 공격하도록 개들을 훈련하는 세계에서 자란다고 상상해 보세요. 식민화와 노예 제도에 대한 연구자인 타일러 패리Tyler Parry가 묘사한 바에 따르면, 노예 사냥개들은 "흑인들을 신체적으로 훈육하고 그들의 공간을 장악하기 위한 가장 효과적이고도 무시무시한 도구"였다고 합니다. 수세대 뒤 미국 남부에서는 흑인 민권운동을 하는 시위자들에게 두려움을 불어넣고 위협하는 데 똑같은 방식으로 개들을 이용하여, 수많은 사람들에게 세대를 넘어서는 개에 대한 두려움을 강화했어요. 앞에서 감정의 전염에 관해 나눴던 대화를 기억하시나요? 만약 부모와 아이가 함께 산책할 때 부모가 개와 산책하는 사람을 피하려고 길을 건너거나 아이의 손을 더 단단히 붙잡는다면, 그 아이가 개에 대한 두려움을 '느낄' 거라는 건 어렵지 않게 상상할 수 있을 거예요. 조부모의 두려움은 부모의 두려움이 되고, 이는 다시 아이의 두려움이 되지요.

우리가 (트라우마 치유처럼) 개인적 수준의 변화와 (예컨대 인종 차별주의를 내재한 파괴적 정책들을 인식하고 바꾸는 것 같은) 문화적 수준의 변화를 모두 포함하여, 의도적으로 변화를 이루기 위해서는 우리가 무엇을 어떻게 '물려받는지'에 대한 이해를 바탕으로 한 통찰이 필요합니다.

오프라 저는 여러 해 동안 저술가이자 영적 스승인 이얀라 반전트Iyanla Vanzant와 대화를 나누며, 우리가 조상들의 산물이라는 이야기를 했어요. 이얀라는 "모든 가족에게는 육체적 특성이 유전되는 것과 같은 방식으로 한 세대에서 다음 세대로 전달되는 생각과 신념, 행동의 패턴과 병리가 있다"라고 말했죠. 앞 세대 사람들의 강점과 성공을 칭송하는 건 좋은데, "이 의식적·무의식적 특징 중 다수는 아주 강력하고 생산적이지만, 그렇지 않은 것도 있다"라고도 했고요.

그래서 저는 이런 점에 대해 과학은 뭐라고 말하는지 알고 싶어요. 생물학적 관점에서 볼 때, 어떤 심리적 특성과 감정적 특성, 행동 패턴 들이 오랜 시간에 걸쳐 한 가족 구성원에게서 다른 구성원에게로 전해질 수 있는 것인지요?

페리 박사 물론입니다. 세대에서 세대로 전해지지요. 그리고 그런 특성들을 '대물림'할 때 우리가 사용하는 경로에도 여러 가지가 있어요(그림 9 참고). 예를 들어 질문하신 두려움에 관해 생각해 보죠. 두려움의 감각이 유전되느냐고 물었을 때, 엄밀히 말해 당신은 두려움을 느끼는 특성이 우리 유전자에 부호화되어 있어서 우리가 부모로부터 물려받는 것이냐고 물은 것입니다. 이 질문에 대한 답은 좀 모호해요.

하지만 질문을 조금 바꿔서, '두려움은 세대에서 세대로 전달될 수 있는가?' '부모의 두려움이 아이에게 전달될 수 있는가?'라고 묻는다면 답은 분명 '그렇다'입니다.

앞에서도 말했듯이 우리는 본질적으로 관계의 존재들, 사회적 존재들입니다. 그렇기 때문에 신경생물학적으로 다른 사람들에게 귀를 기울이도록 조율되어 있습니다. 우리 뇌의 일부는 계속해서 우리 주변의 존재들을 모니터링하고 있는 것이죠.

우리는 타인의 의도와 감정을 이해하려고 노력합니다. 이는 세계의 의미를 파악하려는 노력의 일환이죠. 우리는 주변 사람들의 감정을 감지하고 흡수해요. 우리가 가장 많은 시간을 함께 보내고 가장 많이 의지하는 사람들의 경우에 더욱더 그렇지요. 특히 아이들은 주변 사람들의 감정에 매우 잘 전염됩니다. 방금 들려 주신 이야기에서 당신과 할머니처럼요. 당신은 두려움을 느꼈지요. 할머니의 두

그림 9

세대 간 전달의 메커니즘

유전

- DNA

후성유전(유전자 발현의 수정과 통제)

- 히스톤 수정
- DNA 메틸화

자궁 내

- 엄마의 환경(예: 스트레스)
- 환경 독소
- 기타(예: 알코올, 마약)

출산 전후 경험

- 유대와 애착(기본적인 조절과 관계의 핵심 형성)

출산 후

- 가족을 통한 전달(예: 언어, 가치관, 신념)
- 교육, 공동체, 문화를 매개로 한 전달

려움이 당신에게 전해진 겁니다. 당신은 할머니의 두려움에 '옮아' 그 두려움을 당신의 세대로 이어간 거예요.

오프라 맞아요. 저는 할머니의 두려움을 느낄 수 있었어요. 게다가 할머니는 집안을 좌지우지하는 여장부여서 두려움이라는 건 할머니로서는 매우 드문 반응이었거든요. 그래서 저는 위험한 상황이라는 걸 바로 알 수 있었고요. 그 일이 저를 세포 수준에서 변화시켰다고 생각해요.

아프리카계 미국인 공동체에 관해 생각하면, 노예제 시대까지 수세대를 거슬러 올라가는 트라우마가 눈에 보이는 듯해요. 인종차별과 분리, 잔인함, 두려움, 핵가족 해체의 트라우마를 내면화해 온 수백 년 세월이죠. 그 모든 게 개인이라는 미시적 수준에서 거듭 복제되고 반복되다가 결국에는 사회라는 거시적 수준에서 가시적으로 드러나고 느껴지는 단계에 이르렀죠. 그게 2020년에 '흑인의 생명도 중요하다 Black Lives Matter' 운동이 그토록 강력해진 이유이고요. 미시적 수준의 개인과 거시적 수준의 사회 모두 고통의 정점에 도달한 것이죠.

페리 박사 우리가 이 고통이, 이 트라우마가 어떻게 해서 세대를 넘어 대물림되는지를 이해한다면, 그 고통을 의도적이고 효과적으로 멈출 수 있는 가능성도 더 커진다고 말씀드리고 싶습니다.

이렇게 다시 전달 가능성, 즉 감정의 전염에 관한 이야기로 돌아왔네요. 전달 가능하다는 말은 어떤 특성(또는 재주, 신념 등)이 한 사람에게서 다른 사람에게로 전해질 수 있는 능력을 묘사하는 데 사용됩니다. 스페인어만을 사용하는 가정에서 자란 아이가 성장해 스페인어를 말할 때, 이는 스페인어가 아이에게 '유전된' 것이 아닙니다. 소리와 이미지 사이에 연상 관계를 만드는 능력은 기본적으로 유전되는 것이지만, 그 유전적 능력을 언어로 바꾸는 특정 방식들은 유전되는 것이 아니에요. 중국어 유전자나 영어 유전자, 스페인어 유전자 같은 것은 존재하지 않습니다.

그러나 언어가 전달 가능한 것은 맞습니다. 생애 초기에 우리 뇌 피질의 언어 관련 시스템들은 스펀지 같은 상태여서 우리가 말하기와 관련된 상호작용을 나누는 동안 그 시스템들에 변화가 생깁니다. 우리가 아기와 말을 주고받을 때 우리는 아기의 뇌를 변화시키고 있는 거예요. 이를 통해 아기는 자기 가족의 언어를 배울 수 있죠.

이와 똑같은 경험 의존적 과정이 다른 많은 특성에도, 가치관과 신념에도 적용됩니다. 이런 것들은 유전자에 부호화된 것이 아니에요. 학습되고 흡수되며, 때로는 수정되고, 그 후에는 타인의 모범과 의도적 지시, 그리고 관성에 의해 다음 세대에 교육되지요. 예컨대 박애주의처럼 유전적 상부 구조를 필요로 하는 복잡한 특성들도 있긴 하지만, 우리가 그런 특성들을 불교나 기독교나 이슬람 같은 복잡한 신념 체계와 관습 속으로 통합하는 방식은 유전되는 것이 아닙니다. 자신의 원 가족이나 친족과 매우 다른 사람과 상호작용할 때 방어적이고 신중해지는 데는 유전적 요소가 있을 수 있지만, 인종차별주의는 특정 민족의 우월성에 대한 일련의 학습된 신념이며, 실제로 실행되는 인종차별은 권력, 우위, 억압의 문제입니다.

우리가 말하는 언어, 우리가 지닌 신념은 좋은 것이든 나쁜 것이든 경험을 통해 한 세대에서 다음 세대로 전해집니다. 그리고 인간 경험의 아주 많은 측면은 단순히 유전자에서 솟아나는 것이 아니라 발명된 것이지요. 1만 년 전 인류에게 책을 읽을 수 있는 유전적 잠재력은 있었지만 지구상에서 단 한 명도 책을 읽을 수는 없었고, 피아노를 연주할 수 있는 유전적 잠재력은 있었지만 단 한 명도 피아노를 연주할 수는 없었죠. 농구에서 덩크 슛을 하고, 문장을 타이핑하고, 자전거를 탈 수 있는 그 모든 유전적 잠재력은 있었지만 모두가 발현되지 않은 채 남아 있었습니다.

인류는 앞 세대의 축적되고 정제된 경험들을 취해 이 발명, 신념, 기술 들을 다음 세대에 전할 수 있는 능력이 다른 어느 종보다도 뛰어나지요. 이것은 사회·문화적 혁명입니다. 우리는 연장자들에게서 배우고 발명하며, 그 결과물을 다음 세대에 전달하죠. 이런 일을 가능하게 해 주는 기관이 바로 인간의 뇌, 구체적으로 피질입니다. 앞에서도 말했듯이 피질은 우리 몸에서 가장 인간을 인간답게 만드는 부분으로, 말하기와 언어, 추상적 사고, 과거에 대한 반성과 미래에 대한 계획 같은 인간에게 고유한 능력들을 가능하게 합니다. 우리의 희망, 꿈, 세계관의 주요한 부분이 피질에 의해 매개됩니다.

오프라 그러니까 우리의 세계관을 형성하는 데 일조한 수세대의 경험들이 부정적인 것이었다면, 우리는 거기에 어떻게 대처해야 할까요?

페리 박사 먼저 세계를 구성하는 모든 측면이 강력하게, 종종 우리도 인지할 수 없는 방식으로 우리에게 영향을 미칠 수 있다는 것을 알 필요가 있습니다. 미디어, 제도와 시스템, 공동체, 이 모든 것에는 어느 정도 편견의 요소들이 배어들어 있습니다. 또한 우리에게 잘 들리거나 보이지 않더라도 아주 강력한 방식으로 우월성, 지배, 억압의 언어를 전달하는 일이 너무나 많습니다.

읽기, 쓰기, 수학, 역사, 거기다 신념과 가치관까지 매개하는 피질은 놀랍도록 유연합니다. 문자들을 들여다보고 단어들을 발음하며 다른 사람들이 읽는 소리를 듣는 식으로 반복적인 가르침을 받으면, 결국에는 스스로 읽을 수 있는 신경생물학적 역량을 갖추게 된다는 걸 누구나 알고 있습니다. 읽기를 배우는 것이죠. 패턴화되고 반복적인 방식으로 특정 신경망을 자극함으로써 뇌를 변화시키는 것입니다. 이것이 바로 경험을 기반으로 한 세대에서 다음 세대로 기술을 전달하는 일이며, 아이들에게 자신의 뇌를 변화시키도록 가르치는 일입니다. 이렇게 변화된 뇌를 가지고 자란 아이는 자신이 배운 것을 다음 세대에게 가르칠 수 있죠. 세대 간 전달이라는 것, 무언가가 다음 세대로 전달되는 일은 분명 존재합니다.

이와 똑같은 일이 우리의 신념에도, 인간적이고 연민 어린 신념들뿐 아니라 증오에 차고 억압적이며 비인간적인 신념들에도 그대로 적용됩니다. 아기들이 부모의 언어를 흡수하고 학습할 수 있게 해 주는 스펀지 같은 특성인 뇌의 유연성은 또한 아이들이 영향력 있는 어른들의 좋고 나쁜 모든 신념을 흡수하게 만들기도 하죠.

그러니까 우리가 다음 세대로 뭔가를 전달하는 방식을 이해하는 것이 중요합니다. 우리가 인간적이고 연민 어린 가치관과 신념과 관습은 풍성하게 전달하고, 파괴적이고 증오 어린 신념의 전달은 최소화하기를 원한다면, 우리가 아이들에게 노출하는 것들에 신중한 주의를 기울여야 합니다. 아이들이 자기들과 다른 특성을 지닌 사람들과 함께 시간을 보내고 있나요? 다양성의 가치가 존중되는 모습을 목격하고 있나요? 아니면 자기들과 생각이나 모습이나 말하는 게 다른 사람들을 두려워하거나 비판하도록 길러지고 있습니까? 편견의 세대 간 전달은 멈출 수 있습니다. 우리는 증오가 가득하고 파괴적이며 잘못된 믿음들이 다음 세대로 전달되는 것을 멈출 수 있어요. 하지만 그러기 위해서는 우리의 젖먹이들, 걸음마 하는 아기들, 어린이들에게 우리가 영향을 미치는 모든 방식을 염두에 두고 매우 의도적으로 행동해야 합니다. 우리가 읽는 잡지에서 아이들이 보게 되는 시각적 이미지들, 우리의 집으로 반가이 맞아들이는 사람들, 우리와 다른 외양을 지닌 사람들을 대하는 방식들에 관해 생각해야만 합니다. 그리고 이는 첫 시작에 불과하지요. 우리 세계에서 바꾸어야 할 양상들은 너무나도 많습니다. 이 모든 것이 세대 간 전달 과정에 영향을 미칠 수 있어요.

오프라 말씀을 듣다 보니 제가 평생 저절로 알고 있었고, 시간이 지나면서 더욱 깊이 이해하게 된 것이 떠오르네요. 그건 바로 모든 일이 중요하다는 것이에요. 나에게 일어난 모든 것, 어머니에게 일어난 모든 것, 어머니의 어머니에게 일어난 모든 것, 그리고 아버지에게, 아버지의 아버지

에게, 아버지의 아버지의 아버지에게 일어난 모든 일이 중요하다는 것이요.

페리 박사 자신의 경험뿐 아니라 조상의 경험에서 들려오는 메아리까지도 우리가 생각하고 느끼고 행동하는 방식에 영향을 미치니까요. 그것들은 건강을 결정하는 중요한 요인들입니다. 이 사실을 인식하는 것은, 지금 우리가 행하는 모든 올바른 행위가 미래에 메아리를 만들 것임을 기억하는 데 도움이 되지요. 우리의 행위는 중요합니다. 그 행위들로써 다음 세대에 영향을 미치고 있으니까요. 그러니 우리는 최대한 신중해야 하는데, 과연 지금 그러고 있는 것일까요?

　　　　오프라 우리의 행동에는 어마어마한 파급효과가 따르지요. 그렇기 때문에 우리에게 무슨 일이 일어났는지 이해하는 것이 우리의 진화에 더욱더 중요한 것이고요.

페리 박사 그 말은 다시 "고도로 예민한 두려움의 감각은 유전될 수 있는가?"라는 당신의 질문으로 데려다 주는군요. 이제 다시 돌아가 그 질문에 대한 답을 마무리해 봅시다.

조상의 트라우마가 내 DNA에 새겨져 있다

우리가 다음 세대에 '정보'를 전달하는 매우 중요한 방식 중 하나는 유전자입니다. 우리의 스트레스 반응 시스템의 몇몇 측면들은 '유전 가능한' 것이기도 하고요. 우리의 핵심조절신경망이 기능하는 방식에 일익을 담당하는 유전 메커니즘들이 존재합니다.

어떤 사람들은 유전적 영향을 받은 '강건함'을 지닌 것처럼 보입니다. 감각적 복잡성과 스트레스 요인을 인내할 수 있는 폭이 아주 넓은 사람들이지요. 이런 사람들은 여간해서는 조절 장애가 생기지 않습니다. 반대로 '예민한' 스트레스 반응을 타고난 것처럼 보이는 사람들도 있지요. 이들은 감각적 복잡성에 조그만 변화만 생겨도 쉽게 압도당합니다. 이런 사람들은 태어날 때부터 눈에 띄게 '달래기 어려운' 기질을 보이기도 하죠.

스트레스 조절과 관련된 유전적 특징들뿐 아니라, 유전 가능한 '후성유전적' 요인들도 있습니다. 후성유전은 정신의학 분야에서 제대로 이해되지 못한 채 널리 사용되는 용어 중 하나이니 지금 아주 짧게 개관해 보겠습니다. 우리 몸속의 모든 세포에는 똑같은 유전자들이 들어 있습니다. 하지만 모든 세포에서 똑같은 유전자가 '켜지는' 것은 아닙니다. 어떤 유전자는 뼈를 만들고, 어떤 것은 혈액, 어떤 것은 뉴런을 만드는 등 유전자마다 맡은 일이 다르기 때문이에요. 우리 몸이 발달하는 동안 예컨대 근육 세포 안에서는 근육 세포를 만드는 일에 관여하는 유전자들만 켜지고 혈액과 뼈와 뇌를 위한 유전자들은 꺼집니다. 세포들이 '분화'되는 과정에서 세포 속의 많은 유전자가 꺼지는 것이죠.

하지만 상황에 따라 몸이 이미 꺼져 있는 유전자에게 다시 켜지라는 화학적 메시지를 보내는 일도 있는데요. 기아 상태가 그런 예 중 하나입니다. '이봐, 보통 때는 네가 필요 없어. 하지만 지금은 우리가 굶주리고 있으니 당분과 지방을 더 효과적으로 사용해야 해. 그러니까 너를 켜서 그 일을 좀 시켜야겠어.' 바로 이런 일을 후성유전적epigenetic 변화라고 합니다. 그리스어로 'epi'는 '~위에'라는 뜻인데, 이 접두어가 붙은 이유는 실제 유전자가 바뀌는 것이 아니라 유전자 위에 붙어 작동하는 세포 메커니즘이 중요한 유전자들은 켜고 다른 유전자들은 끌 수 있기 때문이에요. 이러한 유전자 조절 과정은 우리 몸속에서 지속적으로 작동하면서 '균형', 다시 말해 가능한 한 잘 조절되고 건강한 상태를 유지하려고 애쓰고 있습니다.

앞에서 이야기했듯이 스트레스 패턴의 차이에 따라 스트레스 반응의 민감화 또는 회복탄력성으로 이어지지요. 두 경우 모두 핵심 조절신경망의 민감성을 바꾸는 일에 후성유전적 변화가 관여합니다. 이는 균형을 유지하기 위해 변화를 일으키는 우리 몸의 놀라운 유연성을 보여 주는 또 하나의 예랍니다.

어떤 경우에는 이런 후성유전적 변화들이 난자나 정자 속에 저장되어 있다가 다음 세대로 전달되기도 합니다. 몇 세기 전으로 거슬러 올라가, 아프리카에서 잔인한 자들의 손에 노예로 붙잡혀 족쇄와 굶주림에 시달리며 노예선에 실려 속박의 삶으로 끌려갔던, 그리하여 상실과 폭력과 여러 형태의 트라우마가 가득한 삶을 살게 된 젊은이를 상상해 봅시다. 수백만 명의 사람들이 그러했듯, 그토록 극단적이고 지속적인 트라우마들을 버티고 생존했다면, 그 사람에게는 유전자 발현의 조절 단계에까지 영향을 미치는 일련의 적응적 변화들이 일어났을 겁니다. 다시 한번 분명히 해 두자면, 그 적응적 변화란 유전자 자체에 변화가 생기는 것이 아니라 유전자가 켜지거나 꺼지는 것을 의미합니다. 그 젊은이의 자녀들과 손주들은 여전히 노예로서 다른 트라우마들을 견디며 살아갔을 테고, 이들은 아버지와 할아버지의 세포 수준에서 생긴 그 후성유전적 적응에서 혜택을 입었을 겁니다. 물론 앞에서도 말했듯 스트레스 반응 신경망이 항상 민감화된 상태로 살아가는 일에는 희생이 따릅니다. 조상의 적응에 유리했던 변화는 여러 세대가 지나 조상과 다른 환경에서 살게 된 후손에게는 적응에 불리한 것이 될 가능성이 크니까요.

이미 트라우마를 각오하고, 예측할 수 없이 혼란스럽고 위협적인 세계에 대처하기 위해 준비된 스트레스 반응 기제를 장착하고 태어난 갓난아기를 상상해 봅시다. 세상이 더 이상 그렇게 극단적으로 혼란스럽거나 위협적이거나 예측 불가능한 곳이 아니라면, 이 아기를 혼돈에 대비하도록 만든 후성유전적 변화들은 아기가 '세계관'을 만드는 과정을 다소 왜곡하게 될 수 있어요. 후성유전학 연구는 아직 상당히 초기 단계이고 알아내야 할 것이 많이 남아 있지만, 우리의 조부모와 증조부모, 심지어 더 먼 조상들이 한 경험도 우리의 DNA가 발현되는 방식에 유의미한 영향을 미친다는 것이 분명합니다. 그리고 당신이 했던 질문에 답하자면, 두려움의 감각에도 중요한 영향을 미치죠.

다행스러운 점은 그래도 뇌는 여전히 변화가 가능한 상태라는 것입니다. 예상하셨는지 모르겠지만, 유전자를 조절하는 후성유전 메커니즘은 뒤집을 수 있습니다. 뒤집을 수 없다면 적응에 그다지 유리할 것이 없겠죠. 위협과 트라우마가 후성유전적 변화를 일으킬 수 있는 것처럼, 좋은 돌봄의 상호작용은 그 변화를 뒤집을 수 있어요. 환경도 바뀌고 우리에게 주어지는 도전들도 바뀝니다. 그리고 우리가 균형을 유지하려면 우리 몸의 생리도 균형을 유지해야 합니다.

트라우마가 신체 건강에 미치는 영향

오프라   앞에서 우리는 아동기 역경이 우리에게 영향을 미치는 방식에 관해 이야기를 나눴었지요. 그리고 지금은 감정과 행동의 패턴들, 경험, 신념이 이전 세대에서 대물림될 수 있다는 점을 이야기했고요. 이야기를 듣다 보니 누군가에게 '무엇이 잘못됐는지'가 아니라 '무슨 일이 있었는지'를 이해하는 것이 우리의 최우선 과제라는 사실을 더욱 깊은 수준에서 분명히 깨닫게 되네요. 그런데 자신에게 무슨 일이 일어났는지 알아볼 기회도, 과거에 일어난 일이 여전히 자신의 한 부분이며 그 경험은 결코 자기 잘못이 아니라는 것을 깨달을 기회도 얻지 못하는 사람들이 아직 너무나 많습니다.

과거를 현재의 감정적, 육체적 건강과 연결하는 법을 배우는 과정에서 우리가 염두에 두어야 할 잠재적 문제 영역들로는 어떤 게 있을까요?

페리 박사　가장 중요한 영역은 우리가 다른 사람들과 연결을 맺는 방식입니다. 발달기 트라우마는 우리가 관계를 형성하고 유지하는 능력을 망쳐 놓을 수 있어요. 양육 관계 안에서 트라우마나 방임이 일어난 경우에는 언제나 다른 사람의 감정을 읽고 반응하는 데 관여하는 신경망들이 변화될 위험성이 높습니다. 이러한 '애착' 역량들이 손상되면 친구, 가족, 친밀한 관계, 학교, 직장과 관련한 문제들이 생깁니다. 심지어 세대를 넘어 학대의 패턴을 반복할 위험도 있고요.

　　오프라　물 흐르듯이 잘 어우러지면서 살아가는 것이 거의 불가능한 사람들도 있지요. 상사에게 분노를 터뜨리고, 믿음직한 친구가 되지 못하고, 새로운 인간관계도 스스로 망쳐버리고요.

페리 박사　하지만 그런 이들도 거의 대부분 다른 사람들과 연결되기를 정말로 원합니다. 그중에는 관계를 시작하는 건 잘하지만 유지하는 능력이 너무 떨어지는 이들도 있고요. 당연하게도 인간 존재의 핵심은 사회적 존재라는 점을 고려하면 그러한 어려움은 생리적으로도 심리적으로도 파괴적 영향을 미칩니다. 고립과 단절, 외로움으로 이어지고, 육체적 건강이 나빠질 위험을 포함해 다른 온갖 문제들과도 연관되지요.

오프라 정신 건강 분야뿐 아니라, 일반 가정의와 모든 분야의 의료 종사자 및 의사들이 환자의 신체에 일어난 문제만 들여다볼 것이 아니라 그들의 삶에 무슨 일이 일어났는지도 고려할 필요가 있겠군요.

페리 박사 그렇습니다. 신체 건강도 발달기 트라우마와 연관된 또 하나의 주요한 잠재적 문제 영역이에요. 앞에서도 말했듯이 발달기의 역경은 심장병, 천식, 위장 장애, 자가면역질환을 비롯한 모든 종류의 건강 문제에서 위험성을 높입니다. 이 상관관계를 이해하면 그러한 신체적 문제들을 진단하고 치료하는 방식도 바꿀 수 있습니다.

당뇨병이 좋은 예이죠. 전 세계 당뇨병 환자가 4억 1500만 명에 달합니다. 미국에서는 대략 3400만 명으로 10명 중 1명을 조금 넘고요. 그 외 8800만 명의 미국 성인이 당뇨병전기이거나 심장 대사 위험성을 갖고 있어요. 트라우마 때문에 핵심조절신경망에도 변화가 생겼다면, 혈당과 인슐린 분비 조절을 포함한 전반적인 조절 문제도 생겼을 테고요. 당뇨병의 발병 위험성과 관리 모두 과거의 역경과 관계가 있습니다.

오프라 알겠습니다. 잠시만 박사님 말씀을 끊을게요. 왜냐하면 "당뇨병은 순전히 생물학적인 문제"라고 말할 사람들도 있다는 걸 제가 잘 알기 때문이에요. 하지만 우리의 이 대화에서 드러나고 있는 것처럼, 그리고 지난 30년간 박사님의 연구가 증명한 바대로, 그 무엇도 그렇게 완전히 분리

될 수는 없지 않습니까. 신체적 안녕과 정서적 건강은 깊이 연결되어 있지요.

페리 박사 물론입니다. 의사들 다수를 포함해 대부분 사람들이 건강에 대해 생각할 때 '생물학적' 건강과 '심리적' 건강을 분리합니다. 예를 들어 의료계에서는 민감화된 해리 반응을 지닌 사람들이 자주 시달리는 두통이나 복통 같은, 트라우마와 연관된 신체 증상들을 무시하고 넘기는 일이 아주 흔합니다. 여기 2020년 한 의학 센터가 배포한 복통에 관한 자료에서 예를 찾을 수 있는데요. 이 기관은 매일 새내기 의사들을 교육하는 곳이고, 이 자료의 내용은 거기서 여전히 교육하고 있는 내용이에요. "복통을 반복적으로 앓는 어린이와 청소년의 대다수는 기능적 복통 또는 '비기질적' 통증을 앓고 있다. 기능적 또는 비기질적 통증이란 신체적 이상 때문에 초래된 통증이 아니라는 뜻이다."

물론 여기서 암시하는 것은 그 통증이 '정신신체적psychosomatic' 통증, 즉 '모두 마음에서 생긴 문제'라는 것입니다. 이건 그냥 덮어놓고 무시해 버리는 태도지요. 실제로도 트라우마와 관련된 다수의 건강 문제들을 무시하거나 놓치거나 오해하는 일이 많습니다. 하지만 일단 뇌과학에 관해 더 잘 이해하고, 우리의 감각들과 뇌가 어떻게 우리의 경험을 '생물학적' 활동으로 번역해 내는지 이해한다면 그러한 인위적인 구별은 사라집니다. 트라우마의 신경생물학을 이해한다면, 신체적 '이상'이 민감화된 해리 반응과 함께 복통을 초래한다는 것을 알게 됩니다. 그때부터는 한 사람의 '세계관'이 그 사람의 면역 체계를 변화시킬 수 있고, 친구와의 긍정적인 대화가 그날 환자의 심장이나 폐 기능에 영향을 미칠 수 있다는 걸 이해하게 되지요. 그러한 상호 연결성을 분명히 파악할 수 있어요. 오프라 당신이 말했듯이 모든 것이 중요합니다.

핵심은 소속감을 느낀다는 것이 생물학적 현상이라는 것, 단절은 우리의 건강을 망친다는 것을 이해하는 것입니다. 트라우마는 사람을 단절시키고, 이는 우리 몸속 모든 시스템에 영향을 미칩니다.

예를 하나 들어 보죠. 저는 당뇨병으로 입원한 16세 소녀 타이라와 상담을 해 달라는 요청을 받은 적이 있어요. 타이라는 제1형 당뇨병인 인슐린 의존성 당뇨병이 있었는데, 이는 소아형 당뇨병이라고도 불리는 병이에요. 분명히 해 두자면, 이 유형의 당뇨병은 유전적 요인과 함께 병을 악화시킬 수 있는 생애 초기의 경험들(예컨대 감염이나 자가면역 반응)과도 관련이 있습니다. 타이라의 인슐린 의존성 당뇨병이 트라우마 때문에 생겼다는 말을 하려는 건 아닙니다. 그 병은 타이라가 훨씬 어렸을 때 진단되었고, 입원 전까지는 아주 잘 관리된 상태였어요. 타이라는 자신의 혈당 수치도 검사할 줄 알았고 인슐린 주사도 직접 놓을 수 있었어요.

타이라는 당뇨병 혼수상태로 병원에 실려 왔습니다. 혈당 수치가 너무 높아져 의식을 잃은 것이죠. 의료팀이 위기 상황을 잘 처리해 타이라는 안정을 되찾았습니다. 이후 병원에서 타이라에게 필요한 정확한 인슐린 용량을 알아내느라 며칠을 보냈지만, 아무리 해도 정확한 용량을 찾을 수 없었답니다. 아침에는 효과를 내는 것 같던 용량이 나중에 보면 너무 높거나 낮아서 타이라를 반응성 저혈당 상태나 위험할 정도의 고혈당 상태로 만들었지요. 의료팀은 타이라가 의도적으로 인슐린을 조작하거나 몰래 단것을 먹고 있다고 생각하기 시작했어요. 자기들이 보기에는 인슐린 용량이 적절한 것 같은데도 혈당 수치가 너무 심하게 요동치는 것이 이해되지 않았기 때문이죠. 그들은 타이라가 '자기 파괴적' 행동을 하고 있다고 의심해 정신과 상담을 의뢰했던 거예요.

저는 병실에서 타이라를 만났어요. 긍정적이고 쾌활하고 협조적인 아이였고, 의료팀이 왜 적절한 인슐린 용량을 알아내지 못하는지 의아해하고 있더군요. 본인은 오랫동안 인슐린 용량을 잘 관리해 왔으니 그럴 만도 하지요.

대화를 시작한 지 10분쯤 됐을 때 타이라가 갑자기 말을 멈추고 눈에 띄게 긴장된 모습을 보였습니다. 저는 제가 뭔가 타이라의 기분을 상하게 하는 일을 했다고 생각했죠. 그러다 타이라가 창문 너머 응급실로 가는 구급차 사이렌 소리가 나는 방향을 바라보고 있다는 것을 알아차렸습니다. 병원에서 일하다 보면 항상 사이렌 소리를 듣다 보니 저절로 소리를 걸러 내게 되지요. 저는 사이렌 소리가 난다는 것조차 느끼지 못했거든요. 하지만 타이라는 그렇지 않았죠.

"심박수를 재봐도 되겠니?" 하고 제가 물었어요.

그 질문에 타이라가 창밖에서 시선을 거두었죠. "그럼요."

저는 다가가 타이라의 손목을 잡고 맥박을 쟀어요. 분당 128회. 휴식기의 청소년으로서는 무척 높은 수치였어요.

"사이렌이 네 마음을 몹시 불편하게 하는 게 분명해 보이는구나."

"아, 그런 것 같아요. 누가 다친 건지 궁금해졌거든요."

"아는 사람 중에 구급차에 실려 간 사람이 있었니? 물론 너는 제외하고 말이야." 이 질문에 타이라는 다시 반쯤 얼어붙은 것 같은 눈빛이 되더군요. 그렇게 몇 초가 흘렀어요.

마침내 타이라는 눈을 깜빡이더니 조용히 말하기 시작했어요. "2주 전쯤에 친구들 몇 명과 공원에서 놀고 있었어요. 우린 피크닉 테이블에 앉아 있었죠. 딱히 뭘 하고 있던 건 아니었어요."

타이라가 다시 말을 멈췄어요.

"꼭 말하지 않아도 돼."

"아뇨. 괜찮아요." 확신이 서지는 않았지만 저는 그냥 계속 말하게 두었어요.

"저는 총소리를 못 들은 것 같은데, 케이샤는 들었대요. 저는 니나 바로 옆에 앉아 있었거든요. 그런데 갑자기 니나가 저를 똑바로 쳐다보는 거예요. 눈을 이렇게 커다랗게 뜨고서요." 타이라는 제게 보여 주려고 눈을 아주 커다랗게 떴어요.

"엄청 놀란 얼굴이었어요. 그리고 비명 같은 소리를 내더니 쓰러졌죠. 니나의 등이 온통 피투성이였어요." 보기만 해도 타이라가 그 순간을 다시 경험하고 있다는 걸 알 수 있었습니다. 두려움과 혼란이 너무 분명히 보였어요.

병원 밖에서 들리던 사이렌 소리가 완전히 잦아들자 타이라가 다시 이야기를 시작했어요. "사이렌 소리와 경찰들이 있었어요. 구급차는 너무 오래 걸려 도착했고, 그 사람들이 니나를 데려갔어요. 한낮이었어요. 우리는 그냥 거기 앉아 있었을 뿐인데."

저는 타이라의 손목을 다시 짚어 보았습니다. 심박수가 분당

160회까지 치솟았더군요. 숨을 가쁘게 몰아쉬었고 명백히 두려움의 상태에 있었어요.

"의사 선생님들도 이 일에 대해 알고 있니?"

"아닐 거예요. 그분들이 어떻게 알겠어요?"

"그래, 네 말이 맞겠다. 나도 그분들이 이런 질문을 했을 거라고는 기대하지 않아. 그러니까 타이라, 네 인슐린에 무슨 일이 벌어지고 있는지 내 생각을 얘기해 보마." 저는 역삼각형을 그리고 스트레스 반응에 관해, 우리가 두려움을 느낄 때 몸이 어떻게 싸우거나 달아날 준비를 하는지에 관해 이야기해 주었지요.

타이라는 인슐린이 혈액 속 당분을 몸의 세포들로 옮기도록 돕는 방식에 관해서는 아주 잘 알고 있었지만, 괴롭고 위협을 느낄 때 분비되는 아드레날린이 싸움 또는 도피 행동을 돕기 위해 저장된 당분 비축분을 '동원'한다는 건 잘 알지 못했어요. 아드레날린은 혈액 속 당분의 양을 증가시키죠. 최근에 일어난 트라우마 사건 때문에 과잉 활성화된 타이라의 스트레스 반응이 아드레날린 분비를 증가시켰고, 그 때문에 혈액 속 당분의 양이 늘어났던 겁니다. 이전에는 효과가 있었던 인슐린 용량이 이제는 충분치 않게 된 거죠. 그뿐 아니라 사이렌 같은 환기 신호에 노출될 때면 민감해져 있는 타이라의 시스템이 과잉 반응을 하게 되어 아주 많은 양의 아드레날린을 방출했고, 그 결과 다시 아주 많은 양의 당분이 혈액 속으로 들어간 겁니다. 그렇게 사이렌 소리가 곧잘 들려오는 방에서 며칠을 지내니 일시적으로 혈당이 치솟는 일이 반복되었고요. 타이라가 인슐린을 조작하거나 몰래 음식을 먹은 것이 아니었어요. 무슨 일이 일어났느냐는 질문이 혈당 조절의 역학을 바꿔 놓았습니다.

우리는 타이라의 병실을 사이렌 소리가 전혀 들리지 않는 곳으로 옮기고, 치유를 돕기 위한 심리 치료도 시작했습니다. 며칠이 지나자 안정적인 인슐린 용량이 자리를 잡아 타이라는 집으로 돌아갔지요.

오프라 타이라의 담당 의사들은 '생물학적으로' 무슨 일이 벌어지는지 설명할 수 없으니 잘못은 타이라에게 있다고 생각했군요. 트라우마가 생물학적으로 영향을 미칠 가능성은 전혀 고려하지 않고서요.

페리 박사 그런 질문을 해 봐야 한다는 생각조차 못 했을 겁니다. 20년 전만 해도 트라우마가 건강에 영향을 미치는 요인이라고는 전혀 생각하지 않았습니다. 솔직히 정신 건강에 영향을 미치는 요인으로 여겨지는 경우도 매우 드물었을 정도예요. 오늘날까지도 트라우마와 발달기 역경이 정신 건강과 신체 건강에서 하는 역할은 여전히 제대로 평가받지 못하고 있지요.

발달기 트라우마가 있는 어린이들과 어른들은 만성적인 복통, 두통, 흉통, 기절, 경련과 같은 일을 자주 경험합니다. 이 모두가 민감화된 스트레스 반응과 관련된 아주 흔한 증상들이죠. 대부분의 의사들은 전형적인 의학적 소견을 얻지 못하는 경우에 이 증상들을 '기능적' 혹은 '심리적' 증상으로 규정해 버립니다. 이런 식으로 무시하고 넘기는 태도는 상처에 소금까지 뿌리는 격이죠.

뇌의 상향식 프로세스

오프라　박사님이 그간 해 온 연구는 사실 바로 그런 문제를 해결하려는 시도이기도 했지요. 제가 듣기로 박사님이 뇌와 트라우마에 관해 가르칠 때 사용하는 용어 중에 '순차적'이라는 용어가 있어요. 앞에서도 이야기했지만, 순차적이란 말이 무엇을 의미하며, 우리에게 '무슨 일이 있었는지' 이해할 때 그 말이 왜 중요한지 다시 한번 설명해 주시겠어요?

페리 박사　예, 그러죠. 순차적이란 말은 어떤 순서에 따라 일어나는 것, 즉 A 다음 B, B 다음 C와 같은 식으로 일련의 단계에 따라 일어나는 것을 말합니다. 그리고 앞에서도 말했듯이 뇌는 순차적인 방식으로 경험을 처리합니다. 모든 감각 입력(물리적 감각, 냄새, 맛, 시간, 소리)은 제일 먼저 뇌의 아래쪽 영역에서 처리됩니다. 아래쪽 뇌가 우선권을 갖고 있죠. 이는 모든 새로운 경험은 아래쪽 뇌가 먼저 해석하고 반응한 다음에야 더 위쪽 '생각하는' 뇌의 검토를 받을 기회를 얻는다는 뜻입니다. 아래쪽 뇌가 새 경험에서 들어온 감각 입력을 과거 경험 때 저장해 둔 기억의 카탈로그에서 찾아 서로 맞춰 본 다음에야, 우리 뇌의 똑똑한 부분이 끼어들 기회를 얻게 되는 거지요.

　하지만 마이크 로즈먼 씨의 경우에서 보았듯이 뇌의 아래쪽 부분은 '시간을 분간하지' 못합니다. 그래서 때때로 외부에서 들어오는 입력을 부정확하게 해석하기도 하죠. 만약 새로운 입력 중 과거 경험에서 저장된 기억과 일치하는 것이 있다면, 아래쪽 뇌는 과거의 그 경험이 마치 지금 벌어지고 있는 것처럼 반응합니다. 이때 그 과거 경험이 트라우마라면 문제가 생기는 것이죠. 로즈먼 씨의 뇌는 오토바이 엔진 소리를 전쟁의 공포와 짝 지었어요. 오프라 당신의 경우에는 밤에 혼자 있는 것이 오래전 할아버지가 할머니를 공격하던 밤의 감각 기억을 촉발했고요.

오프라 그러니까 뇌는 수십 년을 사이에 두고 벌어진 경험인데도 불구하고 두 경험을 비슷한 것으로 해석하는 거로군요. 본인은 별개의 사건들로 보더라도 뇌는 두 사건을 같은 것으로 분류하네요. 박사님은 이런 현상을 뇌 안에서 일어나는 일종의 의사소통 오류라고 묘사하시죠.

페리 박사 그렇습니다. 그리고 우리 뇌가 모든 경험을 순차적으로 처리한다는 것을 이해하면, 뇌와 뇌 사이, 다시 말해서 사람들 사이의 의사소통 오류를 설명하는 데도 도움이 되지요. 의사소통이란 따지고 보면 어떤 아이디어나 개념이나 이야기를 한 사람의 피질에서 다른 사람의 피질로 전달하는 일이니까요. 우리 뇌의 똑똑한 부분에서 상대방 뇌의 똑똑한 부분으로요. 문제는 우리가 피질에서 피질로 직접 의사소통하지 않는다는 것입니다. 먼저 뇌의 아래쪽 부분들을 통과해야만 하죠. 피질에서 만들어진 모든 이성적 생각은 아래쪽 뇌의 감정 필터들을 통과해야만 합니다. 우리의 표정, 어조, 사용하는 단어들은 상대방의 감각 기관에 의해 신경 활동으로 변환되고, 그런 다음 맞추기, 해석하기, 피질로 올려 보내기의 순차적 과정이 진행되지요. 그러는 동안 의사소통에 담긴 의미는 정제되거나 왜곡되거나 확대되거나 축소되거나 사라질 가능성이 아주 크답니다.

스트레스 반응이 활성화될 때 무슨 일이 일어나는지 생각해 봅시다. 좌절감, 분노, 두려움은 피질의 여러 부분을 차단할 수 있어요. 조절이 어긋나 있을 때는 뇌의 가장 똑똑한 부분을 아예 사용할 수 없게 됩니다. 상태 의존적 기능을 설명하는 그림 6(116~117쪽)을 다시 보세요. '각성' 단계를 나타내는 칸에서 오른쪽으로 갈수록 뇌의 더 아래쪽 부분들이 우리의 기능을 좌지우지한다는 걸 알 수 있지요.

임상 실무를 할 때 저와 우리 팀은 "피질로 간다"라는 표현을 곧잘 씁니다. 누군가와 이성적으로 의사소통할 수 있는 상태가 된다는 뜻이죠. 상대가 조절된 상태라면 이성적 소통이 용이한 방식으로 연결을 맺을 수 있어요. 하지만 조절이 어긋난 상태라면 우리가 하는 어떤 말도 그들의 피질에 제대로 도달하지 못할 거예요. 게다가 그들은 이미 자기 피질 속에 있는 것들에 접근하는 일조차 쉽지 않을 겁니다. 이는 특히 교사들이 반드시 이해해야 할 사실입니다. 조절된 아이는 쉽게 배울 수 있지만, 조절에서 벗어난 아이는 배우지 못하니 말입니다. 이는 물론 직장에서 관리자의 직책을 맡은 사람들, 동료, 파트너, 자녀 등 타인과 의사소통하는 모든 사람이 꼭 이해해야 하는 점입니다. 안전한 연결을 맺는 핵심은 조절입니다. 그리고 연결되어 있다는 것은 정보를 피질로 올려 보내는 가장 효율적이고 효과적인 방법이지요. 강사, 코치, 멘토, 치료사, 이들 모두에게 피질로 가는 초고속도로는 관계에 달려 있습니다.

안전하고 친밀한 상대에게만 열리는 신경망

우리는 피질로 가는 단계들을 묘사하는 데 개입의 순서라는 용어를 사용합니다. 이 순서를 실제 상황에 적용해 예를 하나 들어 볼게요.

여러 해에 걸쳐 저는 연방수사국FBI을 비롯한 법 집행 기관과 협업할 기회가 있었는데, 주로 트라우마의 영향에 관해 가르치는 일과 어린이들을 상담하는 일을 했습니다. 한동안은 FBI의 아동 유괴범 및 연쇄살인범 대책본부를 위해 열심히 상담 활동을 했어요.

조지프는 몇 주 전 열한 살 누나가 유괴되는 것을 목격한 세 살 아이였어요. 유괴 당시 두 아이는 오후에 동네에서 놀고 있었어요. 집으로 달려간 조지프가 엄마에게 할 수 있었던 말은 "그 남자가 누나 데려갔어"라는 말뿐이었죠. 일주일 뒤 누나의 시체가 발견되었습니다.

지역 경찰과 FBI가 조지프와 면담했지만, 상황에 압도된 그 어린아이는 '그 남자'나 유괴 상황에 대해 자세한 설명을 할 수 없었지요.

세 살 아이와 면담하는 건 어떤 상황에서나 어려운 도전입니다. 게다가 조지프에게는 처음 보는 낯선 사람인 제가 그 아이의 삶에서 가장 고통스러운 경험을 캐묻는 일을 하게 된 것이었지요. 저는 유용한 정보는 모두 '서사' 기억에 저장된다는 걸 알고 있었습니다. 다시 말해서 조지프의 머릿속에 구축된 그 사건 속에 담겨 있었을 겁니다. 서사 기억의 핵심 요소들은 뇌의 위쪽 부분, 특히 피질에

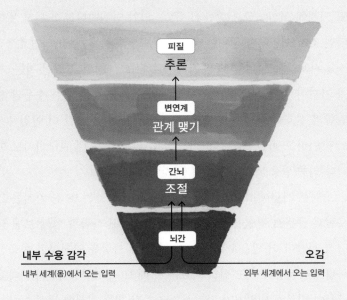

그림 10
개입의 순서

피질
추론

변연계
관계 맺기

간뇌
조절

뇌간

내부 수용 감각 | 오감
내부 세계(몸)에서 오는 입력 | 외부 세계에서 오는 입력

우리 뇌는 지속적으로 몸에서 오는 입력(내부 수용 감각)과 세상에서 오는 입력(오감)을 받고 있어요. 이 입력 신호들은 순차적으로 처리되는데, 제일 먼저 아래쪽 뇌(뇌간과 간뇌)에서 분류 작업이 진행됩니다. 다른 사람을 논리적으로 설득하려면, 우리는 먼저 상대의 아래쪽 뇌를 효과적으로 통과하여, 사고(문제 해결, 성찰적 인지 등)를 담당하는 부분인 피질에 도달해야만 하지요. 그런데 만약 그 사람이 스트레스를 받거나 화가 나거나 좌절감을 느끼거나 어떤 식으로든 조절이 어긋난 상태라면, 입력되는 신호가 방해를 받아 비효율적이고 왜곡된 입력만을 피질에 전달하게 됩니다. 바로 이 지점에서 개입의 순서가 중요해집니다. 어느 정도라도 조절이 이루어진 상태가 아니라면 다른 사람과 연결되기 어렵고, 연결이 안 되면 논리적 사고도 거의 불가능합니다. 조절하고, 관계 맺고, 그런 다음에 논리적으로 사고하는 것입니다. 어떤 사람이 조절을 되찾기도 전에 그 사람을 논리적으로 설득하려는 노력은 성공할 수 없으며, 실제로 쌍방 모두의 좌절감(어긋난 조절)만 키울 뿐입니다. 의사소통, 가르침, 코칭, 양육, 치료를 위한 조언이 효과를 내려면 개입의 순서를 인식하고 그 순서를 잘 지켜야 합니다.

저장됩니다.

또한 저는 두려움이 피질의 여러 시스템을 억제하며, 사실상 차단해 버린다는 것도 알고 있었어요. 서사 기억을 담당하는 시스템도 거기에 포함되고요(그림 11 참고). 만약 안전하다고 느끼지 못한다면 조지프는 어떤 유용한 정보도 제게 알려 줄 수 없을 터였죠.

사회적 전염의 힘(무리 짓기 기억하시죠?)을 알고 있던 저는, 제가 가까이 다가갔을 때 만약 조지프의 엄마가 저에 대한 수용과 친밀함의 신호를 보낸다면 조지프도 저와 함께 있는 걸 더 안전하게 느낄 거라고 판단했습니다. 이는 "당신의 친구는 내 친구이기도 합니다"라는 말을 뇌의 관점에서 푼 것이죠.

다른 사람에 대해 안전함을 느끼도록 해 주는 또 한 가지는 그 사람과 긍정적 경험을 나눈 역사입니다. 어떤 사람과 함께 보낸 긍정적 시간이 더 많을수록 우리의 뇌는 그 사람을 안전하고 친숙한 사람으로 분류하지요. 심리 치료를 할 때 10~20회의 세션이 지나고 나서야 비로소 내담자가 감정적으로 가장 힘든 경험에 관한 이야기를 꺼낼 만큼 충분히 안전하다고 느끼게 되는 것도 바로 이런 이유 때문입니다. 일주일에 한 번씩 50분 '용량'의 전통적인 치료 과정을 거친다면 조지프가 저를 안전하게 느끼기까지는 10주가 걸렸을 거예요. 그건 이런 종류의 면담에는 실질적으로 불가능한 일이었죠.

그렇다면 '신속하게' 조지프에게 안전하고 친숙한 존재가 되는 방법은 뭘까요? 어떻게 조지프의 신경망들이 저를 안전한 사람으로 분류하게 만들 수 있을까요? 강도에게 엄마가 살해당하는 장면을 목격한 어린 소년의 사례에서 이야기했듯이, 신경망에 유의미한 '용량'은 겨우 몇 초에 지나지 않습니다. 그래서 저는 50분짜리 치료 세션 10회로 조지프가 저에 대한 일련의 기억을 만들게 하기보다, 5분짜리 상호작용을 10여 회 나누기로 했습니다. 5분 동안 다가가기, 연결하기, 분명히 하기, 물러나기. 다시 5분 동안 다가가기, 연결하기, 놀이하기, 물러나기. 사람이 상호작용에서 느끼는 안전함에 영향을 줄 수 있는 모든 요인을 염두에 둔 채로, 조지프의 시야와 공간으로 들어갔다 나왔다 하기를 반복한 것입니다. 저는 그 짧은 상호작용들로 조절을 어긋나게 하는 요소를 최소화하고, 조절하고 연결하는 요소를 최대화해야 했습니다.

　여기서 한 가지 문제는 어른과 아이 사이에 자연적으로 존재하는 '힘의 차이'였습니다. 사람과 사람 사이에 상호작용이 이루어질 때마다 각자의 뇌 속에서 복잡한 계산이 펼쳐집니다. 이 사람은 안전할까? 우리 편일까 적일까? 나를 해칠 사람일까 도와줄 사람일까? 저 사람은 뭘 할 작정인 걸까? 뭘 하려는 거지? 원하는 게 뭐야? 이런 계산은 힘의 차이가 존재하는 관계에서 우리가 위치한 지점을 파악하는 데 도움이 되지요. 우리가 동등하다면 나는 위협을 느끼지 않아. 내가 우세하다면 난 안전해. 그들이 우세하다면 나는 취약해. 우리가 취약하다고 느낀다면 우리의 스트레스 반응 시스템에서 상태 의존적 변화가 일어나고, 따라서 우리가 그 상호작용에 대해 느끼고 생각하고 해석하는 방식에도 변화가 일어나죠.

　이러한 관계의 계산은 우리를 안전하고 무사하게 지켜주기 위한 것이에요. 안전하다고 느끼지 못하면 우리의 조절은 어긋납니다. 그런데 여기에는 매우 무거운 의미가 담겨 있습니다. 이러한 힘의

그림 11

상태 의존성과 기억

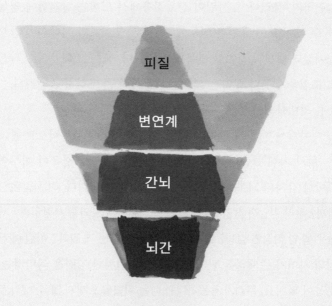

조절 장애 ···
피질 기억에 효과적인
접근 어려움

상태 의존성과 '서사' 기억에 대한 접근: 두려움의 상태(조절 장애)일 때는 (피질 등) 뇌의 위쪽 영역에 있는 일부 시스템들이 '차단'됩니다. 이는 선형적 서사 기억을 꺼내 오는 일을 어렵게 만들죠. 이에 대해 흔한 예가 시험 불안입니다. 내용은 분명 머릿속에 저장되어 있는데, 시험을 보는 그 순간에는 도저히 그 기억을 꺼내 올 수 없는 경우 말입니다. 조절이 잘 되어 있고 연결감과 안전함을 느끼고 있을 때는 저장된 내용에 접근해 기억을 꺼내 오기가 더 수월하지요.

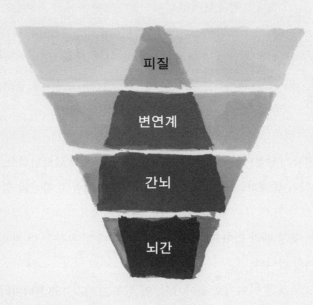

조절
피질 기억에
접근 가능

❶ 조절
❷ 관계 맺기
❸ 논리적 사고

역학은 우리의 정치·사회 시스템에 내장된 채 핵심 역할을 하기 때문이죠. 예컨대 제도적 인종차별처럼요.

오프라 박사님이 사람에 따라 목소리가 달리 해석될 수 있다는 점을 들어 힘의 차이를 설명해 주신 게 기억나요. 오프라 윈프리 여성리더십아카데미에서 리더십에 따르는 어려운 점들에 관해 이야기할 때, "당신이 속삭이듯 말하더라도 저 사람들에게는 당신의 말이 외치는 것처럼 들려요" 하고 말씀하셨죠. 그건 제겐 큰 깨달음이었어요.

페리 박사 당신이라는 존재 자체에 오프라 효과가 있으니까요. 힘의 격차가 존재하는 상태에서 꼭대기에 있는 사람은 자신의 힘을, 혹은 그저 거기 있는 것만으로도 다른 사람들에게 미치는 영향력을 깨닫지 못할 때가 있어요. 치유에 관해 다룰 때 이 부분을 더 자세히 이야기할 겁니다.

조지프의 이야기로 돌아가서, 이 경우는 키가 188센티미터인 남자가 90센티미터인 아이에게 자기 누나를 죽인 남자에 관해 질문한다고 생각해 보세요. 그 힘의 격차가 얼마나 거대할지. 제가 조지프의 '피질에 도달'하려 한다면 반드시 그 격차를 줄이는 작업을 해야만 했어요.

FBI 수사관들과 조지프의 엄마, 우리 치료팀과 상의한 후, 아이가 가장 안전하게 느낄 자기 집에서 면담을 진행하기로 했습니다. 처음에 조지프의 엄마와 제가 주방 테이블에 앉아 있었고, 그동안 조지프는 경계하면서 주방을 들락날락했어요. 엄마에게 미리 저를 조지프한테 소개하도록 말해 두었지요.

"조지프, 애야, 이리 와 봐" 하고 엄마가 말했죠. "엄마 친구 페리 박사님이야."

조지프가 겁을 잔뜩 먹은 채 다가오더군요. 저는 의자에서 일어나 조지프 옆 바닥에 앉았어요. 명백한 신체적 격차를 최소화하기 위해 저 자신을 작게 보이게 만들고 아이와 눈높이를 맞추려 한 것이죠.

"안녕, 조지프. 나는 페리 박사야. 엄마와 너를 만나러 왔단다." 조지프는 저를 쳐다봤어요. 모르는 존재는 두려움을 키우기 때문에, 저는 아이에게 누가 무엇을 왜 하려는 건지 알리고 싶었죠. "나는 가족에게 생긴 힘든 일을 겪었던 아이들을 돕는 의사란다. 엄마가 나한테 네 누나 이야기를 해 주셨어. 정말 마음이 아프구나." 조지프는 움직임을 멈추고 허공을 응시했어요. "오늘은 너랑 나랑 같이 놀이를 할 거야. 그리고 나중에, 네가 준비가 되었을 때 누나에 관해 몇 가지 물어볼게." 이렇게 말하고 저는 일어섰어요.

"나는 커피 사러 갈 건데 넌 먹고 싶은 거 없니?"

조지프는 저를 쳐다보지도 않고 한마디도 하지 않았어요.

저는 조지프의 엄마에게도 물었어요. "네, 저도 커피 마실게요" 하고 엄마가 대답했고요.

이 모든 일에는 약 3분이 걸렸어요. 저는 앞문으로 걸어 나갔죠. 그리고 10분 뒤에 다시 돌아갔어요. 다시 앉아서 아이 엄마와 10분쯤 대화를 나누었고, 그동안 조지프는 또 주방을 들락날락했는데,

이번에는 다시 들어올 때마다 주방 테이블 쪽으로 점점 더 가까이 다가왔죠. 거실 바닥에 장난감 트럭이 몇 대 있었어요. 저는 바닥에 앉아 트럭 하나를 갖고 놀기 시작했어요. 처음에 조지프는 저를 모른 척했지만, 그러다가 제 쪽으로 오더니 조심스럽게 그 트럭을 제게서 가져갔어요.

"미안해, 조지프. 네 트럭 갖고 놀아도 되는지 먼저 물어봤어야 했는데." 아이는 저와 30센티미터쯤 거리를 두고 트럭을 갖고 노는 척하더군요. 그때 저는 일어나서 "난 지금 볼일을 보러 가야 해. 하지만 다시 돌아올 거야"라고 말하고는 다시 집 밖으로 나갔어요.

10분쯤 지난 뒤 이번에 저는 크레용과 종이를 갖고 다시 왔어요. 그리고 주방 테이블에 앉아 말 없이 색칠을 했지요. 아이 엄마는 같은 테이블에 함께 앉아 커피를 마시고 있었고요. 호기심이 동했는지 조지프가 다가와서 지켜보더군요. 저는 아이를 쳐다보지 않은 채 조용히 크레용과 종이 한 장을 내밀었는데, 아이가 받지는 않았어요.

저는 크레용과 종이를 갖고 거실 바닥에 앉았어요. 조지프가 아까 그 트럭을 가져와 제게 내밀더군요. 저는 트럭을 받고 종이와 크레용 하나를 조지프에게 줬어요. 아이가 제 옆에 엎드렸고, 우리는 5분 정도 아무 말 없이 색칠만 했죠. 그런 다음 제가 일어났더니 조지프가 저를 똑바로 쳐다봤어요. 마치 제가 뭘 하려는 건지 묻는 것처럼요. "나 나중에 다시 올 거야. 네가 나 대신 이거 색칠 좀 해 줄래?"

"네." 조지프가 처음으로 한 말이었어요.

이런 식의 짧은 세션을 세 번 정도 더 이어 갔죠. 그러다 어느 즈음 조지프가 "내 제일 좋은 장난감들은 여기 있어요"라고 말하더군요. 그러고는 제 손을 잡고 자기 침실로 데려갔어요. 우리는 방에 있는 모든 장난감을 둘러봤어요. 조지프는 편안한 태도로 스스럼없이 온전한 문장으로 말했고요. 저는 놀이와 패턴화된 반복적 색칠, 엄마가 표현하는 관계의 보증, 걷기, 말하기를 통해 조지프를 조절 상태로 만들 수 있었던 겁니다. 그리고 다가갔다 물러났다 하는 반복을 거치며 조지프의 뇌에서 얼굴 인지를 담당하는 시스템이 저를 친숙한 얼굴로 분류하게 했지요. 우리가 나눈 상호작용은 10여 번의 '에피소드'로 이루어졌는데, 뇌 시스템들은 그 에피소드들이 사실 모두 같은 날 4시간 동안의 방문에서 일어난 일이라는 걸 제대로 파악하지 못하고 개별적인 10여 차례의 만남으로 인지했던 겁니다.

조지프와 저는 그렇게 연결되었고, 저는 조지프에게 안전하고 친숙한 사람으로 지각되었어요. 마침내 조지프의 피질 신경망들과 서사 기억에 접근할 수 있게 된 것이죠. 조지프가 신경망을 차단하지 않으면서 누나의 유괴에 관해 말할 수 있을까요?

저는 조지프에게 통제권을 줬어요. "내가 아까 누나에 관해 얘기한다고 했던 말 기억해?"

"네." 조지프는 놀이를 멈추고 고개를 끄덕였어요.

"네가 싫으면 꼭 얘기하지 않아도 괜찮아."

"알겠어요." 조지프는 이렇게 말했지만 놀이를 다시 시작하지는 않더군요.

저는 그 남자가 어떻게 생겼는지 기억하냐고 물어봤어요. 몇 가지 세부적인 걸 알려 주더군요. 저는 더 많은 정보가 필요했어요.

저는 여전히 그 오래전 할머니의
침실에서 만들어진 깊은 스트레스 지점들에
반응하는 자신을 느끼지만, 지금 제게는
그 상황을 이해하고, 거기서 한발 물러나
제가 느끼고 있는 것을 관찰하고,
그 두려움을 헤쳐 나갈 방법을 선택할 수 있는
도구가 있습니다.

머리가 길었는지 짧았는지, 수염을 길렀는지, 어떤 옷을 입었는지, 말랐는지 덩치가 컸는지 등. 저는 남자들의 사진을 예시로 사용하려고 날짜가 지난 신문을 가져왔는데, 거기 아이 누나의 유괴와 관련된 사진이 실려 있다는 건 미처 몰랐어요.

조지프가 누나의 사진을 봤어요. "이게 우리 누나예요. 누난 죽었어요."

저는 다른 광고 사진들을 가리키며 더 자세한 특징을 알아내려고 했어요. "그 남자 이런 머리였니?" 하고 물으면서요. 그러다 페이지를 넘겼는데 조지프가 자세를 고치더군요.

한 용의자의 사진을 보면서 아이가 더 앞으로 다가가 앉았어요. "이 사람이에요. 이게 그 나쁜 놈이에요. 안경 썼어요."

비슷한 특징을 지닌 다른 남자들의 사진 여러 장을 보여 주었을 때 조지프는 그 사진들을 거의 무시해 버렸어요. 나중에 비슷한 특징을 지닌 남자들이 늘어선 사진에서도 즉각 그 용의자를 식별해 냈고요.

면담이 끝나갈 무렵 저는 "조지프, 그 남자가 어디서 누나를 데려갔는지 기억하니?" 하고 물었어요.

"네."

"나를 거기 데려다 줄 수 있어?"

함께 동네를 걸어가는 동안 조지프는 무슨 일이 일어났었는지 이야기를 들려줬어요. 누나는 조지프에게 공을 튕겨 주고 있었대요. 그러다 공이 길가 깊은 도랑에 빠졌고요. 조지프가 공을 가지러 도랑에 간 사이 빨간 트럭이 다가와 멈추더니 한 남자가 나와서 누나를 그 차에 싣고 갔다는 거예요. 남자는 조지프를 보지 못했고요.

그때의 경험을 떠올려 되살리는 동안 조지프가 점점 괴로워하는 게 확연히 보이더군요. 이제 더 이상 견딜 수 없는 지점에 도달한 거였어요. 우리는 거기서 멈췄지만, 조지프가 용의자를 확인하고 유괴 상황을 묘사해 준 것이 살인범의 유죄 확증에 핵심 증거가 되었답니다.

오프라 박사님이 조지프의 피질에 가 닿은 것이군요.

페리 박사 조지프의 이야기는 개입의 순서에 대한 좋은 예입니다. 누군가와 이성적이고 성공적으로 의사소통하기 위해서는 먼저 그 사람이 조절된 상태인지, 그가 나와 관계가 맺어졌다고 느끼고 있는지를 반드시 확인해야 하고, 그런 다음 논리적 설득을 시도해야 합니다. 20년 전에 저는 이런 점들을 충분히 알고 있었습니다. 스트레스와 트라우마가 뇌 전반에 미치는 영향에 관해서 말이죠. 그래서 조지프의 피질이 차단되지 않도록 하면서 그 애와 대화를 나눌 수 있었지요. 하지만 제가 그 집을 나오고 난 뒤 거기에는 망가진 가족이 남겨져 있었습니다. 어머니에게는 비통하게 딸을 잃은 고통이 남았고, 조지프는 누나를 영원히 잃었죠. 해마다 축하받을 사람이 사라진 생일이 돌아왔고, 모든 휴일마다 가족의 식탁에는 빈자리가 남아 있었고, 어머니날은 고통스럽고 비통했습니다.

우리는 아직 치유에 관해서는 충분히 알지 못했습니다. 수백의 가족들과 함께 작업을 했음에도, 무엇이 그들의 고통과 탈진과 우울과 불안, 머릿속으로 침투하는 이미지들, 심지어 그들의 조절 장애 상태를 초래했는지에 대한 설명은 꽤 잘할 수 있었지만, 그 모든 걸 어떻게 더 낫게 만들 수 있는지는 제대로 몰랐던 겁니다. 하지만 우리는 이후로도 계속 귀를 기울이고 배웠습니다.

여섯 번째 대화

대처에서 치유로
나아가기

FROM COPING TO HEALING

저는 경력의 대부분을 스트레스와 트라우마가 우리를 어떻게 변화시키는지 이해하려 노력하며 보냈습니다. 하지만 초창기에는 극단적인 트라우마 사건들에만 너무 초점을 맞추고 있었지요. 수백, 수천 명의 어린이, 청소년, 성인 들이 제게 자기 삶에 관해 이야기해 주었습니다. 저는 그들의 말에 귀 기울이고, 제가 들은 이야기가 동물의 스트레스에 대한 광범위한 신경과학 연구와 어떻게 맞아떨어지는지 고찰했어요. 그러면서 "아, 이제 알겠다, 트라우마는 이렇게 작동하는구나, 트라우마는 이렇게 뇌와 행동에 영향을 미치는구나" 하고 수차례 생각했었죠. 하지만 제가 틀렸던 겁니다. 중요한 것들을 배우고는 있었지만 완전히 이해한 것은 아니었어요.

저는 트라우마를 겪고 난 이후의 치유에 관해 더 깊이 고민하기 시작했습니다. 저는 한 사람이 겪은 트라우마의 역사가 극단적일수록 치유도 더 어려울 거라고 생각했어요. 하지만 거기엔 제가 놓치고 있던 퍼즐 조각들이 있었습니다.

그걸 분명히 깨닫게 된 건 30년 전 거주 치료 센터에서 생활하던 두 열두 살 소년들을 이해하려고 애쓰던 때였어요. 두 아이 모두 몇 군데의 위탁 가정과 거주 교육 기관에서 '통제가 안 된다'는 이유로 그곳에 보내진 상태였지요. 둘 다 6학년이었고, 학교 공부를 힘들어 했으며, 읽기 능력은 4학년 수준이었어요. 두 아이의 기록을 검토하니 DSM 기준 진단명이 똑같더군요. ADHD, 우울증, 간헐적 폭발성 장애, 품행 장애. 둘 다 여러 약을 복용하고 있었는데, 모두 그들의 와해적 증상들을 제한하려고 처방된 것들이었어요. 역시 둘 다 거주 프로그램에 들어온 지 1년 정도 된 상태였고요.

하지만 그 아이들을 만났을 때 받은 '느낌'은 서로 상당히 달랐습니다. 각자 방안에 어떤 분위기를 만들어 놓았는데, 그 정서적 분위기가 완전히 달랐어요. 토머스는 분노가 많고 사납게 폭발하는 아버지의 손에 신체 학대를 당한 아이였어요. 여섯 살 때 집에서 분리되었고요. 위탁 가정을 열두 군데 거쳤고 세 차례 입원했으며 마침내 그 거주 치료 센터에 배치되었죠. 그 센터가 토머스에게는 평생 가장 오래 머문 곳이었어요. 엄마가 계속 면회를 왔고 때로는 아빠도 면회를 왔어요. 그런 과거에도 불구하고 토머스는 상호작용에 잘 응했고 미소도 지었으며, 제가 자기를 알아 가도록 도우려 했지요. 하지만 과다 경계와 초조함, 극단적인 기분 변화는 쉽게 눈에 띄었습니다. 처음 만났을 때 토머스의 휴식기 심박 수는 분당 128회였어요. 부주의하고 적대적이며 반항적이고 공격적인 토머스의 행동은 과잉 활성화되고 과하게 반발하는 각성 반응이 표출되는 양상이었지요. 토머스는 끊임없는 두려움의 상태에 있었던 겁니다. 저는 DSM에 따라 진단된 네 가지 장애를 고려하는 건 쓸데없는 일이란 생각이 들었어요. 토머스의 장애는 딱 하나, PTSD의 어린이 버전이었습니다.

　제임스가 주는 '느낌'은 완전히 달랐어요. 사실상 아무 느낌이 없었다고 해야겠지요. 마치 유령과 앉아 있는 느낌, 텅 빈 존재 같은 느낌이었죠. 제임스와 있을 때는 저 혼자라는 느낌이 들었어요. 이 아이의 기록에서는 위탁 양육 아동들에게 흔히 보이는 '전형적'인 트라우마 사건을 암시하는 내용이 전혀 없었습니다. 제임스가 생후 3개월이었을 때, 우울증에 시달리고 있었던 듯한 엄마가 남자 친구와 함께 사라졌어요. 아이가 '보호소'에서 6주를 보내고 난 뒤, 혼자 살고 있던 외할머니가 제임스를 받아들이는 데 동의했답니다. 이 할머니는 제임스를 키워야 하는 일을 그리 달가워하지 않았던 것 같아요. 과거 기록을 살펴보는 동안 제 머릿속에는 의욕도 없고 정도 없는 양육자의 모습이 그려지더군요. 하지만 외할머니도 본인 나름으로는 최선을 다했어요. 신체 학대도 성적 학대도 없었고, 마약 사용을 목격한 일도, 기타 다른 형태의 트라우마도 전혀 없었어요. 여러 기록을 보면 그저 무심하고, '지쳐 있고', 상호작용을 잘 주고받지 않는 성향, 언어적 상호작용이든 신체적 상호작용이든 최소한만 하는 양육 방식이 적혀 있더군요.

　할머니가 키우는 동안 제임스는 부주의하고 말을 안 듣는 아이가 되기 시작했어요. 제임스에게는 보상도 효과가 없었고, 자기 행동이 어떤 결과를 불러와도 개의치 않는 것 같았죠. 연필 한 자루, 팔찌, 작은 장난감처럼 아무 의미 없어 보이는 것들을 훔치고는 했어요. 도둑질한 일을 다그치면 명백한 증거가 눈앞에 있어도 아니라고 잡아뗐죠. 몇 번은 다른 학생들을 찌르겠다고 위협한 적도 있었고 폭발적인 공격성을 보였다는 묘사도 있었지만, 자세히 살펴보면 실제로 누굴 때리거나 밀거나 공격한 적은 한 번도 없었습니다. 그냥 위협만 했던 거죠.

제임스가 여덟 살 때 할머니는 의지가 바닥나 손자를 돌보는 일을 그냥 그만둬 버렸어요. 아이가 "거짓말과 도둑질을 일삼고 배은망덕한" 데다, 이제 자기는 그 아이가 무서워지기 시작했다며 제임스를 '시스템'에 내맡겨 버린 겁니다. 할머니가 자고 있을 때 죽이겠다고 제임스가 위협을 했었다더군요. 제임스는 아동 보호 시스템 속으로 들어가게 됐고, 여러 위탁 양육 가정을 전전하다가 결국 그 거주 치료 센터로 가게 된 것이었어요. 제임스에게 ADHD 진단을 안긴 부주의성은 토머스의 경계심 높고 산만한 부주의성과는 종류가 달랐어요. 제임스가 부주의한 것은 세상에서 떨어져 나간 채 몽상에 빠져 있었기 때문이었죠. 휴식기 심박수가 분당 128회인 토머스와 대조적으로 제임스의 휴식기 심박수는 분당 60회였습니다.

똑같은 DSM 진단명을 갖고 있음에도 토머스와 제임스에게는 공통점이 하나도 없었죠. 저는 유아기에 제임스가 어떤 아이였을지 궁금해지기 시작했어요. 우울증에 시달리는 와중에 온종일 보살펴야 하는 아기의 욕구에 압도된 젊고 미숙한 엄마가 떠올랐죠. 어쩌면 제임스의 엄마에게는 관계 문제와 애착 문제가 있었을지도 모릅니다. 그 엄마에게는 무슨 일이 있었던 걸까요? 사람은 자신에게 없는 걸 남에게 줄 수 없는 법이죠.

제임스의 생애 초기에 엄마가 딱히 더 많은 걸 해 주진 못했어도 아기의 기본적 필요는 채워 주었을 거라고 상상해 봅시다. 그런데 제임스가 신경생물학적으로 자신의 '관계' 신경망을 조직하기 시작하던 바로 그 시기, 제임스의 세상 전체가 바뀌었고, 보호소에서 낯선 어른들이 제임스를 돌보기 시작했습니다. 이 어른들은 각자 냄새도, 목소리도, 만져 주는 방식도 다 달랐죠. 그러다가 이 사람들마저 갑자기 모두 사라졌어요. 생후 5개월, 급속히 발달하고 있던 제임스의 뇌에는 사람들과의 연결에 관한 혼란하고 무질서한 '기억들'이 담기고, 그렇게 제임스는 사람들이란 사라지는 것이라고 학습했습니다. 사람들은 일관적이지도 않고 예측할 수도 없는 존재들입니다. 그들은 믿음직스럽게 자신의 필요를 채워 주지도, 자기를 위로해 주지도, 보상해 주지도 않았습니다.

이제 배고프고 겁먹고 추운 아기와 가끔씩만 반응해 주는 양육자를 상상해 봅시다. 아기 버전의 싸움 또는 도피 반응은 우는 것입니다. 하지만 울어도 양육자의 반응을 이끌어 낼 수 없거나, 울었더니 양육자가 화를 내며 답답해하기만 한다면, 아기는 어쩔 수 없이 다른 방법으로 자기를 위로해야만 합니다. 이런 상황에서 아기들이 스트레스에 보이는 주된 적응 반응은 혼란스럽고 위협적인 외부 세계와 연결을 끊고 자기 내면세계로 후퇴하는 것이죠.

제임스를 만났던 무렵, 저는 동물들이 특정한 방식으로 스트레스를 받았을 때, 그러니까 위협을 피할 수 없거나 그 앞에서 꼼

짝할 수 없을 때, 싸우는 게 소용없을 때 주로 보이는 적응 행동이 해리라는 것을 알고 있었습니다. 동물들에게 이런 종류의 스트레스는 '항복'이나 '패배' 반응으로 이어지죠. 몸에 생리적인 변화가 일어나고, 죽은 척합니다. 이 분야의 동물 연구는 방대합니다. 하지만 이상하게도 사람의 해리에 관한 신경생리학 연구는 오늘날까지도 한참 뒤처져 있어요.

어쨌든 여기에 DSM 진단명은 똑같지만 행동도 다르고 치료에 대한 반응도 다른 두 아이가 있습니다. 그 차이는 어디서 온 것일까요? 바로 어렸을 때 그들에게 일어난 일들에서 온 것입니다.

토머스와 많은 시간을 보내면서 토머스의 혼란한 세계에서 사랑을 주었던 사람들에 관한 이야기도 듣게 되었습니다. 어머니와 이모, 외할머니는 모두 애정이 많은 사람들이었고, 시스템이 토머스를 집으로 돌려보내게 하려고 계속 노력하고 있었어요. 하지만 토머스의 엄마는 남편을 떠나는 것은 거부했습니다. 남편은 마약과 술을 멈출 수 없었고요.

저는 토머스의 아버지가 항상 학대했던 건 아니라는 사실도 알게 되었습니다. 가족의 말에 따르면 베트남에서 돌아온 뒤 힘들어하기 시작했다고 해요. 당시에는 PTSD에 대해 잘 이해하지 못했고, 많은 베트남전 참전 용사들이 아무런 도움도 받지 못했죠. 게다가 토머스의 아버지는 술과 마약 문제 때문에 직장에서 해고되었어요. 가족을 보살필 수 없게 되면서 자존감도 무너졌죠. 수치심, 고통, 술, 분노, 모욕, 상실, 이러한 트라우마의 악순환이 가족의 파편화를 가속화했어요.

아버지의 상태가 나빠지기 전에는 토머스도 순조롭게 삶을 출발했고 일관적이고 사랑이 넘치는 양육을 받았습니다. 토머스가 아기였을 때는 아버지도 학대하지 않았어요. 하지만 아버지가 어려움을 겪게 되면서 가족이, 특히 엄마가 시달렸어요. 아버지는 토머스가 엄마를 보호하려고 하자 토머스를 때리기 시작했어요. 그러다 토머스가 아버지의 분노를 도맡아 받아 내게 되었죠. 어머니와 다른 가족들은 토머스를 완전히 보호하지는 못했어도 할 수 있는 한 최선을 다했어요. 이 양육자들과 생애 초의 좋은 출발이 낳은 완충 효과가 그 모든 차이를 만들었지요. 트라우마로 스트레스 반응이 민감화되었음에도 불구하고 결국 토머스는 건강한 관계를 맺는 신경생물학적 시스템을 갖출 수 있었던 겁니다.

토머스는 치료를 받으면서 개선되었어요. 건강한 관계 역량들을 지닌 덕분에 관계에 초점을 맞춘 치료 과정에 아주 잘 반응했죠. 12개월이 지나자 조절 장애에서 상당히 회복되었어요. 집중과 학습도 훨씬 쉬워졌지요. 행동 문제도 아주 많이 줄어들었고 1년 뒤에는 두 학년을 진급했어요. 치유가 시작된 것입니다.

반면에 제임스는 토머스와 같은 속도로 나아지지 않았어요. 사실 더 나빠졌습니다. 약탈적 행동은 계속되었고, 붙잡히지 않도록 더 영리해졌어요. 행동을 바로잡거나 건강한 관계를 형성하려는 모든 노력이 실패했고요. 치료와 도움을 받고 있음에도, 마치 제임스에게는 치유에 성공하기 위해 필요한 도구 자체가 없는 것 같았습니다.

나중에 더 자세히 이야기하겠지만, 치유를 위한 열쇠는 관계입니다. 그러나 제임스에게는 모든 관계의 상호작용이 결국에는 관계를 끊는 것으로 끝났죠. 제임스에게 '타인들'은 안전하지 않았어요. 그의 세계관 안에서 사람들은 상처를 주거나 떠나기만 하는 존재들이죠. 타인들은 신뢰할 수 없어요. 그때 저는 '당신에게 무슨 일이 있었나요?'라는 질문의 한 가지 핵심적 측면이 '당신에게 일어나지 않은 일은 무엇인가요?'라는 것임을 배웠습니다. 당신은 관심을, 보살피는 손길을, 안심시켜 주는 말을, 한마디로 사랑을 받지 못했나요? 저는 방임이 트라우마만큼이나 해롭다는 것을 깨달았습니다.

— 브루스 D. 페리

뇌 발달에 치명적 영향을 미치는 방임

오프라 박사님은 방임이라는 말을 어떤 뜻으로 쓰시는 건가요? 방임은 트라우마를 안기는 일이 아닌가요?

페리 박사 물론 대부분의 경우 방임과 트라우마가 동시에 일어난다고 생각합니다. 하지만 그 둘은 생물학적으로는 매우 다른 경험을 초래하며, 뇌와 발달 중인 아이에게 서로 다른 영향을 미칠 수 있습니다. 어떤 사람들은 발달기의 방임과 학대를 한데 묶어서 '복합 외상complex trauma'이라는 용어를 사용하기도 했지만, 저는 그건 너무 많은 걸 한 상자에 몰아넣는 일이라고 생각해요.

오프라　그러면 방임을 제대로 이해하도록 도와주세요.

페리 박사　그러죠. 발달 중인 아이를 생각해 봅시다. 이 아이의 유전적 잠재력이 발현되려면 다양한 필수 경험들이 있어야 합니다. 그 경험들을 하지 못한다면 혹은 그 경험들의 타이밍이나 패턴이나 성격이 비정상적이라면, 핵심 역량들이 발달하지 못하죠. 방임은 뇌가 급속도로 성장하는 생애 초기에 가장 파괴적인 영향을 입힙니다. 초기의 방임은 아이가 정상적으로 발달하는 데 필요한 필수 자극을 얻는 것을 방해하기 때문이에요.

아마 '루마니아의 고아들' 이야기를 들어 보셨을 겁니다. 차우셰스쿠 정권이 유지되는 동안 50만 명 이상의 어린이들이 국영 고아원에서 생애 초기의 일부를 보냈는데요. 1989년에 루마니아에서 공산 정권이 종식되면서 그 어린이들이 처해 있던 끔찍한 상황을 대중과 언론이 목격하게 되었습니다. 많은 경우 커다란 방 하나에 40~60명의 아기들이 각자의 침대에 누인 채 종일 수용되어 있었고, 겨우 1~2명이 이 모든 아기들을 12시간 교대로 돌보고 있었답니다. 그 아이들은 결핍, 영양실조, 학대 등에 시달렸죠. 고아원에서 나간 뒤에도 아이들은 여러 결손을 지닌 채 성장했습니다. 일부는 지능 지수가 낮았고, 일부는 걷지를 못했으며, 대부분 관계를 형성하고 유지하는 데 심각한 문제가 있었어요. 저는 이 고아원들에 있다가 나온 여러 아이들과 함께 작업을 했었는데요. 일반적으로 고아원에서 지낸 기간이 길고, 결핍의 시간이 길수록 문제가 더 심각했습니다. 그런데 역설적으로 몇몇 고아원에서 너무 인원수가 많아 한 침대를 나눠 써야 했던 아이들은 결과적으로 자라서 더 잘 지냈지요.

루마니아의 고아들은 지금은 다 어른이 되었는데, 대부분 문제가 여전히 지속되고 있어요. 하나의 집단으로 놓고 봤을 때, 그들은 실직, 정신적·육체적 건강 문제, 관계 문제를 겪을 가능성이 다른 집단에 비해 훨씬 큽니다.

유사한 사례들이 미국에서도 있었지요. 우리 임상 그룹은 극도로 방임된 환경에서 자란 많은 어린이와 청소년과 함께 작업해 왔습니다. 이 아이들은 사회화가 매우 덜 된 상태로 성장합니다. 화장실 사용 훈련도 받지 못하고, 식기를 쓸 줄도 모르며, 최소한의 언어 능력만을 갖추고 있죠. 아주 극단적인 경우에는 '야생 동물'처럼 보이기도 합니다.

실제로 오프라 당신도 그중 한 명인 '창가의 소녀 다니' 이야기를 〈오프라 윈프리 쇼〉에서 소개했었죠. 다니는 생애 첫 6년 동안 갇힌 채 심각한 방임의 상태로 살았고, 그로 인해 비극적인 결과들이 발생했습니다. 다행히 다니는 거기서 구출되어 입양되었지요. 다니의 치유 여정은 괴로울 정도로 느리지만 그래도 꾸준히 진행되었어요.

오프라　다니는 사랑을 주는 가정에 가면서 나아지기 시작했지요. 하지만 의사소통과 사회적 상호작용은 계속해서 잘하지 못했어요.

페리 박사　최근까지도 힘들어하고 있지요. 생애 첫 6년 동안은 한 아이의 발달하는 뇌에 중요한 일들이 굉장히 많이 일어납니다. 적절한 시기에 적절한 '경험들'이 핵심 신경망에 주어지지 않는다면, 몇몇 필수적인 역량이 정상적으로 발달하지 못해요. 이 부분에 관해서는 아직도 알아내야 할 것이 아주 많습니다. 우리는 다니와 같은 극단적 사례에서는 자궁 내 손상이나 출생 외상 같은 다른 발달 요인들이 관련되어 있을 가능성도 인지하고 있지요. 하지만 루마니아 고아들의 사례에서 보았듯이, 결핍된 발달 환경에서 보낸 시간이 길수록 회복하는 데 더 오랜 시간이 걸립니다.

오프라 하지만 다니와 같은 경우는 매우 드문 예이지요. 6년은 아주 긴 시간이고요. 만약 방임이 1년 동안만 벌어졌다면 어떤 일이 일어나나요? 어느 특정 베이비시터가 일하던 시기에만 방임이 일어났다면요? 만약 십 대 아이에게 외출을 금지하고 한 달 동안 방안에 머물게 했다면요? 그것도 방임인가요?

페리 박사 십 대 아이에게 외출을 금지하는 건 방임이 아닙니다. 뇌의 핵심 시스템들이 이미 다 발달한 상태이기 때문이죠. 열다섯 살 아이를 한 달 동안 방안에만 있게 하는 걸 옹호하는 게 아니라, 아동기 초기의 한 달 동안 일어난 박탈과 같은 일은 아니라는 말씀을 드리는 거예요.

하지만 방금 제기한 질문은 아주 중요해요. 트라우마의 경우도 그랬듯이, 몇 가지 핵심 질문을 던져 보면 어떤 상황이 방임인지 아닌지, 방임이 맞는다면 그 영향이 얼마나 클지를 좀 더 쉽게 판단할 수 있습니다. 이를테면 이런 질문들이죠. 발달기 중 어느 시기에 방임이 일어났는가? 방임의 패턴은 어떠했는가? 방임이 얼마나 가혹하거나 박탈적이었는가? 얼마나 오래 지속되었는가? 절대적이고 철저한 방임은 아주 드문 일이므로, 방임이 일어났을 때 어떤 '완충' 요인이 있었는가?

가장 흔한 방임의 형태는 아무 패턴 없이 그때그때 달라지는 양육입니다. 어떤 날은 아기가 울면 어른이 나타나 먹여 주고 돌봐 주고, 또 다른 날에는 아무도 오지 않아요. 또 어떤 날들은 누군가가 와서 고함을 지르고 아기를 흔들어 대고 다치게 합니다. 이렇게 혼란스럽고 뒤죽박죽인 세계는 심한 조절 장애를 일으키죠. 발달 중인 뇌 시스템에 명확하고 조직적인 신호를 보내는 데 필요한 '구조'가 아기에게 충분히 주어지지 않는 겁니다. 이 아기의 세계는 예측할 수 없고, 거기서 '혼란스러운' 방임이 나타나죠. 그러면 핵심 시스템들이 분열적이고 무질서한 방식으로 발달하여 결국 기능 문제를 일으키게 됩니다.

또 다른 종류인 '조각' 방임은 발달의 여러 측면이 정상적이며 몇 가지 핵심 시스템은 적절한 때에 발달에 필요한 경험을 얻지만, 한 가지 이상의 핵심 시스템이 그러지 못해서 건강한 발달의 결정적 측면 하나가 결여되는 결과를 낳는 것입니다. 예를 들어 볼게요.

언젠가 저는 11세, 8세, 6세, 4세, 2세인 오 남매와 작업한 적이 있습니다. 모두 아주 유쾌한 아이들이었어요. 엄마 혼자서 그 아이들을 다 키우고 있었는데, 엄마는 박사 학위가 두 개였고 아이들을 아주 많이 사랑했습니다. 문제는 이 엄마에게 아이들이 자기 시야를 벗어나면 해를 입을 거라는 강력한 망상과 극심한 두려움이 있었다는 거예요. 그래서 어느 날부터 아이들 모두를 낮이나 밤이나 종일 자기와 같은 방에만 있게 했어요. 시간이 지나면서 홈스쿨링을 시작했고, 소파에 카시트를 놓고 아이들에게 반드시 거기에만 앉으라고 고집했죠. 심지어 카시트에 아이들을 묶어 두는 지경까지 이르렀어요.

아이들이 기거나 걷는 것도 허용하지 않았죠. 엄마는 아이들에게 다정했고 아이들의 인지 발달에 대단히 집중적으로 초점을 맞추었어요. 아이들 모두 나이에 비해 두 학년 이상 앞서 있었죠. 아이들은 언어적으로 사회적으로 서로 매우 활발히 상호작용을 했지만, 가장 나이 많은 아이조차 제대로 서지도 못했습니다. 이 아이들에게는 운동이라는 한 '조각'만 결핍되어 있었던 겁니다. 그 결과 다리와 신경 운동 능력의 발달이 극심하게 지체된 아이들로 이루어진 한 가족이 생겨났어요. 이는 조각 방임의 극단적인 예입니다. 하지만 정서 발달을 포함해 하나의 중요한 발달 영역이 상대적으로 무시되거나 충분히 자극되지 못한 예들은 아주 많답니다.

오프라   아이를 방임하는 방식도 다양하더군요. 저는 집 안에서 없는 존재처럼 취급받으며 방임되어 자라는 아이들도 보았어요. 그 아이들은 감정적 유령들 같았죠. 제임스처럼요.

페리 박사   네, 저도 부유한 부모들이 발달에 관해 제대로 이해하지 못한 채 양육을 '아웃소싱'한 탓에 정서적으로 심각하게 방임된 아이들을 만난 적이 있습니다. 그 부모들은 생애 초기 관계의 일관성이 얼마나 중요한지를 이해하지 못했고, 그래서 그들의 아기는 여러 고용된 양육자들에게 교대로 길러졌죠.

오프라 그게 무슨 말씀인가요? 세상에는 아이가 사랑과 관심을 받기만 한다면 누가 혹은 얼마나 많은 수의 사람이 아이를 돌보든 상관없다는 메시지가 넘쳐 나는데요. 그건 틀린 말인가요?

페리 박사 아주 좋은 질문입니다. 일반적으로 한 사람의 인생에 관심과 사랑을 기울여 주는 사람은 많을수록 좋습니다. 하지만 뇌 발달과 세계관이 만들어지는 과정에 관한 이야기를 기억한다면, 생애 초기에 뇌의 몇몇 핵심 시스템을 발달시키기 위해서는 일관되고 패턴화된 경험이 필요하다는 것도 기억날 거예요. 이게 무슨 말인지 언어 발달을 예로 들어 살펴봅시다.

가령 아기에게 6주 동안 영어로만 말하다가 갑자기 "영어는 여기까지야. 이제부터 우리는 중국어로 말할 거야"라고 했다고 합시다. 그리고 다섯 달 동안 중국어로만 말하고는 "중국어는 끝났고, 이제 프랑스어로 말하자" 하는 거예요. 이렇게 해서 아이가 세 살이 되기 전에 언어를 열 번 더 바꿨습니다. 그러면 이 가여운 아이는 아무 언어도 말하지 못하게 됩니다. 모두 좋은 언어들이고, 그 모든 언어가 말하기와 언어를 담당하는 뇌 부분을 '활성화'하는 건 사실이지만, 아이가 온전한 말하기 능력과 언어 능력을 제대로 구성할 만큼 한 언어를 충분히 반복하지 않았기 때문이에요.

아이가 매일 15가지 언어를 들은 경우에도 언어 와해가 일어납니다. 이 경우 아기의 발달 중인 뇌가 그중 어느 한 언어라도 의미를 파악할 만큼 각각의 언어에 충분한 시간이 할애되지도 않고 충분히 반복되지도 않기 때문이지요. 언어 발달이 지연될 테고, 비정상적이 될 수도 있어요.

관계에 대해서도 마찬가지입니다. 6주 동안 한 사람에게 익숙해졌는데 갑자기 그 사람이 사라지고 새로운 사람이 나타나 돌보기 시작하고, 그러다 또 그 사람도 사라지고 이런 식으로 이어진다면, 아기의 뇌에 건강한 관계의 신경망이 발달하는 데 필요한 구조가 확립될 만큼 충분한 반복을 그중 어느 한 사람과도 나누지 못한 것입니다.

살면서 많은 사람과 건강한 관계를 누리기 위한 핵심은 생애 첫해에 소수의 몇 명과 안전하고 안정적인 돌봄 관계를 갖는 것입니다. 그러면 충분한 반복을 통해 토대, 즉 관계의 기반 구조를 다질 수 있고, 이 토대를 바탕으로 건강한 관계의 연결을 계속 키워갈 수 있죠. 다시 언어를 생각해 봅시다. 우리가 일단 한두 가지 기본 언어를 배우고 나면 이어서 다른 많은 언어를 계속 배울 수 있잖아요. 하지만 갓난아기나 걸음마 하는 아기나 어린이가 '사랑'을 아웃소싱하는 집안에서 자란다면, 핵심적 관계 능력의 발달이 저해되거나 정지되는 결과로 이어져 일종의 조각 방임에 해당할 수 있습니다.

스마트폰에 아웃소싱된 관심과 사랑

오프라   우리가 삶의 너무 많은 부분에서 점점 더 기술에 의존하고 있는데, 아이들을 돌보는 일도 그중 중요한 한 측면이란 생각이 들어요. 아이 돌보기를 스마트폰이나 태블릿에 내맡기는 부모들의 모습이 점점 더 많이 보이고요. 또 아이들은 나 몰라라 방치한 채 기기에만 정신이 팔려 있는 부모들의 모습도 그렇습니다. 언젠가 시카고에서 차를 운전해 가다가 말이 끄는 마차 뒤를 따라가게 된 적이 있어요. 거기 탄 아이들은 몸을 밖으로 내밀고 주변을 둘러봤죠. 아이들의 엄마는 채팅을 하는지 스마트폰만 붙잡고 있었고요. 마차를 타는 내내요. 단 한 번도 아이들과 이야기를 나누지 않고 심지어 쳐다보지도 않더군요. 저걸 다 타고 나면 "우리 좀 봐, 굉장하지. 우리 마차 탔어"라며 마차 탄 사진을 포스팅할 거란 생각이 들더군요. 요즘 이런 장면을 너무 자주 봐요. 부모들이 자녀와 함께 있으면서도 사실은 함께하지 않는 모습을요.

페리 박사   그건 산만한 우리 사회가 처한 정말 심각한 문제라고 생각합니다. 우리는 현재의 순간에 오롯이 존재하는 일에 아주 서툴죠.

오프라   아기도 옆 사람이 정말로 자기 옆에 있는 건지 정신은 딴 데 가 있는지 구분할 수 있죠. 아기들은 상대방이 흥분해 있는지 행복한지도 다 알아요. 느낄 수 있는 거죠. 자기가 안전한지 아닌지도 알고요. 아기들은 눈을 맞추기를 원해요.

페리 박사　아기들은 완전히 함께하는 것을 원하죠. 상대방이 오롯이 주의를 기울여 주기를 원하고요. 현재 순간에 온전히 함께해 주지 못하는 것은 건강한 발달에 해로운 영향을 입힙니다. 앞에서도 말했듯이, 아기의 뇌는 세계의 의미를 파악하려고 애쓰고 있고, 인간은 사회적 존재이기 때문에, 세계의 의미를 파악하는 일에서는 소속감을 키우는 것이 아주 중요한 부분입니다. 나는 중요한 사람이야. 나는 이 집안의 일원이야. 이런 감각은 다른 사람들, 특히 가족들에게서 "너는 중요한 사람이야"라는 특정 신호를 받음으로써 생기는 것이죠. 그러려면 아기에게 주의를 기울여 주어야 합니다. 부분적 주의가 아니라 온전히 함께하는 주의요. 내가 널 보고 있어. 내가 듣고 있어. 내가 바로 여기 너와 함께 있어.

　우리는 누군가와 대화를 나누다가 그 사람이 대화를 중단하고 스마트폰을 들여다볼 때 무시당한 느낌을 받은 경험이 있습니다. 우리는 이미 뇌 발달이 마무리된 성인이며 세상이 어떻게 움직이는지도 이해하고 있음에도 여전히 그럴 때는 상대가 무례하다고 느낍니다. 상처가 되는 일이죠.

　　오프라　내가 계속 관심을 받을 만큼 중요한 존재가 아니라는 느낌이 들죠.

페리 박사　그렇습니다. 난 충분히 중요하지 않아. 누군가에게서 이런 메시지를 받는 건 어른에게도 충분히 안 좋은 경험인데, 아기가 자신의 '세계관'을 만들고 있을 때 난 중요하지 않아라는 메시지를 끊임없이 받는다고 상상해 보세요. 타인에게 감정이입하고 타인을 돌볼 수 있는 역량, 즉 사랑의 역량은 그 사람이 생애 초기에 경험한 애정 어린 상호작용의 성격과 질과 양이 어떠했는가에 달려 있습니다. 무시와 무관심이 묻어나는 상호작용은 사랑을 주는 사람이 될 수 있는 토대를 닦아 주지 못합니다. 반대로 정서적 허기의 토대를 만들 뿐이죠. 소속되기를 갈망하지만 자기가 필요로 하는 걸 제대로 찾을 수 있는 신경생물학적 역량을 갖추지는 못해서 결핍이 많은 사람이 되는 겁니다. 무시하는 양육은 사랑에 대한 풀리지 않는 갈망을 낳을 수 있어요. 사랑을 받아 보지 못했다면 사랑을 줄 수도 없는 겁니다.

　　　　오프라　아이가 부모와 어떤 경험을 함께하려 시도하고 있는데 엄마나 아빠가 스마트폰만 보고 있을 때, 과학적 관점에서는 어떤 일이 일어나고 있을까요?

페리 박사　발달심리학 분야에서 유명한 실험이 하나 있어요. 제 동료이자 친구인 에드 트로닉Ed Tronick 박사가 설계한 무표정 실험인데, 여기에서 실마리를 얻을 수 있습니다. 간단히 말해서 엄마나 아빠에게 아기와 상호작용하면서 아무 표정도 짓지 않게 하는 실험이에요. 아기에게 무관심하고 수동적이고 차갑게 대하도록 하는 거죠. 그러면 아기는 즉각적으로 부모를 주고받는 상호작용 속으로 끌어들이려고 시도하는데, 노력해도 소용이 없으면 몇 초 만에 대단히 괴로워하는 상태가 되지요.

오프라 울기 시작하나요?

페리 박사 그런 경우도 많습니다. 무표정 실험은 부모가 무관심하거나 감정적으로 마음이 딴 데 가 있는 것을 알아채면 아이들이 몇 초 만에 괴로움을 느끼고 부모를 다시 끌어들이려 시도한다는 것을 분명히 보여줍니다. 그러나 그런 시도가 실패하면 아기도 스스로 상호작용에서 빠져나가 감정적으로 후퇴합니다. 발달 중인 아이가 지속적으로 이런 경험을 하는 경우 어떤 영향을 받게 될지 상상해 보세요. 차갑고 무관심하며 부분적으로만 주의를 기울이는 양육자는 발달 중인 아이에게 즉각적으로, 그리고 잠재적으로는 평생에 걸쳐 해로운 영향을 미칠 수 있습니다. 이런 아이는 자신이 불충분하고, 사랑받을 수 없는 사람이라 느끼며 성장할 수 있어요. 성인이 된 이들은 심지어 많은 재능과 기술을 지니고 있다 해도 자신이 '충분하지 않다'고 느끼게 되고, 이는 관심을 끌려는 행동, 자기 방해, 심지어 자기 파괴적 행동까지 포함해 여러 부적응 행동으로 이어질 수 있습니다.

건강한 대처 기제로서의 착한 해리

오프라　아기는 자기 조절을 부모나 양육자에게 의존하는데, 아기에게 음식이나 위안이 필요할 때 양육자가 무시하거나 무관심하거나 심지어 곁에 없다면, 이러한 양육자와의 단절이 아기에게는 예측하거나 통제할 수 없는 스트레스 활성화 패턴을 만드는 일이겠군요.

페리 박사　네. 또한 그것이 민감화된 스트레스 반응을 만들죠. 이 이야기를 해 봅시다. 아기든 어른이든 사람의 몸에는 매 순간 닥치는 도전에 대처하도록 도와주는 여러 시스템이 있다는 걸 우리는 알고 있습니다. 그중 가장 익숙하게 알려진 것이 앞에서 여러 번 이야기한 싸움 또는 도피 반응(116~117쪽 그림 6 참고)이죠.

오프라　저 지금 그 그림 보고 있어요. 평온, 주의, 경보, 두려움, 공포. 하나하나 설명해 주시죠.

페리 박사　우리가 스트레스를 받을 때는 단계별로 반응이 나타나면서, 뇌와 몸에서 우리를 도와줄 시스템들이 점진적으로 활성화됩니다. 아무 스트레스도 없을 때는 '평온' 상태이며, 과거와 미래에 관해서도 생각할 수 있죠. 하지만 예컨대 직장에서 프레젠테이션을 한다든지 하는 도전적인 과제가 생기면 '주의'의 상태로 들어갑니다. 프레젠테이션을 하면서 청중을 훑어보고 그들의 표정을 관찰하면서 자기가 말하는 요점이 잘 전달되고 있는지 파악하려 노력하죠. 사람들이 이 말을 이해한 걸까? 내 프레젠테이션을 마음에 들어 하는 건가? 따분해하고 있나? 그러다 그날 오후에 가벼운 차량 접촉 사고가 발생해 잠시 '경보' 상태에 빠집니다. 어떻게 해야 할지 몰라서 말하자면 얼어붙은 것 같은 상태가 되죠. 보험사에 전화해야 할까? 경찰에 신고해야 할까? 상대방의 신상 정보를 받아 둬야 하나? 일시적으로 뇌가 정지되어 판단이 잘 서지 않는 상태입니다. 그런데 그때 갑자기 상대 운전자가 차에서 튀어나오더니 고함을 지르며 총으로 위협해 옵니다. 이제 완전한 두려움의 상태로 들어가죠.

또한 이는 스트레스 반응 역량 중 또 하나의 주요 요소인 해리가 치고 들어오는 지점이기도 합니다. 우리 뇌는 항상 상황을 모니터링하면서 끊임없이 선택지들을 평가하고 있어요. 내가 이 상황에서 달아날 수 있을까? 내가 이 싸움에서 이길 수 있을까? 우리 뇌는 총을 든 자와 싸워서 이길 수 없다고 말하고, 그러면 우리는 추가적 충돌을 피하기 위해 열심히 사과합니다. 그리고 마치 자신이 영화 속에 있는 것처럼, 자신에게 벌어지고 있는 이 상황을 지켜보고 있는 듯한 느낌도 들지요. 마치 로봇처럼 그의 요구를 따르며 그 자리에서 상대에게 돈을 내어 줍니다. 이럴 때는 시간 감각도 왜곡됩니다. 해리 상태에 들어간 겁니다. 잠재적 부상에 대비해 심박 수가 떨어지고, 싸움이나 도망을 돕기 위해 피가 근육으로 몰리는 게 아니라 말초 혈류가 억제됩니다. 얼굴이 창백해지거나 심지어 기절할 수도 있죠. 몸은 외부 세계의 위협으로부터 우리를 단절시켜 내면세계로 데리고 감으로써 부상에 대한 대비 태세를 갖추고 있는 거예요. 우리 몸에서 자연적으로 나오는 진통제인 엔도르핀과 엔케팔린으로 구성된 내생성 오피오이드endogenous opioid가 분비되고, 말 그대로 자신에게 벌어지고 있는 일을 제삼자의 시선으로 지켜보고 있는 듯한 느낌이 듭니다.

오프라 그게 사람들이 말하는 이른바 '유체 이탈 경험'이고, 그 후에 무슨 일이 일어났는지는 온전히 기억하지 못하는 경우가 많지요.

페리 박사 맞습니다. 이런 해리 반응은 피하거나 달아날 수 없는 괴로움이나 고통을 겪을 때 나옵니다. 우리의 몸과 마음이 우리를 보호하는 거예요. 달아날 수 없고 싸워도 소용이 없으니 심리적으로 자신의 내면세계로 도피하는 것이죠. 자, 다시 무관심한 부모를 둔 아기의 경우로 돌아가 볼까요. 아기의 싸움 또는 도피 반응은 우는 것이라고 했습니다. 하지만 울어도 아무도 안 오거나, 누군가 오긴 하지만 와서 화만 낸다면, 아무것도 할 수 없어 막막한 이 아기는 빠져나갈 수 없는 이 괴로운 상황에서 살아남기 위해 해리 반응을 보이게 됩니다. 어린이나 청소년이나 성인이나 빠져나갈 수 없고 피할 수 없는 고통과 괴로움에 직면하면 누구나 그렇습니다. 해리하게 되는 거예요. 그리고 우리가 해리하도록 돕는 온갖 신경생리학적 변화들이 일어나죠. 그중 하나가 체내에서 자체적으로 만들어진 오피오이드가 분비되는 것이고요.

오프라　사람들이 "모든 게 느리게 움직였어요" 하고 말하는 이유도 해리 때문인 것이죠?

페리 박사　맞습니다. 해리 상태에 있을 때는 시간 감각이 무너지죠. 몇 초 동안 경험한 일이 몇 분간의 일로 느껴질 수 있어요. 또 몇 분은 영원한 순간에 갇힌 듯한 느낌을 줄 수도 있고요.

이따금 총격 사건을 겪은 FBI 요원들에게서 상황 설명을 들을 때가 있는데요. 그럴 때 그 사람들은 실제로는 10초 동안 벌어진 일을 8분에 걸쳐 묘사하기도 합니다. 그건 그 순간 그들의 뇌가 둥둥 떠다니는 것 같은 상태이기 때문이에요. 마치 뇌가 몸 밖으로 나가서 상황을 지켜보고 있었던 것처럼요.

사별로 인한 깊은 슬픔을 경험해 본 사람이라면 그게 어떤 느낌인지 감이 올 겁니다. 그 슬픔은 마비된 것처럼 멍한 느낌을 일으키죠. 때로는 로봇처럼 기계적으로 일상의 일들을 처리하기도 하고, 영화 속의 자신을 보고 있는 듯한 느낌이 드는 순간들도 있죠.

오프라　제가 종종 의아하게 생각하던 문제가 있었는데, 지금 하신 말씀이 그 일과 관련해 유독 흥미진진하게 느껴지네요. 9.11 사건 때 그 비행기에 타고 있던 사람들에 관한 궁금증이에요. 그들은 테러리스트가 비행기 안에 있고, 가족에게 전화할 수 있는 시간이 얼마 남지 않았다는 것도 알고 있었어요. 그 끔찍한 공포의 순간에 그들에게 해리 비슷한 일이 일어났던 게 분명하다는 생각이 드네요. 그 와중에 가족에게 전화를 걸거나 유서를 쓰거나 반격하러 조종실로 몰려갈 정도로 아직 충분히 멀쩡한 기능을 할 수 있었던 걸 보면요.

페리 박사 지금 하신 말씀은 부분적으로 해리하는 것이 적응에 유리한 상황도 많다는 점을 지적하는 것이군요. 만약 전투 중인 군인이 각성 단계에서만 움직인다면, 그래서 도피 단계를 지나 싸움 단계로 나아간다면, 달려 나가다 총격을 당하게 될 겁니다. 이 군인이 자신의 피질 영역에 계속 접근하려면, 그래서 훈련받은 대로 전투에서 살아남을 수 있는 방식으로 생각하고 행동하려면 어느 정도 해리가 필요합니다. 그건 생존을 결정하는 문제죠. 해리 반응이란 것이 없다면, 사람은 더 큰 위협을 느낄수록 더 큰 두려움에 빠지고 피질의 더 많은 부분이 차단될 거예요. 부분적으로 해리할 수 있는 능력, 위협적인 외부 세계와 일부나마 단절하고 훈련받은 행동에 초점을 맞출 수 있는 것은 경쟁 스포츠나 성취의 압박이 높은 예술 분야에서 성공을 위한 열쇠입니다. '몰입'이나 '무아지경' 같은 말이 바로 이런 부분적 해리 상태를 묘사하는 데 쓰이죠.

오프라 사실은 누구나 일상적으로 해리를 활용하잖아요. 몽상이 그런 것 아닌가요? 그리고 그건 건강한 대처 기제일 수도 있지요.

페리 박사 맞습니다. 그게 떠돌아다니는 마음이죠. 성찰적 사고와 창의성을 위해서 우리는 어느 순간 멈추고 '우리 머릿속에서' 숙고하는 시간을 보내는 것이 필요하죠. 과거를 돌아보고 미래를 상상하면서, 이러한 해리적 이탈을 일상의 한 핵심 부분으로 만듭니다. 그리고 이건 관계의 상호작용에도 필수적이에요.

오프라　대부분의 사람이 다른 사람과 그들이 하는 말에 완전히 초점을 맞출 수 있는 시간은 15초 정도밖에 안 되고, 그다음부터는 마음이 이리저리 떠돌아다닌다고 전에 말씀하셨을 때 무척 놀랐어요. 마음은 이리저리 초점을 옮기며, 상대방이 하는 말이 자신의 삶에서 다른 뭔가와 어떤 관계가 있는지 그리고 그것이 또 다른 무언가와 어떻게 연관되는지 왔다 갔다 생각한다고요.

페리 박사　그건 아주 정상적인 적응 능력이에요. 해리가 나쁜 상황에서 발생할 수 있기는 하지만 꼭 나쁜 게 아니라는 걸 이해해야 해요. 해리 자체는 좋은 거예요. 예를 들어 아이가 수업 시간에 몽상을 한다면 그건 창의성이 있다는 신호일 수 있죠. 현재 우리의 공교육 시스템은 일꾼들을 만들어내는 데는 적합하지만 창작자, 예술가, 미래 지도자들에게는 암담한 장소일 수 있어요.

오프라　우리는 몽상하는 아이들을 벌하는 경우가 아주 많죠.

페리 박사 그렇습니다. 하지만 발달과 트라우마에 관한 인식이 잘 갖춰진 학교에서는 휴식 시간이 기억 응고화memory consolidation에 결정적인 역할을 한다는 것을 잘 알고 있죠. 그런 곳에서는 해리적 성찰을 권장하고요.

오프라 맞아요. 남아프리카공화국에 세운 학교 때문에 저도 해리의 원리에 대해서는 아주 잘 알고 있어요. 그 학교의 학생들은 아주 총명하지요. 박사님도 그중 많은 학생을 만나 보셨죠. 하지만 그들은 사정이 어렵고 트라우마가 많은 환경 출신이기 때문에, 우리는 몽상이나 해리가 실제로 그 학생들에게 이롭다는 것을 교사들에게 가르쳐야만 했지요. 빠져나갈 수 없는 혼돈 속에서 거의 아무 도움도 얻지 못한 채 자기를 조절할 방법도 별로 없는 환경에서 자랐을 때, 몽상과 해리는 충분히 예상할 수 있는 대처 기제라고요. 자신을 환경과 차단할 수 있는 능력이 필요한 것이죠. 살아남기 위해서는 그 환경과 그 환경의 격렬함으로부터 자신을 해리할 필요가 있어요.

페리 박사 그렇습니다. 대처 기제로서 해리는 그 사람이 위협적 상황에서 빠져나갈 수 없다고 느낄 때 더 자주 발생합니다. 갈등이 아주 많은 가족에 속한 아이라면 선택할 방법이 별로 없지요. "나는 나가서 살래요" 하고 말할 수는 없잖아요. 아주 어린 아이들은 싸울 수도 달아날 수도 없어요. 그냥 집에 머물 수밖에요.

회피와 순응을 낳는 민감화된 해리

오프라　대처 기제였던 해리가, 자기 내면으로 너무 깊이 들어가 버리는 해리 장애로 넘어가는 시점은 언제인가요?

페리 박사　아까 당신이 무관심한 부모의 아기 이야기를 할 때 그 시점을 정확히 짚었습니다. 예측할 수 없고 통제할 수 없으며 장기적인 스트레스 패턴이 스트레스 반응 시스템을 민감화한다는 것 기억하시죠. 어렸을 때 스트레스에 대한 적응 방법으로 해리에 오랫동안 자주 의존했다면, 결국에는 모든 도전에 대해 민감화된 해리 반응을 보이게 됩니다. 이런 해리 반응은 과잉 활성화되고 과한 반응성을 보이죠.

예컨대 오프라 윈프리 여성리더십아카데미의 학생들 중에도 어려서 혼돈과 위협 속에서 성장한 학생들은 어떤 도전에 직면하든 해리 반응을 보였지요. 그 어떤 불쾌한 상황에 직면하든요.

오프라　이 논의는 자기가 왜 상황을 회피하는 경향이 있는지 궁금해하는 많은 사람에게 도움이 될 것 같아요. 나는 상황이 어려워지기만 하면 왜 하던 일을 끝까지 마치지 못할까? 그건 상황이 불편해지거나 자기에게 위협적으로 느껴지면 해리하도록 뇌가 훈련되었기 때문이죠. 수학 시험은 나를 해치려 하는 사람만큼 큰 위협이 아닌데도, 해리의 반응성이 너무 높아져 있으면 수학 시험에 대해서도 차단하는 반응을 보이게 되는 식이죠.

페리 박사 맞습니다. 하지만 해리 반응이 항상 완전한 차단은 아니에요. 앞에서도 이야기했듯이, 어려운 일이나 위협에 직면해 일어나는 해리 반응은 단계적으로 진행됩니다(116~117쪽 그림 6 참고). 스트레스를 받으면 해리 반응을 보이는 경향이 있는 사람들에게 그 첫 단계는 회피입니다. 이 사람들은 충돌을 원치 않아요. 보이지 않는 존재가 되고 싶어 하죠. 눈을 마주치는 것도 피하고요. 자진해서 나서는 일이 없습니다. 토론에서는 침묵을 지키고 있어요. 자기를 보이지 않게 만들 수 없는 상황에서 누군가가 그 사람에게 도전을 걸어 오면, 예컨대 "당신은 어떻게 생각해요?" 같은 질문을 해 오면 그들은 회피에서 순응의 단계로 넘어가죠. 하지만 그건 껍데기뿐인 순응이에요.

오프라 그들은 다른 사람이 듣기 원한다고 여겨지는 답을 하기는 하지만 대화에 적극적으로 참여하지는 않지요.

페리 박사 발달기 트라우마가 있는 아이들과 작업할 때 가장 어려운 점 중 하나가 바로 그런 문제입니다.

오프라 그건 아이들만 그런 것도 아니에요. 저는 성인들에게서도 그런 행동을 많이 봤어요. 수년 전 게리 주커브와 함께했던 방송이 기억나네요. 그때 한 여성이 어려서 성적 학대를 당한 후로 성인이 되어서도 행복한 관계든 그렇지 않은 관계든 모든 관계에서 자신의 감정을 제거해 버림으로써 스스로 관계를 망치곤 했다는 이야기를 들려 줬어요. 상대를 깊이 좋아했다면서도 해리를 한 거였지요. 그래도 연애하는 사람들이 흔히 하는 행동들을 시늉으로 하기는 했답니다. 말하자면 순응한 것이죠. 하지만 박사님 말대로 껍데기뿐인 순응이었어요. 그 사람은 관계 속에 진정으로 들어가 있지는 않았어요. 그러나 건강한 관계를 만들고 유지하기 위한 심리 치료를 받은 후, 이제는 현재 상태에 온전히 머무는 연습을 적극적으로 하고 있다고 하더군요. 게리 주커브는 많은 사람에게 "살아 있음의 공포"가 실재한다는 말로써 그 사람의 감정을 인정해 주었어요. 저는 그 말을 절대 잊지 못할 거예요.

페리 박사　그분이 흥미로운 말씀을 하셨군요. 민감화된 해리 반응에서 흔히 볼 수 있는 행동 중 하나로 자해가 있는데요. 자해를 하는 사람들은 이런 말을 자주 합니다. "내 피를 보는 것. 그게 제게 살아 있다는 느낌을 줍니다. 나를 진정시켜 주지요."

오프라　자해하는 심리를 설명해 줄 수 있으세요? 어떻게 자해에 중독될 수 있는지 이해하지 못하는 사람이 저 혼자만은 아닐 것 같아요.

페리 박사 자해는 밖에서 보면 아주 의아한 행동일 수 있죠. 앞에서 스트레스 반응 시스템들이 어떻게 과도한 반응성을 띠게 되는지, 빠져나가거나 피할 수 없는 트라우마를 경험한 사람이 어떻게 해리하게 되는지 이야기했었지요. 그리고 트라우마 패턴이 장기적이거나 극단적이라면 해리 시스템들이 민감화된다는, 즉 과잉 활성화되고 반응성이 높아진다는 이야기도요.

해리는 우리 몸이 만들어 내는 진통제인 내생성 오피오이드(엔케팔린과 엔도르핀)를 분비한다는 말도 기억하실 겁니다. 민감화된 해리 반응이 없는 사람이 자기 살을 베면 자상의 아픔을 견뎌 낼 수 있도록 몸에서 소량의 오피오이드가 분비됩니다. 이때 분비되는 오피오이드의 양은 상처의 크기에 비례해 아주 소량이지요. 하지만 민감화된 해리 반응, 즉 반응성이 과도한 해리 반응이 있는 사람이 자기 살을 베면 아주 많은 양의 오피오이드가 분비됩니다. 약간의 헤로인이나 모르핀을 한 것과 거의 비슷하지요.

오프라 자해를 하면 실제로 좋은 느낌이 든다는 말씀인가요? 살을 베인 아픔이 느껴지는 게 아니고요?

페리 박사 살을 뱀으로써 '솟구친' 오피오이드는 실제로 조절되는 느낌을 줄 수 있어요. 진정시켜 주는 느낌이요. 어떤 사람들에게는 그게 보상으로 느껴지죠. 기분을 좋게 만들어 줍니다.

오프라 아프지 않은 거군요.

페리 박사 그렇습니다. 실제로 그들에게는 자해가 선호하는 자기 조절 방법이 될 수 있습니다.

　　오프라 한 번도 그런 식으로는 생각해 보지 못했네요. 그러니까 그 진정되는 느낌을 느끼려면 우선 조절 장애 상태여야 하는 것이네요. 조절이 잘 된 상태에서 자기 살을 베면 아프기만 하고요. 그렇죠?

페리 박사 맞습니다. 해리 반응이 민감화되어 있는 사람만이 느낄 수 있죠. 민감화된 해리 반응은 고통스럽고 벗어날 수 없고 피할 수 없는 학대의 역사, 특히 아기나 어린아이였을 때 만성적인 혼돈과 위협 속에서 살았던 과거, 또한 아주 많은 경우 성적 학대를 당한 과거에서 기인한 결과입니다.

　　오프라 자기로서는 벗어날 수 없는 일이 일어나 버린 것이군요.

페리 박사 네, 그렇게 되면 그 사람의 해리 신경망은 '민감화', 다시 말해 과도하게 반응적인 상태가 됩니다. 그러다 언젠가 자기를 진정시키고 고통을 완화할 수 있는 믿을 만한 방법이 자해라는 걸 발견하게 되죠.

　　오프라 놀라운 일이네요. 오랫동안 그 문제가 아주 궁금했거든요. 아까 말했듯이 우리 학교에는 힘들고 어려운 환경에서 자란 학생들이 있잖아요. 저는 그들에게 기회를 주기 위해 학교를 설립했고, 학교를 통해 그들 삶의 궤도가 바뀌었죠. 그런데도 학교에서 자해 문제가 사라지지 않는 겁니다. 그 얘기를 들을 때마다 저는 사람이 자기 살을 벨 수 있다는 걸 어떻게 알게 된 건지 궁금했어요. 어쩌다가 그런 걸 알게 된 걸까? 다른 누군가가 자해하는 걸 본 걸까? 그 학교가 생기지 않았고, 그래서 그 소녀들이 여전히 자기네 마을에 있었다면 어땠을까? 거기서도 자해를 했을까? 그 마을 사람들도 자해를 하고 있을까? 등등 궁금한 게 너무 많았어요.

페리 박사 그거 정말 흥미로운 질문이로군요. 생애 초기 트라우마부터 생각해 보죠. 스트레스 반응이 민감화된 어린아이들은 때때로 상처 딱지를 뜯거나 모기 물린 자리를 긁다가 알게 됩니다. 와, 이렇게 하니까 기분이 좋네. 스스로 몸을 훼손하는 것이 자기를 조절해 줄 수 있다는 걸 이렇게 배우기 시작하는 거죠. 하지만 이런 경우는 결국 자해하게 되는 사람들 중 일부에 지나지 않아요. 많은 사람이 또래들에게서 자해를 배우는 것으로 밝혀졌답니다. 인기 있는 텔레비전 토크쇼에서 자해에 관한 이야기를 할 때 실제로 자해하는 비율이 어떻게 변하는지 추적해 볼 수도 있을 겁니다.

어떤 아이들은 실험 삼아 자해를 해 보고는 이렇게 말하죠. 싫어, 이거 아프잖아. 난 다신 안 할 거야. 그런데 또 다른 아이들은 이러죠. 와, 이거 끝내 주네. 마약과 마찬가지예요. 미국 고등학생 중 일정 비율이 실험적으로 마약을 해 보는데, 그중에서 끝내 상습적 사용 문제로 이어지는 비율은 18~20퍼센트에 지나지 않아요. 계속해서 반복적으로 마약을 하는 사람들을 살펴보면 매우 높은 비율로 발달기에 역경을 겪었던 이들입니다. 두 번 다시 마약을 하지 않는 이들 중에는 발달기 역경을 경험한 이들이 훨씬 적고요.

오프라 트라우마를 경험한 이들 중 일부에게는 마약을 하는 것이 또 하나의 조절 방법이죠.

페리 박사 정말 그렇습니다. 적응에 불리한 '자기 조절' 행태에는 여러 가지가 있지만, 모두 다 동일한 스트레스와 보상의 기본 신경 시스템과 관련되어 있습니다. 예를 들어 어떤 아이들에게는 몸을 앞뒤로 흔들고 벽에 머리를 찧는 것이 자기 조절의 한 형태이죠.

오프라 네, 저도 그러는 아이들 본 적 있어요.

페리 박사 그런 행동도 똑같은 효과를 냅니다. 또 어떤 아이들은 자기 머리카락이나 눈썹을 뽑는 것이 약간 진정제를 맞는 것 같은 효과를 낸다는 걸 발견하게 되지요.

오프라 이 사실을 이해하는 것이 아주 중요하겠군요. 전 모든 게 이렇게 서로 연결되어 있는지는 전혀 몰랐어요.

페리 박사　아이들은 자신을 달랠 방법을 찾아냅니다. 일부러 구토를 하는 것도 오피오이드를 분출시킬 수 있어요. 그러니까 섭식 장애 중에는 신체 이미지가 아니라 '자기 달램'과 관련된 경우도 있습니다. 적응에 불리한 형태의 달래기 방법이지요.

　　　　　오프라　놀랍군요. 하지만 그런 행동들은 좀 극단적인데요. 그보다 좀 더 평범한 대처 행동도 있을까요?

페리 박사　물론이죠. 그리고 그런 대처 행동들이 성격 특성으로 발전하기도 합니다. 이런 경우 처음에는 알아차리기 어렵지만, 골치 아픈 상황을 회피하거나 그 속으로 돌진하게 만들 수도 있고, 까다로운 사람을 상대하는 방식에 영향을 미칠 수도 있어요.

　　　　　오프라　앞에서 제가 꽤 오랫동안 남들을 만족시키려는 사람으로 살아왔다고, 그게 제 성격의 두드러진 특징 중 하나라고 말씀드렸었는데요. 그건 저의 체중, 건강, 사업, 인간관계 등 모든 것에 영향을 끼쳤어요. 학대의 피해자가 그 일에 관해 조용히 하라는 가르침을 받고 자라면, 결국 그 사람은 항상 남들 비위를 맞추려고 하는 사람이 되고 맙니다. 하고 싶은 말을 하면 그 결과로 벌을 받게 된다는 걸 학습했기 때문이죠. 싫다는 말을 한다는 개념 자체가 없어요.

페리 박사　남들을 만족시키려는 행동은 전형적인 대처 기제이며,

해리에서 보이는 '순응적' 행동에 속합니다. 그런데 다시 말하지만, 해리 및 해리적 자기 조절 행동이 나쁘기만 한 건 아니라는 걸 기억해야 합니다.

자기가 지닌 해리 능력을 통제할 수 있는 역량은 매우 강력한 것입니다. 그건 사색적 인지에 능하게 해 주죠. 특정 과제에 맹렬히 집중하게 해 주기도 하고요. 최면과 몰입flow, '무아지경'은 모두 해리가 가능하게 해 주는 몰입경 상태의 예들입니다. 자기가 언제 어떻게 몰입경에 들어갈지를 통제할 줄 아는 것은 대단한 재능이에요. 저는 오프라 당신이 해리를 정말 잘한다고 장담할 수 있어요. 그건 당신이 지닌 초능력 중 하나예요.

오프라 그런가요?

페리 박사 그렇다마다요. 당신이 책 읽기를 얼마나 좋아하는지부터 얘기해 볼까요.

오프라 아, 맞아요. 그건 사실이에요. 제게 책은 언제나 도피의 한 방법이었어요. 나만의 자유로 들어가는 통로였죠. 사실 세 살 때 읽기를 배웠는데, 일단 글을 읽게 되자 우리 할머니의 미시시피 농장 밖에도 아주 커다란 세상이 존재한다는 걸 알게 되었죠.

페리 박사 그렇지요. 그리고 당신은 또 아주 사색적이죠?

오프라　아, 무척 그런 편이지요.

페리 박사　또 당신은 머릿속으로 여러 장소에 갈 수 있고, 다른 사람들은 잘하지 못하는 방식으로 미래를 상상할 수도 있지요. 그것이 해리입니다. 건강하고 치유적이며 생산적인 해리지요. 이게 바로 해리에 병리라는 꼬리표를 붙이고 엄격히 부정적인 행동으로 분류하는 데 신중해야 하는 이유입니다. 해리는 놀라운 힘일 수 있습니다. 그러나 당신의 경우에는 때로 해리적 적응이 당신을 순응적으로 만들기도 했지요. 예전에 당신은 남들이 원하는 대로 해 주려고 노력했죠.

오프라　맞아요. 남들을 만족시키려고 했죠.

페리 박사　그것이 당신의 기본값이었어요. 레이더에 걸리지 않도록 몸을 낮춰, 너에게 요구된 일을 해, 누구에게도 화낼 거리를 주지 마. 그냥 사람들이 원하는 대로 해 줘.

오프라　100퍼센트 맞습니다. 그냥 사람들이 원하는 대로 해 줘.

페리 박사　하지만 시간이 지나면서 당신은 달라졌지요. 스스로 과도한 순응적 행동에서 서서히 벗어났어요. 당신은 의도라는 단어를 자주 사용하지요. 당신이 그 말을 할 때마다 저는 '통제할 수 있는 것'

이라는 뜻으로 듣습니다. 당신은 바쁘고 도전과 요구가 가득한 삶을 살지만, 그 모든 스트레스 요인들을 받아들인 다음 경계선을 긋고 의도를 사용하여 삶이 주는 스트레스 패턴을 좀 더 예측 가능하고 통제할 수 있으며 적절한 패턴으로 만들지요. 그런 게 바로 치유적이며 회복탄력성을 키워 주는 스트레스 활성화 패턴입니다.

오프라 저는 게리 주커브에게서 의도의 힘을 배웠어요. 그 힘이 말 그대로 저의 모든 걸 바꿔 놓았죠. 게리는 제게 의도가 모든 생각과 행동에 앞선다는 것을, 내가 한 경험의 결과는 내가 거기 투입한 의도에 의해 결정된다는 걸 가르쳐 줬어요. 복잡하게 들리지만, 사실 우리가 하는 일 중에 '이 일을 하는 나의 의도는 뭐지?'라는 질문 없이 시작되는 일은 없지요.

일단 그걸 깨닫고 나자 저는 다른 사람이 제게 원하는 일이나 제 생각에 그들을 기쁘게 할 것 같은 일이 아니라, 제 의도가 무엇인지를 기준으로 결정을 내리기 시작했어요. 제 인생에는 저를 괴롭히는 사람들이 아주 많았지만, 의도의 힘은 제가 스스로 원하는 일만 하도록 경계선을 그을 수 있게 해 주었죠. 그렇게 하는 게 진짜라는 느낌이 들었기 때문이에요. 크든 작든 모든 결정을 내리면서 안 된다고 말할 줄 알게 된 것이 저를 치유해 주었어요. 의도가 제 삶을 구한 것이죠.

치유는 패턴을 알아차리는 것에서 시작된다

그런데 결정과 선택 얘기를 하다 보니 많은 이들이 의아해 하는 질문 하나가 떠오르네요. 트라우마 피해자들은 왜 학대적 관계에 그렇게 자주 끌리는 것일까요?

페리 박사　그 질문을 좀 넓게 확장해 보겠습니다. 그건 학대뿐 아니라 모든 행동을 이해하는 데 아주 중요한 질문이니까요. 요점은 모든 사람이 익숙한 것에 끌리는 경향이 있다는 겁니다. 그 익숙한 것이 건전하지 못하거나 파괴적일 때조차 말이죠. 사람은 자기가 자랄 때 겪었던 것에 끌립니다.

앞에서도 말했듯이 어려서 우리 뇌가 자신이 하는 경험들의 의미를 파악하기 시작할 때 뇌는 세계에 대한 '실행 모델'을 만듭니다. 뇌는 우리가 처음에 얻은 경험들의 분위기와 긴장도에 맞춰 조직되지요. 그러니까 만약 어려서 안전하고 잘 보살펴 주는 양육을 받는다면 그 아이는 사람이란 원래 선한 존재라고 생각해요. 역시나 앞에서 말했듯, 이런 세계관은 그 아이가 자신이 만나는 사람들에게 그 '선함'을 투사하게 만들고, 그 선함의 투사는 다시 상대에게서 선한 면들을 이끌어 냅니다.

그러나 만약 어렸을 때 혼란이나 위협, 트라우마를 경험했다면 그 사람의 뇌는 세계가 안전하지 않으며 사람들은 믿을 수 없다는 관점에 따라 조직되죠. 제임스를 생각해 보세요. 제임스는 사람들과 가까이 있으면 '안전하다'고 느끼지 못했어요. 친밀함에 위협을 느꼈죠.

당혹스러운 부분은 이겁니다. 제임스는 세계가 자신의 관점과 일치할 때 가장 편안함을 느꼈다는 거예요. 거부당하거나 나쁜 대우를 받는 것은 제임스의 세계관을 다시 한번 확증해 주는 일이었죠. 누구에게나 안정을 가장 크게 뒤흔드는 일은 자신의 핵심 믿음이 도전받는 것입니다. 심리학자 버지니아 사티르Virginia Satir의 말처럼, 불확실함이 주는 괴로움보다는 괴로울 거라는 확실함이 마음을 더 편하게 해 주죠. 좋은 쪽으로든 나쁜 쪽으로든 우리는 익숙한 것들에 끌립니다.

> **오프라** 그러니까 과거에 학대당한 경험이 있었다면, 그게 익숙하다는 이유로 학대하는 사람과 관계를 맺게 될 수 있다는 건가요?

페리 박사 그렇습니다. 실제로 자기를 함부로 대하지 않는 사람과 관계를 맺게 되면 갈수록 더 불안해지는 걸 느끼게 될 수 있어요. 그러다 무의식적으로 '예측 가능한' 반응을 찾으려고 하게 되죠. 특정 반응이 나오도록 도발할 수도 있고요. 내가 ○○○를 하면 그가 열받아서 폭발할지도 몰라. 이런 시도가 자기한테 가장 익숙했던 행동을 유발하면, 그러니까 상대가 화가 나서 자기를 함부로 대하는 결과가 나오면 실제로 자기 예상을 입증해 주는 셈이죠. 자기 세계관이 옳다는 확인을 받은 거예요. 그 결과가 혼란과 갈등이라고 해도, 익숙한 것이란 점에서 마음을 편안하게 해 주죠.

오프라　저는 우리 학교 학생들에게서 그런 일을 많이 봤어요. 우리는 똑똑하고 장래성이 보이는 여학생들을 선발했지만, 진짜 사랑이란 어떤 것인지, 진짜 사랑의 표현이란 어떤 느낌을 주는지 보거나 경험할 수 없는 환경에서 자란 아이들이 너무 많아요. 그들이 자란 공동체, 가정, 가족 안에서 여자들은 체계적으로 학대를 당하며 살고 있어요. 그리고 그건 신체적 학대에만 국한되지 않아요. 사람들은 나타나겠다고 해 놓고 나타나지 않고, 하겠다고 말한 일을 하지 않지요. 그러다 보면 여자들은 결국 그런 게 사랑이라고 믿기 시작하죠. 그렇게 훈련되는 거예요. 그러니까 우리 학생들은 자기를 정말로 존중해 줄 젊은이를 만나면 자동적으로 그가 뭔가 잘못되었다고 생각하는 거예요. 그러고는 박사님 말씀처럼 그를 도발하는 행동들을 하죠. 한마디로 그 남자가 자기에게 익숙한 방식으로 대우하게 만들려고, 그가 떠나게 하려고 그 관계를 망치는 거예요. 마야 안젤루가 항상 말했듯이 "사람들이 당신을 어떻게 대할지는 당신이 그들에게 가르치는 것"입니다.

　그러니까 제가 정말로 알고 싶은 건 이거예요. 뇌가 그렇게 만들어져 버렸다면, 그걸 고친다는 것이 가능한 일인가요? 만약 가능하다면 어떻게 해야 하는 건가요?

페리 박사　다행스러운 점은 뇌에는 평생 언제라도 변할 수 있는 유연함이 있다는 거예요. 우리는 뇌를 변화시킬 수 있어요. 하지만 아무렇게나 바꾸는 건 아니에요. 당신이 제일 좋아하는 단어를 사용해서 말해 볼게요. 바로잡아야 할 부분이 뭔지 알고 있다면 우리는 의도적으로 그것을 변화시킬 수 있습니다. 핵심은 패턴을 알아차리는 것이에요.

오프라 네, 좋아요. 흩어져 있는 점들을 연결하는 것에서 시작한다는 말이군요. 그런데 어떻게 해야 사람들이 그게 똑같은 문제가 반복되는 것이라는 사실을 깨닫게 할 수 있을까요? 다르게 보여도 결국 같은 문제라는 걸요. 보통 문제들은 그런 식으로 나타나잖아요. 그냥 어쩌다 보니 자기 인생에는 똑같은 유형의 사람들이 계속 나타나는 것일 뿐이라고 여기죠. 겉으로는 다른 모습으로 나타날 수 있으니까요. 직장 상사든 마음대로 쥐고 흔들려는 친구든.

저는 우리 학생들한테 이렇게 말해요. "여러분의 인생 전체를 관통하는 하나의 줄기가 있어요. 자기가 어떤 유형의 친구들을 고르는지, 어떤 종류의 개인적 관계를 맺는지, 어떤 종류의 남자 친구에게 끌리는지 잘 살펴보세요. 그리고 그 사람들 모두에게 공통된 게 무엇인지 살펴봐요. 그런 다음 자기에게 질문해 보세요. 그 사람들이 자기에게 어떤 감정을 느끼게 하는지, 그중 어떤 감정이 예전에 자기가 느껴 봤던 감정을 일으키는지. 그런 다음 다시 또 그 감정을 느끼고 '아, 하느님, 괴로워 미치겠어요' 하는 말이 튀어나온다면, 그때 잘 생각해 봐요. 그 사람은 이미 여러분 마음속에 있

다른 사람이 제게 원하는 일이나
제 생각에 그들을 기쁘게 할 것 같은 일이 아니라,
제 의도가 무엇인지를 기준으로
결정을 내리기 시작했어요. 제 인생에는
저를 괴롭히는 사람들이 아주 많았지만,
의도의 힘은 제가 스스로 원하는 일만 하도록
경계선을 그을 수 있게 해 주었죠.

던 걸 그냥 건드려 일깨웠을 뿐인 건 아닌지."

페리 박사   이런 패턴들은 정말로 한 사람의 평생을 관통합니다. 그럴 때 그 패턴은 그들의 부모와 조부모의 삶까지 관통해 왔던 경우도 많아요. 패턴을 알아차리지 못한다면 그것을 바꾸기는 몹시 어렵습니다. 우리가 함께 작업했던 어린이들과 성인들은 혼돈에 너무 익숙해져 있어서 차분할 때보다 혼돈 속에 있을 때 실제로 더 편안해 했어요. 그래서 이들은 예측 가능하고 일관적이고 사려 깊은 사람들이 있는 교실이나 새 위탁 가정에 가면 아주 불편해했지요. 그 불편함이 조금씩 커지다가 어느 한도에 이르면 결국 그들은 자기가 예측할 수 있는 반응이 나오도록 다른 사람들을 도발했죠. 선생님들과 위탁 부모들은 제게 "그 애는 거의 벌 받기를 원하는 것처럼 행동해요"라고 말합니다.

어느 정도는 그들의 말이 맞아요. 그 아이는 세계에서 자기가 예측할 수 있는 반응을 얻으려 애쓰고 있는 거예요. 그 아이에게 예측할 수 있는 일이라는 건 벌을 받거나 배제되거나 경시되는 일을 의미하죠. 세계는 혼란스러워. 사람들은 믿을 수 없지. 나는 여기 어울리는 사람이 아니야. 아이는 교실에서 쫓겨나려고 발버둥 칩니다. 위탁 가정에서도 쫓겨나려고 시도하죠. 그래서 우리는 작업을 시작할 때 그 어른들에게 아이의 그런 행동이 사실은 무엇을 의미하는지, 어떻게 해야 그 행동을 알아차려서 자신들이 아이의 예측대로 재현하지 않을 수 있는지 가르쳐 주려고 하지요.

오프라 그게 정확히 10년 전에 박사님이 제게 해 주신 말이에요. 남아프리카의 우리 학교가 개교하고 사흘째 되던 날 제가 전화를 걸었을 때요.

페리 박사 기억하고 있습니다.

오프라 막 도착한 학생들이 갑자기 행동화acting out†를 보이기 시작했고, 우리는 도저히 그 이유를 알 수 없었죠. 저는 집이 그리워서 그러는 것일 수도 있다고 이해했는데, 박사님은 일부 아이들이 트라우마와 관련된 문제나 심지어 PTSD가 있을지도 모른다고 하셨죠. 아이들이 아무리 힘든 환경에서 살고 있었다고 해도 우리는 그 아이들을 자기들의 집에서 데리고 나온 것이라는 점을 지적해 주셨잖아요. 집에서는 침대 하나에서 여섯 사람이 잤었는데, 이제 그 아이들은 혼자서 자게 되었죠. 이불도 달랐고요. 편안함의 수준이 달랐어요. 질서에 대한 감각도 달랐죠. 학교에 있는 모든 사람은 그 아이들을 사랑해 주기 위해 온 사람들이었어요. 응원해 주고 뒷받침해 주고 더 많이 지지해 주기 위해서요.

---

† 억눌린 고통과 괴로운 감정을 해소하려는 무의식적 욕구에 따라 자신이나 타인에게 해롭거나 충동적인 행동으로 표출하는 일종의 방어 기제.

페리 박사   그런데 바로 그 질서와 안정감, 보살핌이 그 아이들의 세계관에는 도전이 되었던 것이지요. 그 학생들의 뇌가 보기에는 이게 대체 뭐지? 싶은 일이었죠. 그들은 난 내게 익숙한 걸 원해 하고 생각한 겁니다. 그래서 아이들이 행동화를 보이기 시작한 것이죠. 질서가 있는 곳에 혼돈을 만들면서, 난 내게 익숙한 걸 만들 거야 하고 생각하는 겁니다.

오프라   난 무질서를 원해. 난 내게 익숙한 걸 원해.

페리 박사   바로 그겁니다. 그러므로 우리가 해야 할 일은 그 아이들에게 시간과 경험을 제공하는 거예요. 아이들이 세계에 대한 새로운 관점들을 다듬고 형성하기 위해서는 인내와 이해와 충분한 새 경험이 필요하죠. 완전히 새로운 연상들로 이루어진 새 신경망을 만드는 데는 시간이 걸립니다.

바로 그것이 오프라 윈프리 여성리더십아카데미가 많은 소녀들에게 제공하는 것이죠. 그 학생들은 수년간 새로운 기회를 누리고, 새로운 것들을 인지적으로 학습하죠. 무엇보다 중요한 건 수년간 새로운 관계와 구조와 기대 들을 경험하고, 사회적으로도 감정적으로도 새로운 가르침을 얻는 것이고요. 학생들의 세계관이 수정되고 확장되고 명료해지고 견고해집니다. 이런 일에는 시간과 인내, 때로는 치료적 도움이 필요해요.

오프라   게다가 그것도 올바른 치료여야만 하고요.

페리 박사 그게 흥미로운 점입니다. 대부분의 사람들은 심리 치료가 무언가 과거에 일어난 일 속으로 들어가 그걸 다시 없애 버리는 일 같은 거라고 여기죠. 하지만 과거의 경험이 뇌 속에 무엇을 만들어 놓았든, 그 연상들은 엄연히 존재하며 그걸 그냥 삭제해 버릴 수는 없어요. 과거를 없애지는 못합니다.

그보다 심리 치료는 새로운 연상들을 구축하고, 새롭고 건강한 기본 경로를 만드는 일에 더 가까워요. 마치 2차선 비포장도로로 달리면서 그 옆에 나란히 4차선 고속도로를 새로 놓는 일과 비슷하죠. 예전 도로는 여전히 남아 있지만 이제 그 길을 예전처럼 많이 쓰지 않게 되는 겁니다. 심리 치료는 더 나은 대안을, 새로운 기본 경로를 만듭니다. 그러기 위해서는 반복과 시간이 필요하고요. 솔직히 말해서 뇌가 변화하는 방식을 본인이 잘 이해할 때 치료 효과가 가장 좋습니다. 바로 이것이 트라우마가 어떻게 건강에 영향을 미치는지를 모든 사람이 필수적으로 이해해야 하는 이유입니다.

트라우마에서
얻은 지혜

POST-TRAUMATIC WISDOM

"아이들은 회복탄력성이 좋아요. 이 일을 이겨낼 겁니다."

저는 이 말을 너무 많이 들었습니다. 아직 연기가 피어오르던 세계무역센터 폐허 앞에 서서 한 뉴욕시 공무원에게서 들었고, 웨이코의 다윗파[†] 거주지에 대한 주류·담배·화기 및 폭발물 단속국의 급습 후 FBI 요원들과 텍사스주 방위군들과 앉아서 대화를 나눌 때도 들었으며, 어린아이 셋이 목격한 총격 사건 이후 최초 출동한 담당자들과 함께 사방에 피가 튀어 있는 아파트를 둘러볼 때도 들었고, 어느 학교에서, 아니 수십 군데 학교에서 일어난 총격 사건 이후 지역 공무원들과 이야기할 때도 들었습니다. 후렴구처럼 너무나 흔히 반복되는 말이지요. "다행스러운 점은 아이들은 회복탄력성이 있다는 겁니다. 아이들은 괜찮을 거예요."

우리는 종종 다른 사람이 '회복탄력성'이 있을 거라는 믿음을 우리 감정을 보호하는 방패로 사용합니다. 그들의 트라우마 앞에서 우리가 느끼는 불

[†] 종말론을 신봉하는 기독교계 종교 단체. 주류·담배·화기 및 폭발물 단속국과 FBI 등이 교주인 데이비드 코레시를 불법 무기 소지 혐의로 체포하기 위해 무력 진압하는 과정에서 화재가 일어나 어린이를 포함한 다윗파 전원이 사망했다.

편함, 혼란, 막막함에서 우리 자신을 보호하려는 것이죠. 이는 일종의 외면입니다. 그렇게 하면 우리의 세계관을 무사히 유지할 수 있고 최소한의 혼란만 받아들인 채 우리의 삶을 계속 이어갈 수 있으니까요.

우리는 한 사람이 트라우마나 깊은 슬픔으로 충격을 받을 때 이런 과정이 전개되는 것을 목격합니다. 대개 그들의 가족과 친구, 동료들이 그들에게서 조금 거리를 두고 하나의 궤도를 만들어 돌기 시작하죠. 트라우마가 주는 고통의 막강한 인력을 두려워하면서요. '살펴보러 오는' 사람들이 점점 뜸해지고 대화는 점점 더 피상적으로 변하고 상호작용은 점점 더 짧아지죠. 다른 사람들은 자기들의 삶을 '계속 살아가는' 동안, 비탄에 빠지거나 트라우마가 생긴 사람은 점점 더 고립되고 외로워지는 걸 느낍니다.

트라우마 사건 직후 처음 몇 주 동안은 감정의 밑바닥이 찾아오지 않습니다. 그 초기 얼마간은 일반적으로 가족과 친구, 공동체가 다가와 감정적 지원을 제공하죠. 비축되어 있던 본인의 육체적·정신적 에너지도 도움이 되고 해리의 힘에도 의지할 수 있습니다. 개인마다 경험이 다르기는 하지만, 여섯 달쯤 지나면 감정이 바닥을 치기 시작합니다. 그렇게 바닥을 훑고 다니다가, 기념일과 환기 신호들과 치유의 기회들이 오고 감에 따라 기분이 솟아올랐다 가라앉았다 하지요. 어떤 사람들은 계속 올라가지만 어떤 사람들은 익사하기도 합니다. 그러나 예전과 똑같이 지내는 사람은 아무도 없습니다.

전쟁과 기아, 자연재해, 학교 총격 사건, 노예제 같은 세대를 넘어 영향을 미치는 대규모 트라우마나 공동체의 트라우마에 직면할 때도 우리는 똑같은 합리화와 외면을 목격합니다. 특권층은 그 고통에서 시선을 돌려 버립니다. 체계적인 인종차별 앞에서 우리는 "그들이 얼마나 많이 좋아졌는지 보라고" 말합니다. 문화적 집단 학살 앞에서는 "그들은 동화될 필요가 있다"라고 말하죠. 트라우마 앞에서는 "그들에게 회복탄력성이 있다는 건 정말 큰 다행이 아닌가"라고 말하죠. '타자'를 만들어 내는 건 너무 쉽습니다. 우리와 그들을 나누는 일은 우리의 신경망 속에 깊이 새겨져 있죠. 바로 그것이 우리의 연결성을 양날의 칼로 만듭니다. 우리는 우리가 소속된 집단에는 강력히 연결되어 있지만, 다른 집단에게는 그렇지 않죠. 우리는 제한된 자원을 차지하려고 그들과 경쟁합니다.

트라우마가 한 집단 혹은 공동체에 영향을 미칠 때, 그 사건에는 하나의 진앙지가 존재합니다. 상실과 고통에서 가장 큰 영향을 받은 사람들 말입니다. 그 진앙지에는 즉각적인 관심과 에너지와 자원이 집중적으로 동원됩니다. 사람들이 몰려와 돕습니다. 하지만 이때의 도움은 흔히 부적절한 시간에, 무질서한 방식으로, 거의 항상 트라우마에는 무지한 채로 제공됩니다. 첫 몇 주 동안 수천 명의 자원봉사자가 자기 시간을 내어 줍니다. 여섯 달이 지나면 그런 자원봉사자는 아무도 남지 않죠.

처음에 돕고자 했던 동력, 트라우마가 가져온 강렬한 상실감이 빠져나가기 시작하면서 사람들도 떠나가 버려요. 피해를 입은 학교나 마을도 자신들이 트라우마의 희생자로 인식되기를 원치 않습니다. 건강하게 번성하는 곳으로 보이고 싶어 하죠. 사람들은 트라우마 이야기를 듣는 데 지쳐가고, 치유와 희망을 이야기하고 싶어 합니다. 바로 이럴 때 '뭔가 하려는' 선의의 노력들이 들어오기 시작합니다. 강인함을 외치는 슬로건이 적힌 티셔츠, 아직도 멍해 있는 아이들을 위한 테디 베어. 풋볼 경기에서는 한 아이의 죽음을 애도하는 부모들에게 '경의'를 표합니다. 이 어색하게 친절한 제스처들은 돕고자 하는 시도인 동시에 자신들의 막막함을 지우고자 하는 시도입니다.

트라우마가 일어난 후 사람들이 가장 받아들이지 못하는 것은 그 무엇도 그 누구도 그 고통을 제거해 줄 수 없다는 사실입니다. 그런데도 바로 그 일, 고통을 없애 주려는 것이 우리가 필사적으로 원하는 일이지요. 우리는 사회적 존재이고 감정적으로 쉽게 전염되므로 아파하는 사람들 곁에 있으면 우리도 아프기 때문입니다. 우리는 아프기를 원치 않습니다. 파괴된 삶의 한가운데 앉아 그 비참함을 느끼지 않기란 정말 어려운 일이지요. 다른 사람의 고통을 없애거나 부정하려는, 즉 외면하려는 노력이 우리의 조절에 도움이 됩니다.

그래서 우리는 사람들의 내면에는 회복탄력성이 있다고 자의적으로 단정합니다. 트라우마에 휩쓸린 아이들을 주변화하는 일을 허용하는 무차별적인 선언을 하는 것입니다. 그들의 비극에서 관심의 초점을 거두고, '그들은' 괜찮아질 거라고 우리 자신을 다독이며 우리의 삶을 이어갑니다. 하지만 앞으로 대화를 나누며 계속 확인하게 되겠지만, 트라우마의 영향은 그저 희미해지다가 사라지는 것이 아닙니다.

우리는 서로의 치유를 도울 수 있습니다. 하지만 회복탄력성이나 투지에 관한 어설픈 가정들이 종종 우리의 눈을 가려, 치유란 고통스러운 길을 통과해서야 결국 지혜에 다다르게 되는 일임을 알아보지 못하게 만듭니다.

—브루스 D. 페리

트라우마의 불가역성

오프라   박사님이 해 준 이야기 중에서 제게 가장 깊은 생각을 자극했던 것은 "아이들은 '회복탄력성'을 갖고 태어나는 것이 아니라 유연하게 태어나는 것"이라는 말이었어요. 그 차이를 설명해 주시겠어요?

페리 박사   작은 고무공 하나를 꼭 쥐거나 구부리거나 온갖 방식으로 힘을 가해도 결국에는 원래의 공 모양으로 돌아가지요. 이 고무공은 원래대로 돌아오는 탄력성이 있는 겁니다. 사람들이 트라우마를 겪고 난 아이들에게 '회복탄력성'이 있다고 말할 때 그들이 의미하는 건 바로 그런 탄력성이에요. 아이들은 트라우마의 스트레스를 경험하더라도 어떤 식으로든 마치 마법처럼 아무 영향도 받지 않을 거라는 자신들의 희망 사항을 덮어놓고 믿어 버리는 겁니다. 그 아이들이 아무런 변화 없이 이전과 같은 수준의 정서적, 육체적, 사회적, 인지적 건강으로 돌아갈 수 있을 것처럼 말이죠. 하지만 우리가 이 책 전체에 걸쳐 이야기해 왔듯이, 한마디로 사람은 그런 식으로 작동하지 않습니다. 우리는 항상 변하고 있어요. 좋은 것이든 나쁜 것이든 우리가 한 모든 경험이 우리를 변하게 합니다. 이는 우리 뇌가 변할 수 있기 때문입니다. 유연하기 때문이죠. 뇌는 항상 변화하고 있습니다.

철제 옷걸이를 생각해 보세요. 가령 배수관에 빠진 뭔가를 건져 내야 한다면 철제 옷걸이가 제일 유용한 도구죠. 옷걸이에 힘을 가해서 원하는 모양으로 만듭니다. 이 옷걸이는 유연하죠. 그걸로 볼일을 보았으면 이제 다시 힘을 가해 원래의 모양으로 돌려놓으려 시도할 수 있습니다. 하지만 옷걸이 구부리기에 아무리 능숙한 사람이라도 정확하게 처음과 똑같이 만들지는 못하죠. 굽혔던 자리에는 약한 지점들이 생겼을 겁니다. 같은 자리를 계속 굽혔다 펴기를 반복한다면 결국 옷걸이는 끊어질 겁니다.

앞에서도 우리는 회복탄력성에 관해 이야기했습니다. 어떤 도전에 직면하거나 심지어 트라우마를 겪었을 때도 어린이와 어른 모두, 우리 분야에서 쓰는 표현으로 '회복탄력성을 보이는' 것이 사실입니다. 우리는 회복탄력성을 발휘할 수 있고, 앞서 말했듯이 회복탄력성을 키울 수도 있습니다. 그러나 여기서 말하는 회복탄력성은 고무공의 탄력성과는 다릅니다. 또한 무조건 존재하는 아동기의 속성도 아니고요. 트라우마 이후에 원래의 '기본 수준'으로 돌아갈 수 있는 역량은 여러 요인에 영향을 받으며, 그중 가장 기본적인 요인은 연결성입니다.

오프라　그러니까 나이와는 상관없이, 트라우마에서 아무 상처도 받지 않는 사람은 아무도 없다는 말씀이신가요? 그리고 일단 트라우마가 발생했다면 이전과 '똑같아지는' 것은 불가능한 일이고요?

페리 박사　네, 어느 정도는 그렇다고 할 수 있겠네요. 다시 한번 명백히 해 두자면, 회복탄력성은 심리 분야에서 사용하는 개념이 맞습니다. 그러나 트라우마를 경험한 사람의 생물학적 상태를 유전자 발현 수준의 가장 작은 단계까지 꼼꼼히 들여다보면, 트라우마는 어떤 식으로든 모든 것을 변화시킨다는 걸 알 수 있습니다.

　그 사람이 '실제 삶'에서는 어떤 뚜렷한 문제도 보이지 않거나 회복탄력성을 보여줄 때조차, 그런 생물학적 변화들은 분명히 일어나고 있습니다. 예를 들어 어떤 아이가 학교생활을 계속 잘해 나갈 수 있지만, 그러기 위해서는 예전보다 훨씬 많은 에너지와 노력이 필요할 수 있어요. 또는 아이가 이전의 정서적 기능 수준으로는 되돌아갈 수 있었다고 하더라도, 그 아이의 신경내분비계에 생긴 변화가 당뇨병 발병 가능성을 높였을 수 있고요. 이는 사실 ACE 연구가 증명한 사실입니다. 역경은 발달 중인 아이에게 영향을 미친다는 것. 더도 말고 덜도 말고 딱 그것입니다. 그 영향이 어떤 것일지, 언제 겉으로 드러나게 될지, 그 영향의 충격을 '어떻게' 완화할 수 있을지, 이런 질문들에 대해서는 항상 답할 수 있는 건 아닙니다. 하지만 발달기 트라우마가 언제나 우리의 몸과 뇌에 영향을 미친다는 것은 분명한 사실입니다.

오프라 트라우마가 생긴 아이의 뇌를 들여다보면 달라 보이나요?

페리 박사 현재 우리의 뇌 영상 기술은 꽤 정교한 편이지만, 아직 한 아이의 뇌를 스캔하고는 예컨대 "이 아이의 전전두 피질 활동이 저조한 것은 학대의 결과입니다"라는 식으로 확신을 갖고 말할 수 있을 만큼 감도가 높은 건 아닙니다. 우리가 분명히 알고 있는 사실은, 전혀 학대를 당한 적 없는 아이들의 집단과, 서로 비슷한 타이밍과 유형으로 학대를 경험한 아이들의 집단을 비교하면, 뇌의 특정 영역들의 크기와 뇌 회로들의 '연결' 및 '활동'에서 통계적으로 유의미한 차이점들을 볼 수 있다는 것이에요. 그러나 발달과 뇌, 트라우마의 성격이 지닌 복잡한 성질들은 뇌 영상 연구의 해석을 매우 어렵게 만들죠.

오프라 그러면 보살핌과 지지를 잘 받고 자란 세 살 아이와 방임과 학대를 당하며 자란 세 살 아이의 뇌를 들여다본다면, 둘 사이에 차이가 보일까요?

페리 박사　이 역시 아주 복잡한 문제지만, 그 아이가 겪은 방임이 '총체적이고 전반적인 방임'의 범주에 들어가는 경우라면 그렇습니다. 적합한 영상 기술을 사용하면 차이점들을 볼 수 있어요. 하지만 역시나 해석은 정말 어렵습니다.

트라우마나 방임 이후 뇌의 변화를 실제로 가장 잘 보여 주는 지표는 '기능적' 변화들입니다. 아이가 충동적이거나 부주의한가? 말하기나 언어 사용 또는 미세 움직임 조절에 문제가 있는가? 우울해하거나 불안해하는가? 학습에 어려움을 겪는가? 건강한 관계를 형성하고 유지할 수 있는가? 뇌 스캔 영상보다는 이런 기능적 문제들이 뇌에 뭔가 변화가 생겼음을 더 분명히 보여 주는 지표들입니다.

뇌 스캔은 우리 각자가 저마다 독특한 뇌를 갖고 있음을 분명히 보여 주었습니다. 우리가 지금까지 해 온 이야기를 생각해 보면 이건 놀라운 사실도 아니죠. 우리 모두는 각자 자기만의 특유한 뇌를 갖고 있기 때문에 스트레스와 괴로움, 트라우마도 어느 정도 각자 특유한 방식으로 경험합니다. 같은 트라우마 사건을 경험한 두 사람이 서로 다르게 반응할 수 있고, 서로 다르게 회복할 수 있지요. 어떤 사람이 감정적으로 '회복'할 수 있을 때, 즉 트라우마 이전 수준의 기능으로 돌아갈 수 있을 때, 이를 두고 우리는 그 사람이 회복탄력성을 보여 준다고 표현합니다. 그런데 그렇게 할 수 있는 능력은 확정적이지 않습니다. 바꿔 말하면 스트레스와 괴로움과 트라우마에 대처하는 능력은 변할 수 있다는 뜻이에요. 그러니까 사람들이 그 능력을 키우도록 우리가 도울 수 있습니다. 대처 기제를 더 강력하고 효과적으로 만들 수 있다는 것이죠.

회복탄력성을 키우는 세 가지 요소

오프라　우리가 어릴 때 '풍파를 견디다weathering'라는 표현이 있었죠. 우리에게는 수많은 아프리카계 미국인들이 시달렸던 종류의 트라우마를 표현할 단어가 없었기에 '풍파를 견딘다'는 말을 썼어요. 교회는 우리가 견뎌 내는 방법에서 큰 부분을 차지했지요. 우리는 함께 풍파를 견뎌 낸 거예요.

페리 박사　회복탄력성을 키우는 일에서 중심적인 측면 하나를 바로 지적해 주셨군요. 지금 닥쳐오고 있는 스트레스 요인의 충격을 완화해 주고, 과거의 트라우마에서 치유하게 해 주는 열쇠가 바로 다른 사람들과의 연결성이거든요. 깨어 있는 정신으로 온전히 함께 하며 지지해 주고 보살펴 주는 사람들과 함께 있는 일, 사람들 무리에 소속되는 일이요.

　물론 회복탄력성 역량에 영향을 주는 요인들은 또 있습니다. 그중 아주 중요한 요인들은 스트레스 반응 시스템의 민감성과 관련된 것들이죠. 스트레스 반응 시스템의 반응성을 높이거나 민감하게 만드는 것은 무엇이든 사람을 더 취약하게 만듭니다. 그런 요인에는 유전적 요인, 태아 때 자궁 안에서 알코올에 노출된 경험, 과거의 애착 문제, 트라우마 등이 포함됩니다. 우리가 대화의 앞부분에서 이야기했던 핵심조절신경망으로 돌아가 볼까요. 핵심조절신경망은 아주 중요한 몇 가지 신경망들로 구성되는데, 이 신경망들 전체를 놓고 보면 우리 몸과 뇌의 모든 부분으로 뻗어 있습니다. 이 시스템들이 잘 조직되어 있고 유연하며 '튼튼'하다면, 우리에게는 모든 유형의 스트레스 요인에 대처할 수 있는 역량이 갖춰져 있는 셈입니다(69쪽 그림 2와 76쪽 그림 3 참고).

또한 우리는 통제와 예측이 가능하고 적절한 정도의 도전들은 핵심조절신경망을 더 강하게 만들어 줄 수 있다는 것도 알고 있어요. 스트레스 반응 역량은 '단련하면' 더 커지거든요. 그러니 아이가 자라는 동안 예측 가능하고 적절한 정도의 도전에 직면할 기회가 어느 정도 있었다면, 나중에 다른 도전에 직면했을 때도 회복탄력성을 발휘할 가능성이 더 큽니다.

이 과정은 제일 먼저 갓난아기가 배가 고프거나 목이 마르거나 추울 때, 세심하고 주의를 기울이는 양육자가 그 필요들을 채워 주면서 시작됩니다. 나중에 그 아기들은 부모가 주는 안전함에서 벗어나 세계를 탐험하기 시작하죠. 그 탐험은 새로운 것이므로 아기들의 스트레스 반응을 활성화하지만, 적당한 수준을 벗어나지는 않아요. 스트레스 반응이 너무 과도해지면 아기들은 다시 기어서 '안전한 기지'로 돌아옵니다. 안전한 곳을 떠나 새로운 것을 탐색하고 다시 안전한 곳으로 돌아오는 이 과정은 걸음마를 시작한 아기 때부터 아동기 초기까지 수천 번 반복됩니다. 아이들은 이 작은 도전들을 통해 예측하지 못한 스트레스에 직면할 때 회복탄력성을 발휘할 수 있는 능력을 키워 가는 것이죠.

모든 발달에는 새로운 것에 노출되는 단계가 포함되고, 그 노출은 스트레스 반응을 활성화합니다. 안전하고 안정적인 관계의 토대가 확립되어 있을 경우, 적절한 용량의 스트레스를 수천 번 받는 것은 유연한 스트레스 반응 역량을 키우는 데 도움이 되지요. 매 학년 새로운 반 친구들과 새 선생님을 만나고 새로운 내용을 배우는 일은 적절한 정도의 예측 가능한 스트레스 요인을 제공합니다. 스포츠, 음악, 연극 등 기타 활동에 참여하는 것도 통제와 예측이 가능한 스트레스를 다뤄 볼 기회로서 회복탄력성을 키우는 데 도움이 되죠.

이 모든 일들을 관통하는 절대적인 핵심이 관계입니다. 아기에게는 주양육자와의 관계가 미래의 모든 관계를 꾸려갈 역량의 토대가 되지요. 이 관계를 통해 아이는 양육과 보살핌의 맥락 안에서 도전을 만나게 되며, 아이가 새로운 도전에 직면할 때마다 어른이 모범을 보이고 격려하고 도와줄 수 있지요. 그리고 관계에서 얻게 되는 보상, 요컨대 미소와 격려의 말, 도전을 헤쳐 나온 후 듣는 발전에 대한 축하의 말 등은 아이에게 동기를 부여하고, 그리하여 반복과 숙달로 이어집니다. 이러한 관계의 뒷받침을 받지 못한 아이는 다른 아이들에 비해 발달에서 거두는 성공이 적습니다.

지지해 주는 부모나 교사 또는 코치가 아이에게 제시하는 도전의 '용량'을 적절히 조절해야 한다는 점도 정말 중요하니 짚고 넘어가는 것이 좋겠습니다. 도전은 아이의 발달 단계에 적합한 것이어야 합니다. 아이가 이겨 내기 불가능한 도전을 제시하는 건 아이를 실패할 수밖에 없는 함정에 집어넣는 것과 같으니까요. 아직 곱셈도 배우지 않은 아이에게 대수학을 배우기를 기대할 수 없고, 이제 막 단어 쓰기를 배운 아이에게 완전한 문단을 쓰는 걸 기대해선 안 됩니다. 골디락스 상황이라고 할 수 있죠. 도전은 너무 커서도 안 되고 너무 작아서도 안 되며, 아이가 이전에 한 경험과 이미 통달한 기술의 안전지대를 벗어나도록 유도할 만큼 충분히 신기한 것이어야 하지요. 어떤 도전이 회복탄력성을 키울 수 있으려면, 그것은 과하지 않고 딱 적당해야 합니다.

바로 그 '딱 적당한' 것을 찾는 일이 트라우마가 있는 아이들에게 가장 중요한 문제입니다. 이 아이들은 잦아들지 않는 두려움의 상태에 자주 빠진다는 것을 기억하실 겁니다. 두려움은 뇌에서 사고를 담당하는 부위인 피질을 차단해 버린다는 것도요. 교실에서 과하지 않게 보이는 뭔가가 대다수 아이들에게는 발달 단계상 적절한 도전이더라도, 민감화된 스트레스 반응 시스템을 지닌 아이에게는 압도적인 요구일 수 있어요(106쪽 그림 5 참고).

> **오프라** 그러니까 아이의 회복탄력성이 커지려면 아이에게 도전이 주어져야 하는데, 그 도전이 주는 스트레스는 딱 적당한 정도여야 하고 도전을 헤쳐 나가는 과정에서 아이를 보호해 줄 안전 지지대가 있어야 하며, 그렇지 않으면 아이가 조절을 잃거나 실패할 수도 있다는 말이네요. 그러면 자신감과 회복탄력성을 키우기는커녕 아이의 자존감을 훼손하거나 그보다 더 나쁜 일이 생길 위험도 있는 것이고요.

페리 박사 맞습니다. 스트레스 반응이 활성화되는 정도를 조절할 필요가 있어요. 심혈관계와 근육에 도전과 스트레스를 주지 않으면서 좋은 운동선수가 될 수는 없지만, 그래도 예측 가능하고 적정한 수준으로 해야 하는 것과 마찬가지입니다. 그렇지 않으면 부상의 위험을 감수해야 하지요.

오프라 회복탄력성과 감정이입 능력을 키워 줄 도전들을 경험하지 못하면, 심신이 건강한 사람이 될 수 없을 테고요.

페리 박사 그렇습니다. 건강한 발달에는 일련의 도전과 새로운 것에 대한 노출이 필요해요. 실패 또한 그 과정의 중요한 한 부분이고요. 우리는 시도하고 넘어지고 일어서고 다시 시도하죠. 그리고 또다시 반복합니다. 모든 발달상의 성공은 실패 뒤에 오며, 숙달은 대개 많은 실패를 거친 후에야 이루어지죠. 핵심은 이룰 수 있는 도전이어야 한다는 점이에요. 어느 정도 격려를 받고 연습하고 반복하면 성공할 수 있을 정도로, 현재의 역량과 충분히 가까운 수준이어야 하는 겁니다.

자기가 사랑받고 있고 안전하다고 느끼는 환경에서는 아이가 자신의 안전지대를 벗어나는 선택을 합니다. 안전하고 익숙한 것은 '따분하며', 안전하고 안정적인 아이는 호기심이 있고 새로운 것들을 탐험하고 싶어 하기 때문이죠. 하지만 안전하지 않다고 느끼는 아이는 새로운 탐험을 원치 않습니다. 안전하고 안정되어 있다는 감각이 건강한 성장의 토대를 제공한다는 것, 이것이 건강한 발달의 핵심 원리입니다.

고통을 건너 지혜에 이르는 길

오프라　방금 말씀하신 과정은 혼란뿐인 집안이나 의지할 수 없는 집안에서 자라는 아이에게는 매우 다르게 진행되겠지요. 우리가 흔히 마주치는, 상대가 하는 말이 비판적이거나 대립적이라고 느껴지기만 하면 덮어놓고 싸우려고 달려드는 사람들이 생각나서 하는 말이에요. 아주 사소한 일에도 언제든 폭발할 준비가 되어 있는 사람이요.

페리 박사　네, 그런 사람은 아마 스트레스 반응 시스템이 민감화되어 있을 겁니다. 우리 뇌는 입력되는 감각을 상향식으로 처리하는데(195쪽 그림 10 참고), 혼란스럽고 통제할 수 없는 스트레스나 극단적이고 장기적인 스트레스에 시달리는 사람이라면, 특히 생애 초기에 그런 스트레스에 시달렸다면, 그들은 생각하기 전에 행동부터 할 가능성이 훨씬 큽니다. 그들의 피질은 다른 사람들에 비해 덜 활성화되어 있고, 뇌의 아래쪽 영역들의 반응성이 훨씬 더 우세해져 있지요.

　조절이 잘 되어 있지 않은 사람과 의미 있게 연결되거나 마음이 통하는 일은 아주 어렵습니다. 논리적으로 설득하는 건 거의 불가능하고요. 이게 바로 조절이 어긋난 상태인 사람에게 '진정해'라고 말하는 게 아무 효과가 없는 이유예요.

오프라　그런 말은 화를 더 돋울 뿐이죠.

페리 박사　물론입니다. 기분이 몹시 상해 있는 사람에게 단어들 자체는 별 효과가 없어요. 실제 뜻을 담은 단어들보다는 오히려 목소리의 어조와 리듬이 더 큰 효과가 있지요.

오프라　그러니까 온전히 깨어 있는 마음으로 그들 곁에 있어 주는 것이 좋다는 뜻인가요?

페리 박사　네, 그저 그 순간에 온전히 깨어 곁에 있을 수 있다면 무엇보다 좋지요. 만약 단어를 사용해 말하려 한다면, 그들이 하는 말을 따라 하듯이 다시 반복해서 말해 주는 것이 가장 좋습니다. 이런 걸 반사적 듣기reflective listening라고 해요. 이렇게 한다고 해서 우리가 그들을 분노나 슬픔, 좌절에서 벗어나게 할 수는 없지만, 마치 스펀지처럼 그들의 강렬한 감정을 흡수해 줄 수는 있습니다. 이때 우리가 조절된 상태를 계속 유지한다면 결국에는 그들도 우리의 침착함을 '따라잡게' 될 거예요. 이 과정에서 우리 자신이 조절된 상태를 잃지 않으려면 조절에 도움이 되는 리드미컬한 활동을 하는 게 좋습니다. 산책을 하거나, 주고받는 식으로 공차기를 하거나, 농구 골 넣기를 하거나, 나란히 앉아서 색칠을 하는 것 등 조절에 도움이 되는 리드미컬한 활동은 아주 많지요.

오프라　동작과 리듬이 곁들여진 일을 함께하는 건 더욱 잘 연결되는 의사소통 방법이니까요.

페리 박사 앞에서도 이야기했지만 리듬은 아주 중요합니다. 하지만 치유의 도구로서 자주 간과되지요. 앞에서 이야기한 한국전 참전 용사 마이크 로즈먼 씨의 이야기를 듣고 있던 때가 기억나네요. 자신이 주말을 어떻게 보냈는지 이야기하고 있었죠. 저는 "듣고 있던"이라고 말했지만, 사실은 반쯤은 듣고 반쯤은 생각이 다른 곳으로 돌아다니고 있었어요. 똑같은 이야기를 열 번도 넘게 들었다는 느낌이었거든요. "토요일 밤에는 아기처럼 잤어요. 밤새 깨지 않고 잤죠. 일요일엔 정말 기분이 좋았습니다. 그런데 어제는 다시 끔찍한 밤을 보냈어요." 그때 뭔가 반짝했어요. 저는 그 이야기를 열 번도 넘게 들었는데 말입니다! 월요일마다 마이크는 토요일 밤에 대해 똑같은 말을 했거든요.

저는 겸연쩍은 얼굴로 마이크를 보며 말했어요. "이번 주말에 뭘 했다고 하셨죠?"

"저녁을 먹은 다음 댄스 클럽에 갔었다고요."

"그럼 그 댄스 클럽에선 뭘 하셨죠?"

그가 저를 보면서 눈썹을 치켜올리더군요.

"아. 춤을 추셨죠, 그렇죠? 그런데 얼마나 많이 추셨어요? 몇 시간을 추셨나요, 아니면 그냥 한두 곡만 추셨나요? 왈츠였나요? 힙합이었나요?"

"거기선 온갖 종류의 음악을 틀어 주지만 대부분 스윙이고 때때로 로큰롤도 나왔어요. 저는 사이사이 쉬어가면서 세 시간 동안 춤을 췄고요."

"지난주에는 물리치료 시간에 마지막 순서로 마사지를 받는 동안 잠드셨다고 했었죠?”

“예.”

이 일에 대해 생각해 보는 동안 저는 춤이나 마사지 같은 패턴화되고 반복적인 활동이 지닌 조절의 잠재성에 대해 깨닫기 시작했습니다. 기억하시겠지만 로즈먼 씨는 PTSD가 있지요. 핵심조절신경망을 포함해 로즈먼 씨의 스트레스 반응 시스템은 과잉 활성화되어 있고 반응성이 과도하게 높아요. 그 때문에 잠들기가 어려운 것이고요. 어찌어찌 잠이 들었더라도, 민감화된 스트레스 반응 시스템 때문에 여러 수면 단계들 사이를 유연하게 넘어가기가 어렵습니다. 그 결과 로즈먼 씨는 매우 얕은 잠만 자고, 보통 한두 시간 자다가 깨어 버립니다. 몇 분 졸다가 작은 소리에도 놀라서 깨는 밤들이 많았죠. 그는 항상 지쳐 있었어요. 그런데 그런 그가 지금은 몇 시간 춤을 춘 뒤 길고 깊고 개운한 잠을 잤다고 말하고, 마사지를 받는 동안 몇 분만에 잠이 들었다고 하는 겁니다.

그때부터 로즈먼 씨의 치료에서 ‘물리치료’를 주된 요소로 삼았어요. 로즈먼 씨는 일주일에 몇 번씩 허리 통증 때문에 마사지를 받고 있었는데, 저는 일주일 내내 조금씩이라고 춤을 추고 걸으라고 권했어요. 로즈먼 씨는 온 도시를 걸어 다니기 시작했죠. 한 달쯤 지나자 리드미컬한 활동의 규칙적인 루틴이 자리 잡았고, 훨씬 더 잘 자게 되었어요. PTSD의 다른 증상들이 치고 들어오는 횟수도 줄기 시작했고요.

오프라　걷기처럼 단순한 일이 그런 효과를 낸다니 정말 대단해요. 걷기는 제게도 조절에 큰 도움이 된답니다.

페리 박사　게다가 자연 속을 걷는다면 조절 효과는 더 좋아집니다. 자연 세계의 감각 요소들이 그 자체의 조절 리듬으로 우리를 감싸 주기 때문이에요.

　조절 곤란을 겪고 있는 사람이 더 잘 조절된 느낌을 받도록 도울 방법에 대해 이어서 얘기해 봅시다. 무엇이 그들의 마음을 불편하게 하는지 듣고 싶다면 '이봐, 지금 무슨 생각을 하는지 나한테 말해 봐'라고 할 게 아니라, 언제 얼마나 이야기할 것인지를 그들이 통제할 수 있게 해 주어야 합니다. 그들에게 통제권을 주고 그들이 안전하다고 느낄 수 있게 해 준다면, 그들 스스로 적합하다고 여기는 때에 더 잘 말할 수 있게 되지요.

　　오프라　맞아요! 엘리자베스 스마트의 부모와 처음 인터뷰했던 때가 기억나네요. 엘리자베스가 열네 살 때 솔트레이크 시티에 있는 자기 집에서 칼로 위협당해 납치되었다가 아홉 달 넘게 잡혀 있었던 일을 기억하시는지 모르겠네요. 엘리자베스가 납치에서 풀려난 뒤 그 부모를 인터뷰하면서 저는 이렇게 물었어요. "엘리자베스가 그 일에 관해 뭐라고 말했나요? 함께 무슨 이야기를 나누셨나요?" 그러자 그들은 아이가 아직 아무 이야기도 하지 않았다고 하더군요. 그때 저는 그 말에 아주 놀라고 의아했는데, 이제는 그들이 아이를 기다려 주고 있었다는 걸 이해할 수 있네요. 자기 스스로 적합하다고 생각하는 때에, 적합하다고 여기는 방식으로 말할 때를요. 박사님이 말씀하셨듯이 트라우마에 시달리는 사람이 언제 얼마나 말할지를 다른 사람이 통제하는 건 치유보다는 오히려 트라우마를 다시 겪게 만드는 일이 될 수도 있으니 말이죠.

페리 박사　바로 그겁니다. 우리는 치료와 치유에 도움이 되는 상호작용을 주고받는 걸 목표로 해야 합니다. 그러려면 정도가 적절하고 통제하거나 예측할 수 있는 상호작용이어야 하지요. 당신이 게일과 이야기 나누는 일에 관해 했던 말 기억하세요? 그리고 식료품점 계산원에게 자기 엄마가 죽었다고 말했던 어린 소년의 이야기도요. 언제, 얼마나, 트라우마의 어떤 측면에 관해 들려줄지 당사자가 스스로 통제할 수 있을 때, 치유를 위한 자신만의 회복 패턴을 만들 수 있습니다. 트라우마 기억을 다시 떠올릴 때의 적정한 용량이 어느 정도인지는 트라우마를 겪은 당사자가 그 누구보다 더 잘 알아요. 식료품점에 갔던 어린 소년에게 그 용량은 말 그대로 겨우 몇 초였죠.

　우리는 지금까지 '민감화'를 초래하는 스트레스 활성화 패턴에 관해 여러 차례 이야기했습니다. 그 민감화란 한마디로 회복탄력성과 정반대인 것이지요. 그런데 트라우마 기억과 스트레스 반응 시스템을 통제와 예측이 가능한 방식으로 활성화할 때, 우리는 민감화된 시스템의 치유를 시작할 수 있습니다. 치유란 스스로 통제할 수 있는 치료의 순간들을 매일 하루 수십 차례씩 거치면서 트라우마 경험을 복기하고 다시 처리하는 과정을 통해 이루어지는 것입니다.

누군가의 인생에 친구들과 가족, 그 밖에도 건강한 사람들이 함께한다면, 이미 그 사람은 자연적인 치유 환경 속에 있는 거예요. 치유는 공동체 안에 있을 때 가장 잘 이루어지거든요. 마을이라 부르든 다른 무엇이라 부르든 네트워크를 만드는 일은, 적정하고 통제할 수 있는 용량으로 트라우마를 다시 떠올릴 기회를 줍니다. 이렇게 적정하고 통제 가능한 스트레스 활성화 패턴은 결국 좀 더 잘 조절된 스트레스 반응성 곡선으로 이끌어 주지요(106쪽 그림 5 참고). 그럼으로써 트라우마를 겪고 스트레스 반응이 민감화된 사람도 '정상적'으로, 다시 말해서 덜 민감화되고 덜 취약한 상태로 바뀔 수 있습니다. 실제로 최종적으로는 회복탄력성 역량이 생길 수도 있답니다.

트라우마에서 출발해 정상적인 상태를 거쳐 회복탄력적 상태로 옮겨 가는 여정은 남다른 강점과 관점을 만드는 데 도움이 됩니다. 그 여정은 트라우마를 겪은 후 생겨난 지혜, 즉 외상 후 지혜를 만들 수 있습니다.

치유하는 공동체

수만 년 동안 인류는 여러 세대로 구성된 작은 집단을 이루어 살았습니다. 정신병원은 없었지만 트라우마는 아주 많았죠. 저는 우리 조상들 중에도 불안이나 우울, 수면 장애 같은 외상 후 문제를 겪은 사람들이 많았을 거라고 생각해요. 하지만 그와 동시에 그들은 치유도 경험했을 거라고 생각합니다. 트라우마를 겪은 많은 조상들이 제대로 기능하는 능력을 잃어버렸더라면, 그리하여 치유의 능력을 키울 기회를 얻지 못했다면, 우리 인간이라는 종은 살아남지 못했을 겁니다. 전통적인 방식의 치유를 뒷받침하는 요소들로는 ① 부족 및 자연 세계와의 연결 ② 춤, 북 치기, 노래를 통한 조절의 리듬 ③ 무자비하고 무작위적인 트라우마에조차 의미를 부여하는 일련의 믿음, 가치관, 이야기들 ④ 때로는 치유자 또는 연장자의 안내에 따라 치유의 과정을 도와주는 천연 환각제 또는 식물에서 추출한 기타 물질들이 있습니다.

오늘날 최선의 트라우마 치료 방식도 기본적으로 이 네 가지를 활용한다는 사실은 놀라운 일이 아닙니다. 하지만 안타깝게도 현대적 접근법 중에서 이 네 방법을 고루 잘 활용한 것은 별로 없습니다. 의학적 모델은 정신약리학(④)과 인지 행동 접근법(③)에 과하게 초점을 맞추는 한편, 연결성(①)과 리듬(②)의 가치는 매우 과소평가하죠.

언젠가 저는 앨리라는 네 살짜리 여자아이와 작업한 적이 있습니다. 앨리는 아빠의 손에 엄마가 죽임을 당하고, 이어서 아빠도 자살하는 장면을 목격한 아이였어요. 앨리는 아주 긴밀하게 짜인 공동체 안에서 살고 있었고, 부모를 충격적으로 잃은 트라우마를 겪은 후 이모 중 한 명의 집에서 함께 살게 되었답니다. 그 공동체 안에는 사촌과 이모, 고모, 삼촌, 조부모 들이 다 합해 족히 서른 명은 살고 있었죠. 그들은 생일과 명절, 가족 행사 때마다 항상 함께했고요. 앨리는 교회 활동에도 적극적으로 참여했고, 여러 스포츠를 했고, '트라우마에 세심히 주의를 기울이는' 선생님들이 있어 훌륭한 도움을 주는 초등학교에 다녔답니다. 우리가 앨리의 치유를 위해 한 작업 중에는, 선생님들을 포함하여 앨리의 삶에 함께하는 어른들에게 트라우마에 관해 교육하는 일이 한 부분을 차지했지요.

사건이 일어나고 앨리가 발견된 후 처음 몇 주 동안 우리는 일주일에 세 번 정도 앨리를 만났습니다. 한 달 뒤에는 일주일에 한 번으로 횟수가 줄었고요. 일 년이 지난 뒤에는 한 달에 한 번만 봐도 될 정도가 되었죠. 그로부터 여섯 달 후, 우리는 앨리의 이모에게 질문이나 문제가 있을 때만 연락하면 된다고 말했어요. 제가 앨리에 관해 마지막으로 들은 이야기는 중학교에서 반장으로 뽑혔고, 스포츠와 교회 활동에 열심히 참여하고 있으며, 학교에서 아주 좋은 성적을 올리고 있다는 이야기였습니다. 앨리와 이모는 주목할 만한 어떤 증상도 알린 바 없고요. 물론 때때로 슬픔을 느낄 때는 있었지만, 그래도 앨리는 긍정적이고 행복하고 활달한 아이였어요. 상처는 남았지만, 앨리는 풍파를 잘 견뎌 내고 있었습니다. 그리고 현명한 영혼의 소유자였어요. 외상 후 지혜를 키워 낸 것이죠.

오프라 외상 후 지혜라. 정말 마음에 드는 말이네요. 앨리의 경험은 긍정적인 결과를 낳았군요. 그렇다면 앨리의 사례는 아이들의 회복탄력성을 보여 주는 예가 아닐까요?

페리 박사 당연히 그런 예가 맞습니다. 하지만 그건 앨리가 회복탄력성을 타고났기 때문이 아닙니다. 앨리는 생애 초기에 경험한 사랑

가득한 관계의 질 덕분에 비극 앞에서도 회복탄력성을 보여 줄 수 있었던 거예요. 회복탄력성이란 가득 차오르기도 하고 다시 빠져나가기도 하는 역량이지, 선천적이고 영구적인 속성이 아닙니다. 만약 앨리에게 안전하고 안정적이며 잘 보살펴 주는 가족과 이해해 주는 선생님이 없었다면, 앨리의 강한 신뢰와 '다시 일어서는' 능력은 일찌감치 고갈되었을 거예요. 앨리의 치유력과 계속해서 회복탄력성을 보이는 능력은 그 아이에게 안전과 안정을 제공하는 지속적인 인간관계들이 있었고, 그 관계들을 통해 끔찍한 일의 '의미를 이해하고' 그 일을 자기 신념 체계의 맥락 안에서 재구성할 수 있었기 때문에 가능했지요. 겉보기에 더없이 강한 회복탄력성을 지닌 듯 보이는 사람들도 빈약한 관계와 지속적 스트레스, 괴로움, 트라우마에 시달린다면 그 힘이 고갈될 수 있습니다.

오프라 앨리의 이야기 그리고 수천 년 전 여러 세대로 이루어진 부족들의 전통적인 치유 방식에 관해 들으니, 미시시피주 코시어스코에서 자라던 시절에 교회가 우리 삶의 구심점이었던 것이 생각나네요. 저는 매주 오전 11시 예배가 끝난 뒤 이어지는 주일 학교에 참석했어요. 그런 다음 집에 가면 할머니가 차려 준 식사를 하고 3시 예배를 보러 다시 교회로 갔고, 5시인가 6시에는 침례교 연합 교육을 받았지요. 수요일 밤에는 항상 기도회와 합창 연습을 하러 갔고요. 세 살 반이 되었을 때 저는 교회에 모인 신자들 앞에 나가 이야기를 했어요. 제 평생의 영적 토대를 닦아 준 건 분명 그 붉은 흙길 옆에 있던 작고 하얀 교회 건물에서 보낸 시간이었답니다.

나중에 내슈빌에서 아버지와 살던 시절에 저는 볼티모어의 한 텔레비전 방송국에 기자로 취직하게 됐어요. 제가 그때까지 알았던 삶과 가족을 떠날 준비를 하고 있을 때 아버지가 제게 해준 충고는 "네 집 같은 교회를 찾아라"라는 말이었어요. 당시 저는 아버지가 제가 항상 예수님을 품고 살아가기를 바라서 그런 말을 했다고 생각했어요. 하지만 지금 되돌아보니, 그리고 우리가 이야기한 관계의 치유력을 생각해 보니, 단순히 예배의 장소를 찾으라는 말은 아니었다는 걸 깨닫게 되네요. 그건 소속될 공동체를 찾으라는, 새로운 도시에서 진실하고 지속적인 연결을 찾으라는 말이었네요.

그 시절에는 교회가 모든 것이었잖아요. 상담사이자 돌봐 주고 위로해 주는 존재 그리고 피난처였지요. 심리 치료를 받으러 간다는 말은 들어본 적도 없었죠. 누구나 도움이 필요하면 교회에 갔고요. 아까도 말했듯이 우리는 함께 풍파를 견뎌 냈어요. 일요일에 저녁을 먹으러 갈 곳이 있다는 확신을 심어 주는 건 교회의 가족들이었어요. 그들은 우리가 아플 때 찾아와 주는 사람들이었고, 끼니를 때울 음식이 없으면 십시일반 힘을 모아 먹을 걸 마련해 주는 사람들이었죠.

교회는 심지어 리듬의 치유력도 키워 주는 곳이었어요. 음악은 우리를 연결해 주고 고양시켜 주니까요.

교회가 잘 맞지 않는 사람들도 많지만, 사람은 누구나

자기 말을 들어 주는 사람, 곁에서 온전히 함께해 주는 사람, 자신의 존재를 봐 주고 들어 준다고 느끼게 하는 사람들을 필요로 하지요. 이야기를 나누다 보니 트라우마 치유의 열쇠는 자기만의 '집 같은 교회', 자기가 소속될 사람들, 자기 공동체를 찾는 것이라는 깨달음이 들어요. 그러면 회복탄력성과 외상 후 치유, 궁극적으로는 외상 후 지혜를 키우는 데 도움을 얻을 수 있죠. 우리가 현명해지는 데 도움이 되는 거예요.

페리 박사 실제 삶에서 어느 정도 고난을 겪어 보지 않고서 진정으로 현명해지는 건 불가능합니다. 또한 풍파를 견디지 않고서, 당신이 지적했듯이 함께 풍파를 견뎌 내지 않고서 외상 후 지혜를 얻을 수도 없고요.

오프라 사회적 연결은 회복탄력성을 키우고, 회복탄력성은 외상 후 지혜를 얻는 데 도움이 되고, 그 지혜는 다시 희망으로 이어지지요. 자기 자신에게 생기는 희망, 그 사람의 치유를 목격하고 함께한 사람들에게 생기는 희망, 그리고 그들의 공동체에 생기는 희망.

페리 박사 물론입니다. 건강한 공동체는 치유하는 공동체이며, 치유하는 공동체는 그 구성원들이 풍파를 견뎌 내는 모습을, 살아남고 번성하는 모습을 목격했기 때문에 희망으로 가득 차지요.

누구도 혼자서 모든 걸 감당하지 않도록

치유하는 공동체라는 것이 어떻게 작동하는지 제가 처음 목격한 것은 거의 30년 전입니다. 이 경험은 제가 치유 작업에 관해 생각하던 방식을 완전히 바꿔 놓았고, 그때부터 저는 대부분의 치료적 경험과 치유는 공식적인 치료 작업 밖에서 일어난다는 것을 이해하기 시작했어요. 대부분의 치유는 **공동체** 안에서 일어납니다.

1993년 2월, 주류·담배·화기 및 폭발물 단속국ATF이 텍사스주 웨이코에 있던 다윗파 거주지에 대한 급습을 시도했습니다. 그 과정에서 ATF 요원 4명과 다윗파 신도 6명이 사망했고요. FBI는 이후 사흘에 걸쳐 거주지 내 어린이 중 21명의 석방을 두고 협상을 벌였지요. 그러다 석방이 중지되고 51일간의 포위전이 이어졌습니다. 그 대치 상황은 FBI가 공격을 감행하고 그러자 다윗파가 자신들의 근거지 내 건물에 불을 질러 어린이 25명을 포함해 76명의 다윗파가 모두 사망하면서 끝이 났습니다.

최초의 ATF 공격이 있고 며칠 후 텍사스주 관리들은 제게 석방된 다윗파 어린이들을 보살피는 임상팀을 이끌어 달라고 요청했습니다. 아이들은 모두 웨이코에 있는 감리교 고아원 한 채에 수용되어 있었지요. 아이들의 나이는 3살부터 13살까지였고 남녀가 섞여 있었어요. 그 아이들은 몇 시간 동안 이어진 총격전을 보았고 자기네 공동체 사람 몇 명이 죽는 것도 목격했지요. 아이들 모두 자기 가족에서 분리되어 전혀 모르는 낯선 이들, 주로 특별 기동대 군장을 한 FBI 요원들에게 넘겨졌습니다.

우리 임상팀이 도착하기 전 며칠 동안 아이들은 혼돈을 경험했어요. 매일이 예측할 수 없는 날들이었고, 모든 아이들이 일부 무장한 사람까지 포함해 수십 명의 낯선 사람들을 상대해야 했지요. 이 아이들은 다윗파가 아닌 모든 사람은 데이비드 코레시와 그 추종자들로 이뤄진 다윗파를 파괴하려고 혈안이 된 '바빌론 사람들'이라는 가르침을 받고 자랐습니다. 그러니까 이 아이들은 자기들이 알던 모든 것에서 강제로 분리된 채, 자기들을 죽일 게 분명한 자들의 보살핌을 받고 있었던 것이죠. 한마디로 정리하자면 이들은 급성 트라우마를 경험한 한 무리의 아이들이었던 겁니다.

우리가 작업을 시작하고 처음 며칠 동안 아이들은 다양한 급성 외상 후 증세를 보였어요. 예를 들어 아이들 전체의 평균 휴식기 심박 수가 분당 132회였어요. 정상이라면 90 이하였을 텐데 말입니다. 저는 아이들에게 '치료를 실시하라'는 압박을 받았습니다. 하지만 조절 장애 상태의 아이들과 이야기를 나눠 봐야 효과가 없다는 걸 알고 있었죠. 우리의 첫 과제는 아이들의 나날에 구조와 예측 가능성을 마련해 주는 것이라고 느꼈습니다.

우리는 통제하거나 예측할 수 없는 것을 좀 더 통제할 수 있고 예측할 수 있는 것으로 만들어 가기 시작했어요. 저는 아이들에 대한 불필요한 접근도 제한했습니다. 더 이상 새로운 어른을 만나게 해서는 안 된다고 생각했지요. 아침에는 그룹 회의를 열어 그날의 전체 일정을 알렸고, 저녁 회의에서는 하루를 돌아봤어요. 회의 때는 아이들에게 질문할 기회를 주었고요. 놀이와 경건의 시간quiet time, 식사를 항상 정해진 시간에 맞추었어요. 아이들이 스스로 뭔가를 선택할 기회도 제공했죠. 무엇을 먹을 것인지, 무엇을 갖고 놀 것인지, 경건의 시간에는 뭘 하며 보낼 것인지 등을 스스로 선택하게 한 겁니다.

매일 아이들이 자러 간 다음에 우리 팀은 다시 모였습니다. 아이들 개개인에 관해 이야기를 나눴는데, 아이들과 어떤 식으로든 상호작용을 한 팀원들이 각 아이에 대해 묘사했어요. 저는 그 짧은 상호작용들을 스프레드 시트 한 장에 시간별로 기록했습니다. 그중 상당수가 짧은 치료의 순간들이더군요. 예컨대 한 아이가 "우리 엄마 한테 무슨 일이 일어날 거라고 생각해요?"라고 묻고, 그런 다음 위안을 주는 말을 듣고는 하던 놀이로 다시 돌아가는 식이었죠. 아이들이 자기가 경험한 트라우마 사건들에 관해 언제, 얼마나 이야기할지는 스스로 통제하도록 맡겼어요. 또한 아이들은 안전하고 안정적이며 신체적으로 조절에 도움이 되는 상호작용을 원했어요. "저 그네 좀 밀어 주세요." "우리 그림 그려요." 제가 이런 상호작용들의 시간을 합산해 보았더니, 정식 '심리 치료' 세션은 한 번도 없었음에도 아이들이 매일 2시간 이상 치료에 해당하는 상호작용을 하고 있더군요. 우리 팀과 함께한 지 3주가 지났을 때 아이들은 훨씬 더 조절을 되찾은 상태였고, 전체 평균 심박 수도 100 이하로 떨어져 정상 범위로 돌아가 있었어요. 상호작용과 말하기에 훨씬 더 적극적으로 바뀌어 있었고, 치료적 상호작용들이 말로 이루어지는 비율도 높아졌지요.

우리가 관찰한 사실 중 특히 중요한 것은 이 아이들에게는 그때그때 다른 종류의 치료적 상호작용이 필요했다는 점이에요. 아이

트라우마에서 출발해
회복탄력적 상태로 옮겨 가는 여정은
남다른 강점과 관점을 만드는 데 도움이 됩니다.
그 여정은 트라우마를 겪은 후 생겨난 지혜,
즉 외상 후 지혜를 만들 수 있습니다.

들은 이 사실을 우리보다 더 잘 알고 있었고요. 조용히 보살펴 주는 상호작용을 원하는 아이는 우리 스텝 중에서 남의 말을 정말 잘 들어 주며 말하지 않고도 조용히 앉아 있을 수 있는 사람, 대부분의 어른에게서 찾아보기 어려운 이 능력을 지닌 사람을 찾았지요. 그런데 이 아이가 놀고 싶을 때는 우리 팀에서 더 젊고 더 장난기 많은 이를 찾아갔어요. 또 권위 있는 인물에게 안심이 되는 말을 듣고 싶을 때는 제게 왔고요. 사람은 다양한 성격 특성들이 저마다 독특한 조합을 이루고 있는데, 우리 각각의 두드러지는 강점들 중에서 아이들이 필요로 하는 것은 그때그때 달라질 수 있지요. 단 한 사람, 단 한 명의 치료사가 발달 단계도 조절 상태도 각자 다른 모든 아이의 모든 필요를 채워 줄 수는 없는 일입니다. 웨이코에서 우리가 세운 임상 업무의 구조는 아이들에게 발달기의 '다양성'이 얼마나 중요한지를 다시금 제게 일깨워 주었습니다.

여러 가족, 여러 세대로 이루어진 작은 부족의 다양성을 생각해 보세요. 자라나는 아이들에게는 그들에게 모범을 보여 주고, 가르쳐 주고 보살펴 주고 훈육해 주고 아껴 줄 다수의 어른들과 더 큰 아이들이 있지요. 부족 내 각각의 사람들은 각자의 독특한 강점들을 지니고 있어서, 아이가 적합한 때에 적합한 사람을 찾을 수 있어요. 발달 중인 아이의 감정적, 사회적, 육체적, 인지적 필요를 단 한 사람이 전부 채워 줄 거라고 기대하지는 않지요.

이는 우리 현대 세계와 놀랍도록 다른 점입니다. 우리는 단 한 사람의 워킹맘이 여덟 살짜리 아이와 함께 야구를 해 주고, 갓난아기의 요람을 흔들어 주고, 세 살 아이에게 책을 읽어 주고, 그러면서 한편으로는 영양가 있는 식사를 준비하고, 아이의 숙제를 도와주고, 빨래를 하고, 모든 아이의 잠자리를 봐 주고, 다음 날 일어나 아이들을 준비시켜 유치원과 학교에 보내고, 그런 다음 출근해 종일 일하고, 다시 집으로 달려와 그 모든 일을 반복해서 해내기를 기대합니다. 그 모든 걸 다 혼자서 말입니다.

오프라 그런 엄마들에게는 나서 줄 사람들이 필요해요. 힘을 보태 줄 사람, 잠시 쉬게 해 줄 사람, 아이들과 함께할 일 몇 가지를 대신 맡아 줄 사람. 우리는 고립되어 외롭게 살아가야 하는 존재가 아닙니다. 사실 우리는 서로 돕도록 만들어진 존재들이죠. 그러니 어떤 독신모가 제한된 수입으로 생계를 꾸려 가면서 네 명의 아이를 돌보고 엄마와 아빠의 역할을 모두 하려 할 때, 이 엄마는 너무 버겁게 느껴지거나 그 모든 일을 해내는 건 불가능하다고 느낄 수밖에 없어요. 왜냐하면 그건 정말로 불가능한 일이니까요.

페리 박사 그건 우리 사회가 품고 있는 정말 부당한 기대입니다. 지구 역사상 다른 어떤 사회도 단 한 명의 성인에게 여러 자녀의 육체적, 사회적, 감정적, 물질적 필요를 혼자서 다 제공하도록 요구한 적이 없어요.

오프라 고립된 채 홀로 아이들을 키우는 건 안 될 일이에요.

페리 박사 절대로 그러면 안 되죠. 우리는 원래 '무리', 공동체 안에서 많은 어른이 나눠서 돌보도록 되어 있는 존재들입니다. 전형적인 수렵·채집 부족에서는 6세 이하의 아이에게 모범을 보여 주고 훈육과 양육과 교육을 담당할, 그 아이보다 발달상 더 성숙한 개인이 4명은 있었어요. 4 대 1의 비율입니다. 발달상 더 성숙한 개인 4명당 6세 이하 어린이 1명이요. 지금 우리는 돌보는 사람 1명당 4명의 아이(1 대 4)면 '풍족한' 편이라고 생각합니다. 이는 발달 중인 사회적 뇌에 필요한 수준의 16분의 1입니다. 그야말로 관계의 빈곤이지요.

> **오프라** 매일 같이 그런 생활을 하면서 허리가 휘고 기가 꺾이고 자기를 돌볼 일은 생각도 하지 못하는 세상의 모든 독신 부모를 생각하면 정말 울고 싶은 심정이에요. 그러다 보니 제 어머니에 대해서도 예전과 다르게 생각하게 되었어요. 어머니는 본인이 할 수 있는 최선을 다했고, 그보다 더 잘하기에는 너무 지쳐 있었어요.

페리 박사 게다가 당신의 어머니와 같은 독신 부모들은 결국에는 자기가 부모로서 미흡하다고 느끼게 되는 경우가 많지요. 자신이 뭔가 잘못되었고 부족하다고 말입니다. 그러나 사실 부족한 것은 이 현대 사회죠.

　공동체와의 강력한 연결은 몇 천 년 전 못지않게 오늘날에도 중요합니다. 현대 세계의 비극은 그런 공동체를 찾기가 점점 더 어려워지고 있다는 점이죠. 모든 사람에게 게일 같은 친구가 있는 건 아니거든요. 자신의 신앙 공동체에서 활발히 활동하는 사람들도 훨씬 적어졌고요. 또 어딘가에 대한 소속감도 누구나 다 느낄 수 있는 건 아닙니다. 한 사람의 사회적 고립의 정도와 그 사람의 신체 및 정신 건강에 대한 위험성 사이에는 직접적인 관계가 있습니다.

그러나 정말로 그런 연결성을 갖추고 있는 사람, 자기에게 '집 같은 교회'가 있는 사람이라면 어떤 스트레스나 괴로움을 경험하든 그 충격을 완화해 줄 수단을 자기 안에 갖추고 있는 셈입니다.

오프라 우리는 사실 서로에게 소속되어 있어요. 우리는 있는 그대로 충분한 존재들이에요. 하지만 지금 우리가 사는 세상에서는 그 사실을 깨닫기가 어렵죠.

페리 박사 연간 업무 평가 결과가 저조하게 나왔다고 상상해 봅시다. 그래서 상사에게 부정적 피드백을 듣고, 그래서 몹시 기분이 상합니다. 계속 그 생각만 나지요. 머릿속에서 계속 그 생각만 맴돕니다. 동료 한 사람에게 가서 이야기합니다. "그 사람이 그렇게 말하다니 말도 안 되지 않아? 난 그 사람 말이 사실이라고 생각하지 않아!" 그러면 동료는 그 말을 들어 주고 안심시켜 주죠. "맞아. 그건 전혀 사실이 아냐. 그냥 되는 대로 지껄인 거야." 약간 위로받은 느낌입니다. 그런 다음 다른 동료에게 전화를 걸어 의견을 들어 봅니다. 집에 가서는 배우자와도 의견을 나누죠.

이렇게 하면 그 불쾌한 피드백에 관해 언제 어떻게 이야기할지를 스스로 통제하면서 3~5회 '용량'의 상호작용을 나눈 셈이 되지요.

자신의 관점을 다른 사람을 통해 들음으로써 서서히 조절되고 자신 감을 되찾습니다. 다음날에는 기분이 나아집니다. 불쾌한 평가에 대해 통제 가능하고 적정한 정도의 재검토를 했고, 이것이 평가에 대한 반응을 바꿔 놓은 것입니다. 처음에는 조절이 곤란한 상태가 되어 머리의 '이성적인' 부분을 차단하고 자기가 들은 평가의 말을 곡해하고 확대했습니다. 그러나 이제는 그 피드백을 좀 더 엄밀하게 검토할 수 있게 되었고, 어쩌면 그 평가에서 일말의 진실을 발견할 수도 있을 거예요. 이런 일은 여러 관계 안에서 상호작용을 통해 상황을 재검토하고 자신을 조절하기 전까지는 불가능한 일이었죠.

우리가 공동체에 속해 있을 때는 이런 식으로 작은 용량씩의 상호작용을 통해 스트레스나 괴로운 경험에 맞서 자신을 조절할 수 있지요. 회복탄력성을 키우고 발휘할 수도 있고요. 우리는 사실 항상 이렇게 하고 있습니다. 하지만 이런 식의 관계적 조절이 가능한 인간관계가 전혀 없는 사람을 상상해 보세요. 관계가 빈곤한 사람들에게 이렇게 스트레스를 주는 경험은 그들의 머릿속에서 메아리를 일으키며 증폭될 뿐이지요. 스트레스가 괴로움으로 넘어가는 겁니다. 괴로운 경험은 우리를 민감하게 만들고, 그 결과 트라우마와 같은 육체적·정신적 영향을 일으키게 되죠.

이것이 우리 현대 세계가 직면한 도전입니다. 쉴 새 없이 이동하고, 단단한 벽을 둘러치고, 이토록 단절되어 있을 때 우리가 어떻게 공동체를 이룰 수 있을까요? 이는 건강한 미래를 만드는 일을 가로막는 커다란 도전입니다. 어떻게 해야 모든 사람이 연결성과 안전하다는 느낌과 소속감을 가질 수 있을까요?

우리의 뇌, 우리의 편견, 우리의 시스템

OUR BRAINS, OUR BIASES, OUR SYSTEMS

2015년에 제가 진행하는 〈슈퍼 소울 선데이〉에서 샤카 셍고르Shaka Senghor라는 남자와 인터뷰를 진행했습니다. 샤카는 19세에 2급 살인으로 유죄 판결을 받은 사람입니다. 19년을 교도소에서 복역했고, 그중 7년은 독방 감금 상태로 보냈지요. 형기가 시작되었을 때 분노에 차 있고 난폭했던 샤카는, 언젠가 바깥세상으로 돌아갈 날에 대비해 그를 준비시켜 주는 일에는 아무 관심도 없는 시스템 속에 금세 안착했습니다. 그러나 감옥에서 6년을 보낸 뒤 샤카의 변화가 시작되었습니다. 가로 150센티미터, 세로 215센티미터의 감방에서 샤카는 명상과 독서와 일기 쓰기를 시작했고, 훗날 베스트셀러가 된 회고록《나의 잘못을 쓰다Writing My Wrongs》를 썼습니다.

책 표지에 실린 샤카의 사진을 처음 봤을 때 저는 확신이 서지 않았어요. 레게 머리에 문신을 한 이 살인범이 제게 뭘 가르쳐 줄 수 있을까 하고요.

하지만 우리의 대화는 제가 나눠 본 최고의 대화 중 하나가 되었어요. 2시간 반에 걸쳐 그의 이야기 타래가 펼쳐지는 동안 저의 이해도 똑같이 펼쳐졌습니다. 부족하다는 것이 무엇을 의미하며, 길을 잃는다는 것이 무엇을 의미하는지, 환경에 의해 만들어진다는 것이 진정으로 무엇을 의미하는지 이해하게 되었죠.

본명이 제임스 화이트인 샤카는 디트로이트의 중산층 가정에서 자랐습니다. 공군 예비군 소속인 그의 아버지는 미시건주 소속으로 근무했어요. 어머니는 집에서 제임스와 그의 다섯 형제자매를 기르며 살았고요. 어렸을 때 제임스는 A학점만 받는 학생이었고 의사가 되는 것이 꿈이었어요.

밖에서 보면 화이트 가족은 이상적인 미국 가족처럼 보였어요. 하지만 샤카가 기억하는 한 그의 어머니는 언제나 걸핏하면 성미를 폭발시키고 아이들에게 분풀이하는 사람이었다고 합니다.

"자라면서 사랑받는다고 느꼈나요?" 하고 제가 물었죠.

"'내가 이러는 건 널 사랑해서야'라는 말은 분명 들었어요. 하지만 그러면서 하는 건 항상 매질 아니면 벌을 주는 것이었죠."
이 말에 저는 곧바로 그에게 공감할 수 있었어요.

샤카는 아홉 살 때 시험에서 A＋를 받고 어머니도 같이 기뻐할 거라는 기대에 들떠 집으로 돌아갔던 날을 회상했어요. 하지만 어머니는 기뻐하기는커녕 분노에 차서 샤카를 향해 냄비를 집어 던졌고, 어찌나 힘껏 던졌는지 샤카 뒤쪽의 주방 벽 타일에 금이 갔을 정도였답니다.

어머니가 무엇 때문에 그렇게 화가 났었는지 그 이유를 알았냐고 물었지요.

"도저히 알 수 없었어요. 어머니는 자주 화가 나 있었어요."

그의 이야기를 듣는 동안 저는 샤카를 포함해 어린 나이에 집에서 마비될 것 같은 두려움을 주기적으로 경험하는 수백만의 아이들 생각에 가슴이 미어지는 것 같았습니다. 비극은 그 순간 그 두려움이 주는 느낌뿐만이 아닙니다. 아이들이 자기 감정을 묻어 버리고 어른들의 그런 행동을 받아들이도록 학습된다는 점이 더 큰 비극이죠.

샤카를 괴롭힌 건 어머니의 신체적 학대뿐만이 아니었어요. 부모의 결혼 생활에서 마지막 5년은 아주 불안정했어요. 그는 부모의 별거에 절망했다가 재결합에 기뻐했고, 별거와 재결합이 반복될 때마다 그의 슬픔과 기쁨이 반복되었어요. 부모가 마침내 이혼했을 때, 가장 사랑하던 사람들에게 배신당하는 데도 진력이 난 샤카는 감정적 벽을 쌓았고, 거리의 삶에서 보호와 수용을 찾기 시작했어요. 이제 가둬 뒀던 감정을 행동으로 표출하기 시작한 겁니다. 싸움을 하고 다니고, 학교 공부를 거부하고, 가출을 했어요.

샤카의 이야기에서 제게 가장 충격적이었던 건, 늘 A만 받던 학생이 거리의 부랑아로 바뀌는 변화의 시기 동안 그에게 "무슨 일이 있었어? 왜 이런 식으로 행동하는 거니?" 하고 물어본 사람이 단 한 명도 없었다는 점이었어요. 그 아이가 완전히 엇나갈 길로 가고 있다는 걸 어른들 중 그 누구도 알아차리거나 신경 쓰지 않았던 것 같았죠.

열네 살 때 샤카는 이미 마약을 판매하고, 가택 침입을 하고, 가게 물건을 훔치고 다녔습니다. 열일곱 살 때 총에 한 번 맞은 후로 항상 총을 지니고 다니기 시작했고요. 샤카는 젊은 남자의 가치란 돈이 있고 사람들의 주목을 받고 '악당'이라는 평판을 얻는 데 있다는 생각이 자리 잡게 만드는 문화와 환경에 속해 있었던 겁니다.

그는 이렇게 말했어요. "그곳에서는 저를 받아들여 준다는 느낌이 들었어요. 제 주변에는 저 외에도 상처 입고 취약한 어린 남자애들이 있었고, 우리는 망가짐을 공통분모로 뭉쳤죠. 저는 생각했어요. 이게 바로 지지라고. 이게 사랑이라고. '네가 무엇을 하든 난 네 뒤를 봐준다'라는 것이라고."

"하지만 당신은 의사가 되고 싶었던 똑똑한 학생이었잖아요?" 하고 제가 물었어요. "왜 의사가 되고 싶었던 거예요?"

샤카는 23초 정도 가만히 있었어요. 텔레비전 방송에서 아무 말 없는 23초는 영원과 같죠. 그가 그때까지 한 번도 그 이유를 생각해 본 적이 없었다는 걸 알 수 있었죠. 마침내 그가 말했습니다. "어머니가 저를 의사 선생님한테 데려갈 때는 항상 상냥했어요." 그리고 다시 말을 멈추더군요. 그의 눈에 눈물이 차올랐어요. "제가 의사가 된다면 어머니가 제게도 상냥하게 대해 줄 거라 생각했던 것 같아요." 그 순간은 우리 둘 모두에게 너무나 깊이 마음을 뒤흔드는 깨달음의 순간이었어요. 자기를 돌봐 줘야 할 책임이 있던 사람들에게 거부당하고 혼란에 빠진 아이는, 단지 자기 어머니에게서 인정과 사랑을 받기를 갈구하고 있었던 겁니다.

샤카가 열아홉 살 때, 그간 그가 자기 인생에 관해 내린 위험한 선택들이 곪다가 결국 터지는 순간이 찾아왔습니다. 어느 날

파티가 끝나고 집으로 가던 길에 데이비드라는 남자와 싸움이 벌어졌어요. 싸우던 와중에 샤카는 차고 있던 총을 꺼내 방아쇠를 당겼고 데이비드는 그 총에 맞아 죽었습니다.

감옥에 들어간 샤카는 자기에게 익숙하던 환경, 폭력과 지배가 장악하는 환경을 발견했어요. 그는 간수 공격부터 탈옥 시도까지 온갖 말썽을 계속 벌여 수없이 독방에 감금되었죠. 마침내 그의 마음을 부숴서 연 것은 그의 아들이 보낸 편지였어요.

"사랑하는 아빠에게. 엄마가 그러는데 아빠는 살인을 해서 감옥에 있다면서요. 사랑하는 아빠, 이제는 살인하지 말아요. 예수님이 아빠가 하는 일을 지켜보고 계세요. 예수님께 기도하세요. 그러면 아빠의 죄를 용서해 주실 거예요."

샤카는 제게 이렇게 말했어요. "바로 그 말이 모든 걸 산산이 부숴 버렸습니다. 이런 걸 내 아이에게 유산으로 남기지는 않겠다고 마음먹었어요. 바로 그 순간 저는 다시는 어둠의 세계로 돌아가지 않겠다고, 나의 빛을 반드시 되찾겠다고 결심했습니다. 제가 빛을 찾을 수 있었던 건 아들 덕분입니다."

2010년에 출소한 이후로 샤카는 형사 사법 개혁을 거침없이 주장하는 활동을 이어 왔습니다. 전국의 젊은이들에게 자신의 이야기를 들려주며 그들이 거리의 삶에 빠져들지 않도록 격려하고 있고요. 미시건대학에서 강의도 하고 MIT 미디어랩의 연구원으로도 활동하고 있어요. 그가 하는 일들의 핵심에는 사람들을 과거의 실수로 단정해서는 안 되며, 속죄는 가능하다는 믿음이 자리하고 있습니다.

자기가 어떤 식으로 행동하는 것에 대한 이유를 과거에서 찾는 사람들은 어느 시점엔가 다른 사람들의 저항에 부딪힙니다. "당신은 과거를 탓하고 있군요." "당신의 과거가 핑계가 되지는 않아요."

맞는 말입니다. 당신의 과거는 핑곗거리가 아니죠. 하지만 하나의 설명이 되는 것은 맞아요. 수많은 사람들이 자기 자신에게 던지는 '나는 왜 이렇게 행동하는 걸까? 나는 왜 이런 감정을 느끼는 걸까?'라는 질문에 대한 통찰을 주는 설명이지요. 저는 우리의 강점과 취약점, 독특한 반응 들은 전부 과거에 우리에게 일어났던 일이 표현된 것이라고 확신합니다.

'일어났던 일'이 모습을 드러내기까지 오랜 세월이 걸리는 경우도 많습니다. 우리가 한 행위를 직시하고, 우리 삶 속의 트라우마를 덮고 있는 겹겹의 층들을 벗겨 내고, 우리의 과거가 지닌 날것의 진실을 드러내는 일에는 용기가 필요합니다. 하지만 바로 이 지점에서 치유가 시작됩니다.

—오프라 윈프리

트라우마에 대한 사회적 인식

오프라 우리가 트라우마에 관해 처음 이야기를 나누기 시작한 30여 년 전에는 트라우마가 삶의 이토록 다양한 측면에 영향을 미친다는 걸 아는 사람이 별로 많지 않았지요. 이제는 상황이 좀 달라졌을까요? 학교와 의료 시스템, 형사 사법 시스템을 살펴보면, 아니 사실상 어디를 살펴보아도 트라우마의 영향을 입은 사람들을 도와야 할 바로 그 시스템들이 여전히 그들을 오해하고 때로는 또다시 새로운 트라우마를 안기는 모습을 볼 수 있는데요.

페리 박사 너무나 가슴 아픈 진실입니다. 사람들을 변하게 하는 데는 오랜 시간이 걸리고, 시스템을 바꾸는 데는 더 오랜 시간이 걸리죠. 하지만 저는 낙관합니다. 긍정적인 여러 변화가 진행되는 중이에요. 트라우마가 얼마나 만연한 것인지 인식하는 사람들도 더 많아졌고요. 트라우마가 건강에 영향을 미칠 수 있다는 걸 이해하는 사람도 많아졌지요. 하지만 아직 갈 길이 멉니다. 더 많은 전문가와 단체 들이 트라우마의 영향을 해결하는 데 도움이 되도록 '일하는' 방식을 바꿀 필요가 있습니다.

오프라　트라우마 이해 기반 돌봄trauma-informed care을 말씀하시는 건가요?

페리 박사　그렇기도 하고 아니기도 합니다. 아시다시피 저는 그 용어를 그리 좋아하지 않거든요. '트라우마 이해 기반 돌봄'을 실시하려 애쓰는 여러 곳에서 진행되는 일들에 깊은 감명을 받았지만, 그 용어 자체가 발전을 방해하고 있다는 생각이 듭니다. 그 이유를 설명해 보겠습니다.

우리가 줄곧 이야기해 왔듯이, 트라우마가 지닌 복잡성은 모자 보건부터 아동 복지, 교육, 법 집행, 정신 보건 등 우리의 모든 시스템에 영향을 미칩니다. 이 시스템들은 각자 다른 전문가들과 태도들, 언어들을 갖추고 그 자체로 하나의 세계를 이루고 있어요. 우리는 개개인이 어떻게 각자 자기만의 고유한 '세계관'을 갖추게 되는지 이야기해 왔는데요. 사실은 시스템과 단체 들에도 같은 일이 일어나서 각자 자기들만의 지배적인 관점을 갖추게 됩니다. 과거에 이런 시스템과 단체의 관점은 대부분 발달이나 스트레스, 트라우마에 대해서뿐 아니라 암묵적 편견, 인종차별, 여성 혐오처럼 괴로움이나 트라우마를 일으킬 수 있는 사안들에 대해서도 유의미한 수준의 이해를 담고 있지 않았습니다. 하지만 이런 분야들과 사안들에 관한 새로운 연구 결과들이 많이 쌓이면서 그들도 더 이상 이를 무시할 수 없다는 게 명백해졌지요. 그리하여 각 시스템은 '트라우마 이해 기반'이란 것이 무엇을 의미하는지 이해해 보려고 고심하는 와중에 각자의 독특한 렌즈들, 그러니까 각자 자신들의 세계관을 들이대 왔습니다. 그 결과 이 용어를 정의하는 일이 너무 어려운 과제가 되고 말았지요. 트라우마라는 단어가 그렇듯이 트라우마 이해 기반이라는 말도 너무나 다양한 사람과 집단 들이 너무나 다양한 방식으로 사용해 왔습니다. 이 문제가 잘 정리되려면 시간이 꽤 걸릴지도 모릅니다.

트라우마 이해 기반 돌봄이라는 용어가 등장한 것은 2001년의 일입니다. 당시 정신 보건 시스템과 아동 복지 시스템의 서비스를 받아야 할 사람들의 삶에서 트라우마가 중요하지만 잘못 이해되고 있다는 점을 그 시스템들이 깨달을 것을 촉구하면서 생겨난 용어였죠.

시간이 지나면서 많은 단체가 제대로 정의되지도, 명료한 의미가 밝혀지지도 않은 채로 그 용어를 사용하기 시작했습니다. 단체들은 서너 시간짜리 세미나를 열고는 자기네 단체에 '트라우마 이해 기반'이라는 수식어를 갖다 붙였어요. 도시들도 그 수식어를 끌어다 붙였고, 심지어 국가들도 '최초의 트라우마 이해 기반 국가'가 되려는 열망을 불태웠지요. 이 모든 일은 혼란만 더 부추겼습니다. 도대체 무엇이 '트라우마 이해 기반' 도시를 만든다는 걸까요? 유행어처럼 여기저기서 많이 사용되기는 했지만, 구체적인 실행 계획이나 서비스나 프로그램, 정책의 변화와 연결되는 경우는 드물었습니다. 어떤 단체를 트라우마 이해 기반 단체로 만들어 주겠다고 큰소리치며 기꺼이 돈을 챙겨 가려는 수백 개 단체들과 '전문가들'은 트라우마 이해 기반 돌봄 '훈련'이라는 새로운 소규모 산업을 만들어 냈지요. 그 훈련의 질은 예상할 수 있듯이 편차가 아주 심했고요.

이런 혼란스러운 출발을 지켜보다 수십 개의 국가, 주, 전문가 단체, 학제 간 위원회, 전문가 팀들이 트라우마 이해 기반 돌봄을 정의하고 시행하기 위해 노력했습니다. 안타깝게도 일관성 없는 노력들은 일을 더 복잡하게 만들기만 했지요. 한 위원회는 이렇게 결론지었습니다. "수년간 이 분야에서 진행된 노력에도 불구하고 트라우마 이해 기반 돌봄에 대한 공통된 정의는 단 하나도 존재하지 않는다."

트라우마 이해 기반 돌봄과 관련한 결정적 '요소' '원칙' '기둥' '재료' '가정' '성분' '영역' '가이드라인'의 수십 가지 버전들이 등장했습니다. 몇 가지 일관된 개념들도 있기는 했지만, 그 가변성은 머리가 빙글빙글 돌 지경이었어요.

그 결과 누군가 이 용어를 쓸 때 그 사람이 생각하는 것이 어떤 버전의 트라우마 이해 기반 돌봄인지 도저히 분간할 수 없는 상황이 되었지요. 이것이 바로 제가 트라우마 치료 실무나 프로그램, 정책에 관해 이야기할 때 항상 트라우마 이해 기반 돌봄이라는 용어를 사용하기보다 구체적인 개념이나 내용, 목적을 묘사하려고 애쓰는 이유입니다.

이렇게 말하기는 했지만, 그래도 저는 이 모든 노력이 정말 중요하다고 생각합니다. 발전도 이루어지고 있고요. 그 모든 단체는 트라우마에 관해 가르치고 대중의 인식을 높일 것을 주장하고, 더 배우기 위한 연구를 지원하지요. 유망한 개입 방법들을 평가하고 홍보하는 단체도 많습니다. 1989년에는 미국 보훈부 안에 트라우마를 연구하고, 주로 전투 관련 트라우마에 영향을 받은 참전 용사들을 지원하기 위한 국립PTSD센터가 설립되었습니다. 2000년에는 국립아동트라우마 · 스트레스센터가 설립되었고요. 그러다 2018년이 되어서야 질병통제예방센터와 물질남용 및 정신보건 서비스 관리국에서 트라우마 연구에 전념하는 분과들이 트라우마 이해 기반 돌봄의 7가지 원칙을 마련했는데, 이 분야가 성장함에 따라 이 원칙들도 계속 진화할 거라고 예상합니다.

트라우마 연구가 얼마나 신생 학문인지 잊기 쉽습니다. 하나의 학문 분야로서 발달 트라우마 연구는 더더욱 신생 학문이지요. 현재 단체들과 시스템들은 우리가 이 책에서 이야기한 문제들에 이제 막 달려들어 붙잡고 씨름하기 시작했어요. 물론 그들은 그 과정을 겪어야만 합니다. 트라우마는 삶의 모든 측면에 스며들어 있고, 세대를 넘어, 모든 가족과 공동체, 제도, 문화, 사회를 넘어 매우 복잡한 방식으로 메아리를 퍼트리고 있기 때문이죠. 트라우마는 우리의 유전자와 백혈구, 심장, 소화 기관, 폐, 뇌에 영향을 미칠 수 있고, 우리의 사고와 감정, 행동, 양육, 교육, 코칭, 소비, 창조, 처방, 체포, 판결에도 영향을 미칠 수 있습니다. 이 목록은 얼마든지 더 이어 갈 수 있어요.

그러므로 우리가 어떤 관점과 어떤 세계관을 갖고 있는지, 어떤 트라우마와 상실의 역사를 갖고 있는지에 따라 각자의 버전으로 '트라우마 이해'를 갖게 되는 것이죠.

오프라 하지만 본질을 따져 보면 그건 "당신에게 무슨 일이 있었나요?"라는 인식을 갖고 사람들에게 접근하는 게 중요하다는 것, 그리고 누군가에게 일어난 일이 그 사람의 행동과 건강에 영향을 미친다는 거잖아요. 부모든, 선생님이든, 치료사든, 의사든, 경찰관이든, 판사든 간에, 그 인식을 활용하고 그 인식에 따라 적절한 반응을 해야 한다는 것이고요.

페리 박사 네, 물론입니다. 당신이 지금 한 말이 다른 어떤 단순한 진술보다도 '트라우마 이해 기반'이라는 말의 핵심을 잘 포착하네요. 특히 "그 인식에 따라"라는 부분이 아주 중요합니다. 트라우마가 특정 행동과 문제 들을 초래할 수 있음을 아는 것과, "이제 우리가 무엇을 해야 할까?"라는 질문을 던지는 건 다른 일이죠.

어떻게 하면 우리 시스템 안에 치유의 기회들을 마련해 놓을 수 있을까요? 트라우마의 영향을 더욱 악화시키는 예측할 수 없고 통제할 수 없는 스트레스 요인들이 반복되는 것을 어떻게 하면 피할 수 있을까요? 이미 트라우마가 있는 사람들에게 설사 의도하지 않았다 해도 그들을 주변화하고 비인간화하는 경험을 계속 안기고, 그럼으로써 원래 우리가 해결해야 할 바로 그 문제들을 오히려 악화시켜 그들이 '또다시 트라우마를 겪게' 하지 않으려면 어떻게 해야 할까요?

자기 내면에 박혀 있는 편견과 자기가 속한 시스템의 구조적 편견, 즉 인종, 젠더, 성적 지향성에 관한 편견들을 인지하지 못한다면 트라우마를 진정으로 이해할 수 없다고 생각합니다. 주변화되는 일, 즉 배제되고 과소 평가되고 모욕당하는 일은 트라우마가 됩니다. 앞에서도 말했듯 사람은 근본적으로 관계의 존재들이기 때문이지요. 자신이 속한 조직이나 공동체, 사회에서 배제되거나 비인간화되는 일은 장기적이고 통제할 수 없는 스트레스를 일으켜 결국 스트레스 반응 시스템을 민감화하게 됩니다. 주변화는 근본적인 트라우마입니다.

이것이 제가 진정으로 트라우마 이해에 기반한 시스템이란 인종차별이 없는 시스템이라고 믿는 이유입니다. 인종에 따른 주변화가 몰고 오는 파괴적인 영향은 아주 혹독하며 어디에나 만연해 있어요. 예를 들어 북미와 호주, 뉴질랜드에서 피부색이 검거나 어두운 아이들, 원주민들의 아이들은 정신 보건 시스템에서 과도한 진단과 약물 치료를 받게 되거나, 자기 가정에서 분리되어 아동 복지 시스템 안으로 들어가게 되거나, 정학이나 퇴학을 당하거나, 학교에서 무단결석이나 '공격 행위' 때문에 처벌을 받게 될 확률이 훨씬 더 높습니다. 그 결과 청소년 사법 시스템 속으로 들어가게 되는 비율도 과할 정도로 높습니다.

앞에서도 이야기했듯이 트라우마가 있는 아이는 학습에 어려움을 겪는 경우가 많습니다. 또한 학교 생활을 힘겨워할 때 따라오는 피드백과 비판에 과도하게 반응하기도 하지요. 여기서 다시 행동 문제로도 이어질 수 있고요. 그런 행동은 종종 잘못 이해되지요. 사람들과 시스템이 선의로 하는 일들 중에는 원래 그들이 도와야 할 가족들과 아이들에게 사실상 더 많은 고통을 초래하는 것들이 아주 많습니다.

오프라　바로 그 점이 제가 더 깊이 이야기해 보고 싶은 내용입니다. 〈60분〉이라는 프로그램에서 박사님과 대담을 나누는 동안, 저는 오늘날 사회 문제를 해결하려 노력하는 다수의 자선단체와 비영리 단체들이 사실은 문제의 표면만 건드리고 있다는 것을 깨달았어요. 그들은 공동체가 제공하는 안전 지지대를 만들려 노력하고 있고, 그 일이 중요하다는 건 우리도 알고 있지요. 하지만 그들 중에는 자신들이 해결하려 애쓰는 문제들의 원인, 그 근원을 놓치고 있는 이들이 많습니다.

만약 어떤 방과 후 프로그램이 아이들이 만성 건강 문제에 시달리는 이유나 학교 공부를 잘 따라가지 못하는 이유를 이해하지 못한다면, 어떤 채용 프로그램이 사람들이 상사와 잘 지내지 못하거나 항상 타인에게 분노를 터뜨리는 이유를 이해하지 못한다면, 그런 프로그램들은 지속적인 변화를 일궈 내는 데 성공할 수 없을 거예요. 이런 문제들이 실제로 어떻게 만들어지고 표출되는지 차근차근 설명해 주시겠어요?

트라우마를 이해하는 교육 시스템

페리 박사　어린아이들 얘기부터 해볼게요. 우리는 생애 초기의 관계들이 스트레스 반응 시스템과 미래의 건강한 관계를 형성하는 능력 발달에 얼마나 중요한 역할을 하는지 여러 차례 이야기했지요. 아이들이 가난이나 노숙, 가정 폭력, 학대 등을 비롯한 괴로움과 트라우마를 경험할 때 발달에 여러 지장이 생긴다는 것도요.

그 결과로 자주 나타나는 현상이 우리가 여섯 번째 대화에서 방임과 관련하여 이야기했던, 특정 기술들이 '조각난 채' 발달하는 것입니다. 예컨대 아이가 5세인데도 2세 수준의 언어 능력과 4세 수준의 자기 조절 능력만 발달할 수 있습니다. 이 아이는 이렇게 파편화된 발달과 더불어 스트레스 반응도 과잉 활성화되거나 반응성이 높아져 있을 수 있지요.

이제 이 아이가 기대치와 이행 단계, 규칙, 커리큘럼이 전형적인 5세 아이에게 맞춰진 유치원 환경으로 들어간다고 상상해 봅시다. 발달에 대한 이해가 부족하고 트라우마를 인지하지 못한 환경은 이 아이가 자기 나이에 맞게 전형적으로 '행동하기'를 기대할 겁니다. 하지만 그건 이 아이에게는 불가능한 일입니다. 이 아이가 유치원에서 보내는 하루는 (언어 발달 수준으로 인한) 의사소통 곤란과 (자기 조절 능력 수준으로 인한) 극심한 좌절감으로 가득하겠지요. 이렇게 압도적으로 괴로운 상황에서 아이는 자신을 닫아걸거나 폭발해 버립니다. 어느 쪽이든 이 아이는 사회적 학습이나 정서적 학습, 학업의 온전한 혜택을 누리지 못합니다. 한참 뒤처지게 되지요. 쫓겨날 수도 있고요. 어느 학년보다도 유치원 때 쫓겨나는 아이들의 수가 너 많습니다. 또한 유색인 아이들, 특히 유색인 남자아이들은 백인 아이들에 비해 쫓겨나는 수가 3배에 달합니다.

대개 자원이 부족하고 발달과 트라우마에 대한 정보와 이해가 모자란 교육 시스템의 비현실적인 기대와 아이의 실제 역량 사이의 해로운 불일치는 바로 이런 식으로 시작되지요. 이 아이는 다음 학년으로 '진급'한다고 하더라도 여전히 다른 아이들에 비해 뒤처지며, 이는 앞으로도 실패할 수밖에 없는 조건이 됩니다. 해가 갈수록 점점 더 뒤처지게 되지요. 여러 재주의 발달이 지연되는 데다가 트라우마 관련 증상들까지 더해지면서 이 아이에게는 정신과 진단명들이 꼬리표처럼 달라붙기 시작합니다. 민감화된 스트레스 반응으로 인해 과다 경계를 보이면 ADHD라는 꼬리표가 붙지요. 또 몸을 앞뒤 좌우로 흔들거나, 껌을 씹거나, 낙서를 하거나, 몽상하거나, 음악을 듣거나, 연필로 톡톡 두드리는 것 등 자기 조절을 위해 이 아이가 흔히 의지하는 행동들은 금지됩니다. 세상은 이 아이에게 꼬리표를 붙이고, 약을 처방하고, 배제하고, 처벌하고, 그러다 어쩌면 퇴학까지 시키고, 그런 다음에는 아주 많은 경우 체포까지 합니다. 아이가 학교에서 자신에게 끊임없이 안기는 굴욕감을 피하려 하면 무단결석이란 죄목이 생겨나죠. 아이가 달아나려고 시도하면 교직원들이 제지하고, 아이를 물리적으로 억압하려 하다가 결과적으로 아이에게 폭행 혐의를 안기게 되지요. 이것이 바로 학교에서 감옥으로 직행하는 경로입니다.

오프라 게다가 이 모든 것에 더해 그 학생은 자기를 힘들게 하는 일들의 근저에 어떤 원인이 있는지를 전혀 모를 확률이 아주 높지요. 결국에는 세상이 자신을 보는 관점을 받아들이게 되어, 자기는 멍청하거나 느림보거나 게으름뱅이라고 생각하게 되고요. 바로 이런 실패의 악순환이 그들의 자존감을 갉아 먹고 결국 그 학생은 너무 답답하거나 수치스러운 마음에 스스로 포기하게 되죠.

페리 박사 정말 중요한 점을 지적하셨습니다. 힘들어하는 아이가 "이 서툰 선생님은 '상태 의존적' 기능과 트라우마가 나의 학습 능력에 미치는 영향을 이해하지 못하는군. 선생님은 나한테 동사 활용법을 가르칠 게 아니라 내가 조절하도록 도와줘야 한다고"라고 말할 리는 없지요. 그냥 "난 멍청이인가 봐"라고 말하겠죠.

학교와 관련해서 지적해야 할 또 한 가지 정말 중요한 사항은, 트라우마와 관련하여 학습과 행동에서 어려움을 겪는 아이들과 청소년들의 수가 아주 많다는 것입니다. 단지 몇몇 아이들만의 문제가 아니에요. 여러 연구가 공립 학교 어린이들 30~50퍼센트의 ACE 지수가 3점 이상이라고 밝혀냈지요. 앞에서 이야기했듯이 이러한 아동기 역경은 분명한 영향을 미치고요.

교실에서 아무 악의 없는 신호에도 트라우마 관련 기억이 활성화될 수 있는 아이들이 얼마나 많을지 상상해 보세요. 우리가 현재 순간에 하는 경험은 피질로 가기 전에 먼저 뇌의 아랫부분을 거쳐 걸러진다는 것 기억하실 겁니다. 현재 순간에 입력되는 모든 감각 정보는 이전 경험의 '기억'과 비교되고 또 그 기억에 영향을 받는데요. 먼저 뇌에서 더 반응성이 높은 아랫부분에서 처리된 다음에야 '사고'를 담당하는 이성적인 부분에 도달하지요.

가정 폭력을 경험하며 자란 아이가 있다고 해 봅시다. 이 아이는 더 어렸을 때 자기 아버지가 어머니를 무시하고 때리는 모습을 보았어요. 이 일은 아이가 자기 세계를 이해하기 위한 기본적 '기억들'을 만들고 있던 시기, 그래서 뇌 발달에서 아주 중요한 시기에 일어났습니다. 아이의 뇌는 남자들의 속성을 위협과 결부시켰지요. 소리가 크고 저음인 남자의 목소리는 공포와 연결되었습니다.

이런 연상과 기억이 만들어지고 5년 뒤, 이 어린 학생에게 영어를 가르치게 된 남자 선생님이 우연히도 아이를 학대하던 아버지와 좀 닮았다고 해 봅시다. 키, 머리카락 색깔, 낮은 목소리도 똑같았죠. 아이는 이런 특징들을 의식적으로 연결하지는 못하지만, 교실에 앉아 있는 것만으로도 불편함을 느꼈어요. 이런 일은 피질 이전에 뇌하부에서 생겨납니다. 무의식적 반응이라는 뜻이죠. 아버지가 올드 스파이스를 썼던 샘이라는 아이 이야기 기억하시죠? 환기 신호에 자극받을 때 그 사실을 스스로 인지하는 사람은 드뭅니다.

오프라 아이는 그 연상 관계를 인지하지 못하니까, 다시 말해 자신에게 일어났던 일이 자신의 인간관계에 어떤 영향을 미치는지 인지하지 못하니까, 살면서 남자들과의 관계가 불편했거나 관계를 망친 경험이 많았을 테고요. 코치나 선생님이나 그 밖에 아이에게 긍정적인 역할 모델이 될 수도 있었을 사람들을 아이는 무의식적으로 회피하거나 그들과 좋은 관계를 맺을 기회를 거부했겠네요.

페리 박사 마치 오프라 당신이 밤에 혼자 있는 걸 두려워한 이유를 의식하지 못했을 때와 흡사하죠. 당신도 생애 초기에 당신이 만든 연상들을 의식하지 못했었죠. 우리의 행동은 과거의 트라우마가 남긴 감정의 지뢰들을 에둘러 가면서 형성되기 시작합니다.

하지만 뇌는 항상 '세상의 의미를 파악하려고' 노력하고 있다는 점을 기억하세요. 그러니까 이 소년 역시 하나의 설명을 찾으려 애쓸 겁니다. 아마도 자기가 영어를 좋아하지 않는 모양이라고 판단할지도 모르죠. 아니면 선생님이 자기를 싫어한다거나, 나쁜 사람이라고 생각할지도 모르고요. 선생님은 이런 일이 벌어지고 있다는 걸 전혀 모르고 있어요. 예컨대 이 학생이 작문 과제를 하며 끙끙대고 있다고 해 봅시다. 선생님은 학생을 도우려는 의도로 다가가고, 도와주려는 자신의 행동을 긍정적인 것으로 생각하지요. 선생님은 몸을 숙여 작문 과제를 들여다보면서 학생의 어깨에 손을 올립니다. 하지만 학생은 안심하기는커녕 몸을 움츠리고, 생각도 하기 전에 공격적인 반응부터 나갑니다.

아래쪽 뇌가 즉각 "위험해! 위험하다고!" 하고 소리치며 스트레스 반응 시스템을 활성화하고, 이 시스템은 즉각 피질을 차단해 버리죠. 그러니까 이성적이고 합리적인 반응을 할 가능성은 사라지는 거예요.

만약 나중에 누군가가 아이에게 "선생님한테 욕하면 안 되잖아"라고 말한다면, 그 아이도 "알아요. 그래 봐야 좋을 게 없죠"라고 대답할 거예요. 하지만 그 순간에는 아이가 논리적 판단에 접근조차 할 수 없지요. 트라우마와 스트레스 반응에 대해 알면 알수록, 일터 나 인간관계에서나 학교에서 목격하는 특정 행동들을 이해하기가 더 쉬워집니다.

오프라　과거에 폭력과 결부되었던 연상이 아이의 뇌를 자극하여 위협 신호를 보내고, 그래서 아이는 싸움 또는 도 피 반응을 보이겠죠. "나한테서 손 치워요!" 하고.

페리 박사　심지어 "나한테서 그 더러운 손 치워!"라고 할 수도 있겠 죠. 이렇게 공격적이고 충동적으로 버럭 화를 내는 행동은 선생님을 완전히 당황하게 만듭니다. 그는 실제로 무슨 일이 벌어지고 있는지 이해하지 못하죠. 이 상황을 다른 사람들에게 이야기할 때 그 선생 님은 "아무 이유도 없이 그냥 저를 공격했다니까요" 하는 식으로 말 할 겁니다. 이는 환기 신호로 인해 일어나는 폭발적 행동을 묘사할 때 가장 흔히 나오는 말이에요. 아무 이유도 없이. 느닷없이. 그런 행 동들은 어떤 자극에 촉발된 것처럼 보이지 않거든요.

오프라　지금 막 또 하나의 깨달음을 얻었네요. 우리는 폭 발적인 분노가 어디서 솟아났는지 알 수 없을 때, 혹은 어떤 사람이 난폭한 반응을 보이는 이유를 모를 때 '버럭한다'라 는 단어를 자주 쓰지요. 그런데 지금 보니 우리는 버럭하는 이유를 알고 있네요. 그 순간에 일어난 어떤 일이 뇌의 트라우마 기억 중 하나를 자극한 것이죠. 그런 자극에 가장 먼저 반응하는 건 뇌의 비이성적인 아랫부분이니까, 즉각 스트레스 반응이 활성화되어 뇌의 이성적인 부분이 차단되는 것이고요. 그렇다면 순간적으로 '폭발'하는 폭력은 사실상 뇌에서 고도로 조직화된 어떤 과정들의 결과로군요. 그리고 이 학생의 경우에 학교가 제일 먼저 할 말은 "그 애는 뭐가 잘못된 거야?"일 테고요.

선생님은 이제 그 학생에게 뭔가 문제가 있다고 확신하고 교장에게 보고하겠지요. 오히려 "이 아이에게 무슨 일이 있었던 걸까?" 하고 질문해야 하는 때에 말이에요.

페리 박사 그렇습니다. 이때부터 사람들은 이 학생을 문제아라고 보겠죠. 그런 상황이 계속된다면 아이는 학교 상담사에게 보내지고, 정학 처분을 받고, 그다음에는 정신 보건 전문가에게 보내지겠죠. 만약 그 정신 보건 시스템에 속한 이들 중 아무도 그 행동 문제가 '아이에게 일어났던 일', 그 아이의 트라우마와 연관된 것임을 이해하지 못한다면, 그들 역시 의도는 좋으나 효과는 없는 갖가지 개입 방법들을 쓰겠지요.

반대로 만약 선생님들이 만연한 아동기 역경과 트라우마가 학습에 미치는 영향을 이해하도록 도울 자원과 도구가 그 학교에 마련되어 있다면, 거기다 조절되고 안전하고 안정적인 교실 환경을 만드는 데 도움이 될 전략들까지 갖춰져 있다면, 그 학교의 선생님들은 아이의 행동을 상당히 다른 관점에서 바라보겠지요. 학교는 아이에게 정학 처분을 내리고 꼬리표를 붙이는 대신, 아이와 연결되고 아이를 이해하기 위한 과정을 만들어 내려 노력할 것입니다.

오프라 하지만 그 과정은 "이 아이에게 무슨 일이 있었던 걸까?"라는 질문을 던질 때에야 비로소 시작되는 것이죠.

페리 박사 그렇습니다. 행동을 이해하는 방식을 바꿔야 가능한 일이죠. 다행인 점은 학교들이 트라우마의 영향에 관해 배우고 평가하고 지원하고 가르치는 방식을 단순히 몇 가지만 바꿔도 트라우마를 겪은 아이들의 학업 성적이 극적으로 향상되며, 다루기 힘들고 혼란을 일으키는 행동이 줄어드는 것을 목격하게 된다는 겁니다. 교실에서 조절에 도움이 되는 전략들을 사용한다면, 선생님들은 지원과 존경을 받고, 아이들은 그들의 필요와 강점 들이 무엇인지 밝혀지고 적절히 다뤄지며, 모든 결과가 개선되지요.

우리는 지금까지 이야기해 온 여러 핵심 개념들을 가르치는 신경순차적 교육 모델Neurosequential Model in Education, NME을 사용해 전 세계의 학교들과 협력하고 있습니다. 신경순차적 교육 모델은 교실에서 이런 원리와 개념을 실행에 옮길 전략들의 예시를 제공합니다. 아주 낙관적인 결과가 나오고 있고요. 교사, 행정가, 학부모, 어린이 모두 긍정적인 효과를 보고하고 있으며, 실질적 결과들도 그런 의견을 뒷받침해 줍니다.

다른 많은 단체도 '트라우마 이해 기반' 프로그램들을 학교에도입하고 있습니다. 트라우마 이해 기반이라는 용어의 정의에서도 그랬듯이, 이 여러 모델과 프로그램을 구성하는 요소들 사이에도 엄청나게 큰 차이가 있습니다. 하지만 모든 성공적 모델의 공통점이 하나 있는데요. 그건 바로 조절과 연결을 강조한다는 점입니다.

> **오프라** 그러니까 트라우마를 의식하는 학교에서 핵심적으로 '해야 할 일'은 아이들이 조절되도록 돕는 것이로군요. 조절하고, 연결하고, 그런 다음 논리적으로 설득하고. 그렇죠? 개입의 순서를 이해하는 것이 핵심이네요.

페리 박사 네. 그런데 안타깝게도 학교들은 일반적으로 트라우마에 대한 인식이 부족하고 우리가 이야기했던 아이들의 자기 조절에 도움이 되는 행동 중 많은 걸 금지하는 경향이 있어요. 걷거나 몸을 앞뒤 좌우로 흔드는 행동, 수업을 들으면서 뭔가를 만지작거리는 행동, 숙제를 하면서 이어폰으로 음악을 듣는 것 등 말입니다. 우리가 앞에서 이야기한 리드미컬한 활동 같은 '체성감각적somatosensory 조절'은 실제로 피질을 열어줌으로써 학습을 위한 이성적인 뇌 부위에 더 쉽게 접근하도록 도와주는데도 말입니다.

학교들은 또 스포츠나 음악, 미술 같은 치유와 회복탄력성 키우기에 강력한 효과가 있는 활동들을 과소평가하는 편이죠. 이런 활동을 선택 과목이나 부가적 활동으로 보는 경우가 많지만, 사실 여기에는 조절적, 관계적 요소들이 담겨 있어서 학업에 가장 중요한 기반이 될 수 있습니다. 패턴화되고 반복적이고 리드미컬한 활동은 과잉 활성화되고 반응성이 과도해진 핵심조절신경망을 다시 '균형 상태'로 되돌리지요. 음악은 연주와 듣기 모두 이 범주에 들어갑니다. 모든 스포츠에도 이런 효과들이 일정량 포함되어 있지요. 춤도 마찬가지고요. 물론 이 각각의 활동에는 매우 중요한 관계의 요소들도 들어 있습니다. 팀 동료에게 언제 공을 패스해야 하는지, 댄스 파트너와 맞춰 어떻게 움직여야 하는지, 오케스트라의 다른 연주자들과 자신의 바이올린 연주를 어떻게 맞춰야 하는지를 배웁니다. 마지막으로 스포츠와 음악 그리고 기타 예술에는 인지적 요소도 있습니다. 이 활동들은 아래에서 위로, 위에서 아래로 뇌 전반을 참여시키고 활성화하고 동조화합니다. 그야말로 뇌 전체에 건강한 활동들이죠.

이제 교실에 줄을 지어 앉아 선생님의 수업을 수동적으로 듣고 있는 서른 명의 어린이를 상상해 봅시다. 이는 뇌의 윗부분을 끌어들이기에 효과적인 방법이라고 할 수 없어요. 사람은 움직이고 다른 사람들과 상호작용할 때 더 빨리 학습합니다. 학습을 하는 동안 어떤 형태로든 체성감각적 활동을 겸할 때 가장 효율적으로 새로운 정보를 저장하고 이전에 저장된 정보를 꺼내 올 수 있습니다.

치유의 도구는 하나가 아니다

오프라 학생이 분노를 터뜨려서 학교가 정신 보건 서비스 기관에 그 학생을 보낸 경우, 그 기관 사람들이 트라우마에 관한 교육을 받지 못했거나 경험이 없다면 어떻게 될까요?

페리 박사 좋을 게 하나도 없죠. 보통 아이의 상황을 더 악화시킬 뿐입니다. 아이에게 엉뚱한 꼬리표를 붙이고, 대체로 약을 과하게 처방하지요. 현재 우리의 아동 정신 보건 시스템은 자원이 부족하고 과도한 업무에 짓눌려 있습니다. 공공 정신 보건 진료소들에 긴 대기자 명단이 있는 것도 흔한 일이고요. 때로는 한 달에 한 번만 예약이 잡히고, 정신과 의사를 만나 진료 받는 시간은 겨우 5분 만에 끝날 때도 있습니다. 평균적으로 환자와 가족들은 진료소에 3회 다녀간 후로는 더 이상 오지 않습니다. 우리의 정신 보건 시스템은 위기에만 초점을 맞추는 경향이 있어요.

그렇기는 하지만 임상팀들이 트라우마에 관해 공부하여 정말 좋은 작업을 하고 있는 곳들도 많습니다. 이상적인 상황이라면 아이는 발달의 역사를 상세히 검토하는 검사를 받게 됩니다. 그런 검사는 기본적으로 '당신에게 무슨 일이 있었나요?'라는 질문을 두고 자세히 검토하는 일이라고 할 수 있지요. 좋은 검사라면 아이에게 필요한 것이 무엇이며 아이의 감정이 어떤지도 알아볼 겁니다. 이런 점들을 토대로 임상팀은 아이의 감정을 잘 활용하고 필요한 영역들을 표적으로 삼아 적절한 강화와 교육 또는 치료 활동을 병행하여 개인별로 적절한 치료법을 구성할 수 있지요.

이런 임상팀들은 '모두에게 똑같이 적용되는' 해법은 효과가 없다는 걸 알고 있습니다. 흉통이 있고 기침을 하는 모든 사람에게 똑같은 항생제만 준다면 얼마나 어리석은 일일지 생각해 보세요. 이것이 바로 특정 '테크닉'을 전문으로 한다는 많은 진료소에서 벌어지고 있는 일이에요. 트라우마에 초점을 맞춘 인지 행동 치료법traumafocused cognitive behavioral therapy이 증거 기반의 트라우마 개입법이라고 배운 어떤 진료소에서는 트라우마가 있는 모든 사람에게 그 개입 방법을 사용하기도 합니다. 하지만 그 방법은 어떤 사람에게는 효과가 있을지 몰라도 모든 사람에게 효과가 있는 건 아니에요.

진정으로 트라우마를 제대로 이해하는 임상팀은 사용할 '도구들'을 많이 갖추고 있습니다. 작업 치료, 물리치료, 말하기와 언어적 지원, 학교와의 연계 작업, 가족과 아이에 대한 적절한 심리 교육, 이에 더해 트라우마에 초점을 맞춘 인지 행동 치료법, 안구 운동 민감 소실 및 재처리 요법EMDR, 체성감각 개입법, 동물 매개 치료 등 다양한 치료 기법들을 사용할 수 있지요. 트라우마 치료학traumatology은 아직 신생 분야이기는 하지만, 이런 여러 치료법들이 치료 과정 중 적절한 시기에 사용된다면 효과가 있다는 예비적 증거들이 나와 있습니다.

이 말이 의미하는 바는, 효과적인 치료 접근법은 개입의 순서(조절 … 연결 … 설득)를 따라야 한다는 것, 즉 조절에 생긴 문제들을 해결한 후에야 관계적 치료나 인지적 치료도 효과를 낼 수 있다는 것입니다. 바로 이 점이 제가 신경순차적 치료 모델을 개발한 이유입니다. 저와 마이아 샬라비츠가 함께 쓴 책《개로 길러진 아이》에서 이야기한 바로 그 치료 모델이지요.

제 생각에 치유에서 굉장히 중요한 측면 중 하나는 여러 가지 치유 기법과 접근법을 사용해야 할 수도 있다는 걸 인정하는 일입니다. 우리가 분명히 아는 사실은, 효과적인 치유의 핵심 성분에는 그 사람의 건강한 인간관계들을 활용하여 트라우마 경험을 다시 떠올리고 수정하는 일이 포함된다는 것입니다. 만약 그 사람에게 치료사가 있고 그와 안전하고 안정적인 연결을 형성했다면, 그 치료사는 제가 말하는 '치료의 그물망'에서 중요한 한 부분이 됩니다. 하지만 기억해야 합니다. 치료의 순간들은 아주 짧을 수 있고, 이상적으로는 한 주 전체에 걸쳐 고루 흩어져 있어야 한다는 것을요. 이 과정이 스트레스 반응 시스템을 포함하여 트라우마의 기억을 적정하고 예측 가능하며 통제할 수 있는 방식으로 활성화할 기회들을 만들어 줍니다. 이렇게 되면 시간이 흐름에 따라 민감화된 시스템들이 더욱 '정상적'으로 바뀌게 되지요.

오프라　치료사를 구할 형편이 안 된다면요?

페리 박사　아주 좋은 질문입니다. 역경과 트라우마를 경험하는 사람들은 대부분 제가 방금 말한 것 같은 임상팀을 만나는 일은 말할 것도 없고 심리 치료를 받을 기회조차 없지요. 하지만 우리는 트라우마를 겪은 이후에 치료사가 치료를 하는 것보다 그 사람에게 깊이 관심을 갖고 보살펴 주는 몇 사람이 곁에 있어 주는 것이 실제로 더 나은 결과를 낳는다는 것을 점점 확실히 깨닫고 있습니다. 치료의 그물망은 하루를 보내는 동안 띄엄띄엄 여러 차례 일어나는, 긍정적 인간관계에 기반한 접촉들이 모여서 이루어지는 것이랍니다. 심리 치료사는 치유의 중요한 한 부분이 될 수 있지만, 필수적인 존재는 아닙니다. 심리 치료가 도움이 되지 않는다는 뜻이 아니라, '연결성'이 결여된 채 심리 치료만 하는 것은 별로 효과적이지 않다는 말이에요. 한 아이가 가족, 공동체, 문화와 연결을 유지할 수 있고, 더불어 트라우마를 잘 이해하는 임상팀과 그들의 다양한 도구들까지 전부 누릴 수 있다면 가장 이상적이죠.

원주민들의 전통적 치유 관행을 살펴보면 여러 뇌 시스템들에 영향을 미치는 통합적 심신 경험을 만들어 내는 작업을 아주 훌륭히 해냅니다. 기억하시겠지만 트라우마의 '기억들'은 여러 뇌 영역에 고루 담겨 있지요. 그래서 이 전통적 관행들에는 인지 요소, 관계 기반 요소, 감각의 요소가 모두 포함되어 있습니다. 경험한 이야기를 다시 들려주고, 전투와 사냥과 죽음의 이미지들을 만들어 내고, 서로 안아 주고, 마사지하고, 춤을 추고, 노래합니다. 사랑하는 사람들, 자기가 속한 공동체와 다시 연결되지요. 축하하고, 먹고, 함께 나눕니다. 원주민들의 치유 관행은 반복적이고 리드미컬하며, 상황과 연관된 의미를 지니고 있고, 관계적이며, 존중하는 마음을 담은 동시에 보상을 줍니다. 이는 모두 스트레스 반응에 관여하는 신경 시스템들을 변화시키는 데 효과적이라고 알려진 경험들이지요. 이런 관행들이 생겨난 건 그게 효과를 냈기 때문입니다. 그런 일들을 통해 사람들은 기분이 나아졌고 더 잘 기능했으며, 그에 따라 치유 과정의 핵심 요소들이 강화되어 사람들 사이에 전파되었어요. 서로 다른 시대와 지역에 속한 문화들이 이 동일한 치유의 원리를 공통으로 갖고 있었죠.

오프라 생각해 보면 정말 굉장한 일이에요.

페리 박사 그렇습니다. 우리 조상들은 연결의 중요성과 배제의 유해성을 알고 있었던 것이죠. 반면 '문명화된' 세계의 역사는 단절과 주변화를 부추기는 정책들과 관행들로 가득합니다. 그런 것들이 가족과 공동체, 문화를 파괴했죠. 식민지 건설, 노예 제도, 미국의 원주민 보호 구역 제도, 캐나다의 원주민 기숙 학교, 호주의 도둑맞은 세대†. 이런 제도들은 사람들 사이의 연결성을 유지하는 가족과 문화의 유대를 의도적으로 파괴했기 때문에 여러 세대에 걸쳐 너무나 큰 파괴를 초래했습니다. 탈출할 수 없는 고통스러운 상황에 몰아넣어 단절되고 트라우마에 빠진 개인들을 만들어 냈죠. 앞에서 이야기한 것처럼 사람들이 적응과 생존을 위해 해리하게 만드는 바로 그런 상황이었어요. 비록 적응을 위한 것이라 해도 해리는 사람을 수동적이고 순응적으로 만듭니다. 그 결과 이미 트라우마를 겪고 있는 사람들을 더 쉽게 비인간화하고 착취할 수 있게 되는 것입니다.

어떤 사람들 눈에는 저런 제도들만큼 명백히 보이지 않겠지만, 저는 현재 우리의 아동 복지와 교육, 정신 보건, 청소년 사법 시스템들 역시 종종 똑같은 짓을 하고 있다고 생각합니다. 그 제도들은 가족을 파편화하고, 공동체를 훼손하며, 사람을 주변화하고 수치심을 안기고 징벌하는 관행을 일삼습니다.

---

† 원주민 동화 정책에 따라 부모로부터 분리되어 기숙 학교와 고아원에 강제 수용되었던 희생자들.

최초의 경험에서 시작된 편견

오프라　제가 남아프리카에 세운 학교에 함께 방문했을 때 박사님은 제도화된 인종차별과 허물어진 힘과 트라우마에 관해 아주 감동적인 말씀을 해 주셨죠. 우리는 아파르트헤이트가 공식적으로 종식되고 남아프리카에 민주 정부가 들어선 지 13년 후인 2007년에 오프라 윈프리 여성리더십 아카데미를 세웠습니다. 박사님이 방문했을 때 우리는 교직원들 사이에 건강한 공동체 의식을 만드는 일에 애를 먹고 있었죠.

흑인 교사들은 백인 교사들이 그들을 받아들이기는 하지만 어느 정도 우월성을 드러낸다고 느꼈지요. 그때 박사님은 뇌 발달의 관점에서 그리고 뇌 발달과 암묵적 편견 및 인종차별과의 연관성 관점에서 두 집단 사이에 일어나고 있던 일을 설명해 주셨는데, 덕분에 정말 명쾌하게 이해되었어요. 지금 다시 그 설명을 해 주실 수 있을까요?

페리 박사　물론입니다. 우리는 유아의 뇌가 감각 정보를 받아들여 자신이 속한 세계의 의미를 파악하고 연상들을 만드는 방식에 관해 이야기했었지요. 또한 사람은 대단히 관계적인 존재들이며, 가장 아래쪽부터 시작해서 발달하는 뇌는 '내 사람들'의 냄새와 소리, 이미지에 대한 '기억들'을 만들기 시작한다는 이야기도 했습니다. '내 사람들'이 말하고 옷 입는 방식과 피부색 같은 기억들은 뇌의 아주 깊숙한 곳, 피질 이전의 무의식 수준에 존재합니다.

뇌가 생존을 위해 우리의 내면세계와 외부 세계를 항상 모니터 링하고 있다는 점도 떠올립시다. 익숙지 않은 경험을 만났을 때 뇌가 기본적으로 하는 행동은 스트레스 반응을 활성화하는 것이죠. 나중에 후회하는 것보다는 일단 조심하고 보는 게 나으니까요. 새로운 것은 잠재적으로 위협일 수 있다고 가정하는 게 낫지요.

이제 여기에 인간에게 주요한 포식자는 언제나 다른 인간들이 었다는 사실을 더해 봅시다. 우리의 스트레스 반응은 관계에 대해 예민해지는 쪽으로 진화해 왔고, 그 결과 우리는 어린 시절의 우리 '씨족 공동체'과 유사한 특징을 지닌 사람들과 함께 있을 때 안전하다고 느끼게 되었습니다. 반면에 '내 사람들'과 다른 특징을 지닌 사람들을 만날 때 뇌는 기본적으로 스트레스 반응을 활성화합니다. 그런 일이 일어날 때 우리는 조절에서 벗어났다는 느낌, 심지어 위협당하고 있다는 느낌을 받지요.

> **오프라** 갓난아기가 있는 집에 사람들이 찾아와 이 사람 저 사람이 돌아가며 아기를 안아 볼 때 때때로 아기가 울음을 터뜨리는 것도 바로 이런 이유 때문이죠. 아기의 뇌가 낯선 사람들에게 반응하는 거예요.

페리 박사 맞습니다. 아기에게는 그 모든 사람이 다 다르고 새롭고 그래서 압도적이죠. 그게 스트레스 반응을 활성화하고요. 하지만 어른의 뇌도 자기가 원래 속한 '씨족'과 다른 사람들을 접하면 스트레스 반응을 활성화해요. 뭐, 대부분은 약한 활성화여서 신중함과 조심스러움을 일으키는 정도죠. 하지만 만약 스트레스 반응이 민감화된 사람이거나, 새로운 사람의 특징들이 자신의 씨족과 너무 많이 다른 경우라면, 더욱 극적인 스트레스 활성화가 일어날 수도 있습니다. 그런 일이 일어날 때 우리는 퇴행하게 됩니다. 우리의 가치관과 신념이 저장된 뇌의 위쪽 부분에 접근하지 못하게 되는 것이죠. 더 원시적이고 반응적인 뇌 부위들이 우리의 생각과 행동을 끌고 가기 시작합니다.

예를 하나 들어 볼게요. 언젠가 어떤 여성을 만났는데, 그분 딸이 평화봉사단에 들어가서 아프리카 오지의 시골 마을들을 돌아다니며 어린이들에게 예방접종을 해 주고 있다고 하더군요. 그 딸은 미네소타 출신에 스칸디나비아인의 특징이 두드러지는 외모였어요. 그러니까 키가 크고 금발에 피부가 창백할 정도로 하얬죠.

오프라　그런 사람이 말 그대로 백인이라고 한 번도 본 적 없는 사람들이 있는 마을들을 돌아다닌 것이로군요.

페리 박사　네. 아주 긍정적이고 마음이 넓으며 어린이들을 사랑하는 이 젊은 여성은 자기가 세계를 더 좋은 곳으로 만들고 있다고 느끼며 질병과 싸우기 위해 열정적으로 시골 마을들을 찾아다녔지요. 하지만 그가 마을로 들어가면 어린아이들은 한 번 쳐다보고는 바로 비명을 질러댔습니다. 그 여성을 유령이라고 생각한 것이죠. 어떤 아이들은 울음을 터뜨렸고 어떤 아이들은 달아났지요. 이건 그 젊은 여성으로서는 익숙해지기 어려운 일이었어요. 그러다가 어머니에게서 우리 연구에 관한 이야기를 전해 듣고는 마침내 그 아이들이 '미지의 존재'에 반응한 것이지 자기에게 개인적인 반응을 보인 것이 아님을 이해하게 되었죠. 아이들의 뇌는 '흰 피부'와 관련해 긍정적인 연상을 만든 적이 없었고, 따라서 그를 만난 것은 전혀 예상치 못한 일, 스트레스를 활성화하는 일이었던 거지요.

하지만 그건 처음의 반응일 뿐입니다. 시간이 지나면서 그 젊은 여성은 아이들에게 사랑을 베풀고 돌봐 주고 보살펴 줍니다. 아이들을 먹이는 일을 돕고 아이들이 겁을 먹었을 때는 조절을 되찾게 해 주죠. 그러자 아이들은 자기들에게 사랑과 지원과 보살핌을 제공하는 이 하얀 사람은 안전하고 착한 사람이라는 것을 알게 됩니다. 이러한 학습은 아이들의 뇌에 '고정'되지요. 여러 해가 지나 그 아이들이 또 다른 백인을 만나게 될 때 당연히 그 새로운 백인도 긍정적으로 분류하게 될 정도로 말입니다.

오프라　심지어 그 새로운 백인이 그리 좋은 사람이 아니라고 해도, 그런 점이 미네소타에서 온 그 착한 백인 여성에 대한 기존의 틀을 꼭 깨트리는 것은 아니겠지요. 왜냐하면 그 틀은 아주 어렸을 때 아이들의 뇌 깊숙한 곳에서 만들어지고 새겨진 것이니까요.

페리 박사　맞습니다. 피부색 같은 특성이 '내 사람들'과 다른 사람을 처음으로 만나면, 세계의 의미를 파악하는 데 도움이 될 새로운 연상들을 만들기 시작합니다. 이제 자신의 세계에 새로운 사람이 들어왔기 때문이지요. 뇌는 이 사람을 분류하고 비교하고 범주화합니다. 처음에는 기존에 기본적으로 존재하던 것들을 사용해요. 예컨대 이 사람은 남자의 특성들을 지닌 사람이고, 나보다 나이가 더 많은 사람이고, 교사인 사람이라는 식이죠. 그러나 그 사람과 함께하는 횟수가 많아질수록, 새롭고 더 미묘한 차이가 담긴 연상들을 만들어 갈 기회가 늘어납니다. 그러면서 단순히 그들이 속한 '범주들'만이 아니라 그 사람의 여러 복잡한 측면들을 알게 되지요.

동시에 뇌는 언제나 '지름길'을 사용합니다. 그런데 이 지름길이란 건 언제나 정확한 건 아니라서 우리를 상투적 유형들과 '이즘들'에 쉽게 빠지게 만들어요. 요컨대 사람들이 속하는 넓은 범주들을 기준으로 그들의 속성들을 일반화하게 되는 겁니다. 우리 뇌 속에서 가장 막강한 범주들은 우리가 최초로 한 경험, 대체로 생애 초기에 한 경험에서 만들어진 것들이에요. 이런 점이 우리가 편견에 쏠리게 하는 데 일조하지요.

얼마 전 어린 흑인 아이와 작업할 때 그 아이에게 전에 백인을 본 적이 있느냐고 물어봤어요.

"한 명 봤어요" 하고 대답하더군요.

알고 보니 그 소년이 처음으로 텔레비전이 아니라 실제 가까이서 본 백인은 아이 아빠의 차를 세우고, 아빠의 머리에 총을 겨누며 차 밖으로 나오라고 명령하고, 고함을 지르고 수갑을 채우고 그런 다음 아빠를 순찰차에 밀어 넣은 경찰관이었더군요. 사회복지사 한 명이 나타나 데려갈 때까지 아이는 겁에 질린 채 혼자 차에 남겨져 있었어요. 그들은 심지어 아이의 엄마에게도 자신이 누군지 '증명할' 때까지 아이를 보여 주지 않았죠. 이 아이의 내면에 만들어진 백인에 대한 표상은 백인 평화봉사단 자원 봉사자의 보살핌을 받고 난 뒤 시골 마을 아이들이 갖게 된 표상과 많이 다를 거라는 걸 충분히 상상할 수 있지요.

그런데 이제 이 아이, 그러니까 자기 아버지가 난폭하게 체포 당하는 모습을 목격한 아이가 나중에 자기를 도우려 애쓰는 백인 의사인 저를 보러 온 것입니다. 우리의 관계는 중립적인 자리에서 시작되지 않았지요. 아이는 제게 두려움을 느꼈고 불신했어요. 아이에게는 제가 처음 보는 사람이기 때문이기도 하고, 백인이기 때문이기도 했지요. 아이가 저를 중립적으로 볼 수 있게 되기까지는 여러 주 동안의 온화하고 참을성 있고 긍정적인 작업이 필요했습니다. 결국 우리는 좋은 방식으로 연결을 맺었지만, 그런 다음에도 저는 아이에게 예외적인 경우로 여겨졌어요. 백인들과 얽힌 최초의 부정적인 경험은 학교와 공동체에서 겪은 명백하거나 암묵적인 인종차별의 경험들을 통해 더욱 강화되면서 아이에게 그대로 남았습니다. 가장 일찍 겪은 관계 경험들이 가장 막강하고 변함이 없는 법이죠.

경험은 순차적으로 처리되기 때문에 이 소년은 언제나 '백인이라는 특성'을 뇌의 아랫부분에서 제일 먼저 처리하게 될 겁니다. 새로운 백인 남자를 만날 때면, 백인 남자와 위협 사이에 만들어진 최초의 연상, 따라서 기본이 된 연상이 스트레스 활성화를 유발할 것이고, 이렇게 활성화된 스트레스는 아이가 느끼고 생각하고 행동하는 방식에 영향을 미칠 수 있어요. 이건 마치 환기 신호와도 같죠. 그 새로운 백인 남자에 관한 다른 정보들이 아이의 피질에 마침내 도달했을 즈음에는 이미 아이의 뇌가 두려움 반응을 활성화한 뒤일 거예요. 아이의 피질에는 저를 만나서 생긴 어떤 자전적 기억이 분명 담겨 있고 '페리 박사님은 백인이지만 그래도 박사님은 괜찮아'라는 정보가 저장되어 있어요. 하지만 그 순간에는 두려움 반응이 활성화되어서 그 정보에 효율적으로 접근할 수가 없지요. 아이는 그 낯선 백인 남자를 보면서 '하지만 이 사람은 페리 박사님이 아니야'라고 느낄 거예요. 우리가 하는 첫 경험들은 이후의 모든 새로운 경험들을 걸러낼 필터를 만든답니다.

암묵적 편견에 작용하는 무의식의 필터

남아프리카 공화국의 경우, 한 나라 안에 아주 많은 문화가 존재하지요. 수 세대에 걸쳐 백인 공동체가 유색인들을 잔인하게 탄압해 왔고요. 오프라 윈프리 여성리더십아카데미의 흑인 교사들은 백인들의 권력과 그 나라의 인종차별적 정책과 관행, 법률에 적극적으로 저항하다가는 목숨을 잃을 수도 있는 세계에서 성장했습니다. 그들이 백인의 특성과 연결 지은 연상들은 종종 두려움을 일으키는 것들이었지요. 많은 흑인들은 적응을 위해 근본적으로 해리에 해당하는 전략과 방식을 만들어 냈고요. 갈등을 피해. 대립하는 상황이 오면 그냥 순응해. 이런 식의 적응 능력들이 깊이 새겨져 있지요.

오프라 그러면 그 교사들 중 다수가 그런 예전 사고방식과 행동 방식을 무의식적으로 유지하고 있었던 걸지도 모르겠군요.

페리 박사 그렇습니다. 1994년에 아파르트헤이트의 억압적 관행들은 종식되었어도 사람들의 뇌가 즉각적으로 변한 건 아니었으니까요. 그들에게 백인은 여전히 지배 및 주변화를 연상시키는 존재들이었죠. 이론적으로는 상황이 달라졌지만, 아파르트헤이트 시대에 성장한 사람들끼리 상호작용 할 때는 무의식적으로 힘의 격차가 재설정되고 과거의 적응 패턴이 되살아났을 겁니다. 백인 교사들은 자기 의견을 소리 높여 말하고 '주도하는' 일을 편안하게 느꼈고, 흑인 교사들은 뒤로 물러난 채 갈등을 피하고 자신이 딱히 지지하지도 않는 제안들도 그냥 따랐지요. 이런 상황이 학교에서 큰 문제들로 이어졌고요. 하지만 제가 백인 교사들과 이야기를 나눠 봤더니 그들은 그 학교에서 생긴 문제들에서 인종차별은 아무 역할도 하지 않았다고 진심으로 생각하고 있더군요.

암묵적 편견과 인종차별과 관련해 가장 포착하기 어려운 점 하나는, 한 사람의 신념과 가치관이 언제나 그 사람의 행동을 추동하는 건 아니라는 점입니다. 신념과 가치관은 뇌의 가장 위쪽, 가장 복잡한 부분인 피질에 저장되어 있죠. 하지만 뇌의 다른 부분은 연상을 만들 수 있어요. 왜곡되고 부정확하고 인종차별적인 연상들 말입니다. 한 사람이 매우 진지하게 인종차별에 반대하는 신념들을 가지고 있으면서도, 동시에 인종차별적 언사나 행위를 불러오는 암묵적 편견들을 갖고 있을 수도 있는 거예요. 이런 점을 파악하기 위해서는 뇌의 순차적 처리를 이해하는 것이 필수적이며, 또한 발달기의 경험들이 뇌의 아랫부분에 우리의 세계관을 구성하는 온갖 종류의 연상들을 채워 넣는 힘을 지녔다는 것도 반드시 알아야 합니다.

오프라 우리는 너무나 많은 백인이 "우리 집에서는 그 누구도 흑인을 비하하는 단어는 사용하지 않아요"라고 말하는 걸 들어요. 하지만 그건 언어의 문제만은 아니거든요. 그건 당신의 부모가 당신들과 다른 사람들을 어떻게 대하는가의 문제지요. 그들에 대해 무슨 말을 하는가 하는 문제이고요. 집안에서 '다른' 사람들에 관해 말할 때 오고 가는 어조에 어떤 감정이 실려 있는가 하는 문제이기도 하죠. 그건 태어났을 때부터 흡수해 온 것들이고, 그래서 자신과 다른 사람들을 바라보는 방식을 형성합니다. 흑인을 비하하는 단어를 사용하느냐 사용하지 않느냐는 요점이 아니에요. 훨씬 더 많은 영향력이 작동하고 있죠.

페리 박사 맞습니다. 훨씬 더 많은 영향력이 있지요. 어린 시절 세계가 작동하는 방식에 관한 최초의 연상들을 형성할 때, 가장 주요한 영향은 부모에게서 받는 영향입니다. 사실 부모의 영향은 부모가 무슨 말을 하느냐보다 어떻게 행동하느냐에서 오지요. 또 주변의 다른 아이들과 어른들에게서도 영향을 받습니다. 피부색이 다른 아이들과 함께 시간을 보내 본 적이 전혀 없는 백인 아이라면, 그 중요한 관계의 연상들을 만들 수 있는 개인적 경험이 전혀 없는 셈이죠.

또한 우리는 미디어에서도 아주 깊은 영향을 받습니다. 유아기부터 미디어에서 보는 이미지들이 세계에 대한 우리의 이해를 형성하지요. 유색인에 대한 경험 또는 인식이 미디어를 통한 것뿐인 백인들도 많습니다. 제가 성장하던 시기에 미디어에는 흑인들에 대한 부정적인 스테레오타입들이 흘러넘쳤어요.

> **오프라** 제가 아는 백인들 중에도 저를 만나기 전까지는 흑인과 알고 지낸 경험이 전혀 없었던 사람들이 많아요. 한때는 어떤 백인들이 자기가 흑인을 한 명이라도 안다고 말하기 위해 실제로 흑인을 고용해 일을 시키던 시절도 있었죠. 박사님 말대로 흑인에 대해 가진 유일한 연상이 뉴스나 영화에서 본 것뿐인 백인들도 많았고요.

페리 박사 제가 어렸을 때 영화나 텔레비전에 나오는 흑인 남자들과 청소년들은 부정적으로 그려지는 비율이 훨씬 높았습니다. 예컨대 범죄자로 그려지는 식이었죠. 미디어 속 흑인들은 형사나 슈퍼 영웅이나 과학자가 아니었어요. 이런 왜곡은 우리의 뇌가 조직되는 방식에 믿을 수 없을 만큼 강력한 영향을 끼칩니다. 백인이 유색인에 대해 부정적인 연상을 갖는 데 일조하고, 암묵적 편견을 만드는 과정에서 아주 큰 부분을 차지하지요.

우리는 누구나 세계에 대한 자기만의 상을 만들고, 이 상에는 여러 왜곡이 포함되어 있습니다. 앞에서도 말했듯이 정보를 처리할 때 뇌가 사용하는 지름길들이 우리를 편견에 취약하게 만들어요. 누구나 어떤 형태로든 어느 정도 암묵적인 편견들을, 그러니까 세계에 대한 어떤 왜곡을 갖고 있는데, 이 편견들은 우리가 어떻게 어디에서 성장했는가에 근거해 생겨난 것들이죠. 세상에 존재하는 모든 문화, 모든 종교, 모든 인종이 우리에게 '안전하고 친숙한' 것들의 목록에 들어 있을 가능성은 매우 희박하죠. 생애 첫 몇 년 사이에 이 모두에 노출될 가능성은 말할 것도 없고요. 그러니까 우리는 누구나 자신이 어느 정도 그러한 편견들을 품고 살아가고 있음을 인정할 필요가 있습니다.

오프라   이사벨 윌커슨Isabel Wilkerson은 《카스트Caste》라는 책에서 양형프로젝트Sentencing Project라는 형사 사법 개혁 단체가 진행한 연구를 인용했어요. 그들은 흑인 용의자와 백인 피해자로 구성된 범죄가 전체 범죄 건수 가운데 10퍼센트밖에 안 되지만, 텔레비전에 보도되는 범죄 중에서는 42퍼센트를 차지한다는 사실을 알아냈답니다. 뉴스를 보고 있으면 범죄에 관한 뉴스 중 거의 절반은 흑인이 백인을 상대로 저지른 범죄이고, 이런 사실은 우리가 흑인을 볼 때 생각하는 방식에 영향을 미치게 되죠.

페리 박사   경험이 부족한 백인 경찰관이 늦은 밤에 흑인 십 대와 대치했을 때 오고 가는 상호작용에서 그런 암묵적 편견이 어떤 역할을 할지 생각해 봅시다. 이것은 상태 의존적 기능의 문제입니다. 위협을 느낄 때는 뇌의 이성적 부분이 차단되기 시작하고, 반응성이 커질수록 뇌의 감정적 부분이 주도권을 쥐게 됩니다. 가령 당신이 그 백인 경찰관이고 위협을 느꼈고 총을 갖고 있다고 칩시다. 위협을 느낄 때는 뇌의 아래쪽, 더 반응성이 큰 부분들이 당신의 인지와 행동을 장악하기 시작하고, 당신의 뇌에는 흑인 남자들을 위협적인 범죄자로 분류한 목록이 들어 있습니다. 그러면 당신은 백인 십 대보다 흑인 십 대를 상대할 때 고함을 지르고 긴장을 고조시키고 방아쇠를 당기는 등 두려움에 기반한 행동을 하게 될 가능성이 훨씬 큽니다. 당신의 뇌는 위협적인 백인 십 대에 대한 목록으로 가득 차 있지는 않으니까요.

트라우마 훈련이 필요한 시스템에 관해서도 이야기해야 합니다. 법 집행 시스템을 그 목록의 제일 위에 둬야겠지요. 트라우마, 뇌, 스트레스, 괴로움에 관해 가르치는 것은 최초 대응자, 특히 경찰관이 되려는 사람에게는 필수적인 일입니다. 사회에 봉사한다는 명목으로 총을 지니고 다니는 책임을 부여받은 사람이라면 그런 것들에 대한 상세한 훈련을 받아야만 합니다.

오프라 하지만 암묵적 편견과 인종차별에는 차이가 있지요. 그 경계선이 어디라고 보시나요?

페리 박사 암묵적 편견이란 편견이 존재하기는 하지만 '명백히 표현되지는' 않는 것, 때로는 의도치 않게 표현되는 것을 말하죠. 한편 인종차별은 한 인종이 다른 인종보다 더 우월하다는 믿음이 실제로 공공연하게 드러나는 것입니다. 미국에서 인종차별은 백인에게 특권을 부여하기 위해 백인이 만든 시스템에 의해 유색인들이 주변화되고 억압당하는 것이죠. 인종차별은 뇌의 제일 위쪽 '이성적' 부분에 담겨 있는 반면, 암묵적 편견은 뇌 아래쪽 부분들에서 만들어진 왜곡 '필터'과 관련된 것이라고 할 수 있겠네요. 아동이나 청소년이 예컨대 가정이나 또래 집단 안에서 공공연한 인종차별적 믿음들에 노출될 때, 이 믿음들이 그들 뇌의 필터들 속에 '장착'될 수 있습니다. 그 결과로 일련의 감정들과 믿음들이 뇌의 여러 영역에 고루 퍼져 깊이 새겨질 수 있고요.

개인의 변화에서 시스템의 변화로

오프라 하지만 변화는 가능하지요. 2018년에 저는 연민이 가장 인종차별적인 사람조차 개선할 수 있다는 제 믿음을 확인시켜 준 대화를 나누었는데, 지금 그 대화를 들려주는 게 중요하다는 생각이 드네요.

저와 이야기를 나눴던 사람은 앨라배마주에서 자신이 저지르지도 않은 범죄로 30년 동안 사형수 감방에서 살았던 앤서니 레이 힌튼이라는 흑인이에요. 그 교도소의 배치는 극단적으로 고립적이었어요. 힌튼의 감방에는 그 혼자밖에 없었고, 사형수 수감동의 다른 수감자들을 단 한 명도 볼 수 없었죠. 그들은 서로 이야기를 나누는 일조차 없었어요. 하지

우리가 한 행위를 직시하고,
우리 삶 속의 트라우마를 덮고 있는 겹겹의 층들을
벗겨 내고, 우리의 과거가 지닌 날것의 진실을
드러내는 일에는 용기가 필요합니다. 하지만 바로
이 지점에서 치유가 시작됩니다.

만 밤이면 울음소리와 신음 소리를, 고통스러워하는 남자들의 소리를 들을 수 있었죠.

어느 날 밤 앤서니는 누군가 우는 소리를 들었고, 그때 가슴 속의 뭔가가 움직였답니다. 그래서 "무슨 일 있어요?" 하고 소리쳤대요. 그러자 그 남자가 자기 어머니가 돌아가셨다고 하더랍니다.

앤서니도 자기 어머니와 무척이나 가까운 사이였으므로 그 순간 그 남자의 감정을 그대로 느낄 수 있었지요. 그 한 번의 질문, 연민에서 우러나온 그 한 번의 행동이 모든 사형수들의 마음의 문을 열어 주었어요. 그들은 수시로 서로 대화를 나누고, 서로의 이야기를 들려주고, 서로를 응원하기 시작했지요. 앤서니는 특히 헨리라는 남자와 친해졌어요. 그러다 결국 자기 친구 헨리가 흑인 청년을 죽이고 시체를 나무에 매단 죄로 수감된 KKK단 멤버 헨리 헤이스라는 사실을 알게 되었죠. 하지만 앤서니는 그를 내치고 친구 관계를 끊는 대신, 함께 사형수 수감동에 있는 동료로서 그와 연대를 형성했고, 두 사람은 계속 가까운 친구 사이로 남았어요.

페리 박사 그렇게 함으로써 앤서니가 헨리까지 변화시켰을 거라는 확신이 드는군요.

오프라 헨리가 전기의자에서 처형되던 날 마지막으로 남긴 말을 보면 그게 얼마나 큰 변화였는지 알 수 있어요. 그는 자기가 평생 잘못 알고 있었다고 말했어요. 부모가 자기에게 흑인은 적이라고 잘못 가르쳤다고요. 그리고 자기는 사랑이 뭔지 배우기 위해 사형수 감방에 온 거라고요.

페리 박사 엄청나게 강력한 말이네요. 가장 증오심에 불타는 인종차별주의적 믿음 체계까지도 바뀔 수 있다는 걸 보여 주는 완벽한 예이기도 하고요. 피질은 뇌에서 가장 유연하고 변하기 쉬운 부분이란 것을 잊지 마세요. 신념과 가치관은 변할 수 있습니다.

오프라 암묵적 편견은 변하기가 더 까다롭겠죠?

페리 박사 암묵적 편견은 훨씬 더 변하기 어렵죠. 어떤 사람이 인종차별은 나쁜 것이고, 사람은 모두 평등하다고 진심으로 믿고 있을 수 있습니다. 하지만 그런 믿음들은 뇌의 지성적인 부분에 들어 있는 것이고 암묵적 편견은 뇌의 아랫부분에 있으므로, 그런 믿음에도 불구하고 여전히 그 사람의 암묵적 편견은 사람들과 상호작용하는 방식에서, 웃어넘기는 농담들에서, 내뱉는 말에서 일상적으로 작동하지요.

이런 점이 '흑인의 생명도 중요하다' 운동과 관련되는 방식을 지켜보면 흥미롭습니다. 조지 플로이드가 살해된 후 구조적 인종차별과 암묵적 편견, 백인의 특권에 관한 많은 대화가 터져 나왔지요. 이는 너무나 많은 오해들을 들춰냈고, 그 결과 엄청나게 많은 고통들이 표출되었어요. 물론 수없는 자기방어도 낳았고요. "나는 한 번도 인종차별주의자였던 적이 없어" "내 몸에는 인종차별주의자의 뼈가 하나도 없어" 이런 말들요. 그런데 그건 뼈의 문제가 아니잖아요. 뇌의 문제지요. 우리는 누구나 깊이 새겨진 편견들을 가지고 있고, 그 편견들 사이에는 인종차별적 연상들이 도사리고 있습니다.

암묵적 편견을 해결할 때 어려운 일은 제일 먼저 자신이 그런 편견을 갖고 있다는 걸 인지하는 것입니다. 자신의 편견이 언제 표현되는지 잘 떠올려 보세요. 자신이 편견을 드러낼 가능성이 있는 때와 장소를 예상해 보세요. 용기를 내어 자신과 다른 사람들, 자신의 편견을 불러낼 가능성이 있는 사람들과 함께 시간을 보내 보세요. 그런 일은 불편할 수 있습니다. 하지만 기억해야 합니다. 적정하고 예측할 수 있고 통제할 수 있는 스트레스는 회복탄력성을 키워 줄 수 있다는 것을요. 새로운 연상들을 만드세요. 새로운 경험을 해 보세요. 이상적인 것은 당신과 다른 사람들이 있는 공동체로 가서 그 사람들과 함께 시간을 보내는 것입니다. 사람들이 속한 범주가 아니라 개개인의 고유한 특성들을 기반으로 그들을 이해하기 위해서는 진정하고 의미 있는 관계를 스스로 만들어 갈 필요가 있습니다.

오프라 그것이야말로 암묵적 편견과 인종차별주의를 정말로 바꾸는 일이겠네요.

페리 박사 맞습니다. 어떤 회사에서 모든 직원에게 반인종차별 강좌를 듣게 하거나 문화적 감수성 훈련을 받게 하는 것으로 이런 문제들을 해결할 수 없는 이유이기도 하고요. 문화적 감수성은 훈련되는 것이 아닙니다. 그 문화 속으로 완전히 들어가서 다른 사람들과 함께 시간을 보내는 수밖에 없죠. 앤서니 보데인Anthony Bourdain†이 아주 좋은 예지요. 그는 사람들에게 다른 문화의 요리사들과 함께 시간을 보내고 식사를 준비하고 음식을 먹고, 그 문화권 사람들과 함께 그들 고유의 문화 행사를 즐김으로써 다른 문화를 경험할 것을 권했죠. 세 시간짜리 세미나를 듣고 문화적 감수성을 갖게 될 수는 없습니다.

오프라 그 말은 문화적 감수성 훈련을 하지 말아야 한다는 뜻인가요?

페리 박사 아니요. 문화 감수성 훈련은 학습의 지적인 요소를 확보하는 데는 도움이 될 수 있지만, 반드시 실제 경험과 관계 들이 함께 뒷받침되어야 한다는 뜻입니다. 사람을 변하게 해 주는 건 바로 그런 것들이거든요. 많은 사람에게 그건 하기 어려운 일이고, 시스템 전체를 바로잡아 주는 것도 분명 아닙니다만, 그게 출발점이기는 합니다.

장기적인 해결책은 암묵적 편견이 생기고 커지는 일을 최소화하는 것입니다. 우리는 삶의 더 이른 시기에 인간의 다양성이 지닌 장대함에 노출될 기회를 더 많이 주면서 아이들을 키울 방법을 생각

---

† 미국의 유명 요리사이자 작가. 음식과 세계 여행을 주제로 한 TV 프로그램에 출연하고 책을 썼다.

해 내야 합니다. 우리의 너무나 많은 시스템들 속에 담긴 내재적 편견의 요소들도 바꾸어야 하고요.

오프라　박사님은 트라우마가 인류를 후퇴하게 한다고 생각하세요?

페리 박사　앞에서도 이야기했듯이 인류는 항상 많은 트라우마와 함께 살아왔습니다. 그러니 우리가 지금까지 이야기해 온 온갖 어려움에도 불구하고 저는 낙관적으로 생각합니다. 우리 종의 '인간성'은 밀물과 썰물처럼 움직입니다. 엄청난 인류애의 시기들도 있었고 끔찍한 비인간성의 시기들도 있었지요. 그러나 인류의 역사를 살펴보면 건강과 복지, 사회적 정의, 창조성, 생산성과 관련된 모든 주요 지표들이 현재 올라가고 있는 추세입니다.

이는 지금 미국이 엄청나게 어려운 시기를 보내고 있다는 걸 부정하는 말은 아닙니다. 심한 양극화가 존재하고, 많은 사람이 두려움을 이용해 여론을 형성하고 있습니다. 분노하고 양극화된 집단들은 남의 말을 잘 듣지 않지만, 그들은 분명 두려움과 고통 그리고 변화에 대한 갈망을 표현하고 있습니다.

저는 트라우마에 관해, 그리고 연결성의 힘에 관해 가르치는 일이 상황을 개선할 수 있다는 희망을 갖고 있습니다. 우리는 지역 내 교류를 활성화하고, 트라우마 이해 기반 서비스들을 만들고, 예술가들을 지원하고, 기반 시설을 재구축하고, 사람들이 공동체를 창조할 수 있는 공간들을 건설하는 데 투자할 수 있습니다. 우리는 인간성의 양자 도약을 이룰 수 있어요. 우리는 할 수 있을 겁니다. 분명히 할 수 있어요. 하지만 먼저 온갖 데로 퍼져 나가는 트라우마의 복잡한 영향들을 이해할 필요가 있습니다. 우리에게는 실현되지 않은 잠재력이 아주 많습니다.

관계에 굶주린 현대 사회

RELATIONAL HUNGER IN THE
MODERN WORLD

마오리족 어르신 한 분이 우리를 어느 완만한 언덕 아래 있는 큰 문 앞으로 안내해 주었습니다. 언덕 꼭대기에는 아름다운 직사각형의 건물이 있고, 그 건물의 기둥과 대들보에는 멋진 조각이 새겨져 있었어요. 그 큰 문으로 들어가면 마오리족 공동체의 삶에서 중심이 되는, 담으로 에워싸인 공간인 마라에marae로 이어졌습니다. 그 직사각형 건물은 화레누이wharenui라고 하며 마오리 공동체가 모이는 집회소였지요. 수십 명의 마오리족 사람들이 그 집회소로 가는 길에 줄지어 서 있더군요. 노인 한 명이 방망이를 들고 큰소리로 마오리 말을 하며 다가오더니 내 앞 바닥에 긴 잎을 하나 내려놓았습니다. 그리고 나이 지긋한 한 여성이 노래를 부르기 시작하자 다른 사람들도 함께 노래를 불렀습니다. 우리를 환영하는 포휘리pōwhiri라는 행사가 시작된 것이었어요.

25년 전, 뉴질랜드 소아학계의 선구자인 로빈 팬코트Robin Fancourt 박사가 제게 뉴질랜드로 와서 발달기 트라우마와 뇌에 관한 제 연구에 대해 가르쳐 달라는 요청을 해 왔습니다. 이에 저는 마오리 치유자들과 만날 시간을 주선해 줄 수 있느냐고 물었지요. 당시 저는 토착 원주민들의 치유 관행에 관해 더 깊이 이해하고자 애쓰고 있었거든요. 트라우마는 항상 인류의 여정에서 한 부분을 차지해 왔고, 우리 조상들은 트라우마에 대해 아주 잘 알고 있었습니다. 저는 캐나다 원주민인 퍼스트 네이션First Nations과 메티스Métis 그리고 아메리카 원주민 공동체의 노인들과 치유자들로부터 이야기를 듣고 가르침을 받으며 한동안 시간을 보냈지요. 그러면서 여러 토착 치유 관행들에 공통 요소들이 있음을 알게 되었습니다. 그중에서도 리듬을 사용한다는 점, 자연과의 조화를 강조한다는 점이 가장 두드려졌지요. 하지만 아직도 제가 배워야 할 것이 아주 많다는 것도 알고 있었습니다.

이제 이틀 동안 저는 마오리족 공동체의 렌즈를 통해 트라우마와 치유에 대해 배울 예정이었습니다. 제일 먼저 얻은 가르침은 교육에 관한 것이었습니다. 노인들은 저를 앉혀 놓고 글을 읽게 하거나, 전통적 치유에 관한 '프레젠테이션'을 하지는 않았습니다. 그들은 이틀 동안 저를 자기네 공동체에 푹 담가 뒀어요. 자신들의 지혜로써 제게 배움의 기회를, 하나의 경험을 선물하고 있었던 겁니다. 제가 발견할 수 있는 심오한 것들이 거기 많이 있었지만, 제가 무엇을 발견하고자 하는지는 저 자신에게 달린 일이었습니다. 제가 진정으로 배울 수 있을 만큼 충분히 저 자신을 열 것인가, 아니면 그 경험을 그저 서구 의학이라는 렌즈를 통해 관찰하고서 하나의 특이한 인류학적 주석으로만 여길 것인가의 문제였지요.

첫날 낮과 밤 동안 공동체 전체가 마라에에 모였습니다. 우리는 집회소 바닥에 앉아 있었죠. 많은 마오리족 사람들이 제게 자신들의 전통적 방식에 관해 말해 주었습니다. 그들이 문제와 해결책을 교육, 정신 건강, 청소년 사법, 아동 복지라는 식의 개념적 범주로 전혀 구분하지 않는다는 것을 금세 분명히 알 수 있었죠. 그들이 생각하고 존재하는 방식에는 전체성이 있었습니다. 이는 크리족과 메티스족 노인들이 제게 들려주었던 '세계관'과 굉장히 유사한 것이었죠. 또한 현재 순간까지 이어져 온 우리의 여정에 대한 진정한 이해도 존재했습니다. 지금 여기를 가장 잘 이해하기 위해서는 우리가 어디에서 왔으며 우리와 우리 조상들에게 '무슨 일이 있었는지'를 알아야 한다는 인식이었지요.

누군가가 모여 있는 사람들에게 할 말이 있을 때면, 그 사람은 모두가 자기를 볼 수 있고 자기도 모두를 볼 수 있는 모퉁이로 가서 이야기를 했습니다. 발언자가 자기를 소개하는 방식은 자기 가족의 계보를 죽 읊으면서 종종 특정 조상의 특별한 특징들까지 언급하는 식이었죠. 이렇게 명시적으로 조상의 유산을 추적하는 행위는 세대 간의 연결이 지닌 진정한 가치를 지속적으로 인지하게 만들었습니다. 그렇게 소개가 끝나면 할 말을 했는데, 요점을 분명히 하기 위해 스토리텔링을 활용하는 경우가 많았습니다.

그 이틀 내내 모든 사람이 함께 식사했습니다. 이런 단체 식사 시간에는 의식儀式과 대화, 게임, 스토리텔링이 혼재해 있었고, 모든 일에 웃음과 포옹이 더해졌지요. 마치 오랜만에 만난 가족들을 보는 것 같은 느낌이었어요. 그 공동체가 지닌 따뜻함과 강함이 피부로 느껴졌습니다. 밤이면 우리는 화레누이 안에서 하나의 공동체로서 다 함께 잠을 잤어요.

이틀 모두 저는 두 명의 치유자 어르신들과 함께 그들의 땅으로 안내받아 숲과 해변을 걷는 영광을 누렸습니다. 그들은 때때로 걸음을 멈추고 어떤 식물이 있는 곳으로 걸어가서는 잎사귀 하나를 따거나 나무껍질을 떼어 내거나 뿌리를 파내기도 했어요. 그런 다음 제게 그것들의 냄새를 맡고 맛을 보게 하고, 어디에 쓰일 수 있는지 말해 주었지요. "바닷물을 섞어 반죽으로 만들어요." "이건 통증을 누그러뜨리는 데 도움이 돼요."

그분들은 제 궁금증에 대단한 참을성을 갖고 답해 주었고, 제가 우울증과 수면 문제, 마약 남용, 트라우마 등을 다루는 방법을 물을 때는 제가 제시한 '질병'이라는 서구 의학적 개념 규정을 온화한 태도로 재미있어했습니다. 그들은 이런 문제들이 기본적으로 모두 '같은 일'이라는 점을 제게 이해시키려고 계속 노력했어요. 그 문제들은 모두 서로 연결되어 있다는 것이었죠. 서구의 정신의학에서는 그것들을 구별하고 싶어 하지만, 그런 태도는 문제의 진정한 본질을 놓치는 일입니다. 그건 증상을 추적하는 것이지, 사람을 치유하는 것이 아니지요.

저를 맞이해 준 마오리 사람들은 고통과 괴로움, 기능 이상이 어떤 형태로든 파편화, 단절, 동시성이 어긋난 결과로 생기는 일이라고 보았습니다. 우리는 이런 문제들에 관해 자세히 이야기를 나누었지요. 마오리 사람들은 식민 지배를 당한 세계 모든 민족들처럼 역사적 트라우마에서 큰 영향을 받았습니다. 여러 세대에게 고루 미치는 식민 지배, 문화적 집단 학살, 인종차별의 악영향들은 엄청나게 파괴적이었죠. 실업, 가난, 알코올 중독, 가정 폭력, 정신 및 신체 건강 문제의 발생률은 (85퍼센트가 백인인) 뉴질랜드 전체 인구에 비해 마오리족 사람들 사이에서 훨씬 높습니다. 이와 유사하게 특수 교육 및 정신 건강, 청소년 사법, 형사 사법 시스템에서 원주민과 유색인이 훨씬 높은 비율을 차지하는 현상은 호주 원주민과 토레스해협 원주민, 캐나다의 퍼스트 네이션 사람들에게서, 그리고 미국의 흑인들, 중남미 출신 사람들, 아메리카 원주민들에게서도 그대로 볼 수 있지요. 마오리족의 '질병' 개념은 제 의학적 모델보다 이러한 차이점들을 더 잘 설명해 주었습니다. 식민지 정책이 의도적으로 가족과 공동체의 응집력과 문화를 파편화했고, 트라우마의 심장부에는 바로 그러한 단절이 있다는 것이었지요.

모든 전통적 치유 관행들을 관통하는 핵심 요소는 마오리족이 화나운가탕가whanaungatanga라고 부르는 것이었습니다. 이 단어는 상호적 인간관계, 친연성, 가족과 연결되어 있다는 감각을 지칭합니다. 함께한 경험들과 도전들로부터 연결성의 감각과 소속감이 생겨나지요. 여러 치유 관행과 의식 들에는 '재연결', 즉 연결의 근원을 분명하게 드러내는 일이 포함됩니다. 사냥이나 습격 같은 일을 함께 경험한 후에 상징적인 방식과 실제적인 방식 모두로 가족과 공동체, 자연 세계와 다시 연결되는 일이지요.

마오리족 어른들은 자신들이 유전학이나 면역학, 생리학의 발전을 거부하지 않는다는 것을 항상 분명히 밝혔고, 자신들의 공동체 안에서도 서구식 교육을 받은 의사들과 밀접하게 협력하고 있었습니다. 하지만 그들은 건강을 생각할 때 한 사람이 지닌 복잡성을 구성 요소들로 낱낱이 나누어 보는 관점, 이를테면 뼈를 치료하는 의사, 눈을 치료하는 의사, 뇌를 치료하는 의사 등등으로 나누는 것은 한마디로 건강의 핵심 요소들을 놓치는 일이라고 느꼈어요. 화나운가탕가, 즉 연결성의 문제를 해결하지 않는다면, 서구식 개입법들이 지닌 잠재적 효과는 약화된다는 것이지요.

방문 기간이 끝나 갈 즈음 저는 바다가 내려다보이는 절벽 위에서 저를 안내해 준 어르신과 나란히 서 있었습니다. 바다에서 바람이 불어오고 있었고, 파도가 절벽의 바위를 때리며 부서지고 있었지요. 바람과 파도가 만들어 내는 효과는 시끄럽고 압도적이고 리드미컬했습니다. 저는 어르신에게 저와 그렇게 많은 시간을 함께해 준 것에 대해 감사를 표했고, 그분은 저에게 돌아서며 미소를 지었지요. 그분은 자기 손바닥을 제 심장 위에 대고는 "우리는 치유자들입니다" 하고 말했어요. 당시 서구 의사의 자아로 살아가던 저는 그분 자신과 제가 치유자라는 뜻이라고 생각했지요. 그러나 지금은 그분이 제게, 치유하는 주체는 한 공동체를 구성하는 집단적인 '우리'임을 다시 한번 말해 주려 한 것임을 이해하고 있습니다.

뉴질랜드에서 돌아왔을 때, 저는 함께 작업하는 어린이들의 '관계의 건강'을 더 깊이 이해하려 노력하겠다고 마음먹었습니다. 건강과 연결성 사이 상관관계의 증거를 찾을 수 있을지 궁금했지요. 제가 아이들의 삶에서 가장 중요한 몇 가지 측면에 관해 제대로 질문해 본 적이 없었음을 깨닫는 것이 첫 단계였어요. 아이들은 종일 시간을 어떻게 보내고 있을까? 그 아이들의 친구는, 그들의 '사람들'은 누구일까? 그 아이들은 어디에서 안전하다고 느낄까? 그사이 어떤 일이 있었기에 정신과 의사인 나에게 보내지는 결과에 이른 걸까? 그때까지 저는 아이들에게 '무엇이 잘못되었는지', 우리가 해결해야 할 문제, 증상, 학교에서의 실수에만 지나치게 초점을 맞추고 있었던 겁니다. 우리의 표준적 검사는 아이들의 증상의 성격과 심각도를 측정하는 것이었어요. 우리는 그들이 맺고 있는 관계의 성격과 질은 측정하지 않았지요. 치료에 대한 우리의 접근법은 치유의 핵심, 바로 화나운가탕가에 닿지 못하고 있었던 것입니다.

열 살인 티머시는 제가 뉴질랜드에서 돌아온 뒤 가장 먼저 이야기를 나눈 환자 중 한 명이었습니다. 그때까지 약 9개월 정도 우리 진료소에서 봐 왔던 아이였죠. 티머시는 급우에게 공격적인 행동을 하고 몇 차례 분노를 터뜨린 일이 있었고, 그 후 지역 소아과 의사가 우리에게 진료를 의뢰해 왔습니다. ADHD와 적대적 반항 장애라는 진단을 받았지만 '장애'를 '치료'하기 위해 처방된 약들은 증상을 전혀 개선하지 못했고, 그리하여 우리 진료소로 의뢰가 들어온 것이었어요.

티머시의 기록들을 들여다보니 현재 겪고 있는 문제들에 대한 실마리가 많이 보이더군요. 세 살 때부터 시작해 티머시는 엄마의 동거 파트너에게 육체적 학대를 당해 왔어요. 모자는 3년 정도 그 폭력과 학대를 견디며 살다가 마침내 티머시의 엄마가 그 학대하는 파트너를 떠났는데, 그 시점부터 당장 가난에 허덕이게 되었습니다. 엄마는 괜찮은 일자리를 구하기가 너무 어려웠습니다. 이후 3년 동안 그들은 세 군데 도시로 옮겨 다녔고, 그 결과 티머시는 세 군데의 새 학교로 전학을 갔고, 세 번이나 새로운 동네와 이웃들을 맞닥뜨렸지요. 마침내 텍사스로 이사한 뒤 엄마는 안정된 일자리를 구할 수 있었어요. 그리고 천천히 경제적, 사회적 안정을 되찾기 시작했지요. 하지만 그때까지 모자가 겪은 경험들이 두 사람 모두에게 심각한 타격을 입힌 뒤였습니다.

티머시의 엄마는 지치고 자신감도 떨어졌으며 우울했지만, 간신히 생활을 이어가고는 있었습니다. 티머시는 ADHD라고 잘못 진단된 과다 경계, 수면 문제, 끊임없이 과잉 활성화되는 스트레스 반응과 수면 문제로 인한 탈진에 이르기까지 전형적인 트라우마 관련 증상을 보였고요. 게다가 사회적 미숙함이라는 문제도 있었죠. 티머시는 열 살임에도 사회적인 '연습'을 할 기회를 거의 얻지 못한 채 성장했으니까요. 늘 새로 이사 온 아이로 지냈던 데다가 트라우마로 인한 학습 능력 저하가 더해지면서 티머시의 사회적, 정서적 발달은 심각하게 뒤처지게 되었습니다. 마치 열 살 어린이의 사회적 세계에 있는 다섯 살 어린이 같았죠. 티머시는 무시와 놀림을 당했고, 따돌림도 당했습니다. 가장 잘 조절된 느낌을 받을 때는 혼자 있을 때나 엄마와 있을 때였고요. 다른 사람들과 잘 어울리고 싶었지만 전혀 요령이 없었습니다. 처음 텍사스로 이사 왔을 때 티머시는 같은 동네에 사는 여섯 살짜리 아이를 친구로 사귀었답니다. 그런데 둘의 나이 차이를 불편해한 그 아이의 부모가 같이 놀지 말라고 나무라다가 나중에는 함께 노는 것을 아예 금지해 버렸어요.

진료소에서 티머시와 저는 테이블에 나란히 앉아 그림을 그리고 색칠을 하고 있었어요.

그러다 제가 불쑥 말했습니다. "있잖아, 티머시. 생각해 보니까 내가 너한테 친구들에 관해 물어본 적이 없더구나."

티머시는 계속 색칠만 하며 아무 말도 하지 않았어요. 마치 제 말을 못 들은 것처럼 보였지만, 저는 아이가 회피 반응을 보이고 있다는 걸 알았지요.

"네 제일 친한 친구는 누구니?"

그러자 티머시가 망설임 없이 대답하더군요. "레이먼드가 제 제일 친한 친구예요."

"네가 레이먼드 이야기를 했던 기억은 없는데."

"걔 정말 괜찮은 애예요. 우리는 같이 수영을 하러 갔어요. 개구리도 잡았고요. 저처럼 걔도 닌자 거북이를 좋아해요." 평소에는 다소 수줍고 슬퍼 보이는 티머시였지만 이때는 활기차고 열성적이었어요.

"너희 둘 같은 반이니?"

티머시는 동작을 멈췄고, 생각을 하고 있는 것처럼 보였어요. "모르겠어요. 안 물어봤어요."

저는 무슨 말인가 싶었죠. "걔 너희 학교 다니니?"

"아뇨. 캔자스에 살아요."

"아, 얼마나 자주 만나는데?"

"지난여름에만 만났어요. 내년 여름에 우리가 또 캠핑을 가면 그때 레이먼드를 볼지도 몰라요." 티머시는 그리운 듯이 말하며 평소의 슬픈 상태로 다시 돌아갔죠.

저도 슬퍼졌어요. 이 아이는 자기 제일 친한 친구가 캠핑장에서 딱 한 번 만나 며칠 함께 놀았던 아이라고 말하고 있었으니까요. 이 소년에게는 정말 친구가 아무도 없었던 겁니다. 친척들은 다른 도시에 살고 있었고, 아이는 신앙 공동체에도 속해 있지 않았으며, 외동아이였고, 학교에서는 미숙하고 충동적인 행동 때문에 주변부로 밀려나 있었지요. 티머시는 사람들에게 '기묘하게' 보이는 아이였어요. 티머시의 엄마는 아주 열심히 일하며 혼자서 아이를 돌보기 위해 고군분투했지요. 제가 티머시의 엄마를 보았을 때는 엄마 본인도 항상 슬퍼 보였습니다.

티머시 모자의 세계와 마오리족 공동체의 차이는 아주 극명했습니다. 마오리족은 관계의 밀도와 발달상의 다양성이 아주 풍부했어요. 아기, 어린이, 청소년, 어른, 노인이 모두 같은 공간에서 움직이고 노래하고 이야기하고 먹고 웃었지요. 저는 티머시가 마라에에서 다른 아이들과 함께 뛰어다니며 때때로 이모, 삼촌, 할아버지, 할머니 들과도 어울리는 모습을 상상해 봤습니다. 다시 캠핑장에서 자기 친구 레이먼드와 개구리들을 쫓아다니는 모습도요. 상상만 해도 미소가 지어지더군요. 그런 다음에는 좀 더 현실적으로, 학교 카페테리아에서 혼자 앉아 점심 먹을 안전한 자리를 찾고 있는 티머시의 모습, 학교에서 걸어서 하교해 텅 빈 아파트에 들어가는 모습, 다정하고 지친 엄마가 집에 돌아오기를 기다리며 비디오게임과 텔레비전으로 시간을 채우는 모습도 떠올려 보았어요.

트라우마는 티머시와 엄마 모두에게 영향을 입혔습니다. 두 사람 모두 관계의 빈곤을 겪고 있었지요. 그들에게는 치유에 필요한 인간관계, 긍정적인 관계들로 이루어진 치유의 그물망도 없었어요. 티머시와 엄마에게는 연결, 다시 말해 화나운가탕가가 필요했습니다.

다음 몇 주에 걸쳐 우리는 티머시와 엄마를 몇 차례 만났고 치료 접근법을 바꿨습니다. 먼저 티머시 엄마도 우리 진료소에 등록하게 했어요. 놀랍게 들릴지 모르지만 어린이를 대상으로 하는 진료소 중에 어른까지 진료하는 곳은 거의 없습니다. 세대에 걸쳐 이어지는 가족 내 트라우마의 빈도가 아주 높다는 점을 고려할 때, 이는 '제각각 구분된' 시스템의 파괴적 파편화를 보여 주는 강력한 예이지요. 우리는 학교 내에서 티머시의 멘토가 될 사람을 찾아 이어 주었고, 티머시 동네에 있는 보이즈 앤드 걸스 클럽의 방과 후 프로그램에 등록시켰으며, 모든 약물 치료를 중단했어요. 티머시의 엄마에게는 지역 교회에서 독신 부모 모임을 찾아보라고 권했지요. 엄마는 장로교 교인으로 자랐지만 텍사스에서 '집 같은 교회'를 아직 찾지 못한 상태였어요. 우리는 개별화 교육 프로그램Individualized Educational Program†의 일환으로 티머시 학

---

† 각 아동이 지니는 개인차와 장애로 인한 발달상의 개인차 때문에 단일 교육 과정으로는 그들의 필요를 충족시킬 수 없는 경우, 각 아동 개인의 발달에 적절한 프로그램을 계획하고 실행하는 과정.

교의 선생님 몇 명과도 만났습니다. 티머시가 보이는 행동들의 원인을 알게 된 후 선생님들은 티머시를 훨씬 더 잘 이해하게 되었고, 그중 한 선생님은 티머시에게 특별히 관심을 갖게 되었답니다. 그동안 티머시는 전혀 눈에 띄지 않는 아이였고, 선생님들은 모두 이미 과도한 업무에 시달리고 있었지요. 하지만 이제는 학교에서 티머시를 '지켜봐 주는' 사람이 더 많아졌습니다.

여섯 달 후, 티머시는 아주 잘 지내고 있었습니다. 더 이상 학교에서 행동 문제를 일으키지도 않았고, 한 학년 분량의 학습 내용을 이미 따라잡았지요. 매주 함께 노는 새로운 단짝 친구도 생겼어요. 학교에서도, 방과 후 활동에서도, 새로운 신앙 공동체에서도 활발히 활동했고요. 티머시의 엄마도 더 잘 지내고 있었습니다. 독신 부모 모임에서 큰 도움을 얻었고 새로운 친구들도 사귀었답니다. 티머시가 어려움을 겪는 것 때문에 상심이 컸던 터라, 이제 발전하는 아들의 모습도 엄마에게 기운을 북돋워 주었죠. 더 행복해진 엄마에게서 자연스럽게 전염되는 행복의 기운은 티머시의 발전에도 자양분이 되었어요. 긍정적이고 상호적인 인간관계와 새로운 소속감이 이 작은 가족의 치유를 도운 것입니다. 티머시의 사례는 연결성의 힘을 탐구하는 제 여정에서 겨우 첫걸음을 뗀 것일 뿐이었습니다.

— 브루스 D. 페리

관계의 빈곤이 낳은 취약한 존재들

오프라　박사님은 우리 세계가 관계의 측면에서 빈곤해졌다고 말씀하셨죠. 우리는 점점 더 적은 사람들과 만나는 환경에 살고 있고, 실제로 우리가 사람들을 만나 대화를 나눌 때조차 우리는 서로의 말에 제대로 귀를 기울이거나 완전히 그 순간에 집중하지 못하지요. 이런 단절은 우리를 더욱더 취약한 존재들로 만들고 있어요.

페리 박사　그렇다고 생각합니다. 우리가 좋은 사람들로 이루어진 멋진 나라에 살고 있음에도 불구하고, 집단적으로 우리의 회복탄력성은 더 떨어졌다고 믿습니다. 스트레스 요인들을 인내하는 국민 전반의 능력이 점점 떨어지는 것은 우리의 연결성이 줄어들고 있기 때문입니다.

관계가 이렇게 빈곤하다는 것은 우리가 스트레스를 받을 때 완충력이 떨어진다는 의미입니다. 예를 들어 정치적 의견이 자기와 다른 사람처럼 잠재적으로 위협적인 느낌을 주는 모든 대상에 대해 점점 더 '민감'해지고 있지요. 비교적 작은 도전들에도 과도하게 반응하는 사람들이 아주 많습니다. 상태 의존적 기능의 결과로 과하게 민감해져 있을 때면, 우리는 재빨리 덜 이성적이고 더 감정적인 사고와 행동 방식으로 넘어가지요. 우리는 차분하게 다른 사람의 의견을 숙고하고, 성찰하고, 상대의 관점에서 사태를 바라보려 노력하는 능력을 점점 잃어가고 있습니다.

> **오프라** 저도 늘 그런 모습을 봅니다. 어떤 사람이 실수를 하나 하거나, 누군가 아주 오래전에 한 말이 다시 떠오르면 '취소 문화cancel culture'†가 앞으로 나서지요. 아무도 서로의 이야기를 듣고 싶어 하지 않아요.

페리 박사 역설적인 사실은, 사람 사이 모든 의사소통의 특징은 소통 오류와 부조화가 일어나는 순간과 그에 뒤이은 복구의 순간으로 이루어진다는 점입니다. 제 좋은 친구이자 선구적인 발달심리학자

---

† 범죄나 문제 있는 행동으로 비난 받은 유명인이나 공인을 온라인이나 소셜 미디어에서 팔로우를 '취소'하는 등의 방법으로 배척하는 행위 또는 현상.

인 에드 트로닉은 대인 관계의 균열과 복구가 회복탄력성을 키우는 데 유익하다는 것을 우리에게 가르쳐 주었죠. 그러한 균열들 하나하나는 적정하고 통제 가능한 스트레스의 가장 적합한 용량들인 셈입니다. 예를 들어 대화도 회복탄력성을 촉진하지요. 가족이 식사하며 나누는 토론과 논쟁, 친구들 사이의 약간 열띤 대화는 이후에 복구가 이루어지기만 한다면, 회복탄력성과 감정이입 능력을 키우는 경험들이지요.

우리는 대화를 나누다가 격분한 상태로 자리를 떠서는 안 됩니다. 스스로 자신을 조절해야 해요. 균열이 생기면 복구해야 하는 것이죠. 다시 연결하고 성장해야 합니다. 화가 난 상태로 그냥 그 자리에서 가 버린다면 모두가 패배하는 거예요. 우리는 모두 남의 말을 듣는 일, 조절하는 일, 되돌아보며 성찰하는 일을 더 잘할 줄 알아야 합니다. 그러려면 용서할 줄 아는 역량, 인내할 줄 아는 역량이 필요하죠. 사람 간의 성숙한 상호작용에는 자신과 다른 사람들을 이해하려는 노력이 들어가야 합니다. 하지만 우리가 가족과 식사를 하지 않거나, 친구들과 어울려 얼굴을 마주하고 긴 대화를 나누지 않고, 문자 메시지나 트위터를 통해서만 의사소통한다면, 우리는 긍정적이고 건강하며 서로 오고 가는 인간적 연결 패턴을 형성할 수 없지요.

오프라　즐겁고 긍정적인 순간들이 좋은 것은 당연하지요. 하지만 박사님 말씀은 진정한 성장은 더 험난한 순간들, 더 어려운 대화들을 통해 이뤄진다는 것이네요. 또한 그런 순간들에는 '당신에게 무슨 일이 있었나요?'라는 질문을 인식하면서 접근해야겠군요.

페리 박사 감정이입은 자기 자신을 다른 사람의 입장에 대입해 볼 수 있는 능력이지요. 감정적인 의미에서 그들이 느낄 만한 것을 느껴 보는 동시에, 인지적 의미에서는 그들의 관점에서 상황을 바라보는 것이기도 합니다. 감정이입의 태도로 상호작용에 접근한다면, 어떤 일이 벌어지고 있든 그에 대해 부정적인 관점을 취할 가능성이 훨씬 작아집니다. 게다가 그럼으로써 상대방이 이미 아는 사람이라고 해도 그를 더 잘 알게 된다면 더 바랄 나위가 없겠지요. 그들의 이야기를 더 많이 알게 되고, 이를 통해 다시 그들과 상호작용할 때 스스로 더 잘 조절된 상태를 유지하게 된다면 더욱 좋을 테고요.

누군가 무례하게 굴 때, 우리가 보이는 전형적인 반응은 그들의 감정에 전염되어 버리는 것입니다. 조절에서 벗어난 상태가 되고, 그들의 무례한 행동을 거울에 비춘 듯 똑같이 따라 하게 되죠. 그러나 만약 잘 조절된 감정이입의 태도로 그 상호작용에 접근한다면 우리의 반응도 달라집니다.

오프라 그게 모든 걸 바꿔 놓지요. 박사님은 또 사람의 뇌가 현대 세계에 맞게 디자인되지 않았다는 말씀도 하셨는데요. 그 이야기를 좀 해 볼까요.

페리 박사 음, 인간이 인간으로, 그러니까 지금의 이 유전적 형태로 존재해 온 기간은 약 25만 년 정도 됩니다. 그 시간의 99.9퍼센트 동안 우리는 여러 가족이 모여 비교적 작은 집단을 이루어 수렵과 채집 생활을 하며 살았지요. 그러므로 우리 뇌는 그렇게 작은 집단들이 지닌 사회적 속성들과 복잡성에 '맞춰져' 있습니다. 우리가 인간으로서 존재해 온 거의 모든 시간 동안, 사회적 '네트워크'는 아주 작았고, 우리는 겨우 60~100명 정도의 사람들만 '알고' 살아왔던 것이죠. 비슷한 혈연관계와 몇몇 공통된 문화적 요소들을 공유하는 다른 집단들과 어느 정도의 연결을 맺고 있었을 수는 있지만, 우리의 '세계'는 대체로 작았고 자연 세계 안에 속해 있었습니다. 어른, 청소년, 어린이가 종일 같은 공간에서 섞여 있었으니 발달 과정에서도 더 많은 다양성을 누릴 수 있었죠. 물리적 근접성도, 신체 접촉도, 연결성도 더 많았고요.

우리의 감각 체계는 자연 세계가 만들어 주는 하루의 주기와 색깔, 빛, 소리뿐 아니라, 비교적 작지만 복잡한 사회 집단들, 즉 씨족들과 부족들이 주는 언어적 신호를, 그리고 더욱 예민하게는 비언어적 신호를 모니터링하는 방향으로 진화해 왔습니다.

하지만 오늘날 우리는 몇 천 년 전과는 아주 다르게 살고 있죠. 우리는 현대 세계를 아예 발명해 냈습니다. 이 세계와 여기서 발명된 것들이 우리의 유전적 역량과 선호에서 우리를 멀리 떨어뜨려 놓으려 할 때마다 우리는 문제에 부딪히게 됩니다.

현재 우리가 맞닥뜨린 난관은 우리의 발명 속도가 문제 해결 속도를 훨씬 앞지르고 있다는 점입니다. 지난 2천 년 동안 우리 세계는 인구와 기술, 수송 등의 변화 속도가 폭발적으로 증가했지요. 작가이자 생화학자인 아이작 아시모프가 말했듯이 "지금의 우리 삶에서 가장 서글픈 측면은 과학이 지식을 모으는 속도가 사회가 지혜를 모으는 속도보다 더 빠르다는 것"입니다.

우리가 발명의 결과로 우리의 '사회적' 선호와 자연 세계에서 멀어지게 된 일이 우리를 힘들게 하는 한 가지 이유는, 그것이 세계를 모니터링하는 일을 담당하는 신경계에 큰 스트레스를 주기 때문입니다. 우리의 스트레스 반응 시스템은 현대 세계가 주는 감각의 불협화음을 끊임없이 모니터링하느라 기진맥진한 상태입니다. 거리의 소음, 교통, 비행기, 라디오, 텔레비전, 냉장고가 웅웅거리는 소음, 컴퓨터 팬의 윙 하는 소리. 도시 환경에서 사는 일은 스트레스 반응 시스템을 더욱더 지치게 만들지요. 길에서 모르는 사람을 볼 때마다 뇌는 이렇게 묻습니다. 저 사람은 안전하고 친숙한가? 친구일까 적일까? 믿어도 될까 안 될까? 계속 거듭해서 이렇게 묻는 것이죠. 개개인의 속성들을 훑으면서 '안전하고 친숙함'에 대한 자기 '내면의 목록'에 빗대어 평가합니다. 사회적 환경에 대한 이러한 끊임없는 모니터링은 우리의 처리 역량의 상당 부분을 소모할 수 있지요.

동시에 우리는 자연에 대해 반란을 일으키고 있습니다. 인공의 빛을 사용해 밤에 깨어 있지요. 우리가 먹는 음식은 과도하게 가공 처리된 것으로, 우리 몸이 소화하도록 진화한 음식들과는 너무도 다릅니다. 이 모든 것은 우리 몸에, 특히 뇌에 스트레스를 가하지요.

만약 주거나 음식이나 고용 문제에 관한 걱정까지 해야 하는 상황이라면 그 스트레스는 배가됩니다. 가난의 예측 불가능성과 불안정성은 스트레스 반응 시스템의 처리 역량을 소진하여, 가난을 탈출할 수 있는 '기회'가 생겨도 그 기회를 활용하는 일을 극도로 어렵게 만듭니다.

오프라　우리는 가난이 어떻게 트라우마를 초래할 수 있
는지도 이야기했었지요. 하지만 박사님도 지적하셨듯이 우
리가 걱정해야 하는 것은 경제적 가난만이 아니지요. 고립
과 외로움도 널리 만연한 질병이니까요.

페리 박사　네, 저도 현대 사회에서 인간관계의 빈곤에 대해 깊이 염
려하고 있습니다. 우리 임상팀은 현재의 정신 건강을 가장 잘 예측
하게 해 주는 요인은 현재의 '관계의 건강', 즉 연결성이라는 것을 알
아냈습니다. 이 연결성을 키우는 연료는 두 가지입니다. 하나는 발
달기에 형성되는, 관계를 맺고 유지할 수 있는 기본 역량이며, 나머
지 하나는 가족과 이웃과 학교 등에서 갖게 되는 관계의 '기회들'이
지요.

단순하게 말해서 현대의 삶에서는 관계의 상호작용을 나눌 기
회가 점점 더 적어지고 있습니다. 여러 가족, 여러 세대가 함께 사는
환경에서는 지속적인 사회적 상호작용이 조절과 보상과 학습의 원
천을 풍부하게 제공해 주지요. 1790년에 미국 가구 중 63퍼센트는
가족이 5명 이상이었고, 2명 이하인 가구는 10퍼센트에 불과했습니
다. 오늘날에는 간단히 말해 그 수치가 뒤집혔지요. 2006년에는 가
족이 5명 이상인 가구가 8퍼센트밖에 되지 않았고, 2명 이하인 가구
는 60퍼센트였으니까요. 최근 미국, 유럽, 일본의 도시 지역에서 실
시한 조사에서는 1인 가구가 모든 가구 중 60퍼센트에 달했지요.

여기에 화면을 보며 보내는 시간의 영향도 더해집니다. 집에서, 직장에서, 학교에서 우리는 수많은 시간을 화면 앞에서 보냅니다. 평균 하루에 11시간 이상입니다. 가족이 함께 식사를 하는 일은 점점 줄어들고 대화를 나누는 요령도 점점 서툴러집니다. 스토리텔링 기술과 듣는 역량도 감소 추세지요. 그 결과 하나의 인구 집단으로서 우리는 더욱더 자기 몰입적이고 불안하고 우울한 사람들, 그래서 회복탄력성이 떨어지는 사람들이 되었지요.

단절과 외로움이라는 병

오프라 이 모든 것이 더해져 감정이입 능력도 더 떨어뜨린다고 생각하시나요?

페리 박사 음, 그러니까 감정이입할 수 있는 능력은 뇌의 핵심 신경망들의 기능인데, 이 신경망들은 사용 의존적으로 조직되거든요. 바꿔 말해서 언어를 유창하게 사용하려면 많은 대화와 말하기 자극에 노출되어야 하듯이, '감정이입이 유창'해지려면 보살피는 관계의 상호작용을 충분히 많이 반복해야 합니다. 그런데 현대 세계는 우리 아이들에게 이런 기회들을 제공하지 않고 있죠.

극단적인 상황에서 만약 아기가 지속적이고 안전하고 안정적인 보살핌을 받지 못한다면, 건강한 인간관계를 형성하고 유지할 수 있는 아주 중요한 역량이 발달하지 못합니다. 그 밖의 여러 발달기 경험들이 어떠했는가에 따라 친밀성, 사회적 기술, 대인 관계 행동 등에서 다양한 문제들이 생길 수 있고요.

오프라 박사님은 감정이입 능력을 전혀 발달시키지 못한 사람들과도 작업하신 적이 있지요?

페리 박사 남의 아기를 빼앗아 자기 아이로 키우려고 젊은 아기 엄마를 살해한 여성과 교도소에서 면담했던 기억이 납니다. 기록들을 검토하고 이야기를 나누는 동안 연결성이 전혀 없는 사람이란 게 고통스러울 정도로 명백히 보이더군요.

하지만 '그 사람에게 무슨 일이 있었는지' 알게 되니 왜 그런지 충분히 납득이 되었습니다. 본인도 태어난 지 엿새 만에 버림받은 사람이었어요. 그 후 몇 달 동안은 보호소에서 지내며 여러 명의 양육자를 거쳤고, 그러다 위탁 양육 시스템으로 들어갔습니다. 그러니 태어난 순간부터 그 사람한테는 관계의 영속성 같은 것이 전혀 없었지요. 그 누구에게도, 어디에도 속한 적이 없었어요. 열여섯 살이 될 때까지 7개 주, 12개 도시, 26개의 다른 주소지에서 살았고요. 2년 연속으로 같은 학교에 다닌 적도 없었어요. 한 장소에서 가장 오래 살았던 기간은 8개월이었고요. 어떤 가족, 어떤 지역사회, 어떤 장소에도 전혀 연결되어 있지 않았습니다.

이 여성은 아무런 가책이 없었고, 자기가 죽인 아기 엄마에게도 빼앗아 온 아기에게도 아무런 감정도 표현하지 않았어요. 그와 이야기를 나누는 동안 텅 비고 차가운 존재라는 느낌을 받았어요.

감정이입이 결여된 사람이었죠. 우리가 세 번째 대화에서 이야기했듯이 사람은 자기가 받지 않은 것을 줄 수는 없습니다. 당신에게 말을 걸어 준 사람이 없다면 당신은 말을 할 수 없어요. 당신이 한 번도 사랑받지 못했다면, 당신도 사랑을 줄 수 없지요.

오프라 하지만 그런 극단적인 경우를 제외하고, 감정이입을 할 수 있는, 그러니까 서로의 고통을 느낄 수 있는 우리의 집단적 능력에도 변화가 있었다고 말씀하셨죠.

페리 박사 맞습니다. 방금 제가 말한 건 발달하지 않거나 덜 성숙한 감정이입이지요. 어린아이들이 듣는 단어의 수가 적어도 여전히 말하기를 배울 수는 있어요. 그저 더 많은 단어를 들은 아이들보다 덜 유창할 뿐이죠. 마찬가지로 아이들이 관계의 상호작용을 적게 갖더라도 여전히 사회적 역량을 발달시킬 수는 있습니다. 그저 덜 성숙하고, 더 자기중심적이고, 더 자기 몰두적이기는 하겠지만요. 이것이 바로 몇몇 연구들이 보여 주는 바입니다. 감정이입의 정도에는 유의미한 변화가 있었습니다. 일반적인 대학 재학 연령의 성인은 20년 전에 비해 30퍼센트 '감정이입이 줄고' 자기에게 더 몰두하는 성향을 보인다고 합니다. 한 연구는 지난 30년에 걸쳐 미국 대학생들의 정신 병리가 40퍼센트 증가했음을 보여 주었는데, 논문 저자들은 이 결과가 "문화가 공동체, 삶의 의미, 협력 같은 내재적 목표에서 멀어지고 물질주의와 지위 같은 외재적 목표를 향해 이동한 것"과 관련이 있을 거라는 의견을 제시했습니다. 젊은 사람들이 나쁘다거나

수천 명과 이야기를 나눈 후 제가 얻은 깊은
깨달음은 모든 고통이 다 똑같으며,
단지 고통을 표현하기 위해 각자가 선택하는 방식이
다를 뿐이라는 겁니다. 더 나아가,
우리가 이 세상에 온 이유는 서로의 고통에서
배우기 위해서라고 믿습니다.

더 나빠졌다는 말이 아닙니다. 다만 그 결과는 삶의 경험이 우리를 형성한다는 걸 보여 주는 명백한 예이죠. 우리에게 어떤 일이 있었는지가 중요하고, 우리를 보면 우리의 가족, 공동체, 문화가 어떤 관계적 속성들을 지녔는지가 어느 정도 보입니다.

저는 우리의 가족 구조와 문화에 일어난 변화들을 생각할 때면, 배리 레빈슨 감독의 영화 〈아발론〉을 자주 떠올립니다. 도입 장면은 추수감사절에 여러 세대의 많은 가족이 모여 있는 장면이지요. 작은 집안에 여러 세대가 사랑스럽고도 시끌벅적한 혼란을 일으키며 모여 있지요. 마지막 장면은 시간이 흐른 뒤 또 다른 추수감사절 풍경입니다. 이번에는 '성공하여' 교외로 이사한, 한때 대가족의 일부였던 한 핵가족이 나란히 앉아서, 대화도 나누지 않고, 트레이 테이블에서 데운 냉동식품을 먹으며 텔레비전을 보고 있지요.

우리 사회에서는 세대 간의 사회적 구조가 닳아 없어지고 있습니다. 우리는 연결을 끊고 있어요. 저는 그 점이 우리를 역경에 더욱 취약하게 만든다고 생각합니다. 코로나19 팬데믹 이전부터도 우리가 목격해 온 최근의 불안, 자살, 우울증 증가에서도 중요한 요인이라고 생각하고요.

오프라 단절과 관련된 문제라고 생각하시는군요.

페리 박사 네. 우리 사회의 단절과 외로움이 지금 우리가 목격하고 있는 불안, 수면 문제, 물질 남용, 우울증의 증가에서 주요한 역할을 하고 있습니다.

하버드의 한 연구팀은 최근 실시한 연구로 우울증과 연관된 모든 요인 가운데 가장 강력한 요인이 연결성과 관련된 것임을 알아냈답니다. "사회적 연결이 주는 보호 효과는 유전적 취약성이나 생애 초기 트라우마의 결과로 우울증 발병 위험성이 더 높은 개인들에게도 유효하다"라고 밝혔죠. 우리의 연구 역시 그들의 의견을 확고하게 뒷받침합니다. 우리가 알아낸 아주 중요한 사실 하나는 어떤 사람의 현재 정신 건강을 판단할 때, 아동기의 관계 건강, 즉 연결성이 역경의 역사보다 더 중요하지는 않더라도 비슷한 정도로 중요하다는 것이었어요. 또한 트라우마를 겪는 어린이와 청소년의 현재 정신 건강 기능의 상태를 가장 잘 예측할 수 있는 요인이 그들의 현재 연결성이라는 것도요.

저는 마오리족 노인들도 생각나고, 트라우마, 불안, 우울증, 물질 남용이 '모두 다 같은 것'이며 그 모든 일이 전부 우리의 연결성 및 소속감과 관련된 것이라는 그들의 믿음도 생각나네요.

오프라   저도 같은 생각이에요. 자주 하는 이야기지만, 수천 명과 이야기를 나눈 후 제가 얻은 깊은 깨달음은 모든 고통이 다 똑같으며, 단지 고통을 표현하기 위해 각자가 선택하는 방식이 다를 뿐이라는 겁니다. 또한 거기서 더 나아가, 우리가 이 세상에 온 이유는 서로의 고통에서 배우기 위해서라고 믿습니다. 그러므로 공동체의 상실과 우리 모두가 느끼는 사회적 고립은 거대한 집단적 고통의 원천이지요.

페리 박사　단절은 병입니다. 우리 사회의 관계와 연결이 더욱 느슨해진 현상과 자살률 증가 사이에 상관관계가 있다는 마오리족 노인들의 말이 옳았다고 생각합니다.

　지금 우리는 관계의 측면에서 빈곤할 뿐 아니라, 화면 기반 기술들의 확산으로 감각에 과부하까지 걸린 환경에서 아이들과 청소년들을 키우고 있습니다.

　　오프라　우리는 모두 너무 스마트폰에 집착하고 있죠. 서로 눈도 마주치지 않고요.

페리 박사　맞습니다. 문자를 보내고 트윗을 하고 포스팅을 하는 일은 많아졌지만, 실제 대화는 더 줄었죠. 지금 우리는 다른 데 주의를 빼앗기지 않고 친구 한 명의 말에 귀 기울일 수 있는 조용한 대화의 순간들을 충분히 누리지 못한다고 생각합니다. 그런 종류의 상호작용은 질적으로 완전히 다른 인간적 연결로 이어지지요. 깊이가 다릅니다. 저는 우리가 그런 걸 갈망한다고 생각해요. 우리 중 다수는 그걸 찾기 위해 소셜 미디어에 의존하지만, 결국 소셜 미디어의 상호작용으로는 그 갈망이 채워지지 않지요.

　한편 청소년들의 자살률, 불안증과 우울증 발병률은 더욱 높아지고 있죠. 우리의 문화는 대단히 '발전해' 있고, 우리는 큰 부와 창조성과 생산성을 갖고 있지만, 그럼에도 우리의 모든 시스템에 내재한 불평등과 격차는 계속해서 공동체와 문화의 결속을 주변화하고 파편화하고 훼손하고 있습니다.

우리가 훌륭한 공교육 제도와 경이로운 기술을 갖고 있을지는 몰라도, 여전히 우리 아이들 또는 우리 자신의 근본적인 관계 욕구는 충족시키지 못하고 있어요. 너무 많은 사람이 허함을 느끼고 연결을 추구하죠. 심지어 정말 건전하지 못한 방법으로 연결을 추구하는 일도 많고요.

> **오프라**　게다가 그런 일은 모든 사회, 경제 계층에서 고루 일어나지요. 부로는 그 누구도 불안증이나 우울증을 막지 못하는 것 같아요.

페리 박사　맞습니다. 하지만 어떤 권력 구조에서든 가장 밑바닥에 있다는 건 삶을 훨씬 더 어렵게 만들지요. '내부' 집단에 속하지 못하는 사람이라면 그렇게 주변화된 상태 때문에 자기는 소속되지 못한다는 감정을 느끼게 될 수 있습니다. 앞에서도 말했듯이 뇌는 사회적 환경을 끊임없이 모니터링하면서 자신이 소속되는지 소속되지 않는지 말해 주는 신호들을 찾지요. 어떤 사람이 자기가 소속된다는 신호를 받으면(이런 신호는 대개 무의식적인 것이죠), 스트레스 반응 시스템이 차분해지면서 그 사람에게 안전하다고 말해 줍니다. 그러면 그들은 조절되었고 보상을 받았다고 느끼죠. 하지만 자신이 소속되지 않았다는 신호를 받을 때는 스트레스 반응 시스템이 활성화됩니다. 그리고 '소속되지 않음'의 신호는 자기가 모르는 모든 사람, 특히 자신에게 친숙한 집단의 속성을 갖지 않은 사람들에게 보이는 기본 반응이기도 합니다. 이런 사람들을 우리는 잠재적 위협으로 보지요.

오프라   '타자'로요.

페리 박사   맞습니다. 이제 그게 우리 현대 세계에서 어떤 함의를 갖고 있는지 생각해 봅시다.

앞에서도 이야기했듯이, 도시에 사는 사람이라면 매일 '새로운' 사람을 수백 명도 볼 수 있고, 이럴 때 뇌는 그 수백 명의 사람을 계속 모니터링해야 합니다. 친구인가 적인가? 나를 도울까 해칠까? 이런 모니터링은 몹시 지치는 일입니다. 감정 처리 역량을 소모하죠. 그래서 도시 환경에 사는 사람들은 타인을 없는 존재처럼 완전히 무시하고 그들과 연루되지 않는 방법을 터득하는 경우가 많아요. 그들은 우리가 거기 있다는 사실을 전혀 모르는 것처럼 우리 곁을 스쳐 갈 수도 있습니다. 그런 상호작용은 우리에게 보이지 않는 존재가 된 느낌을 주지만, 그들에게는 그저 자기 보호를 위한 한 방법일 뿐일 수도 있어요.

하루 동안 여행을 하고 나서 '기진맥진한' 느낌이 들었던 사람이 많을 겁니다. 한 일이라고는 몇 번 줄을 서 있다가 비행기 좌석에 앉아 있었던 게 다라고 해도 말이죠. 그런 느낌이 드는 이유는 뇌가 끊임없이 수천 가지 새로운 자극들을 모니터링하고 있었기 때문이에요. 기억합시다. 과하지 않은 정도라도 긴 시간 동안 스트레스 반응 시스템을 활성화하는 일은 육체적으로나 감정적으로나 지치게 하는 일이라는 것을요.

그러니까 현대 세계에서 불안이 증가하는 부분적인 이유는 새로움, 특히 사회적 측면의 새로움이 쏟아지는 반면, 이에 대한 균형추가 되어 줄 관계의 연결이 결여되었기 때문이라고 말할 수 있습니다.

오프라 그러니까 우리의 세계가 확장되고 우리가 점점 더 많은 사람을 만나게 되면서, 우리의 뇌가 압도되는 것이로군요.

페리 박사 네, 그 결과 뇌는 모든 새로운 사람들과의 관계를 꾸려 나가기 위해 지름길들을 사용하기 시작하지요. 우리의 뇌가 처리할 수 있는, 온전히 서로 주고받는 관계의 수에도 한계가 있습니다. 그런 관계의 수는 80~100명 정도라고 밝혀졌는데, 앞에서 이야기한 내용에 비춰 보면 흥미롭지요. 딱 대규모 수렵, 채집 집단 정도의 규모이니 말입니다.

오프라 새로운 사람을 알아 가는 일에는 많은 에너지와 시간이 필요하고, 우리 뇌의 용량에도 한계가 있으니까요. 어쩌면 그게 새로운 곳으로 이사하는 것이 그토록 힘든 이유인지도 모르겠네요.

페리 박사 맞습니다. 익숙하던 공동체를 떠나 새로운 공동체에 속하게 되면, 뇌는 그 모든 새로운 것들을 처리하려고 계속 노력합니다. 새로운 환경에 닻이 되어 줄 제대로 된 인간관계가 없다면 그건 아주 힘든 일이죠. 관계들은 성장하겠지만, 그러려면 시간이 필요해요. 바로 이런 이유로 사람들은 큰 이동 후 첫 여섯 달 동안 가장 취약한 상태가 됩니다. 그때는 안전하고 안정적이며 잘 알던 것을 남겨 두고 떠나서 새로운 연결들을 구축하기 시작하는 시기지요.

오프라 윈프리 여성리더십아카데미의 학생들을 생각해 보세요. 무척 어린 나이였던 그 학생들은 자기가 속해 있던 사회적 맥락에서 분리되어 완전히 새로운 환경에 들여보내진 상태였지요. 그래서 그들이 연결성을 다시 구축할 수 있을 때까지는 아주 취약한 상태였던 것이고요.

오프라 제가 학생들에게 홈스테이를 할 수 있는 가정을 찾아 주려 한 것도 그런 이유에서였어요. 그들에게 항상 돌아갈 수 있는 곳, 안전한 공간을 마련해 주려고요.

페리 박사 그건 정말 현명한 일이었습니다. 연결성은 우리가 변화에 대처하고, 끊임없이 쏟아지는 새로운 것들에 직면해 스스로 조절하는 데 도움이 되니까요.

우리는 다시 연결되어야 한다

오프라 그러면 이제 공동체가 없는 사람들은 어떻게 하고 있을까요? 그들은 모바일 기기에 의지하죠. 그렇게 하는 게 객관적으로 잘못된 일은 아니지만, 결국 그건 공허한 연결일 뿐이죠.

페리 박사　때로 '친구'나 '팔로워'나 '좋아요' 수를 더 늘리는 것으로 사람들과 연결되려고 거의 맹목적으로 노력하는 사람들을 볼 때가 있어요. 그만큼 소속되는 일, 남들을 자신과 같은 무리로 만들고자 하는 일이 사람들을 끌어당기는 힘이 강하다는 것이죠. 하지만 말씀 하셨듯이 소셜 미디어를 통한 연결은 공허한 경우가 많지요.

> **오프라**　그 '친구들'이나 '팔로워들'이 내가 아프거나 이 혼을 했거나 그저 외로움을 느낄 때 곁에 있어 주는 건 아니 니까요. 그들은 자기네 이웃들과 한 테이블에 앉아 있는 게 아니죠. 심지어 많은 경우 자기 가족과도 한 테이블에 앉아 있지 않고요. 아까 박사님이 했던 말, 단절이 병이라는 말이 다시 생각나네요. 고립도 새로운 형태의 트라우마로 분류 할 수 있을까요?

페리 박사　물론 어떤 상황에서는 고립과 외로움이 스트레스 반응 시스템의 민감화를 초래할 수 있다고 생각합니다. 그런 경우 고립과 외로움은 트라우마의 원인이 될 수 있지요. 독방 감금을 예로 들 수 있겠습니다. 고립의 타이밍에 따라서도 결과는 달라질 수 있습니다. 제가 교도소에서 만났던, 갓난아기 때 버려졌던 그 여성을 생각해 보세요.

　저는 관계의 빈곤, 즉 연결성의 결여도 하나의 역경으로 보는 게 타당하다고 생각합니다. 관계의 빈곤은 정상적 발달을 저해할 수 있고, 뇌가 작동하는 방식에 영향을 미칠 수 있으며, 육체와 정신에 건강 문제가 생길 위험성을 높일 수 있어요. 절대적으로 해로운 일이죠.

오프라 특히 아이들에게 더 그렇겠지요.

페리 박사 그렇습니다. 우리는 누구나 어느 집단의 일원이 되기를 원하는데, 너무나 많은 아이들이 주변으로 내몰리고 따돌림이나 괴롭힘을 당합니다. 이런 일은 정말 큰 파괴력을 발휘할 수 있어요. 따돌림을 당한 일의 영향은 깊고도 오래 지속될 수 있습니다.

여러 면에서 우리 사회가 직면한 관계의 빈곤이 초래하는 결과는 사회적·감정적 기아라고도 할 수 있어요. 우리 아이들이 굶주리고 있는 겁니다.

오프라 저는 그게 대부분의 사람들이 받아들이기 어려워하는 개념이라고 생각해요. 현대 문화에서는 어린이들이 모든 걸 갖추고 있는 것처럼 보이니까요. 아이들이 굶주린다고 말할 때 박사님이 의미한 바는 무엇인가요?

페리 박사 흠, 자양분에도 여러 형태가 있지요. 서구 문화권에 사는 우리가 잘 모르는 것 중 하나는 신체 접촉이 육체적 성장과 정서적 성장 모두에 너무나 강력하고 중요한 영향을 미친다는 사실이에요.

오프라 흥미로운 이야기로군요.

페리 박사 신체 접촉은 육체와 정서의 건강한 발달에 칼로리와 비타민만큼 필수적입니다. 아기를 안아 주거나 흔들어 주지 않으면, 그러니까 아기가 양육자와의 신체 접촉에서 얻을 수 있는 사랑이 담긴 온기를 경험하지 못하면 아기는 자라지 않습니다. 실제로 아기가 죽을 수도 있어요.

오프라 말 그대로 죽는다고요?

페리 박사 그럼요. 우리 사회에서는 어린이와 청소년을 포함해 신체 접촉에 굶주린 사람들이 아주 많습니다. 건강한 접촉이 무엇인지도 잘 이해하지 못하죠. 실제로 유아원에 가 보면 아장아장 걸어 다니는 어린아이들이 본능적으로 막 달려가서 친구나 선생님을 끌어안는 모습을 볼 수 있는데, 그러면 선생님들은 아이에게 접촉하지 말라고 제지해요. 또한 선생님들과 다른 돌봄 담당자들도 아이들을 만지는 일이 허락되지 않고요. 하지만 서너 살 된 아이들이 다른 사람을 만지거나 안거나 장난스럽게 씨름하듯 함께 뒹굴지 않으면서 여덟 시간을 보내는 것은 한마디로 건강에 해로운 일입니다.

오프라 멕시코와 미국의 접경 지역에서 부모와 분리된 아이들의 이야기를 들었을 때 정말 염려되었던 일 중 하나가 바로 그런 거였어요. 미국소아과학회 학회장을 지낸 콜린 크래프트Colleen Kraft도 그 어린아이들을 돌보는 사람들에게 아이들을 만지는 걸 금지한다는 사실을 알고 정말 충격을 받았다고 하더군요. 아기들이 비명을 지르고 울어대는데도 돌보는 사람들에게 아기들을 만지는 걸 금지한다는 거예요. 그들은 계속 아기들에게 장난감을 주고, 또 장난감을 주고, 또 장난감을 주기만 한대요. 제가 알기로는 아기들을 원치 않는 접촉으로부터 보호하면서도 건강한 접촉을 허용하는 방법이 있는데 말이죠.

페리 박사 그 일은 의도는 좋았지만 아이들의 발달에 무엇이 필요한지 거의 이해하지 못한 채 정책을 세우는 일의 전형적인 예입니다. 원래 의도는 부적절한 접촉이나 학대의 가능성을 최소화함으로써 아이들을 돕는 동시에 직원들도 억울한 누명으로부터 보호하려는 것이었겠죠. 하지만 잘 감시되는 환경에서 건강한 접촉을 확보할 수 있는 합리적 방법들을 찾으려 고심하는 대신, '접촉 금지' 규칙을 일괄적으로 적용했죠.

이는 우리 문화에 공통된 한 줄기입니다. 우리는 반응적입니다. 편리하고 단기적인 해결책을 선호하고 리스크를 회피하죠. 그리고 관계보다는 물질적인 것을 보상으로 사용합니다. 자, 장난감을 가져. 네가 착하게 굴면 우리가 너한테 뭔가를 줄게. 진정시켜 주는 신체 접촉 대신 장난감을 주는 것은 터무니없을 정도로 잘못된 관행이에요. 발달에 관해 무지하고, 트라우마에 관해 이해하지 못한 정책의 결과죠. 우리 시스템을 바꿔야 한다는 걸 보여 주는 또 하나의 예입니다.

오프라 저는 그 이야기를 듣고는 울고 말았어요. 우리는 정말로 개선해야만 합니다. 우리는 그래선 안 된다는 걸 알고 있어요. 사람 사이의 접촉이 건강한 것임을 알아요. 화면 앞에서 그토록 많은 시간을 보내는 것이 친구나 선생님, 코치, 부모를 대신할 수 없다는 것도 알고요.

페리 박사 다시 말하지만, 우리가 세계를 발명하고 있는 속도는 그 발명품들의 영향을 이해하는 우리의 능력을 앞질러 가고 있습니다. 텔레비전, 비디오게임, 스마트폰, 컴퓨터, 이것들은 모두 인류의 역사에서 상당히 새로운 것들이지요. 우리는 이런 기기들이 발달 중인 뇌에, 우리 아이들이 생각하고 경험을 처리하는 방식에 미치는 모든 영향을 온전히 이해하지 못하고 있고요. 그래도 지금 화면 앞에서 11시간을 보내는 일이 사회적 발달에 미칠 수 있는 파괴적 영향에 대해서는 이해하기 시작했습니다. 우리 모두는 가족과 식사하거나 친구와 대화하는 도중에 문자 메시지를 주고받거나 전화 통화를 하는 일이 어떤 파괴적 영향을 미치는지 목격했습니다. 또한 수업 중이나 회의 중에 인터넷 서핑을 하는 행위가 주의를 산만하게 만드는 효과도요.

오프라 박사님이 '기술 위생techno-hygiene'이라는 표현을 쓰시는 걸 들은 적 있어요. 그 단어가 마음에 들었어요. 무슨 뜻인지 설명해 주시겠어요?

페리 박사 　기본적으로 저는 우리가 신기술을 언제 어떻게 사용할지에 관한 사회적 관행의 '규칙들'을 만들 필요가 있다고 생각합니다. 우리는 새로운 기술을 창조할 때면 항상 새로운 규칙들을 만들어 왔어요.

현재의 위생 관행들을 예로 들어 봅시다. 의학의 역사에서 가장 중요한 발전 중 하나는 질병과 미생물과 하수도의 관계를 깨달은 것이었어요. 지금의 우리는 믿기 어렵지만, 옛날 외과 의사들은 손도 씻지 않은 채 수술을 했답니다. 사람들은 어디든 원하는 곳에서 용변을 봤고, 마을들은 마시는 물을 퍼 오는 원천에 하수를 버렸어요. 하지만 세균과 감염, 질병에 관해 알게 되면서 모든 걸 더 잘 관리할 필요가 있다는 걸 깨달았죠. 그 결과 많은 위생 관행들이 만들어졌어요. 우리는 아이들에게 변은 화장실에서 보아야 한다는 걸 가르치며 사회화합니다. 화장실에서 볼일을 보고 나면 손을 씻지요. 하수는 식수와 분리하고요.

저는 기술들에 대해서도 바로 이처럼 보편적으로 적용하는 표준 사용 '규칙들'이 필요하다고 생각합니다. 스마트폰을 사용할 수 없는 구역과 시간, 화면 사용의 적절한 시간 '용량'과 장소 설정 등으로 말이죠. 예를 들어 우리는 어린아이가 쉬지 않고 화면을 들여다보는 시간이 언어 능력과 주의력, 집중력의 건강한 발달에 그리 이롭지 않다는 걸 알고 있죠. 그에 따라 미국소아과학회가 연령대와 시간 제한에 관한 권고안을 내놓았고요. 우리가 더 많이 알아 갈수록 이런 '위생' 권고안들을 더 발전시키고 수정할 수 있겠지요.

오프라   2~3세 이하 아이들은 뇌 발달에 해로우므로 태블릿이나 화면을 쳐다보지도 말아야 한다는 말이 사실인가요?

페리 박사   아주 이롭다고는 할 수 없을 겁니다.

오프라   왜 그렇죠?

페리 박사   우리 뇌는 우리를 시각적으로 편향되게 하는 방식으로 조직됩니다. 우리에게는 여러 감각이 있지만 대체로 시각이 가장 지배적인 감각이라고 볼 수 있어요. 뇌가 색깔이 다양하고 움직이는 시각적 내용을 선호하기 때문에 이미지들은 강력한 반응을 일으킬 수 있죠. 화려한 색채와 움직임, 이 둘을 조합해 화면에 보여 주면 시청자의 주의를 사로잡을 수 있어요.

그런 이미지가 꼭 나쁜 것은 아닙니다. 그게 뇌에 너무 만족스럽고 흥미로운 나머지 우리가 덜 자극적이고 덜 번잡한 다른 감각 입력들보다 그런 이미지들을 선호하게 되기 전까지는 말이지요. 갓 난아기나 좀 자라 걸음마를 하는 정도의 아기들이 스크린에 완전히 빠져 있으면 세계에 관한 다른 아주 중요한 배움들을 놓치게 되지요. 아기들은 이 세상에 존재하는 것들이 어떤 느낌이 들고 어떤 냄새와 맛이 나는지를 탐색해야 합니다. 모든 감각 도구를 사용해 자기가 속한 세계를 파악해야 하죠.

아기들이 뭐든 항상 입에 넣어 본다는 거 아시죠? 그럴 때 아기들은 보라색 꽃에서 무슨 맛이 나는지 알아보려는 거예요. 세계를 파악하고 있는 것입니다. 하지만 다른 사람들과 접촉하고 느끼고 움직이고 상호작용하지 않고 하루의 75퍼센트를 화면만 들여다보며 지낸다면, 이는 한마디로 삶의 그 시기에 빠른 속도로 조직되고 있는 뇌의 핵심 부분들의 발달을 저해하는 것이지요.

아이에게 언어를 가르치는 가장 좋은 방법은 아이를 스크린 앞에 두는 것이 아니라 아이와 말을 주고받는 것입니다. 실제로 아이들의 언어 습득을 관찰해 보면, 유창함은 서로 주고받는 대화를 통해 직접 말해 본 단어의 수와 연관된다는 것을 알 수 있어요. 기기에서 들은 단어의 수가 아니라요.

> **오프라**　우리가 원하는 건 아이들이 다른 아이들, 어른들과 실제 삶의 연결을 맺는 것이죠. 박사님이 말씀하셨듯이 뇌에 있는 감정이입 시스템들은 감정이입을 자극해 줄 기회가 많을 때 발달하고요.

페리 박사　그러니까 이상적인 것은 아이가 관계의 측면에서 '풍요로운' 가정에서 안전하고 안정적이며 보살핌 가득한 상호작용의 기회를 많이 누리며 자라는 것입니다. 그러면 아이 스스로 연결성과 회복탄력성을 키우게 되지요. 이런 통찰은 제가 원주민 어르신들에게서 배운 모든 전통적 양육과 치유 관행들에서 핵심을 차지하는 인식이기도 합니다.

사람들의 연결성이 가장 중요하다는 그들의 이해에는 현재 우리 세계에서는 사라진 지혜가 반영되어 있습니다. 다름 아닌 현대 세계가 주변화한 문화들이 현대의 곤경을 치유할 지혜를 품고 있다니 참 역설적이지요.

열 번째 대화

지금 우리에게
필요한 것

WHAT WE NEED NOW

예전에 저는 토니 모리슨의 델 듯이 강렬한 소설 《빌러비드》를 옮긴 영화에서 세서라는 인물을 연기했습니다.

탈출한 노예인 세서는 딸 빌러비드의 끔찍한 죽음으로 인한 고통에 사로잡혀 살아갑니다. 영화 속에서 장애를 지닌 아이로 환생하여 자신에게 돌아온 빌러비드를 집으로 들이지요. 세서는 남은 생애 동안 빌러비드에게 속죄하며 살고, 그러는 동안 그들의 관계는 점점 더 꼬이며 그들을 지치게 만들죠.

어느 날 우리는 세서가 침대에 누운 빌러비드에게 이불을 여며 주는 장면을 찍었어요. 제가 조너선 드미 감독에게 받은 지시는 "좋아요, 빌러비드를 잘 여며 주세요"라는 말뿐이었죠.

그래서 저는 침대 모퉁이를 차례로 돌며 담요 가장자리를 완벽히 접어서 매트리스 밑으로 넣어 여며 주었죠.

"컷." 조너선이 카메라 뒤에서 고함을 쳤어요. "오프라, 당신 지금 빌러비드를 여며 주는 게 아니잖아요."

그래서 저는 그 과정을 더 신경 써서 반복하며, 담요의 가장자리들을 매트리스 밑으로 잘 집어넣었습니다.

"컷!" 조너선이 제게 다가오더군요. "당신 뭐

하고 있는 거예요?"

"빌러비드를 침대 안에 여며 주고 있는데요." 저는 두려움과 창피함이 뒤섞인 감정이 내면에서 솟아오르는 걸 느낄 수 있었지만, 왜 그런지 이유는 알지 못했어요.

"당신은 침대를 가지런히 정리한 거잖아요. 당신 딸을 침대 속에 여며 준 게 아니라."

그 순간 뭔가 번뜩하며 제 마음 깊은 곳을 찔렀어요. 저는 멍하니 조녀선을 쳐다봤어요.

"'여며 준다'는 게 무슨 뜻인지 모르겠어요." 저는 조용히 말했습니다. "그게 어떻게 하는 건지 모르겠어요."

마침내 우리 둘 다 무슨 일이 벌어지고 있는 건지 이해했어요. 조녀선은 사랑을 담은 손길로 담요를 끌어당겨 딸의 몸을 에워싸듯 여며 주는 방법에 대해 제게 친절히 시범을 보여 줬지요. 그를 따라 침대 가장자리를 도는 동안 깊은 슬픔이 홍수처럼 저를 덮쳤습니다.

저는 누가 이불로 저를 여며 준 일이 있었는지조차 기억나지 않아요. 누군가 그런 사랑의 의도를 담아 제게 담요를 덮어 주는 것을 한 번도 느껴 보지 못했죠.

그런 게 분명 어머니의 사랑이란 것이겠지요.

여러 해 뒤, 저는 친구 우라니아와 어린 딸 킬리와 함께 주방에 있었어요. 우라니아가 킬리에게 뭔가 먹고 싶으냐고 물었죠. "네, 주세요" 하고 킬리가 말했고요.

우라니아는 냉장고로 가서 딸기를 꺼냈어요. 딸기를 씻고,

칼을 꺼내 딸기에 칼집을 내기 시작했죠. 우라니아가 이 일을 전에도 여러 번 했다는 걸 알 수 있었어요. 칼이 딸기 주위를 움직이는 동안 정교한 장미 모양이 나타나기 시작했죠. "딸기 장미네!" 저는 경탄을 금할 수 없었어요. 우라니아는 그 아름다운 딸기를 접시 위에 조심스레 올려 딸에게 건네주었어요. 그 모습을 보며 제 눈에는 눈물이 차올랐습니다. 그 일을 하는 우라니아의 다정함에 제 영혼은 불에 덴 듯 아렸어요.

저는 다시 한번 저 자신에게 말했어요. "저런 게 분명 엄마의 사랑이란 거겠지."

저와 제 어머니의 관계는 복잡했습니다. 앞에서도 말했듯이 저는 아동기 초기를, 제 인생의 첫 6년을 할머니와 함께 보냈어요. 그 6년 동안 어머니에 대한 기억은 전혀 없습니다. 할머니가 병들었을 때 저는 갑자기 밀워키로 보내져 어머니와 살게 되었죠. 그건 엄마와 아이의 반가운 재회가 아니었어요. 제가 환영받지 못한다는 걸 바로 느낄 수 있었죠.

제가 밀워키에 도착한 밤, 어머니와 숙소를 같이 쓰고 있던 미즈 밀러는 저를 한 번 흘낏 쳐다보고는 "쟤는 포치에서 재워야 해"라고 하더군요. 미즈 밀러는 피부색이 연했어요. 거의 백인으로 착각할 정도였죠. 그 사람은 "저 보풀머리에 시커먼 애"는 집 안에 들이지 않겠다고 말했어요.

제 어머니는 "알았어" 하고 말했고요.

그때까지 저는 할머니 침대 외에 다른 곳에선 한 번도 잔 적이 없었어요. 유리창으로 에워싸인 포치에서는 거리의 소음이 그대로 들려 왔죠. 어머니가 집 문을 닫고는, 저도 함께 자게 될 거라 생각했던 침대로 혼자 자러 가는 모습을 지켜보는 동안, 저는 무시무시하게 외로운 느낌에 사로잡혀 눈물이 쏟아졌어요. 강도가 포치에 있는 저를 납치해 가거나 누군가 창을 깨고 들어와 제 목을 조르는 상황을 상상했어요.

그 첫날 밤, 저는 무릎을 꿇고 신께 저를 보호해 줄 천사들을 보내 달라고 기도했어요. 아침에 잠에서 깨니 공포는 사라졌지만, 잠을 자는 동안에 안전하지 않다는 느낌은 제 삶에 아주 오래도록 남아 있었죠. 하나의 깨달음이 제 영혼을 가득 채웠습니다. 저는 여섯 살 나이에 제가 혼자이며 신 외에는 아무도 저를 지켜 봐 주지 않을 거라는 걸 느꼈어요.

고통과 고통 이후에 따라오는 결의는 이후 여러 차례 반복되는 하나의 순환이 되었죠. 저는 그것이 아주 뿌리 깊은 방식으로 제 인생을 관통하는 핵심 줄기라고 믿습니다. 어려서 견뎌 냈던 그 힘든 몸부림들이 제가 다른 사람들의 고통을 알아보고 염려할 수 있게 해 주었어요. 어렸을 때 제가 그토록 갈망했던 제 존재에 대한 인정, 그걸 다른 사람들도 저만큼 열렬히 갈망하는 모습을 봅니다. 수천 명이 용기를 내 제게 자기 이야기를 들려 주었던 것은 그들의 이야기가 저의 이야기이기도 하기 때문이었죠. 그들의 고통은 곧 저의 고통이었습니다. 모든 고통은 같은 것이기 때문이죠.

— 오프라 윈프리

오프라　자신이 가족 안의 학대나 트라우마의 '순환을 끊을' 수 있었다고 말하는 사람들의 감동적인 이야기도 아주 많습니다. 그런 나쁜 경험들의 부정적이거나 유해한 영향이 후대로 대물림되는 걸 완전히 방지하는 일이 가능할까요?

페리 박사　학대를 당한 사람이 나중에 자기가 당한 것과 똑같은 방식으로 타인을 학대하는 사람이 되는 경우는 실제로 별로 없다는 점을 분명히 짚고 넘어가는 게 중요할 것 같군요. 하지만 한편으로 학대를 당한 사람 대다수가 적응을 위해 갖춘 방편들이 어떤 식으로든 다른 사람과의 관계에 영향을 미친다는 사실이 점점 더 분명히 밝혀지고 있습니다. 그 적응 방식들이 모두 '병적인' 것은 아니지만, 관계를 형성하고 유지하는 방식에 영향을 미친다는 건 분명합니다.

이는 우리가 앞에서 특정 사람들이 학대당하는 관계를 찾아다니는 것처럼 보이는 이유에 관해 나눴던 이야기로 다시 돌아가는군요. 우리의 뇌와 마음은 익숙한 패턴으로 우리를 끌고 갑니다. 심지어 그 패턴이 부정적일 때도 말이죠. 사람들은 결국 적응에 불리했던 이전의 패턴들을 반복하고, 대개는 자기가 그걸 반복한다는 사실도 깨닫지 못합니다. 많은 경우 주변 사람들이 본인보다 상황을 더 분명히 인지하지요.

오프라 맞아요. 그리고 대체로 그걸 스스로 깨달을 때까지는 진정한 변화가 일어날 수 없지요. 저는 아동기 초기부터 제가 성공하려면 저 혼자 힘으로 이뤄 내야만 한다는 걸 알았어요. 박사님이 말씀하시는 '안전 지지대'가 제게는 전혀 설치되어 있지 않았거든요. 하지만 세월이 흐르는 동안 제게서 어떤 잠재력을 알아보고 그걸 키워 주기 위해 시간을 내어 준 아주 특별한 선생님들이 몇 분 계셨어요. 그게 박사님이 이야기하는 바로 그거예요. 정말로 안전 지지대란 새로운 렌즈로 우리를 보아 주고 시간을 내어 도와주는 단 몇 명의 사람일 수도 있더라고요. 제 선생님들은 트라우마 이해 기반 교육 같은 걸 알았던 것도 아닌데 말이죠. 이제 그런 교육을 하는 일부 사람들이 있고, 박사님의 획기적인 연구가 세상에 알려져 파급효과를 일으키고 있는 지금, 더 많은 사람이 치유될 거라는 희망이 느껴지시나요?

치유를 위한 순서와 단계

페리 박사　20년 전보다는 훨씬 더 희망적으로 생각합니다. 저는 경력의 대부분을 트라우마를 겪은 아이와 청소년, 성인 들을 더 잘 이해하고 도우려 노력하며 보냈습니다. 우리 연구자들에게 커다란 발전이 이루어지는 때란 복잡한 신경과학의 어떤 내용을 마침내 임상 실무에서 사용할 수 있는 유용한 모델로 옮겨 냈을 때예요.

　신경순차적 모델은 개개인의 뇌가 조직되는 방식에 대한 하나의 해석을 만들어 낼 수 있게 해 주었죠. 기본적으로 그건 집을 점검하는 일과 같습니다. 그 집의 건축 '역사'에 관해 질문함으로써, 다시말해 "당신에게 무슨 일이 있었나요?"라고 질문함으로써 우리는 문제의 가장 개연성 있는 원인을 찾아내 거기에 초점을 맞출 수 있어요. 토대의 시멘트를 제대로 굳히지 않았다면, 또는 2층으로 이어지는 배관의 경로를 제대로 잡아 주지 않았다면 어떤 일이 일어날 거라 예상할 수 있을까요?

　일단 문제가 어디에서 발생했는지 알아냈다면 문제를 해결하는 방법도 더 잘 알 수 있지요. 원래 설계도대로 그 집—그러니까 뇌 말입니다—을 짓는 과정을 하나하나 짚어가면서 '재건축이나 수리' 계획을 세우는 겁니다. 그러면 우리는 문제가 생긴 영역을 염두에 두고서 방임이나 역경, 트라우마에서 영향을 받은 시스템들을 되살리고 재조직하도록 해 주는 교육과 치료 경험을 제공할 수 있지요. 우리는 어떤 치료 경험들을 선택하여 어떤 순서로 적용해야 할지를 더 잘 알게 되었습니다. 돕기 위해 우리가 할 수 있는 일이 무엇이며 언제 그 일을 해야 하는지를 더 잘 파악하게 된 것이죠.

아직 더 배워야 할 게 많지만 그래도 우리는 아주 낙관적입니다. 26개 이상의 나라에서 수십만 명의 어린이, 청소년, 성인이 이 신경 발달과 트라우마 이해의 렌즈를 사용하는 임상과 교육 서비스로부터 혜택을 얻었습니다.

마이크 로즈먼 씨를 다시 생각해 봅시다. 우리가 처음으로 '상향식' 접근법을 사용해 트라우마로 민감화된 그의 핵심조절신경망의 균형을 되찾기 시작했을 때, 그건 신경순차적 접근법의 베타 버전 같은 것이었어요. 뇌의 문제에 올바른 순서로 접근해 아래쪽 신경망들에 먼저 초점을 맞춘 다음 서서히 위쪽 영역의 문제들로 넘어가는 것 말입니다.

오프라 박사님 말씀대로 조절하고, 관계 맺고, 그런 다음 설득하는 것이죠.

페리 박사 이 과정이 어떻게 작동하는 건지 자세한 예를 하나만 더 들어 볼게요. 20년쯤 전에 우리는 두 살 때 입양된 일곱 살 수전을 만나 봐 달라는 요청을 받았습니다. 수전의 행동이 부모와 선생님들, 치료사들을 버겁게 만들고 있었거든요.

입양되던 두 살 때 수전은 말을 할 줄 몰랐고 수면 문제와 오래 지속되는 '분노 발작', 오랫동안 멍하니 응시하기, 피가 날 때까지 자기 얼굴을 긁거나 피부를 꼬집어 뜯는 자해 행동이 있었어요. 수전이 자라면서 물리치료사와 작업 치료사, 가정교사, 입주 정신 건강

전문가, 학교의 특수 교육 보조원, 발달 전문 소아과 의사, 심리학자, 정신과 의사가 수전을 보살피는 일에 참여했고요. 수전은 5년 동안 자꾸 바뀌는 이런저런 진단명과 치료들을 받았지만 차도는 거의 없었지요.

삶의 초기에 수전은 엄청난 역경을 겪었고 관계의 연결은 거의 없었습니다. 수전이라는 집의 '토대'는 몹시 취약하고 부서지기 쉬웠지요. 수전은 정신 건강 문제에 시달리던 독신모에게서 태어났어요. 수전의 엄마는 네 살 때 자신의 부모에게서 분리되어 아동기와 청소년기 내내 위탁 가정들을 떠돌며 지냈어요. 열여덟 살이 되자 나이가 차서 더 이상 아동보호 시스템 안에 머물 수 없었고 이제 혼자 살아가야 하는 처지가 되었습니다. 세상으로 나오자마자 임신한 몸이 되었지만 수전을 돌볼 수는 없었지요. 아동 복지 시스템은 수전을 생후 4개월 때 엄마에게서 떼어 놓았고, 최종적으로 엄마의 친권을 종료해 버렸습니다. 수전은 주 정부의 피보호자가 되었지요. 세대를 넘어 이어지는 이런 형태의 트라우마는 우리의 아동보호 시스템에 속한 너무나 많은 아이들에게 그리 드문 일이 아닙니다.

엄마와 강제로 떨어진 수전은 두 달 동안 보호소에 있었어요. 그런 다음 세 군데 위탁 가정을 차례로 옮겨 다닌 후에야 마침내 입양되었죠. 수전이 어른들의 안전성과 신뢰성에 대해 어떤 '세계관'을 갖게 되었을지 우린 그저 상상만 할 수 있겠죠. 수전의 집을 짓는 과정은 계속해서 방해받고 중단되었습니다. 배선과 배관, 골조 모두 2년간 예측하거나 통제할 수 없이 극단적으로 활성화되었던 스트레스 반응 시스템의 영향을 받았지요. 수전이 해리 시스템 민감화의 전형적인 증상들을 보인 것은 전혀 놀라운 일이 아니었어요. 앞에서도 이야기했듯 수전이 자해를 한 것은 자신을 조절하기 위한 시도였습니다. 피할 수 없는 고통과 괴로움에 직면하여 수전은 해리했고, 오래도록 멍하니 한 곳만 응시하는 행동도 해리의 한 증상으로 생긴 것입니다. 수전의 스트레스 반응에서 각성 요소들 역시 민감화되었지요. 폭발적으로 성질을 부리고 떼를 쓰는 것은 두세 살 어린아이에게는 싸움 또는 도피 반응과 맞먹습니다. 수전은 공포와 혼란에 빠진 채 제대로 발달하지 못한 아이였던 것입니다.

그런데 이제 양부모는 말할 것도 없고, 교육 시스템과 정신 건강 시스템까지 수전을 일곱 살 아이로 본다는 점이 문제 중 하나였어요. 수전은 나이는 일곱 살이었지만 일곱 살 아이의 발달 수준에는 도달하지 못했으니까요. 갓난아기 수준의 사회적 기술과 두 살 아이의 조절 기술, 세 살 아이의 인지 기술을 갖고 있었어요. 부모, 선생님들, 치료사들 모두 수전을 논리적으로 타이르려고 계속 애쓰고 있었죠. 그들은 규칙들을 설명했고, 수전이 '왜' 이 모든 '몹쓸' 짓들을 하는지 알아내려고 했어요. 그들로서는 최선을 다한 겁니다. 수전의 과거를 고려해 본다면 충분히 예상할 수 있는 상태 의존적 기능이나 발달상의 어려움을 이해하지 못했을 뿐이죠.

신경순차적 모델 덕분에 우리는 '토대'부터, 그러니까 수전 뇌의 아래쪽 부분들부터 시작하는 치료의 청사진을 만들 수 있었어요. 수전에게는 심각한 감각 통합 문제들이 있었어요. 누가 자기를 만지는 걸 참지 못했고, 한 공간 안에서 한 사람 이상이 말을 하고 있으면 압도되었으며, 특정 직물이 자기 피부에 닿는 걸 견디지 못했고, 항상 여러 개의 베개와 담요 등을 포개어 그 밑에 파묻히듯 들어갔죠. 그래서 우리는 일련의 예측 가능하고 패턴화된 체성감각 경험을 만들어 주는 일부터 시작했어요. 트라우마를 잘 이해하는 작업 치료사가 먼저 무거운 담요들을 덮어 주고 서서히 치료용 마사지를 시작했고, 풍성한 '감각 공급 치료'를 제공했지요. 우리는 수전이 또래들과 사이에 일으키는 문제나 수업에 주의를 기울이지 못하는 문제, 우울증 증상, 분노 발작, 심지어 말을 잘 못하는 문제에도 초점을 맞추지 않았습니다. 우리는 순차적으로 진행했어요. 먼저 뇌 아래쪽 시스템들부터 시작했고, 다른 문제들은 이후의 치료 과정에서야 다룰 수 있을 것임을 알고 있었지요.

신경순차적 접근법에서 또 하나의 핵심은 부모와 교사, 임상 치료사들이 아이의 '단계'를 이해하고 '상태'를 지켜보게 돕는 것입니다. 이게 무슨 뜻이냐면, 아이가 지닌 실제 발달상 역량이 어떠한지, 즉 아이의 숫자상 나이가 아니라 실질적 나이가 얼마인지를 알아 가도록 돕고자 한다는 뜻이에요. 우리는 그들이 아이의 상태 의존성에 대해서도 알아차리도록 도우려 합니다. 그래서 그들에게 스스로 "지금 이 아이는 내가 말하려거나 가르치려는 바를 실제로 '들을' 수 있는 상태일까?"라고 자문해 보라고 권하지요.

사람들이 이런 점을 무시하는 경우가 얼마나 많은지 놀라울 정도입니다. 앞에서도 이야기했듯이, 아이가 조절에서 너무 많이 벗어난 상태라면 어떤 새로운 학습이나 경험도 받아들일 수 없을 겁니다. 그런데 만약 당신이 그런 아이에게 계속해서 주의를 기울이고 집중하고 학습하기를 기대한다면, 당신과의 관계에 대해 아이가 느끼는 안전감을 갉아먹는 일이 됩니다. 이는 모든 변화의 가능성을 쥐고 있는, 아이와 당신 사이의 공감적 유대를 훼손하는 일이에요. 그러니 아이의 상태가 뭔가를 배울 수 없는 정도일 때는 '가르침' '코칭' '설득'에서 물러서야 합니다. 아이가 당신의 말을 듣지 않는다는 이유로 답답함이나 존중받지 못했다는 느낌이나 분노를 느끼기 시작할 때는 그냥 그 순간에 깨어 있는 것과 자신을 조절하는 일에 초점을 맞추세요. 당신이 한 걸음 물러나 진정한다면 자신의 피질에 접근할 수 있게 되고, 그 결과 아이를 조절하는 데 도움이 되는 방식들을 떠올릴 수 있습니다. 그러면 당신과 아이의 관계는 계속 유지되어 아이를 가르칠 수 있는 또 다른 날이 옵니다.

수전과 우리의 작업은 4년 동안 계속되었습니다. 수전은 느리지만 꾸준히 발전했어요. 기본적인 치료 기법들도 발전했습니다. 체성감각 치료에서 리듬과 조절을 위한 치료(치료견과의 작업도 포함되었어요)를 거쳐 관계 치료로, 그리고 마지막으로는 (트라우마에 초점을 맞춘 인지 행동 치료 같은) 인지 위주의 치료로 넘어갔지요. 흥미로운 점은 이전에는 실패했던 여러 가지 치료 방법들도 결국에는 효과를 내게 되었다는 점이에요. 이전의 방법들에 본질적으로 '잘못된' 것은 하나도 없었습니다. 그저 수전이 그 방법들에서 혜택을 얻을 수 없는 시기에 적용했던 것뿐이죠. 신경순차적 접근에서 제일 중요한 건 순서입니다. 뇌는 발달하고, 감각 입력을 처리하고, 치유하는 일을 모두 순차적으로 하지요.

이 치료 과정이 끝날 무렵 수전은 일반 학급에서 자기 학년에 맞는 수준의 공부를 잘 따라가고 있었어요. 친구도 몇 명 생겼고, 더 이상 폭발 행동이나 자해 행동은 하지 않았답니다. 해리적 조절 중에서도 더 건전하고 사회적으로 용인되는 형식들, 이를테면 독서나 미술, 연극 같은 형식들로 잘 옮겨 갔고요. 친절함과 연민의 역량도 키워 가고 있었지요. 수전의 부모도 더 이상 탈진하거나 번아웃되지 않았고요.

> **오프라** 여기서 얻을 수 있는 교훈은 무슨 일이 일어났든 대본을 고쳐 쓸 기회는 있다는 것이겠지요.

페리 박사 정확합니다. 정말로 너무 늦은 때는 결코 없어요. 치료는 가능합니다. 열쇠는 치유 과정을 어디서부터 시작해야 할지 아는 것, 그리고 그 사람의 발달상의 필요에 맞춰 주는 것입니다.

자기를 돌보지 않고는 그 무엇도 될 수 없다

> **오프라** 밀워키에 있는 니아 이마니Nia Imani 센터를 운영하는 벨린다 피트먼 맥기와 나눈 대화가 기억나네요. 그곳은 임신 중이거나 어린아이를 둔 젊은 여성 노숙인들을 위한 장기 임시 거주 시설이에요. 벨린다에 따르면, 툭하면 성질을 부리거나 한 직장을 유지하지 못하는 등의 행동 문제를 지닌 채로 그곳에 찾아오는 여성들이 많다고 해요. 그런 문제는 트라우마를 안기는 환경에서 성장한 결과로 생길

수 있는 종류의 증상들이죠. 벨린다가 트라우마에 관해 가르쳐 주기 시작하면, 그들은 자신이 감정적으로 힘들어하고 억눌린 감정을 행동으로 터뜨리는 일들이 '그들에게 일어났던 일'과 관련된 것임을 이해하기 시작한다고 해요. 스스로 자신을 나쁜 사람이나 멍청한 사람이라고 생각하고 그게 자신의 운명이라 믿고 있던 사람들에게는 그런 깨달음 자체가 인생을 바꿀 수도 있는 것이죠.

페리 박사 자신의 뇌가 어떻게 작동하며 왜 그렇게 작동하는지 설명을 듣고서 깊이 안도하는 사람들이 얼마나 많은지 이루 다 말할 수 없을 정도입니다. 이런 설명은 사람들에게 정신 질환의 꼬리표를 붙이는 일이 아니지요. 우리는 그저 사람의 뇌는 그런 방식으로 조직된다는 것, 그리고 당신이 겪고 있는 문제는 당신에게 있었던 일을 고려하면 정확히 예측되는 결과라는 걸 말해 줄 뿐이에요. 그런 다음 뇌는 유연하며 '가소적'이라는 것, 즉 변화할 수 있다는 걸 이해하도록 돕습니다. 그런 뒤에 그들에게 문제를 일으키는 것으로 보이는 시스템들을 변화시키도록 도울 계획을 함께 세우지요.

오프라 '내가 겪은 일들이 내가 이런 종류의 감정들을 느끼도록 만들었구나. 그리고 이건 나 혼자만 겪는 일이 아니구나. 그건 아주 이치에 맞는 일이구나' 하는 깨달음이로군요. 과거의 트라우마를 간직한 채 서너 명의 아이를 키우며 과로하는 엄마라면, 그 모든 짐을 혼자서 지고 가려 애쓰는 동안 대처하는 데 문제가 생기는 것은 당연한 일이죠. 그 엄마의 건강은 자신이 깨닫지도 못하는 방식으로 위험에 처해 있고요.

그러다가 자신이 그렇게 압도감에 짓눌리는 이유가 자신을 조절할 좋은 방법을 찾지 못했기 때문이라는 깨달음을 얻게 됩니다. 자신을 보살피는 일이 그렇게 중요한 이유가 바로 이것이지요. 자신이 조절되어 있지 않다면 어떻게 자녀를 양육하거나 효율적으로 일할 수 있겠어요?

페리 박사 그건 대단히 중요한 점입니다. 우리는 학대를 당하거나 트라우마를 겪은 어린이나 청소년을 도와달라는 요청이나, 트라우마 사건 이후 그 일을 겪은 공동체를 위한 조언을 구하는 요청을 자주 받습니다. 그럴 때 제가 사실은 어른들과의 작업도 필요하다고 말하면 사람들은 어리둥절해 합니다. 하지만 그 아이들과 함께 살고 그들을 가르치고 치료하는 어른들 본인이 조절되지 않은 상태라면, 그들이 잘 조절된 방식으로 현재에 온전히 깨어 있는 상태로 연민을 품고 아이들을 대할 수는 없습니다. 아이들에게 조절과 보상과 치유를 줄 수 있는 것은 바로 그렇게 온전히 깨어 함께하는 순간들인데 말입니다. 아이들은 도우면서 어른들의 필요는 채워 주지 않는다면 우리의 작업은 별로 효과를 내지 못할 겁니다. 이는 트라우마 이해 기반의 모든 접근법에서 가장 중요한 하나로 꼽을 수 있는 원칙입니다. 최전선에서 어린이들과 청소년들과 함께하는 어른들을 도와야만 한다는 원칙이지요.

이렇게 초점을 옮기는 일은 몇몇 시스템에서는 쉽지 않은 일입니다. 예컨대 아동 정신 건강 시스템에서 '환자'는 아이들이죠. 이 시스템의 경제적 모델은 일반적으로 임상의가 그 아이의 선생님, 코치, 심지어 부모에게조차 시간을 할애하도록 비용을 책정하지 않지요. 이건 아주 근시안적인 일입니다. 우리는 조절 장애 상태의 성인이 조절 장애 상태의 아이를 조절해 줄 수 없다는 것을 알고 있어요. 지치고, 좌절하고, 조절 장애를 겪는 성인은 그 누구도 조절해 줄 수 없습니다.

당신도 지적했듯이, 자기 자신을 돌보지 않는다면 교사, 지도자, 감독관, 부모, 코치 등 그 어떤 역할도 제대로 해낼 수 없을 겁니다. 자기 돌봄이란 그만큼 엄청나게 중요한 것입니다. 자신을 돌보는 것에 죄책감을 느끼는 사람들이 많은 건 참으로 안타까운 일입니다. 그들은 자기 돌봄을 이기적인 일이라고 생각하지요. 그건 이기적인 일이 아니라 필수적인 일입니다. 당신이 부모든, 교사든, 코치든, 치료사든, 친구든, 다른 사람들을 변화하도록 도울 때 사용할 가장 중요한 도구는 바로 당신 자신이란 것을 기억하세요. 관계란 변화를 위해 사용되는 화폐입니다.

트라우마로부터 배우고 성장한다는 것

오프라 우리가 뭔가를 해낼 수 있으려면 자신을 돌봐야만 하지요. 과거의 트라우마와 역경을 짊어진 채 살아가는 사람이 너무나 많다는 것을 고려하면 이는 특히 더 중요한 점이에요. 트라우마가 없었다면 저는 지금과 같은 제 자신이 되지 못했을 거예요. 그래서 저는 그 트라우마를 털어놓았고, 온전히 제 것으로 인정했습니다. 그렇게 함으로써 다른 사람들에게도 도움이 되는 방식으로 제 트라우마를 활용할 수 있는 방법을 찾아냈다고 믿어요. 감정이입과 연민과 용서. 이 세 가지를 실천하는 일은 제가 직면하는 모든 결정 혹은 만남에서 저를 앞으로 나아가게 해 줍니다.

페리 박사 그 이야기는 다시 우리를 외상 후 지혜라는 주제로 데려다 주는군요. 역경을 살아 낸 사람에게는 인생의 어느 시점엔가 그 경험을 되돌아보고 성찰하고 거기서 배우고 성장할 수 있는 때가 옵니다. 저는 역경에 관해 전혀 모른다면 인류를 이해하기가 어려울 거라고 생각합니다. 역경, 도전, 실망, 상실, 트라우마, 이 모든 것은 널리 타인의 감정에 이입할 수 있는 역량, 지혜로워질 수 있는 역량을 키워 주지요. 어떤 면에서 트라우마와 역경은 선물이라고도 할 수 있어요. 이 선물들을 가지고 무엇을 할지는 사람마다 다를 겁니다.

오프라 참 흥미로운 말씀이군요. 성장기에 저는 시트콤 〈비버는 해결사〉처럼 살고 싶었답니다. 비버의 가족은 제가 생각하는, 가족은 어떠해야 한다는 상에 가장 잘 들어 맞았거든요. 집에서 우유와 쿠키를 먹고, 엄마와 아빠가 함께하는 등 그 모든 모습이요. 저는 지금도 여전히 발전하는 과정에 있지만, 만약 제가 원하는 모든 걸 바로 그 순간에 다 가질 수 있고 마음대로 쓸 수 있었다면 지금의 저만큼 발전하지 못했을 거예요.

페리 박사 저 역시 똑같이 느낍니다. 하지만 지혜를 얻는 대가가 아주 클 수 있다는 것도 사실이지요. 끝내 고통에서 벗어나지 못하는 사람들도 많고요. 지혜로운 사람들은 자신의 짐을 품위 있게 지고 가는 법을 배웁니다. 많은 경우 그 이유는 자기 고통의 감정적 강렬함으로부터 다른 사람들을 보호하려는 것이죠.

오프라 그 말을 들으니 앤서니 레이 힌턴이 생각나는군요. 자기가 저지르지 않은 살인에 대해 누명을 쓰고 30년이나 사형수 감방에서 복역했던 그 사람 말입니다. 형기의 첫 3년 동안 그는 말을 전혀 할 수 없었대요. 너무나 깊은 우울과 비참함에 잠겨 있어서, 신이 자기 목소리를 앗아간 것 같았다고 하더군요. 그가 살아남을 수 있게 해 주었던 건 해리하는 능력이었어요. 그는 상상력에 의지해 온갖 종류의 경험을 자신에게 선사했답니다. 윔블던에 출전해 다섯 번이나 우승했고, NBA에서도 뛰었으며, 영국 여왕도 만났고, 할리 베리와 결혼도 했죠. 모두 다 그의 머릿속에서 벌어진 일이었어요.

페리 박사 그는 해리의 엄청난 힘을 사용해 통제할 수도 피할 수도 없는 수감 생활의 고통으로부터 자신을 보호할 수 있었군요.

오프라 그런 다음에는 그걸 좋은 쪽으로 활용하는 방법을 발견했죠. 그것이 박사님이 이야기한 지혜와 품위겠지요. 사형수 수감동에 있던 다른 수감자들과 연결을 맺기 시작한 후로, 그는 수감자들이 독서 클럽을 만들게 해 달라고 간수를 설득했습니다. 다른 수감자들은 자기처럼 마음속으로 여행하는 방법을 모르지만, 책이라면 그들도 여행할 수 있게 해 줄 거라 생각했던 거지요. 자신이 치유를 시작했던 것처럼, 그들도 치유하는 방법을 알게 되기를 원했던 거예요. 박사님과 많은 대화를 나누는 동안 저는 수년 전 이얀라 반전트와 했던 방송에 관해 여러 번 이야기했지요. 반전트는 과거의 상처를 치유할 때까지는 계속해서 피를 흘리게 된다는 말을 했어요. 상처에서 피가 배어 나와 인생에 얼룩을 지울 거라고, 상처가 술을 통해, 마약을 통해, 섹스를 통해, 그리고 과거를 통해 피를 흘릴 거라고요. 상처를 끄집어내어 스스로 치유를 시작할 수 있는 용기를 가져야만 한다는 말이었지요.

반전트의 그 말은 우리가 이 책에서 나눈 대화를 통해 모든 독자가 얻어 갔으면 하는 교훈이기도 합니다. 우리가 앞으로 나아갈 수 있으려면 먼저 과거의 상처들을 이해하고 치료해야만 합니다.

페리 박사 저는 그 점이 개인뿐 아니라 사회에도 똑같이 적용된다는 생각을 떨칠 수가 없습니다. 집단의 역사적 트라우마를 똑바로 직시하지 않은 채 우리 사회가 어떻게 더 인간적이고 사회적으로 공정하며 창의적이고 생산적인 미래로 나아갈 수 있겠습니까? 우리가 겪은 트라우마와 가한 트라우마 모두를 포함해서 말이에요. 정말로 우리 자신을 이해하고 싶다면, 우리의 진실한 역사를 이해할 필요가 있습니다. 과거의 감정적 잔류물이 우리를 따라다니기 때문이지요.

오프라 하지만 그럴 수 있으려면 인간으로서 우리가 우리 자신에게 했던 일에 대한 인식, 진정한 인간 조건이 무엇인가에 대한 인식, 트라우마가 우리에게 어떤 짓을 했는지에 대한 결정적 인식이 있어야 할 거예요. 그러고 나서야 우리가 이전과는 다른 어떤 일을 해야 한다는 깨달음이 오겠지요.

페리 박사 인식에 연결성이 결합된 것, 그것이 핵심 요소지요. 이 둘이 함께하면 트라우마 이해 기반의 공동체를 만들 수 있습니다.

오프라 그거야말로 바로 지금 이 세계에 그 무엇보다 진정으로 필요한 것이라는 생각이 드네요. 우리가 타인을 정말 제대로 볼 수 있을 때, 그것이 바로 진정한 연민이지요. 연민으로써 또 다른 인간 존재를 향해 자신을 확장하는 일은 우리의 관계, 우리의 공동체, 우리 세계의 본성을 바꿔

역경을 살아 낸 사람에게는 인생의 어느 시점엔가
그 경험을 되돌아보고 성찰하고
거기서 배우고 성장할 수 있는 때가 옵니다.
어떤 면에서 트라우마와 역경은 선물이라고도
할 수 있어요. 이 선물들을 가지고
무엇을 할지는 사람마다 다를 겁니다.

놓을 겁니다. 한 인간이 또 다른 인간으로부터 인정받을 때 유대가 형성됩니다. "당신에게 무슨 일이 있었나요?"라는 물음이 인간의 연결성을 확장하지요.

페리 박사　우리 사회의 많은 문제 때문에 낙담하고 압도당하기도 쉽고, 우리 세계에 너무나 만연한 불평등, 역경, 트라우마에 사기가 꺾이기도 쉽습니다. 하지만 역사를 공부한다면 전반적으로 인류가 밟아가는 경로가 긍정적이라는 걸 깨닫게 될 겁니다. 우리 세계는 친절하고 유능하고 창의적인 사람들로 가득합니다. 우리는 호기심을 지닌 종입니다. 우리는 계속해서 발견하고 발명하고 배워 갈 것입니다. 우리 모두를 위해 이 세계를 더 안전하고 공정하며 인간적인 곳으로 만들 수 있습니다.

에필로그

한 청년이 허리까지 잠기는 수영장에 서서 노인들을 위한 아쿠아 피트니스 수업을 이끌고 있었습니다. 은퇴자 거주 시설의 로고가 새겨진 파란 티셔츠를 입고, 호루라기가 달린 목걸이와 커다란 이름표를 걸고 있었지요. 제가 있는 곳에서는 이름이 보이지 않았지만 저는 그의 이름을 알고 있었습니다. 바로 제시, 앞에서 이야기했던 그 아이입니다. 제가 마지막으로 제시를 만난 건 10년 전으로, 아직 그가 의식이 없는 상태로 병원 침대에 누워 있을 때였습니다.

저는 유리창 너머로 제시가 열성적인 태도로 여덟 명의 은퇴한 노인들의 동작을 그들의 속도에 맞게 지도해 주고 있는 모습을 지켜보았습니다. 제시는 미소를 띤 채 한 사람 한 사람 옮겨 가며 자세를 바로잡아 주고, 한 여성의 어깨 자세를 부드럽게 고쳐 주고 있었어요. 그들이 제시를 좋아하고 제시도 그들을 좋아한다는 걸 분명히 알 수 있었죠. 제시는 그 일을 즐거워하고 있었고, 노인들도 즐기고 있었어요. 제시는 거기에 소속된 일원이었습니다.

제가 처음에 제시를 검사했던 건 다른 주의 한 임상팀에서 협진 요청이 들어왔기 때문이었습니다. 제시가 아직 뇌사 상태일 때 진행된 최초의 대면 상담 이후로도 저는 계속해서 먼 곳에 있는 그의 임상팀과 연락하며 제시의 진행 상황을 추적하고 협진했습니다. 한 달쯤 지났을 때 제시가 '깨어났습니다'. 처음에는 심한 뇌 손상 징후들을 보였지만 서서히 모든 기능이 되돌아왔는데, 장기 기억의 몇몇 양상들, 특히 '서사' 기억은 예외였어요. 뇌사 이전의 삶에 대한 '자전적' 기억은 뒤죽박죽된 파편들 같았지요. 사람들과 장소들, 사건들에 관해 물으면 한마디로 전혀 기억하지 못했습니다. 신경과 임상팀은 그것이 뇌 외상과 관련된 문제라고 생각했지요. 트라우마에 뒤이은 기억상실증 사례들을 여러 차례 보아온 저로서는 그 의견에 확신을 갖고 동의할 수 없었습니다. 저는 당분간 그 문제는 그냥 두자고 제안했지요. 우선 제시가 다시 걷고, 말하고, 움직이고, 사람들과 어울릴 수 있는 상태로 돌려놓자고요. 우리는 단기 기억력에 초점을 맞추어 제시의 기억 상태도 추적할 수 있었습니다. 가장 중요한 것은 평생 처음으로 제시를 잘 보살펴 줄 수 있는 안전하고 안정적인 곳에 배치하는 일이었죠.

처음에는 제시의 재활을 위해 특수 간호를 제공할 수 있는 장소가 필요했습니다. 저보다 훨씬 똑똑했던 사회복지사가 독립 생활이 가능한 콘도미니엄부터 '기숙사 같은' 일인실, 돌봄 요구도가 높은 전통적인 재활용 침상까지 다양한 생활 환경이 제공되는 한 지역 은퇴자 생활 공동체에 제시를 배치하자고 제안했어요. 그 은퇴자 공동체의 상급 직원 중 몇몇은 급여의 일환으로 구내에 숙소를 제공받았는데, 마침 그 사회복지사의 파트너가 그중 한 사람이었지요. 은퇴자 공동체 구내에서 함께 살고 있던 직원 두 사람이 제시의 '양부모가 되어주기로' 동의했습니다. 그곳은 진정한 의미의 공동체였어요. 여러 동의 건물과 정원이 있고, 수영장이 딸린 체육관, 도서관, 미용실, 여러 개의 주방, 커피숍까지 있었지요. 그곳에 제시를 배치한 건 정말 탁월한 선택이었습니다.

제시가 그곳으로 옮겨가자마자 직원들과 주민들은 그를 포용해 주었어요. 처음에는 '홈스쿨링'을 했지만, 1년 뒤에는 걸어서 근처 공립학교에 다닐 수 있게 되었고요. 제시는 학습 내용을 따라갈 수 있었고, 집에서도 학교에서도 전혀 행동 문제를 보이지 않았습니다. 그러나 친구가 몇 명 있기는 했지만, 또래 친구들과 아주 가깝다거나 그들을 편안해하는 것은 아니었어요. 모든 아이들에게 호감을 얻기는 했지만, 그 누구도 제시를 진정으로 포용하지는 않았지요. 제시가 누리는 최고의 우정은 양부모와 노인 주민들과 나누는 우정이었습니다.

제시는 주민들이 단지 안을 돌아다니거나 공동체 내에서 여러 약속 장소에 찾아가는 것을 돕는 수송 보조 일을 시작했어요. 운전도 배웠지요. 열여덟 살 때는 독립 거주 허락을 받아 양부모 집 바로 옆 호로 옮겨 갔어요. 고등학교도 졸업했고요. 스물세 살인 지금은 법적으로는 독립되어 있지만 자기를 양육해 준 부모와 연결을 유지하고 있고, 그들도 제시를 자기 가족의 일원으로 여기고 있답니다. 파트타임으로 커뮤니티 칼리지에 다니며 물리치료사가 될 포부를 품고 체육 수업에 집중했습니다. 은퇴자 공동체에서는 레크리에이션 조감독 역할로 진급했고, 급여의 일부로 주거와 숙식을 제공받고 있습니다. 제시는 안전하고 안정적이며 잘 보살펴 주는 가정을 찾은 것입니다. 공동체 안에서 정해진 구조 없이 쌓여 가는 수천 수만 번의 치유의 순간들이 제시가 낫도록 도운 것이죠.

때때로 저는 동료들에게서 제시의 근황을 전해 듣고는 했습니다. 제시의 기억에 대한 궁금증은 여전히 사라지지 않았죠. 제시는 관계의 배신, 방임, 말로 표현할 수 없는 수모와 다양한 형태의 학대를 당하며 끔찍한 아동기를 보냈습니다. 그런데도 두부 외상에서 회복한 후로는 충동적이거나 공격적이거나 부주의하거나 적대적이지 않았어요. 특정 환기 신호들에 대해서 생리적 반응성을 보이기는 했지만, PTSD나 쉽게 관찰할 수 있는 기타 트라우마 증상들도 없었습니다. 제시의 감정적 기능과 행동적 기능도 어른들이나 제시 본인이 정신 보건의 도움을 구할 만한 일은 전혀 일으키지 않았지요.

앤더슨 박사는 제시의 담당 신경과 의사로 내내 제시와 함께 작업해 왔습니다. 저는 그 도시를 방문할 일정이 생겨 앤더슨 박사에게 제시가 어떻게 지내는지 물었지요. 그는 제게 직접 와서 보기를 권했고, 제시에게는 저와 함께 점심 식사를 할 의향이 있는지 물었어요.

제시를 만났을 때 저는 이렇게 말했어요. "제시, 자네는 기억하지 못하겠지만, 나는 자네가 뇌에 외상을 입었을 때 앤더슨 박사님과 함께 작업했던 의사 중 한 명이라네. 나를 만나겠다고 해 줘서 고맙네."

제시가 미소를 지으며 손을 내밀었어요. "그때 저를 도와주셔서 감사해요."

우리는 카페테리아 스타일의 식당으로 걸어가 줄을 서서 메뉴를 고른 다음 앉아서 이야기를 나눴습니다. 이런저런 사소한 이야기들을요. 제시는 텍사스에 관해 물었고, 저는 제시의 학교에 관해 물었죠. 그렇게 이야기를 나누다가 제시가 공손하게 "제 정신 분석을 하러 오신 건가요?" 하고 묻더군요.

저는 "아닐세. 그러려면 자네가 나한테 상담료를 지불해야 하지" 하고 농담조로 대답했어요.

제시가 또 미소를 짓더군요. 우리는 서로를 바라봤습니다. 둘 다 고요하지만 잘 연결된 그 순간에 완전히 집중하고 있었지요.

"하지만 자네의 기억에 대해서는 정말 궁금한 게 사실이라네."

그의 얼굴 위로 천천히 슬픔이 번졌어요. 제시는 시선을 내리며 허공을 응시했고, 그 시선 끝에는 고통스러운 기억이 가득 차 있었습니다. 저는 카페테리아의 소음이 그 순간을 집어삼키도록 가만히 있었어요.

그때 한 노부인이 다가오더니 제시의 이마에 입을 맞추었어요. "아까 그 꽃 고마워. 덕분에 최고로 행복한 날이 되었어." 그러자 제시가 멍한 응시에서 빠져나와 활기차게 미소 짓는 모습을 보였어요. "좋아하실 줄 알았어요. 오늘 오후에 같이 정원에 나가서 좀 더 따와요."

부인이 돌아가자 제시는 민망해하는 것처럼 보였어요. 부인과 나눈 대화 때문이 아니라, 조금 전에 슬픔을 내보였던 순간 때문에요. "자네가 처음 두부 외상에서 회복했을 때, 앤더슨 박사는 자네가 어린 시절에 대한 기억이 전혀 없다고 말하더군." 제가 이렇게 말문을 열었습니다.

제시는 어깨를 으쓱해 보이더군요. "그 모든 건 정말 생각하고 싶지 않아요."

"제시, 자네가 원치 않으면 이런 이야기 하지 않아도 된다네."

"괜찮아요. 그냥 그 생각을 하는 게 싫고, 그 누구도 마음 불편하게 만들고 싶지 않을 뿐이에요."

"이해하네. 내가 아이든 어른이든 살면서 끔찍한 경험을 한 많은 사람과 작업한다는 걸 아마 자네도 알지 모르겠군. 그들 한 사람 한 사람 모두가 나에게 다른 사람들을 돕는 방법을 더 잘 이해하도록 도움을 주었다네. 그러니까 자네가 준비되었을 때 자네에게서도 배울 수 있다면 정말 좋겠어." 제가 말을 하는 동안 제시는 저를 꼼꼼히 뜯어보았습니다. "제시, 자네는 정말 힘든 인생 초기를 보냈지. 그런데 지금의 자네를 보게. 그 모든 일을 겪었지만 학교에 가고 좋은 직업을 갖고 있고 많은 사람과 정말 좋은 관계를 맺고 있고, 꽤 행복해 보이거든. 내 생각엔 자네가 나에게 가르쳐 줄 게 많을 것 같네."

"때때로 잠을 자기가 힘들 때는 있어요."

저는 고개를 끄덕였어요.

"하지만 그럴 때는 그냥 일어나서 운동을 하거나 달리기를 하러 가요. 그게 정말 도움이 되거든요. 그리고 주변에 사람들이 너무 많을 때는 아주 불안해져요. 밖에 너무 오래 나와 있을 때면 그저 집에 돌아가고 싶은 마음뿐이에요."

"하지만 여기서 자네는 항상 사람들 주변에 있지 않나, 제시."

"네, 맞아요. 그러니까 제 말은, 더 젊은 사람과 아이들 주변에 있는 게 별로 안 좋다는 거예요. 너무 시끄럽고 정신이 없어요."

그 순간 저는 제시의 환기 신호 중 다수가 아이들과 아동기에서 오는 다양한 감각 자극들이라는 걸 깨달았습니다. 아이들의 목소리, 냄새, 놀이, 만화, 음식, 무엇이든 아이들과 관련된 것이요. 제시의 아동기에는 위협이 너무나 만연해 있어서 세계를 파악하려 애쓰고 있던 제시의 뇌는 학대로 이루어진 그 작은 세계에 있던 거의 모든 것을 위협과 결부시켜 버린 것입니다. 그러나 제시의 새로운 인생, '재시작'된 또 하나의 인생은 노인들의 세계 안에 있었지요. 그 은퇴자 공동체는 아이들로 가득한 교실이나 아이들을 위한 공동 거주 시설에서 경험하던 것과는 완전히 다른 감각 경험들로 가득 차 있었어요. 움직임의 유형과 속도, 목소리의 높낮이, 냄새, 이미지, 일정, 음악, 텔레비전 프로그램의 선호도까지 모든 게 달랐죠. 인간관계의 상호작용 역시 달랐고요. 아동기의 상호작용과는 겹치는 게 거의 없고 위협을 환기하는 것은 훨씬 적었어요.

제시를 그곳에 배치한 것은 제가 생각했던 것보다 훨씬 더 탁월한 결정이었습니다. 한마디로 이 환경에는 제시를 조절 장애 상태로 만들 환기 신호들이 훨씬 적었던 겁니다. 제시는 이곳에서 적정하며 예측과 통제가 가능한 경험을 더 많이 할 수 있었지요. 자기가 나누는 상호작용을 더 잘 통제할 수 있었고요. 제시는 사람들의 휠체어를 밀어 주었고 그들은 제시에게 의지했어요. 시간이 지나면서 '안전하고 친숙한' 것들의 새로운 목록을 채울 수 있었고, 그것은 제시의 치유를 위한 토대가 되어 주었습니다. 10년 동안 이러한 안정적인 생활을 해 오면서 가졌던 긍정적이고 치유적인 수천 번의 상호작용들이 제시를 굳건히 자라게 해 주었지요.

"그러면 기억을 잃은 건……?" 하고 제가 물었습니다.

제시는 살짝 씁쓸한 미소를 띤 채 저를 쳐다봤어요. "거의 다 기억해요."

"그래, 그럴 거라고 생각했지. 세월이 지나면서 내가 배운 것 중 하나는 어떤 사람에게 일어난 일이 그냥 사라지는 법은 없다는 거라네. 어린 시절의 경험들은 여러 방식으로 영향을 미칠 수 있지. 그리고 치유를 돕는 방법들도 존재하고. 그러니까 만약 기억이 자네를 괴롭히거나, 혼란스럽거나 불안한 감정이 든다면 망설이지 말고 연락하게나. 트라우마를 더 수월하게 견딜 수 있게 도울 방법들이 있으니까."

저는 제시에게 명함을 건넸습니다. 점심식사가 끝나자 시끌벅적한 노부인 무리가 다음 운동 수업인 줌바 수업을 위해 제시를 낚아채 가더군요. 제시는 복도를 걸어가면서 손에 쥔 제 명함을 들여다보다가 돌아서서 손을 흔들고는 댄스 스텝을 밟으며 멀어져 갔습니다.

우리는 한 해에 두어 번 연락을 주고받습니다. 제시는 그럭저럭 잘 지내고 있어요. 우리는 둘 다 여전히 배우는 중입니다.

—브루스 D. 페리

2018년 11월 22일, 제 어머니 버니타 리가 세상을 떠났습니다.

제 마음은 최후의 순간까지 우리의 관계에 대해 갈등했습니다.

사실 어머니는 제가 성공하고 나서야 그나마 제게 관심을 좀 보이기 시작했어요. 저는 어머니를 어떻게 보살펴야 하느냐는 질문을 두고 머리를 싸맸지요. 나에게 생명을 준 이 여인에게 나는 무엇을 빚졌을까? 성경은 "네 아버지와 어머니를 공경하라"라고 하지만, 그 말이 실제로 의미하는 바는 무엇일까?

제가 어머니를 공경할 수 있는 한 방법이 금전적으로 보살피는 것이라 판단했어요. 항상 어머니가 편안한 삶을 사는 데 필요한 모든 것을 갖춰 드렸지만, 우리 사이에 진정한 연결이란 건 결코 존재하지 않았죠. 저는 텔레비전에서 저를 보는 시청자들이 제 어머니보다 저를 더 잘 알 거라고 말하고는 했어요.

몇 년 전 어머니의 건강이 나빠지기 시작했을 때, 어머니와 이별을 준비해야 한다는 걸 알았어요. 추수감사절을 며칠 앞둔 어느 날 동생 패트리샤가 제게 전화를 걸어 시간이 된 것 같다고 말했죠.

저는 밀워키로 날아갔습니다.

어머니가 온도를 늘 27도 정도로 유지해 두길 좋아했던 방에서 어머니와 함께 몇 시간을 앉아 있었습니다. 우리는 스티브 하비가 진행하는 게임 쇼와 〈원 라이프 투 리브 One Life to Live〉라는 드라마를 연달아 보았지요. 저는 뭔가 할 말을 생각해 내려고 노력했어요. 그러다 어느 즈음에는 호스피스 간병인이 두고 간 매뉴얼까지 집어 들었어요. 거기에 적힌 충고를 읽는 내내, 내가, 수천 명과 일대일로 대화를 나눠온 이 오프라 윈프리가 내 어머니에게 무슨 말을 해야 할지 알아내려고 호스피스 매뉴얼을 읽어야 한다니 이 얼마나 서글픈 노릇인가, 하는 생각을 하고 있었습니다.

마침내 돌아가야 할 시간이 되자, 제 안의 뭔가가 지금이 어머니를 보는 마지막이 될 거라고 말했어요. 하지만 떠나려고 몸을 돌리는 순간에도 여전히 아무 말도 떠오르지 않았어요. "갈게요…… 나중에 봐요." 제가 간신히 끌어낼 수 있었던 말은 이게 다였습니다. 아이러니하게도 그러고 나서 제가 향한 곳은 약속된 연설 장소였지요.

그날 밤 집으로 돌아가는 비행기 안에서 갑자기 제 머릿속 작은 목소리가 이미 제 마음이 알고 있던 진실을 속삭였어요. "넌 이 일을 후회하게 될 거야. 넌 해야 할 일을 끝내지 않았어." 그 순간 저 자신이 위선자처럼 느껴졌어요. 저와 같은 입장에 있는 다른 사람을 보았다면 저는 그들에게 이렇게 말했겠죠. "당신, 다시 돌아가서 해야 할 말을 해"라고요.

저는 다시 밀워키로 돌아갔습니다.

그 더운 방에서 하루를 더 보냈지만 여전히 아무 말도 나오지 않았어요.

그날 밤 저는 도와달라고 기도했습니다. 아침에는 명상을 했고 요. 문을 열고 나갈 준비를 하며 휴대폰을 집어 들다가 마할리아 잭 슨이 부른 〈소중한 주님 제 손을 잡아 주세요Take My Hand Precious Lord〉 가 재생되고 있는 걸 알아차렸어요. 만약 어떤 신호가 존재했다면 이 노래가 바로 그 신호였어요. 마할리아 잭슨이 어떻게 제 휴대폰 재생 목록에 나타났는지는 도저히 알 수가 없어요. "소중한 주님, 제 손을 잡아 주세요. 저를 이끌어 주시고, 일으켜 세워 주세요. 저는 피 곤하고 나약하며 지쳤습니다. 저 빛을 통과하도록 저를 이끌어 주세 요. 제 손을 잡아 주세요." 그 노래의 가사를 듣고 있으니 갑자기 제 가 뭘 해야 하는지 깨달음이 왔습니다.

어머니의 방에 들어갔을 때 저는 어머니에게 그 노래를 듣고 싶으냐고 물었어요. 어머니가 고개를 끄덕이더군요. 그때 아이디어 가 하나 더 떠올랐어요. 목사이자 가스펠 가수인 제 친구 윈틀리 핍 스에게 전화를 걸어 죽어가는 제 어머니에게 그 노래를 불러 달라 고 부탁했습니다. 그는 아침 식사를 하던 식탁에서 페이스타임을 통 해 그 노래를 반주 없이 불러 주고, 그런 다음 우리 가족에게 "아무 두려움 없이 평화만이 함께하기를" 기도해 주었어요.

어머니가 감동을 받았다는 걸 알 수 있었어요. 그 노래와 기도 가 일종의 말문을 틔워 주었지요. 어머니와 저 모두에게요.

저는 어머니에게 당신의 인생과 꿈에 관해, 그리고 저에 관해 이야기하기 시작했어요.

마침내 말이 제게 당도한 겁니다.

"어머니한테는 분명 아주 힘든 일이었을 거예요. 교육도 받지 못했고, 기술도 하나 없이, 미래가 어떻게 될지 전혀 모르는 상태에서 덜컥 임신한 거잖아요. 분명 많은 사람이 어머니한테 아이를 지우라고 말했을 거예요."

어머니가 고개를 끄덕였어요.

"하지만 어머니는 그러지 않았죠. 그 아이를 지켜 줘서 고맙다고 말하고 싶어요." 저는 잠시 말을 멈췄어요. "어머니가 어떻게 해야 할지 몰랐던 때가 많았다는 거 알아요. 어머니는 자신이 아는 방법으로 최선을 다했어요. 그리고 난 그걸로 괜찮아요. 정말로 괜찮아요. 그러니까 이제 그게 괜찮다는 걸 알고서 떠나셔도 돼요. 제 영혼이 괜찮다고 해요. 꽤 오래전부터 괜찮았어요."

그건 신성하고 아름다운 순간, 제 인생에서 가장 자랑스러운 순간 중 하나였어요. 어른이 된 후 저는 예전과는 다른 렌즈를 통해 제 어머니를 볼 수 있게 되었어요. 저를 돌봐 주지 않고 보호해 주지 않고 사랑하거나 이해해 주지도 않았던 어머니가 아니라, 아직 자신도 아이에 지나지 않았던, 겁에 질리고 외로웠던, 사랑을 주는 엄마가 될 준비가 전혀 되어 있지 않았던 한 명의 어린 여자로요.

저는 제가 필요로 했던 어머니가 되어 주지 않았던 일에 대해 수년 전에 어머니를 용서했어요. 하지만 어머니는 그걸 몰랐죠. 하지만 우리가 함께한 마지막 순간에, 저는 과거의 부끄러움과 죄책감에서 어머니를 풀어 줄 수 있었다고 믿습니다.

저는 다시 돌아가 해야 할 일을 끝냈어요.

용서는 과거가 달랐을 수도 있었을 거라는 바람을 포기하는 것

입니다. 우리가 과거의 고통을 여전히 꼭 붙들고 있다면 앞으로 나아
갈 수 없지요. 트라우마로 부서지고 상처 입었던 우리는 누구나 그
경험을 페리 박사님과 제가 말했던 외상 후 지혜로 바꿀 수 있어요.

당신 자신을 용서하고, 그들을 용서하세요. 당신의 과거에서 걸
어 나와 당신의 미래로 가는 길로 들어서세요.

제 친구이자 시인인 마크 네포가 말했어요. 고통은 진실을 알기
위해 필요했던 것이라고요.

하지만 진실을 살려 두기 위해 고통까지 계속 살려 둘 필요는
없어요.

제 어머니를 제가 갖고 싶었던 어머니 상과 비교하기를 그만
뒀을 때 평화로운 마음으로 어머니를 받아들일 수 있었어요. 과거
에 어떠해야 했고 어떨 수 있었는데, 하는 생각들에 집착하는 걸 그
만두고 실제로 어떠했는지 그리고 앞으로 어떨 수 있을지로 생각을
돌렸을 때요.

왜냐하면 제가 확실히 아는 것은, 당신에게 일어난 모든 일은
또한 당신을 위해 일어난 일이기도 하다는 사실이니까요. 그리고 그
모든 시간, 그 모든 순간에 당신은 힘을 키우고 있었던 겁니다.

힘 곱하기 힘 곱하기 힘은 곧 역량입니다.

당신에게 일어난 일은 당신의 역량이 될 수 있습니다.

—오프라 윈프리

참고 자료

우리는 이 책이 여러분에게 자기 자신과 타인을 이해하는 방식에 관해 깊이 생각해 보는 계기가 되었기를, 여러분의 관심을 자극했기를 바랍니다. 트라우마와 관련된 주제들은 그 범위가 아주 넓고, 발달기의 역경이 미치는 영향은 심대하며 어디에나 널리 퍼져 있지요. 그렇기에 이 책의 한정된 페이지에 그 모든 내용을 다 담을 수는 없었습니다. 더 알아보고 싶은 독자들에게 좋은 출발점이 될 몇 가지 책과 자료를 여기에 소개합니다.

더 읽을거리

《개로 길러진 아이: 사랑으로 트라우마를 극복하고 희망을 보여 준 아이들》
브루스 D. 페리, 마이아 샬라비츠(황정하 옮김, 민음인, 2011)
2006년에 처음 출간되고 2017년에 개정판이 나온 이 책은 페리 박사가 방임과 트라우마, 발달기 역경에서 영향을 받은 어린이와 청소년과 함께 작업해 온 과정을 따라가며 보여 줍니다. 《당신에게 무슨 일이 있었나요》에서 다 다루지 못한 내용을 훌륭하게 보완해 주며, 이 책에서 논의한 몇몇 핵심 개념들을 '더욱 깊이' 탐구할 수 있게 해 주는 책입니다.

《몸은 기억한다: 트라우마가 남긴 흔적들》
베셀 반 데어 콜크(제효영 옮김, 을유문화사, 2020)
반 데어 콜크 박사는 트라우마 분야의 선구자이자 혁신가입니다. 2014년에 출간되어 이 분야의 대표작으로 자리 잡은 이 책은 저자의 연구와 임상 접근법 그리고 트라우마가 뇌와 마음과 몸에 미치는 복잡한 영향들에 관한 사유를 개관해 줍니다.

《사랑받기 위해 태어나다: 트라우마에서 벗어나 공감 능력을 회복한 아이들》
브루스 D. 페리, 마이아 샬라비츠(황정하 옮김, 민음인, 2015)
2010년에 출간된 이 책은 사연들과 사례들을 통해 감정이입과 사랑이 발달과 건강에서 맡은 결정적인 역할을 잘 설명해 줍니다. 두 저자는 현대 세계에서 사회적 연결성에 일어난 변화를 인식하는 일이 얼마나 중요한지 강조하며, 《당신에게 무슨 일이 있었나요》에서 이야기한 '연결성'과 관련된 여러 주제를 다룹니다.

《우리는 다시 연결되어야 한다: 외로움은 삶을 무너뜨리는 질병》
비벡 H. 머시(이주영 옮김, 한국경제신문, 2020)
오바마 대통령에 이어 바이든 대통령 정부에서도 공중보건위생국장을 맡은 비벡 H. 머시 박사는 2020년에 출간된 이 책에서 사람들 사이 연결의 중요성과, 외로움이 우리의 육체적·정서적 건강에 미치는 영향을 다룹니다. 이 책의 메시지는 《당신에게 무슨 일이 있었나요》와 《사랑받기 위해 태어나다》가 이야기하는 것과 상당 부분 겹치지만, 의사들을 이끄는 자리에 있는 머시 박사의 입장은 그 문제들을 그만의 독특하고 중요한 시각에서 검토하게 해 줍니다.

《불행은 어떻게 질병으로 이어지는가: 어린 시절의 트라우마가 신체 건강에 미치는 영향》
네이딘 버크 해리스(정지인 옮김, 심심, 2019)
캘리포니아주 최초의 공중보건위생국장이 된 해리스 박사는 2018년에 출간한 이 책에서 자신이 1998년의 ACE 연구가 보여 준 아동기 트라우마와 신체 건강 문제가 생길 위험성 사이의 상관관계를 알게 된 과정을 자세히 이야기합니다. 더욱 중요한 것은 부정적 아동기 경험이 건강에 미치는 영향을 식별하고 예방하며 해결하는 데 도움이 되는 방향으로 보건 분야의 변화를 촉구한다는 점입니다.

더 알아볼 주제

뇌와 뇌과학

브레인팩트(brainfacts.org): 뇌에 관심이 있는 모든 사람에게 가장 믿을 만하고 정확하고 쉬운 자료를 제공하는 사이트입니다. 미국신경과학회와 카블리재단, 개츠비자선재단이 협력하여 대중에게 정보를 제공하기 위한 기획으로 만들어졌지요. 교사, 학생, 전문가를 위한 자료들이 가득 담긴 이 사이트는 뇌에 대한 진지한 탐구를 위한 출발점으로 아주 훌륭합니다.

학대 예방과 가족 지원

미국아동학대예방(preventchildabuse.org): 미국에서 학대 예방을 위해 만들어진 가장 오래되고 큰 기관입니다. 이 웹사이트는 학대와 방임을 줄이는 효과가 증명된, 가족들을 위한 혁신적인 지지 프로그램에 관해 더 자세히 알아보기에 아주 좋은 출발점입니다.

부정적 아동기 경험(ACE)

질병통제예방센터 폭력 예방 부문의 부정적 아동기 경험 섹션(cdc.govviolencepreventionaces/index.html): 부정적 아동기 경험과 관련된 교육 자료, 연구 논문, 정책적 함의 등에 관한 보물창고 같은 곳으로, ACE에 관한 정확한 정보를 찾을 수 있는 가장 믿을 만한 출처입니다.

신경순차석 모델과 브루스 D. 페리 박사의 연구

신경순차네트워크(neurosequential.com): 이 웹사이트는 28개국, 수십 개 학문 분과를 망라하는 실천 커뮤니티인 신경순차네트워크Neurosequential Network의 연구와 임상 프로그램, 기타 교육 활동 등을 전체적으로 보여 줍니다.

말

우리 두 저자는 자기 삶의 이야기를 우리와 나눠 준 어린이, 청소년, 어른 모두에게 감사합니다. 그들의 이야기는 상처 받기 쉬운 마음과 용기로 이루어진 선물이었습니다. 한 권의 책을 쓴다는 것은 아주 많은 협력이 필요한 일입니다. 우리는 하포와 플랫아이언Flatiron, 멜처 미디어Melcher Media, 신경순차네트워크를 비롯해 이 책의 출판을 돕는 데 시간과 에너지와 창조성을 나눠 준 모든 분께 감사드립니다. 특히 출간 과정을 이끌어 준 제나 코스텔닉 우틀리, 브린 클라크, 로런 네이션에게 특별한 감사를 표합니다. 이 책에 소개된 페리 박사의 연구 중 상당 부분의 질적 성과와 진척을 이뤄 준 신경순차네트워크의 선임 연구원들인 자나 로젠펠트, 에밀리 페리, 다이앤 바인스, 스티브 그레이너, 에린 햄브릭, 크리스티 브랜트에게 특별히 고마움을 전합니다.